El aroma de las Especias

Si tienes un club de lectura o quieres organizar uno, en nuestra
web encontrarás guías de lectura de algunos de nuestros libros
http://www.maeva.es/guias-lectura

Este libro se ha elaborado con papel procedente de bosques
gestionados de forma sostenible, reciclado y de fuentes
controladas, avalado por el sello de PEFC, la asociación más
importante del mundo para la sostenibilidad forestal.
PEFC
PEFC/14-1-1   Certificado por SGS según N.º: PEFC/14-38-00121 -BVC
www.pefc.es

MAEVA desea contribuir al esfuerzo colectivo y permanente de proteger
y preservar el medio ambiente y nuestros bosques con el compromiso
de producir nuestros libros con materiales responsables.

CHARLOTTE BETTS

El aroma de las Especias

Traducción:
CARLOS MILLA E ISABEL FERRER

MAEVA

Título original:
The Spice Merchant's Wife
Diseño e imagen de cubierta:
ELSA SUÁREZ sobre imágenes de Arcangel y Shutterstock
Fotografía de la autora:
JAMES GREED

© Charlotte Betts, 2013
© de la traducción: Carlos Milla e Isabel Ferrer, 2016
© MAEVA EDICIONES, 2016
Benito Castro, 6
28028 MADRID
emaeva@maeva.es
www.maeva.es

ISBN: 978-84-16363-62-9
Depósito legal: M-5.687-2016

Preimpresión: MT Color & Diseño S.L.
Impresión y encuadernación: blackprint
A CPI COMPANY
Impreso en España / Printed in Spain

*A Isabella Rose
y Florence Elizabeth,
con amor*

Capítulo 1

Londres, agosto de 1666

Ese había sido un verano muy caluroso, sin apenas lluvias que se llevaran el polvo y el hedor, y no era yo la única que deseaba su final. En la ciudad, seca como la yesca, el calor era extremo, y lo único que uno podía hacer era buscar una sombra y quedarse allí, muy quieto, esperando.

Mi suegra, la señora Finche, una mujer regordeta de una belleza ya marchita, conversaba desganadamente con sus dos amigas sobre el reciente brote de peste en una botica de Fleet Street y sobre las escandalosas actividades del país vecino, la Francia católica. A nuestros pies, desparramadas sobre la alfombra turca, teníamos sedosas muestras de damasco que nos había dejado el pañero para que las examináramos. Eran burdeos, morado, amarillo limón y azul marino, todas ellas posibles opciones para revestir las paredes del salón.

En la ventana, una mosca emitía un irritante zumbido, y en la lánguida brisa flotaban los fétidos efluvios de las cloacas propios del verano, junto con un tufillo a pescado podrido procedente del cercano mercado de Billingsgate. Fuera, el implacable retumbo del tráfico rodado y peatonal sobre los adoquines de Lombard Street me producía dentera.

Sufría una de esas jaquecas inducidas por el sofoco que no me aliviaba siquiera el aceite de lavanda, y la conversación fluía en torno a mí como el movimiento de las olas de un mar de aguas tibias. Deseosa de escapar del bochornoso salón, me dejé llevar por la arraigada fantasía de que era señora de mi propia casa. Y tras muchos años de desdicha y soledad, pronto mi deseo podía hacerse realidad por fin.

–¿Katherine? –La señora Finche me tocó la mano para captar mi atención. Dirigiéndose a la señora Spalding, dijo–: Vaya una soñadora está hecha la mujer de mi hijo.

La señora Spalding se abanicaba las mejillas sonrojadas, propagando por toda la sala un olor a sudor rancio.

–¿Quién puede echárselo en cara? Este calor espantoso es agotador.

La señora Finche acarició el damasco morado.

–Este es exquisito, ¿no os parece? –reflexionó.

–¿No será demasiado oscuro? –me aventuré a decir.

–Tonterías –repuso ella–. La duquesa de Lauderdale, una dama de un gusto excelente, tiene damasco precisamente de este color. Además, añadiré flecos de color amarillo.

–No sabes la envidia que me darás –dijo la señora Buckley.

–Asunto zanjado, pues –declaró la señora Finche, rebosante de satisfacción.

Mientras las damas chismorreaban, el tictac del reloj de la repisa de la chimenea medía los segundos con la regularidad de los latidos de un corazón en reposo. ¿Cuántas horas de mi vida había pasado en casas ajenas esperando y escuchando el tictac de un reloj?, me pregunté. ¿Cuándo acabaría eso? No podía decirse que los padres de mi marido fuesen desconsiderados conmigo, pero eran casi unos desconocidos para mí, y yo había vivido en el limbo con ellos durante lo que se me antojaba ya una eternidad. Mi marido había estado ausente seis de los siete meses que llevábamos casados.

Me acerqué a la ventana y apoyé la frente dolorida en el marco. Después de limpiar el polvo de la ciudad acumulado en el cristal, observé a la gente de la calle moverse tan despacio como la melaza en invierno, arrimada a las paredes para eludir el sol. Advertí que el perro negro estaba allí otra vez; husmeaba en la inmundicia del albañal.

Bessie entró con el té en una bandeja tintineante. Percibí el olor a grasa de la cocina en su pelo estropajoso y vi medias lunas de sudor bajo sus axilas cuando colocaba cansinamente en la mesa la tetera de plata, las cucharas, las delicadas tazas de porcelana y una tarta de jengibre con gotas de miel.

La señora Finche inició el ritual de contar las costosas hojas de té y verter el agua caliente. Como esposa de un próspero comerciante, enseguida había adoptado la moda de organizar reuniones para tomar el té, costumbre traída de Portugal por la reina. La señora Finche siempre buscaba nuevas maneras de impresionar a sus amigas ricas.

—Un niño de la calle ha traído una nota —anunció Bessie, y sacó una hoja de papel doblada del bolsillo.

La señora Finche tendió la mano.

Bessie movió la cabeza en un gesto de negación.

—Es para la esposa del señor Robert.

—¿Para mí? —Yo no tenía amigos ni familiares que me enviaran notas. Desplegué el papel, y la sangre me subió de pronto a las mejillas. El *Rosa de Constantinopla* acababa de atracar, y mi larga espera tocaba a su fin.

En un susurro me disculpé ante la señora Finche y sus amigas, me escabullí del salón y corrí escalera abajo antes de que ella pudiera impedírmelo. Después de seis meses en el extranjero, por fin mi marido volvía a mi lado. Ese marido a quien apenas conocía me producía un gran nerviosismo, una mezcla de temor y emoción. Él era mi vía de acceso a todo: a una casa propia y a la familia que anhelaba desde que, al quedar huérfana, me enviaron a vivir con la abominable tía Mercy.

Un calor agobiante se elevaba del suelo y palpitaba en las paredes de los edificios de Lombard Street cuando recorrí la calle apresuradamente. Montículos de apestoso barro y basura cubiertos de moscas obstruían el lento riachuelo que corría por los albañales centrales e impedían que el agua se llevara los detritos de las calles. Levantaba con los pies pequeñas nubes de polvo, que me manchaban el dobladillo de la falda.

Me detuve a un lado de la calle para dejar paso a un carromato cargado a rebosar. En ese momento vi a un hombre salir de entre las sombras al otro lado de la calzada y adentrarse en la intensa luz del sol. Tocado con sombrero de plumas y vestido con una casaca de faldón completo de color verde mar que dejaba a la vista las cascadas de encaje blanco de la camisa, se lo veía tan fresco como un torrente de montaña. Llevaba un bastón con empuñadura de plata en una mano y un recargado frasco de cristal bien sujeto en la otra. Caminaba despacio, lo cual no era raro con semejante calor, pero se advertía algo extraño en su andar un tanto vacilante y en la manera de mover el bastón, trazando cortos arcos antes de cada paso.

Ocurrió todo tan deprisa que más tarde me costó recordar la secuencia exacta de los acontecimientos. Vi al hombre detenerse de pronto y ladear la cabeza como si aguzara el oído. Acto seguido, oí el estruendo de las ruedas de un coche acercarse rápidamente. Muy rápidamente.

De repente aparecieron dos caballos negros al galope. Sus cascos levantaban chispas en los adoquines y el coche del que tiraban se bamboleaba descontroladamente. El cochero, aferrado al techo, intentaba sofrenar a los corceles desbocados, perseguidos por una jauría de perros callejeros que gruñían y les lanzaban dentelladas en los corvejones.

El hombre de la casaca verde se hallaba justo en la trayectoria del coche.

–¡Cuidado! –grité, horrorizada. Creí que se apartaría de un salto, pero dio la impresión de que estaba paralizado. Crucé la calle como una flecha, extendí los brazos y me abalancé contra su pecho. Tras una indecorosa caída, quedó desmadejado en el suelo.

Una ráfaga de aire impregnado de olor a caballo me agitó el cabello cuando los animales, salpicados de espumarajos y con los ojos en blanco, pasaron atronadoramente en medio de un remolino de polvo.

Ahogando una exclamación, me llevé el puño al pecho.

El hombre se levantaba ya del suelo. Se le había manchado la elegante casaca de brocado y tenía ennegrecida la puntilla blanca de los puños a causa del polvo. Un hilillo de sangre descendía por su agraciado rostro.

–Tengo sobrados motivos para daros las gracias –dijo con una voz de timbre grave y suave.

Advertí que era muy alto: algo más de metro ochenta, calculé. En ese momento percibí el asomo de un perfume sugerente que flotaba en el aire bochornoso, tentándome con la promesa de un fresco día de primavera al aire libre. Una mancha oscura se había propagado por el suelo entre nosotros, y las esquirlas del cristal roto destellaban bajo el sol como diamantes.

–Se os ha roto el frasco –dije.

El hombre se echó atrás el espeso cabello rubio con los dedos, un poco temblorosos, pero mantuvo una expresión impasible.

Cuando me agaché a recoger su sombrero de ala ancha, olí de nuevo el delicioso perfume. Denso y dulce, me llevó a evocar un aroma de violetas empapadas por la lluvia en la orilla musgosa de un río.

–¿Era perfume lo que contenía ese frasco?

–Sí.

–Es delicioso.

Tenía los ojos de un color verde claro poco común, pero no me miraba a la cara. Sentí un amago de irritación por su descortesía y me pregunté si era por vanidad que llevaba una casaca tan exactamente a juego con el color de sus ojos.

–Me temo que mi clienta se llevará una decepción –dijo–. Iba a Bishopsgate a entregarlo. –Inclinó la cabeza–. Gabriel Harte, perfumero, para serviros, ¿señorita...?

–Señora Finche. Katherine Finche.

–¿Finche? ¿Los Finche de Lombard Street, los mercaderes de especias?

–Los mismos. –Le tendí el sombrero, pero no hizo caso. Sorprendida, con el sombrero en la mano, me sentí como una tonta.

–Se me ha caído el bastón –dijo–. ¿Seríais tan amable de buscármelo?

Molesta al ver que no hacía el menor intento de buscarlo él mismo, miré alrededor y vi el bastón en el suelo a unos pasos de distancia. Tampoco esta vez hizo ademán de cogerlo de mi mano.

–¡Vuestro bastón, caballero!

–Gracias. –Lentamente, tendió el brazo hacia mí y movió la mano de derecha a izquierda hasta tocar el bastón.

Fue entonces cuando comprendí que era ciego.

Debió de oírme tomar aire profundamente, porque esbozó una media sonrisa.

–Me habría visto en un verdadero aprieto si no hubieseis acudido en mi rescate.

Arrepentida de mi anterior irritación, contesté:

–Y también tengo vuestro sombrero. –Le rocé el dorso de la mano con él, y lo cogió–. Tenéis sangre en la mejilla. ¿Os la limpio?

–Si fuerais tan amable...

Un poco abochornada ante tal cercanía con un desconocido, y más con uno tan apuesto, me puse de puntillas y tendí la mano para limpiarle el rostro recién afeitado con mi pañuelo. Su piel despedía un agradable aroma a bálsamo de limón y romero.

Resultaba extraño mirarlo desde tan cerca, a sabiendas de que él no me veía a mí.

–Os habéis librado por poco –dije–. Cuando he visto que los caballos venían a toda velocidad hacia vos, he temido lo peor.

–Tal vez también yo me habría asustado si los hubiera visto. –Desplegó otra sonrisa, esta vez más amplia, como si hubiera hecho un comentario gracioso.

–¿Puedo acompañaros a algún sitio? –me ofrecí.

La sonrisa quedó helada en sus labios.

–Gracias, pero no.

–Estáis conmocionado...

–Puedo volver a mi casa en Covent Garden sin el menor problema, gracias.

–¡Pero eso está en la otra punta de la ciudad!

–¡Pues sí, así es! –exclamó con tono risueño–. Pero llevo cruzando la ciudad sin más ayuda que mi bastón desde hace muchos años. Gracias por vuestra gentileza, señora Finche. –Inclinó la cabeza y, moviendo el bastón con cuidado ante sí a uno y otro lado, se puso en marcha. De pronto se detuvo y se volvió de nuevo hacia mí–. ¿Señora Finche?

–¿Sí, caballero?

Titubeó.

–¿Podríais describirme vuestro aspecto?

–¿Mi aspecto? –Fruncí el entrecejo.

–Disculpad. Por vuestra voz deduzco que sois joven y, como vuestros pasos son ligeros y rápidos, sé que sois menuda y delgada, pero desearía conocer los colores de vuestro cabello y vuestra piel.

Lo miré fijamente, pero su semblante no delató nada. No parecía una petición impertinente.

–Veréis, caballero, tengo el pelo oscuro, los ojos de color avellana y la piel clara.

Sus ojos ciegos miraron a lo lejos por encima de mi hombro.

–Gracias –dijo–. Creo que ahora ya tengo una imagen de vos. –Al cabo de un momento asintió con la cabeza en un gesto concluyente–. Y espero que se os pase pronto la jaqueca.

¿Cómo sabía que yo tenía jaqueca? Perpleja, me quedé en medio de aquella nube de aire impregnada de aroma a violeta y lo observé hasta que su esbelta figura desapareció entre el gentío.

En cuanto se fue, me guardé en el bolsillo el pañuelo arrugado y encontré allí la nota de mi suegro, el señor Finche, que me recordó de pronto el asunto que tenía entre manos.

Al apretar el paso Fish Hill abajo, sentí un ligerísimo soplo de brisa, que aumentó cuando me adentré en el bullicio y ajetreo de Thames Street. Rodeé un carromato cuyo cochero estaba enzarzado en un ruidoso altercado con el dueño de una carreta cargada de tablones. Zarandeada por marineros, carboneros y abaceros, en medio de aquel rumor de conversaciones en distintas lenguas salpicado por los chillidos lastimeros de las gaviotas, atajé por uno de los callejones hacia el Muelle de la Torre, desde donde se veía el tramo oriental del río.

Empezaba a subir la marea y el río estaba a rebosar de botes, barcazas y gabarras que transportaban pasajeros desde Gravesend hasta la ciudad. Una brisa salitrosa de levante refrescaba el aire. Había varios barcos atracados, y dejé atrás rápidamente la aduana para doblar por Wiggins Key. El corazón me dio un vuelco cuando vi el *Rosa de Constantinopla*, imponente ante mí. Los marineros iban y venían a toda prisa por las pasarelas con cestas de género al hombro, y las velas plegadas y la bandera en el palo mayor batían al viento.

Tal era mi expectación que, aturdida, me quedé inmóvil en el muelle y, llevándome la mano a los ojos entornados para protegerlos del sol, escruté el *Rosa* en un intento de localizar a Robert en medio de aquel barullo. Como no lo vi, me encaminé hacia el almacén del señor Finche procurando no tropezar con las cuerdas enrolladas que serpenteaban por el muelle.

Matthew Lunt, el escribiente, acudió a recibirme.

—¿Está el señor Finche?

Matthew se enjugó la cara pecosa con un pañuelo y señaló el despacho con la cabeza.

Me asomé a la puerta abierta y vi a mi suegro sentado tras su escritorio. Se había quitado la peluca, depositada ahora en lo alto del globo terráqueo.

Con el rostro lustroso y sonrojado por el calor, me miró.

—¡Katherine, querida!

—Gracias por avisarme de la llegada del *Rosa de Constantinopla*.

—Sabía que estarías impaciente por ver a tu marido.

Me miré los zapatos a la vez que intentaba recordar el rostro de Robert.

—Como esposa de un comerciante, tendrás que acostumbrarte a sus largas ausencias —dijo—. Pero no tardarás en tener hijos que te mantengan ocupada.

Sentí asomar el rubor a mis mejillas.

El señor Finche desplegó una benévola sonrisa al percibir mi bochorno.

–En cuanto mi mujer tuvo que ocuparse de Robert y Sarah, los meses que yo estaba de viaje empezaron a pasársele volando. Ella adoraba a nuestros hijos. Es una lástima que ya no se avenga con Sarah. –Suspiró–. Para serte sincero, echaré de menos los tiempos en que viajaba. No las travesías por mar, quizá, pero sí las visitas a tierras y pueblos extraños y la emoción de descubrir nuevas mercancías exóticas.

–Tengo muchas ganas de oír las aventuras de Robert –dije.

El señor Finche se inclinó en actitud de complicidad.

–No se lo digas a mi mujer, pero he asumido un gran riesgo en esta última empresa.

–¿Un riesgo?

–Por lo general, peco de cauto, pero esta vez invertí hasta el último penique de mis propios fondos, así como tu dote, y convencí a todos mis amigos y allegados para que invirtieran en esta operación. En cuanto se venda todo el género, dejaré el negocio en manos de Robert. Ya es hora de dar paso a la juventud y la energía. –El señor Finche me dio unas palmadas en la mano–. Y ahora vete a casa, querida. Robert sigue a bordo supervisando la descarga.

–¡Ah! Pero...

–No querrá que lo interrumpan ahora, pero volveremos a casa a tiempo para la cena.

Con un sentimiento de decepción pero también de alivio ante la idea de aplazar el reencuentro con Robert, regresé a la casa de los Finche.

Un gran sol anaranjado empezaba a ocultarse por detrás de la catedral de San Pablo cuando oí voces abajo. La señora Finche y yo llevábamos horas sentadas en el salón, escuchando el tictac del reloj y matando el tiempo con nuestras labores. Me había cambiado tres veces de vestido y dos veces de medias. Me había empolvado la nariz, pero no necesitaba papel de cochinilla española para dar realce a mis mejillas.

Con la boca seca, oí las cadencias de la voz de mi marido mientras subía por la escalera.

Se abrió la puerta.

El señor Finche entró a zancadas, seguido de la robusta silueta de Robert, y las estridentes risas de ambos resonaron en el elegante salón.

–¡Aquí lo tienes, querida Katherine! –exclamó el señor Finche con una amplia sonrisa.

La señora Finche corrió a abrazar a su hijo y le sonrió con una ternura en los ojos que yo no veía desde la marcha de Robert.

–Bienvenido a casa, querido mío.

Robert y yo, nerviosos, cruzamos una mirada. Recordé entonces el trazo de su mandíbula, y el mentón, como el de su padre pero más afilado. Se le había oscurecido la piel y aclarado un poco el cabello castaño a causa del sol turco. Me examinó con sus tranquilos ojos grises, y yo, incómoda, tomé conciencia de que probablemente tampoco él debía de acordarse mucho de mí. De pronto sonrió. Tenía una pequeña mella en el borde de un diente, pero el blanco de su dentadura resaltaba en contraste con la piel morena.

–Katherine.

Al besarme, me arañó la mejilla con la barba, y percibí en él el tufo a humo, brea y sudor, por encima del penetrante olor a salitre del mar.

–Bienvenido a casa, Robert. –Vi que llevaba dos paquetes bajo el brazo y me pregunté qué podía ser–. ¿Cómo ha ido el viaje? ¿Os habéis cruzado con algún pirata?

–Ninguno al que no pudiéramos ahuyentar de un cañonazo por encima de la popa.

Me estremecí al pensarlo.

–¿Y el *Rosa de Constantinopla?* –pregunté, esperanzada y expectante.

–La bodega está repleta hasta los topes –contestó el señor Finche con satisfacción–. Y Robert ha traído una mercancía excelente.

Sentí aflojarse un nudo de tensión en algún lugar de mi pecho. La calidad del género que Robert había adquirido con mi dote determinaría nuestro futuro.

Robert me entregó uno de los paquetes.

–Esto es para ti, Katherine.

Lo desenvolví, y cayó al suelo una pieza de seda reluciente. Con una exclamación de placer, recogí el escurridizo tejido. Diminutos pavos reales bordados en hilo de oro adornaban la seda que, por el efecto tornasol, se veía de color topacio cuando se sostenía en una posición y verde musgo cuando se ladeaba.

–Es preciosa –musité.

–La elegí a juego con tus ojos –dijo Robert.

Esbocé una sonrisa vacilante, y él me sonrió también.

–Y a ti, madre, te he traído esto –anunció él.

La señora Finche extendió su pieza de seda azul noche y, con sonoras exclamaciones de placer, dio un beso a su hijo.

–¿Cenamos ya? –propuso el señor Finche.

Observé a Robert mientras comía fiambre y pan; en su cuchillo se reflejaban, con destellos dorados, los últimos rayos oblicuos del sol que entraban por la ventana. Muy animado, contaba anécdotas de su viaje.

–Si pensáis que aquí en la ciudad hace calor, deberíais haber estado conmigo en Alepo. O en Esmirna. Allí un hombre con la cabeza expuesta al sol puede enloquecer. En Constantinopla adquirí la costumbre de vestir túnicas turcas, como los nativos, y descubrí que eran muy útiles. Tal vez debería adoptar esa manera de vestir aquí mientras siga haciendo este calor –comentó en broma.

–¡Menudo revuelo causarías en la iglesia el domingo! –exclamó la señora Finche entre carcajadas.

–Te he traído pasas de Damasco y nuez moscada para nuestros pudines y cuero marroquí para tapizar la butaca en la que fuma padre.

–Y el resto de la mercancía... –me aventuré a decir.

–¡No temas! –dijo el señor Finche–. He examinado muy detenidamente todas las adquisiciones de Robert. Tu dote se ha gastado bien y no tardarás mucho en empezar a ver los beneficios de nuestra inversión.

–¿Y eso cuándo será?

–¡Qué impaciente! –exclamó el señor Finche, y una sonrisa asomó a sus ojos grises–. ¿Tanto te han pesado los meses que has pasado aquí?

–¡Claro que no! Habéis sido la amabilidad en persona...

–Ya, bueno, aún recuerdo la urgencia de mi mujer por marcharse de la casa de mi padre y establecerse en la suya propia cuando estábamos recién casados.

–No hay ninguna prisa para que Robert y Katherine se instalen por su cuenta –intervino la señora Finche–. Robert acaba de volver junto a nosotros y deseamos disfrutar de su compañía durante un tiempo antes de que piense en un nuevo hogar.

Posé la mirada en la mesa para que ella no advirtiera en mis ojos una repentina animadversión. Mi mayor anhelo era tener mi propio hogar.

–En todo caso –observó el señor Finche– habrá que tener guardado el género en el almacén un tiempo y venderlo poco a poco para no saturar el mercado.

Sentí un nudo en la garganta. *¿Durante cuánto tiempo?*

–¡No te lo tomes así, Katherine! –El señor Finche apoyó una pesada mano en la mía–. Podéis empezar a buscar una casa de alquiler. Y cuando encontréis un sitio adecuado, os compraré los muebles para ayudaros a empezar.

–¡Gracias! –Le di un beso en la mejilla sudorosa y él volvió a darme unas palmadas en la mano.

–¡Qué días tan felices nos aguardan! –dijo–. El almacén está a rebosar de las mercancías más selectas: sedas, nuez moscada, canela, clavo, pimienta y añil. Nunca me quedo tranquilo hasta que el barco llega sano y salvo al muelle. Pero se acabaron ya las pesadillas de repentinas tormentas, naufragios y piratas que me han atormentado durante las últimas semanas.

Robert dejó escapar un gran bostezo.

—Ha sido una jornada muy larga para mí y la tierra se mueve aún bajo mis pies. —Me miró de soslayo—. Pero esta noche dormiré en mi propia cama.

—¿Por qué no te retiras temprano? —preguntó el señor Finche con una media sonrisa—. Tu mujer y tú debéis de tener muchas cosas de que hablar.

Sentí una llamarada en el rostro y fui incapaz de mirarlo. De pronto no quería quedarme a solas con el desconocido que era mi marido.

Robert recogió nuestras copas de vino y besó a su madre.

—Buenas noches, madre. Me alegro de estar en casa.

—Es maravilloso tenerte aquí otra vez. —Le dio unas palmadas en la mejilla.

—Buenas noches —dije, y abandoné el comedor tras los pasos de Robert.

Al lanzar una ojeada atrás por la puerta abierta, vi al señor Finche cruzar una sonrisa de complicidad con su mujer.

Arriba, la criada había dejado una jarra de agua caliente, y Robert se quitó la camisa y se lavó; entretanto yo me desvestí detrás del biombo.

Mientras me ataba torpemente las cintas del camisón, respiré hondo para serenarme. Habíamos consumado el matrimonio en nuestra noche de bodas, pero el mes de preparativos anterior al viaje de Robert había sido de gran ajetreo y no habíamos dispuesto de mucho tiempo para aprender a conocernos. Ignorante de las cosas de la vida y sin los consejos de una madre, el deber conyugal en cierto modo me había sorprendido, pero no me había resultado desagradable.

—¡Katherine! —exclamó Robert.

Me até las cintas y luego me las aflojé. A continuación me arreglé los bucles en torno a los hombros. No me engañaba pensando que ese era un matrimonio por amor. Los Finche habían estado buscando una novia con una buena dote que les permitiese ampliar el negocio, y cuando el representante de la tía Mercy hizo discretas indagaciones en la ciudad, acordaron gustosamente un encuentro. Por mi parte, habría aceptado a un enano jorobado y bizco con tal de huir de mi penosa existencia enclaustrada en la triste casa de mi tía Mercy en Kingston.

–¡Katherine! –volvió a llamarme Robert.

Lentamente, abandoné el refugio del biombo.

Tendido en la cama, me miraba.

–Ven a acostarte –susurró.

Capítulo 2

A la mañana siguiente desperté temprano y encontré a Robert con los brazos y las piernas extendidos en la cama. Me acodé en el colchón y lo observé, aprovechando que no me veía. Respiraba con resoplidos regulares y contraía ligeramente una de sus manos bronceadas. Una sombra de barba le oscurecía el mentón. Un rostro agradable pero corriente, ni atractivo ni feo.

El sol empezó a entrar a través de los postigos y las campanas de la iglesia dieron la hora.

Robert respiró hondo y se movió. Posó los ojos en mí sin centrar la mirada.

–Buenos días, Robert. –Lo ocurrido entre nosotros la noche anterior había sido en la oscuridad, y ahora, a la luz del día, me sentía incapaz de mirarlo a los ojos.

Dejó escapar un gran bostezo, se incorporó y se rascó el erizado vello del mentón.

–No pasamos mucho tiempo juntos antes de mi marcha, ¿verdad?

Moví la cabeza en un gesto de negación.

–Hubo noches en que, tendido en un lecho en cubierta, contemplando las estrellas, pensaba en ti y no me acordaba de tu cara. Eso me inquietaba.

–¡A mí me pasaba lo mismo!

Me besó la mano.

–Eso cambiará ahora que he vuelto.

La tensión de los últimos meses empezó a disiparse un poco y le sonreí.

—¿Por qué no vienes a verme al almacén esta tarde, Katherine?

—Me encantaría.

Después de comer, mientras la señora Finche descansaba, partí hacia el almacén. El calor me asaltó en cuanto abrí la puerta de la calle. El perro negro, tumbado otra vez en el portal, se roía el anca. Pasé a su lado y esquivé la basura apestosa de nuestros vecinos, dejada allí para que la recogiera el basurero. En la calle, más adelante, se veía en el suelo una mancha untuosa allí donde se había roto el frasco de perfume. No supe bien si lo imaginé o no, pero me pareció percibir aún un vestigio de aroma a violeta en el aire, pese al imperante hedor a verdura descompuesta. Fugazmente, me pregunté si el apuesto señor Harte habría llegado sano y salvo a Covent Garden. ¿Y cómo había sabido que yo tenía jaqueca?

Cuando llegué al almacén, encontré a Robert con la cabeza inclinada sobre el escritorio.

—¿Te interrumpo? —susurré.

Él me lanzó una mirada.

—Estaba anotando las últimas entradas de género nuevo. ¿Quieres ver la mercancía?

Me agarró del brazo y, con una llave, abrió la puerta del despacho que daba al almacén.

El espacio oscuro y amplio se elevaba a gran altura, pero lo que me abrumó fue el aroma dulce y acre de la nuez moscada y el clavo, tan intenso que sentí un cosquilleo en la nariz.

Aunque entraban estrechas cintas de luz por los postigos de madera del techo, las sombras dominaban el almacén. Estanterías repletas de cajas y pilas de tela cubrían las paredes. Había precarias escaleras apoyadas en ellas y de las vigas colgaban redes llenas de mercancías. En el centro del almacén se alzaban los barriles amontonados hasta la altura de un hombre, separados por estrechos pasadizos. El suelo de tierra apisonada amortiguaba curiosamente nuestros pasos, como si la estructura misma del edificio absorbiese todos los sonidos.

–Con un techo tan alto, esto parece una iglesia –susurré–. Y las especias huelen a incienso.

–No es necesario que hables en voz baja –dijo Robert.

–¿Todo este género es nuestro?

–Mi padre alquila parte del espacio de almacén a un abacero, que guarda aquí sus tablones y su brea. Comerciamos con especias y pasas de Damasco, pero también puede ganarse dinero importando seda, tela de algodón y diversas curiosidades.

Contemplé la gran cantidad de género.

–¿Tú has traído todo esto?

–Parte de las existencias llevan aquí unos años, en espera del momento idóneo para subastarlas al mejor postor. He comprado un excelente cuero marroquí, de la mejor calidad, muy suave, pero no lo venderé todavía. Serán una inversión para nuestro futuro. –Robert se llevó una mano al interior de la chaqueta y sacó una llave–. Y ahora vamos a ir a Mincing Lane. Un conocido de mi padre tiene allí una casa en alquiler, y le he pedido la llave.

No pude contener un chillido de placer, y Robert se echó a reír.

Mincing Lane estaba a tiro de piedra de los muelles y a una distancia razonable del almacén. Contemplamos la casa desde la calle, un edificio antiguo de tres pisos con parte del armazón de madera y la primera y la segunda planta en voladizo. El tejado era nuevo y las ventanas se hallaban en buen estado.

El corazón me resonó como un tambor ante la perspectiva de disfrutar tan pronto de mi propia casa.

Robert abrió la puerta y entré detrás de él. En la planta baja había una cocina muy práctica y una despensa, varios cuartos de almacenamiento y una bodega. Una escalera estrecha conducía al primer piso, donde estaban el salón y el comedor, revestidos de roble, cada uno con su propia chimenea. Deslicé el dedo por la madera abrillantada y abrí la ventana del fondo, con cuarterones en forma de rombo.

—¡Robert! —exclamé—. Hay un jardín.

Se acercó y miró por encima de mi hombro.

—Mira ese viejo manzano, está colmado de fruta.

En el último piso había una alcoba grande y dos pequeñas. El techo estaba inclinado y había que andarse con cuidado para no golpearse la cabeza con las vigas del techo, pero me encantó.

—¿Qué te parece, Katherine?

—¡Es perfecta! —Imaginé una cama con dosel bordado, mullidas alfombras sobre el entarimado de olmo y un armario de madera labrada para nuestra ropa. Deseé con desesperación convertir aquella casa en nuestro hogar.

Robert tenía una expresión dubitativa.

—No es muy grande; desde luego, no tanto como las casas a las que estamos acostumbrados.

—¡Pero es acogedora! —exclamé. No lo habría soportado si a Robert no le hubiera parecido bien—. Y está a un paso del almacén. —Contuve la respiración.

—Al menos hay tres alcobas. Podríamos tener una criada y aún quedaría otra habitación para los niños.

Fue como si me hubiese leído el pensamiento.

—Robert, no te imaginas lo mucho que he deseado tener mi propia casa. Vivir con la tía Mercy era... —Tragué saliva. ¿Cómo podía expresar con palabras la infelicidad de mi vida anterior bajo la tutela de una mujer que me detestaba?

—Era ¿qué?

—Allí no había risas ni sol —respondí lentamente—. No hacía más que estudiar el catecismo en silencio durante horas y horas. O recibía palizas por cualquier falta imaginada, o me castigaban a quedarme en mi alcoba durante días y días. —Con un estremecimiento, me acordé de la vara de abedul de la tía Mercy. Aún veía las finas marcas blancas en mis nalgas por sus desenfrenadas azotainas–. Ansío tener mi propia familia. Quiero que lleguemos a ser una familia tan feliz como la que perdí.

Ahí estaba; ya le había revelado mi deseo más íntimo. Temiendo haber hablado demasiado, fijé la mirada en él.

–¿Tan desdichada fuiste de niña?

Asentí, y el estómago se me revolvió solo de recordarlo.

Me levantó la barbilla y me besó los labios.

–Te daré muchos hijos, si eso ha de hacerte feliz.

–¡Claro que me hará feliz!

Robert deslizó las manos por mi espalda y después me rodeó la estrecha cintura.

–Es una lástima que aquí no haya una cama. Podríamos ir en busca del primer niño ahora mismo.

–¡Robert! –Lo aparté, escandalizada, pero si en ese momento hubiese habido una cama cerca, no lo habría rechazado. Puede que nuestro matrimonio no fuese un enlace por amor, pero de repente yo rebosaba confianza en nuestro porvenir.

Al cabo de un rato dejé a Robert en su despacho y, con un sinfín de ideas para los bordados de las colgaduras del dosel y los cojines de nuestra futura casa, recorrí de nuevo las calles calurosas y polvorientas hasta Lombard Street.

La señora Finche me esperaba en el salón.

–Robert me ha pedido que fuera a verlo al almacén y luego... –No pude contenerme–. Me ha llevado a ver una casa en Mincing Lane.

–¿Una casa?

–Sí. Hemos decidido alquilarla.

–¡Pero habíamos acordado que os quedaríais aquí por un tiempo!

–A Robert le ha gustado la casa. –Consideré más sensato no decir lo mucho que me encantaba a mí.

–Pues en ese caso iré a verla para decidir si es adecuada.

–Se ajusta perfectamente a nuestras necesidades –afirmé, sorprendida de la firmeza de mi voz. A lo largo de los años había aprendido a no discutir nunca con la tía Mercy. Es difícil desprenderse de los antiguos hábitos, pero esa casa era muy importante para mí y no estaba dispuesta a ceder ante los caprichos de nadie.

La señora Finche suspiró.

—Mañana haremos una visita a la Real Lonja. En una de las tiendas tenían un papel pintado precioso, que podría ir bien en tu salón.

Me invadió un sentimiento de seguridad en mí misma. Nunca antes me había atrevido a expresar mis deseos tan claramente y me sorprendió la facilidad con que mi suegra lo había aceptado. No obstante, me limité a sonreír dócilmente y dije:

—Gracias.

Llamaron a la puerta de la calle con sonoros golpes.

Los firmes pasos de Bessie ascendieron por la escalera y la puerta se abrió con un chirrido.

—Viene a verla un caballero —me anunció.

—¿Un caballero? —preguntó mi suegra, y me lanzó una mirada penetrante—. ¿A mi nuera?

—El señor Harte —respondió Bessie.

Poco después el señor Harte apareció en la puerta y de nuevo me llamó la atención su elegante atuendo.

—Señor Harte —saludé, y me puse en pie—. Permítame presentarle a la madre de mi marido, la señora Finche.

—Katherine me contó que estuvo a punto de atropellaros un coche con los caballos desbocados —dijo la señora Finche—. Tomad asiento, por favor.

Él vaciló por un momento, y yo le toqué ligeramente la manga.

—Tenéis una butaca delante, a unos pasos —indiqué.

Barriendo el espacio con el bastón, localizó la butaca, se sentó y cruzó las piernas. Observé que llevaba medias de seda de color crema y unos modernos zapatos de tacón rojos con llamativas hebillas plateadas.

—¿Ya os habéis recuperado del todo? —preguntó la señora Finche.

–Sí, totalmente, gracias. –Se llevó la mano al interior de la casaca, esta vez de color beige claro con un atrevido forro escarlata, y extrajo un frasco–. He traído esto para la joven señora Finche por su gentileza.

El bonito frasco era de cristal verde claro y un lazo de satén blanco decoraba el estrecho cuello. Con sumo cuidado, retiré el tapón y olisqueé el contenido.

–¡Oh! –Complacida, me puse una gota en la muñeca y ofrecí el frasco a mi suegra–. ¡Es maravilloso!

–¿Qué aromas percibís? –preguntó el señor Harte con media sonrisa en los labios.

Me acerqué la muñeca a la nariz y volví a inhalar. Con los ojos cerrados, dejé que la fragancia me transportara al pasado.

–A rosas, esas tan rojas que son casi negras. Y a lavanda. ¿A madreselva?

–Tenéis buen olfato –elogió.

–Me recuerda... –Me interrumpí, asaltada súbitamente por una tristeza casi insoportable. De repente recordé las caricias de mi madre en el pelo cuando una noche de verano, en el jardín de la casa de nuestra familia en Oxford, me senté en sus rodillas. Ese último verano antes de que ella y mi padre me fueran arrebatados por las fiebres.

–¿A qué os recuerda? –instó el señor Harte.

–A un jardín en verano –contesté–. Un hermoso jardín en verano.

Sonrió.

–Eso me gusta. Esta es mi última fórmula y, hasta ahora, no tenía nombre. La llamaré Jardín de Verano.

La señora Finche se echó una gota en el dorso de la mano.

–Huele divinamente –dijo–. Me gustaría compraros un frasco.

En mi decepción, dejé escapar un hondo suspiro. Quería ese perfume, el perfume de mi jardín en verano, solo para mí.

El señor Harte se inclinó hacia delante en la butaca y apoyó las manos en la empuñadura de plata del bastón.

–Señora, ¿me permitís que os sugiera algo un poco distinto para vos? ¿Tendríais inconveniente en venir a verme a Long Acre, junto a Covent Garden? –Tenía una voz vibrante y persuasiva, semejante al hidromiel–. Para una mujer de vuestra sofisticación, aconsejaría Flor de la India o quizá Promesa de Oriente. Dos damas de la misma casa deben ponerse perfumes distintos, ¿no os parece?

La señora Finche dejó el frasco de Jardín de Verano en mi mano extendida.

–¿Long Acre, decís? ¿No será por casualidad la Casa del Perfume?

El señor Harte asintió.

–¿La conocéis?

La señora Finche abrió mucho sus ojos de color azul claro.

–¿Qué dama que se precie no la conoce? Vuestros perfumes y pomadas están en los tocadores de los *boudoirs* más elegantes de la ciudad.

–¿Os espero, pues, en la Casa del Perfume? –preguntó el señor Harte.

–Será un placer. –El señor Harte había arrancado a la señora Finche una sonrisa de satisfacción propia de una niña.

Se puso en pie.

–Hasta entonces, estimada señora. –Volviéndose hacia mí, dijo–: ¿Seríais tan amable de acompañarme a la puerta?

Se agarró a mí, su mano en mi brazo ligera como una pluma, y lo guié escalera abajo. Abrí la puerta de la calle y el calor y el sol irrumpieron en el umbrío vestíbulo con la misma sutileza que la bocanada del horno de una forja.

–Gracias por vuestro regalo –dije a la vez que contemplaba el cabello del señor Harte, tan espeso y dorado como un campo de trigo maduro a la luz del sol.

Me agarró la mano como si fuera a besarla, pero de pronto me la volvió hacia arriba y olfateó delicadamente mi muñeca. Sentí ascender por mi brazo un inquietante estremecimiento.

–Jardín de Verano complementa el aroma natural de vuestra piel. –Esbozó una sonrisa de complicidad–. Y entiendo perfectamente que prefiráis no compartirlo con vuestra suegra.

–¿Es eso egoísta por mi parte?

–Ni mucho menos. –Se puso el sombrero–. ¿Se os ha pasado ya la jaqueca?

Me eché a reír.

–Despertasteis mi curiosidad. ¿Cómo sabíais que tenía jaqueca?

–Soy perfumero, señora Finche –respondió con una sonrisa–. Entre las damas, el aceite de lavanda es uno de los remedios preferidos para la jaqueca. Y percibí algo en vuestra voz que indicaba que os dolía algo. Poneos Jardín de Verano todos los días mientras caiga este sol de justicia y la lavanda de la fórmula mantendrá a raya las jaquecas.

–Eso haré.

Tras una inclinación, se volvió para marcharse.

–¡Tened cuidado! –advertí–. Hay peldaños...

–Tres. –Localizó el escalón superior con el bastón–. ¿Sigue ahí el perro?

–No, se ha ido. Suele volver por la noche. Creo que la criada le da sobras de la cocina.

El señor Harte bajó por los escalones sin percances.

–Que tengáis un buen día, señora Finche.

Esta vez supe que no debía ofrecerme a guiarlo.

–Gracias otra vez por el perfume. Me proporcionará un gran placer, sobre todo mientras haga semejante calor en la ciudad y nos invadan estos olores nocivos.

–Esperad un poco a que se evapore la nota de salida más intensa y entonces oleos de nuevo la muñeca –sugirió–. Puede que os llevéis una sorpresa. –Volvió a ponerse el sombrero, se despidió con otra inclinación de cabeza y partió.

Intrigada por cómo conseguía un ciego vestir con tanto estilo, lo observé alejarse por la calle. ¿Tenía acaso una esposa que se enorgullecía de que su marido fuera siempre de punta en blanco?

Esa noche Robert llegó temprano a casa.

–Ya está todo resuelto –anunció en la cena–. He llegado a un acuerdo para alquilar la casa de Mincing Lane durante un año.

Me levanté de la mesa de un salto para abrazarlo.

–¡Gracias, gracias, Robert!

–Por lo visto, has hecho muy feliz a tu mujer, hijo mío –dijo el señor Finche, y alcanzó la botella de vino–. ¡Un brindis! ¡Por vuestra nueva casa!

Aturdida de felicidad, bebí el vino demasiado deprisa y me atraganté. Robert me dio unas palmadas en la espalda, y cuando pasó el revuelo, vi que brillantes lágrimas empañaban los ojos de la señora Finche y, pensando en mi propia felicidad, me compadecí de ella.

Tendiendo el brazo por encima de la mesa, le agarré la mano.

–Mincing Lane está a pocas calles de aquí. Robert y yo os invitaremos a menudo a cenar y estaré encantada de recibir vuestros consejos para la decoración de la casa. –Eso último era una mentira descarada, pero lo dije por lo triste que se la veía.

La señora Finche exhaló un profundo suspiro y me dio un apretón en la mano.

–Desde que mi hija me abandonó, Robert es lo único que me queda.

–Pero veréis a Robert siempre que gustéis.

No había mala intención en la señora Finche, sino solo un poco de vanidad y la renuencia a dejar marchar a su hijo.

Volvió a suspirar, y sentí alivio cuando Bessie entró a recoger los platos y trajo el vino dulce y los albaricoques confitados.

Capítulo 3

Esa noche me senté ante el tocador en camisón mientras Robert se desvestía.

–¿Qué pasó entre tu madre y tu hermana? –pregunté.

–Sarah se casó por debajo de las expectativas de mi madre. –Robert se quitó la camisa y la dejó caer al suelo–. James es coadjutor, con unos ingresos muy bajos, y mi madre no les dio la bendición. Ellos se casaron igualmente, pero mi madre se negó a asistir a la boda. Sarah nunca se lo ha perdonado. No le escribe ni viene de visita, y eso a mi madre le ha partido el corazón.

–Qué triste.

–He intentado convencer a Sarah para que invite a mi madre a pasar unos días en su casa, pero lamentablemente las dos son igual de tozudas –dijo Robert mientras se desabrochaba el calzón y se lo quitaba.

Lentamente me apliqué unas gotas de Jardín de Verano en las muñecas y detrás de las orejas.

A continuación, Robert se plantó ante mí como Dios lo trajo al mundo.

–Por supuesto, lo que mi madre necesita es un nieto al que mimar –dijo.

Me puse en pie, consciente de que a la luz de la vela encendida en el tocador, situada a mis espaldas, mi cuerpo se perfilaba a través de la fina tela de algodón del camisón.

–Seguro que en eso no te equivocas –repuse.

Después, mientras Robert roncaba suavemente a mi lado en el sueño profundo de la saciedad, el viento empezó a sacudir los postigos. Acalorada y pegajosa, no podía dormir. Tras hacer el amor, muy rápidamente, me invadió una extraña sensación de indiferencia, pero Robert parecía satisfecho. Sonriendo un poco en la oscuridad, me pregunté si su simiente habría prendido ya dentro de mí. Quizá, Dios mediante, en mayo del año siguiente habría un bebé en una cuna bajo el manzano de Mincing Lane.

El viento arreció y los postigos empezaron a batir. Me levanté de la cama y me acerqué a la ventana, donde dejé que la corriente de aire me agitara el pelo y me refrescara la piel desnuda. La calle estaba a oscuras y vacía, iluminada solo por unos pocos faroles resplandecientes colgados en los umbrales de las puertas. Siempre me había gustado esa hora de la noche, la hora secreta, cuando la ciudad dormía.

Unos pasos reverberaron en la calle y el sereno anunció:

—¡La una en punto y todo en orden!

Retrocedí para que él no viera mi desnudez y aseguré los postigos con la falleba.

Cuando me deslicé bajo la sábana, me llegó una vaharada de Jardín de Verano y detecté un perfume más profundo y denso bajo los matices dominantes de rosa y lavanda. Desconcertada, me tendí en silencio envuelta en el cálido abrazo del perfume, recordando que el señor Harte había dicho que me sorprendería la nota de fondo. En ese momento encontré la respuesta: jazmín. Al calentarse el perfume en contacto con mi piel, ya de noche, el intenso aroma base cobró vida, igual que sucedía en un jardín en verano.

Sonriente, bostecé y me dormí.

Me despertó un sonoro golpe y me incorporé en la oscuridad. La falleba de los postigos debía de haberse soltado otra vez. Pero no eran los postigos.

–¡Maese Robert!

Sin pérdida de tiempo, sacudí a Robert para despertarlo a la vez que me ponía precipitadamente el camisón justo a tiempo para preservar la decencia poco antes de que se abriera la puerta de la alcoba de par en par.

–¡Maese Robert! –Con la agitación, Bessie se derramó cera de la vela en la muñeca y estuvo a punto de dejar caer el candelero–. Me ha despertado el toque a rebato. ¡Es una alarma! Hay un incendio junto al río, y vuestro padre quiere que vayáis a ver si es cerca del almacén.

En cuestión de segundos Robert estaba en pie y se ponía el calzón, indiferente a su desnudez y a la expresión escandalizada de Bessie, que lo miró con los ojos muy abiertos.

–Seguro que no hay razón para preocuparse –dijo–. Volveré antes del desayuno.

Me venció un sueño inquieto y volví a despertar al alba. La cama, a mi lado, seguía vacía. Tras abrir los postigos, me asomé por la ventana. No había nada que ver, porque nuestra alcoba daba al norte, de espaldas al río, pero flotaba en el aire un leve olor acre. Me vestí y recorrí a toda prisa el pasillo hasta la habitación de invitados, que daba al sur. A lo lejos se veía una nube de humo en movimiento suspendida sobre los tejados. Me pareció demasiado humo para un incendio de una sola casa. Desazonada, bajé al piso inferior.

El señor Finche, ya en el comedor, tomaba un café.

–Se ve humo en la zona del río –dije, y me serví también yo café–, y creía que Robert ya habría vuelto a casa. –Bebí un sorbo de aquel brebaje amargo y me quemé la lengua. Al señor Finche siempre le había gustado el café muy cargado.

–Voy a ver qué pasa, Katherine.

Al cabo de un par de horas, harta de las interminables preguntas que la señora Finche, en su nerviosismo, ensartaba sin cesar, hui a la cocina para pedir a Bessie que trajera más café y un poco de pan con queso.

Bessie y la cocinera, la señora Higgins, chismorreaban en la puerta de atrás con el carbonero y su ayudante.

–¡Qué horror! –exclamó Bessie. El cabello grasiento escapaba de su cofia–. El fuego ha alcanzado ya más de trescientas casas.

–Y el puente de Londres está ardiendo, así que nadie puede huir al lado sur del río. –Con un brillo de excitación febril en los ojos, el carbonero añadió–: No os podéis imaginar el calor de las llamas y ese humo asfixiante, avivado por el viento. Bajo el puente, la gran noria, incendiada, se ha desprendido de su eje y ha caído al barro –contó, y cabeceó.

–Pero ¿cómo vamos a arreglárnosla ahora? –preguntó la señora Higgins, roja de indignación–. El señor no paga seis chelines con ocho peniques al año a la compañía de aguas por el servicio de llenarnos la cisterna para que ahora yo tenga que ir a buscar el agua a los conductos del suministro público.

–El incendio está propagándose, de eso no cabe duda –afirmó el carbonero a la vez que se limpiaba la nariz con la manga–. En fin, mejor será que sigamos con lo nuestro; tenemos carbón que repartir.

La señora Higgins cortó una rebanada de pan y alcanzó un trozo de queso mohoso de debajo de un tazón invertido que había en el aparador. Lo raspó con un cuchillo afilado, se asomó por la puerta de atrás y silbó.

Un perro negro apareció como una exhalación y se sentó a sus pies.

La señora Higgins lanzó el queso, y el perro saltó y lo atrapó entre sus fauces de un bocado.

–Este es el perro que suele sentarse ante nuestra puerta, ¿no? –pregunté.

–No hace daño a nadie –respondió la señora Higgins, y cruzando sus robustos brazos me miró con expresión un tanto desafiante.

Miré al perro y este me miró a mí. Era un chucho callejero normal y corriente, de ninguna raza reconocible, con una mancha blanca en el pecho, pero sus ojos marrones rebosaban inteligencia. Vacilante, tendí una mano hacia él para que me la olfateara y luego le di unas palmadas en la cabeza.

–Es mejor que demos las sobras al perro y no a las ratas –declaró la señora Higgins.

Bessie puso una cafetera en la bandeja y la seguí escalera arriba.

Abrí la ventana del salón y me asomé pronunciadamente por encima del alféizar. La calima todavía temblaba sobre el suelo y una nube cada vez más baja de humo negro flotaba sobre las casas. Un número anormal de carretas cargadas avanzaba ruidosamente sobre los adoquines, y entre ellas se abrían paso transeúntes presurosos, algunos con carretillas. Intranquila, cerré la ventana para que no entrara el humo.

Más tarde, a la hora del almuerzo, la señora Finche y yo comimos con desgana.

–Estoy muy preocupada –comentó ella–. ¿A estas horas John y Robert no tendrían que haber vuelto?

–No sé qué pensar –contesté–. Voy a acercarme al almacén para ver qué pasa.

Lombard Street estaba abarrotada de peatones, carretas y coches. Al doblar por Gracious Street, tuve que forcejear con una avalancha de gente que corría en dirección contraria. El humo se arremolinaba en un viento malévolo que me agitaba el pelo, y los mechones me azotaban el rostro.

–Señora, no podéis ir por ahí. –Un hombre casi doblado por la cintura a causa del peso que cargaba en hombros me cortó el paso–. Calle abajo las casas están todas en llamas, y una chispa ha caído en el tejado de San Lorenzo Pountney y el fuego se ha propagado bajo la cubierta de plomo. La iglesia se ha quemado casi de inmediato, incluso antes de que pudieran sacar la plata.

Miré hacia el otro extremo de Gracious Street y vi un manto de espeso humo negro.

–Pero tengo que ir a Fish Hill.

–Imposible –dijo el hombre.

A mi pesar, desanduve el camino y giré hacia el este por Fenchurch Street y luego al sur por Mincing Lane. Pero mi temor fue en aumento cuando las nubes de humo sofocante me obligaron a dar media vuelta.

Ya asustada, me abrí paso por las calles atestadas hasta que encontré un camino por Seething Lane y después doblé por el extremo este de Tower Street. El ruido y la confusión eran espantosos: los niños lloraban, los perros ladraban y en todo momento carretas sobrecargadas de enseres domésticos pasaban como un ejército en retirada. Zarandeada, me daba pánico perder el equilibrio y ser pisoteada.

De pronto, en uno de los callejones que daban a Thames Street, alcancé a ver un muro de llamas de color naranja y, por encima del vocerío y los alaridos, me llegó el rugido del infierno. Aterrorizada, me di media vuelta y atajé por la maraña de callejas que conducían hasta el río.

Por fin llegué al almacén. En el patio estaban apilados los barriles, las cajas y las piezas de tela, pero no vi ni rastro de Robert y el señor Finche. Yo los llamaba desde el umbral de la puerta cuando dos jóvenes andrajosos entraron a todo correr en el patio, volcaron uno de los barriles y, haciéndolo rodar, se dispusieron a llevárselo.

—¡Eh! –grité–. ¿Adónde vais con eso?

—Al río –contestó uno de ellos por encima del hombro.

Se alejaron rápidamente entre estridentes carcajadas.

Cuando comprendí lo que sucedía, la ira recorrió mi cuerpo de los pies a la cabeza. Habían robado el barril: ¡el barril de género comprado con mi dote!

—¡Al ladrón! –chillé. Agarrando una piedra del suelo polvoriento, la lancé hacia ellos, pero ni siquiera se volvieron para mirar atrás. Con mi calzado endeble e inadecuado, resbalaba en el polvo al correr, y apenas conseguí mantener al alcance de la vista a aquellos granujas que se alejaban a toda velocidad con el barril rodando entre ellos. En su atronador avance por el muelle, apartaban a los transeúntes sin dar cuartel a nadie.

Les arrojé otra piedra con toda la fuerza de mi ira y prorrumpí en un bramido de rabia cuando la pedrada alcanzó a uno de los malhechores en la espalda. Casi muerta de calor y sin aliento, aspiré una bocanada de humo y, tosiendo, me apoyé en la pared. Los dos hombres y el barril desaparecieron en medio del torbellino de humo.

La ceniza caía como la nieve. El sinfín de casas de madera, cobertizos para barcos, pescaderías y patios de abacerías apiñados en la orilla del río, a solo cincuenta pasos de mí, ardía ferozmente, alimentado el fuego por los tinglados del puerto, donde había almacenados alquitrán, cuerdas y cáñamo.

Un interminable aluvión de gente descendía apresuradamente hacia el río, que era un hervidero de embarcaciones. Grandes y pequeñas, iban todas cargadas hasta los topes de cajas llenas de cacharros de cocina, fardos de ropa de cama y jaulas con gallinas.

Volví a toda prisa al almacén, donde encontré a Robert y el señor Finche sacando más barriles al patio. Mientras me enjugaba el sudor del labio superior, dije:

–Dos hombres han robado uno de nuestros barriles. Los he perseguido y apedreado.

–¿Eso has hecho? ¡Por Dios! –Robert soltó una carcajada.

–Ahora tenemos preocupaciones más apremiantes que la pérdida de un barril –dijo el señor Finche, enrojecido y sudoroso–. He enviado a Matthew a alquilar una barca para poder llevar el género a lugar seguro. ¿Por qué tarda tanto?

–Dudo mucho que quede una sola barca –señalé–. El río está lleno a rebosar de embarcaciones, tanto que podría cruzarse el cauce de orilla a orilla pasando por encima de ellas como si fueran piedras en un arroyo.

–El fuego se acerca por momentos –dijo Robert, echando un vistazo al humo por encima del hombro.

–No llegará al almacén, ¿no? –Pero a la vez que se lo preguntaba, supe que era muy probable que sí lo hiciera.

–Todavía está el almacén de William Holland entre nosotros y el fuego –respondió Robert, y señaló con la cabeza el tejado que se alzaba por encima de la tapia del patio.

–¿Qué puedo hacer? –pregunté.

Trabajando los tres en silencio, acarreamos todo lo que pudimos desde el interior del almacén hasta una desordenada pila amontonada en el patio. El humo era ya tan espeso que tuvimos que taparnos la nariz con pañuelos.

Al cabo de dos horas, me dolían los brazos y la espalda, desacostumbrada como estaba al trabajo físico, y cuando Robert y yo dejamos una caja más en el patio, hice un alto para estirar la espalda.

—¿Cabrá todo esto en una sola barca? —pregunté.

Robert se enjugó el sudor de la frente con el dorso de la mano.

—Ni siquiera sabemos si hay una barca.

—Tiene que haberla —afirmó el señor Finche con semblante resuelto—. Este género no está mucho más a salvo en el patio que en el almacén.

—No me puedo creer que el fuego vaya a llegar hasta nosotros —dijo Robert—. Este almacén ya estaba aquí cuando yo nací, y seguirá en pie cuando crezca el musgo sobre mi tumba.

—¡No digas eso! —reprendí, y pese al calor, sentí un súbito escalofrío.

Nos volvimos al oír unas rápidas pisadas y vimos a un hombre entrar corriendo en el patio.

El señor Finche dejó escapar un suspiro de alivio.

—Matthew —dijo—, ¿dónde has estado? ¿Qué noticias traes?

—¡Por el amor de Dios! ¡Venid a ayudar! —exclamó Matthew. Su pelo de color zanahoria había escapado de la cinta que lo contenía y los rizos revueltos caían en torno a su cara—. El fuego ya ha prendido en el almacén de William Holland. Los tablones están tan secos que arden deprisa.

—¿Has encontrado una barca? —El señor Finche agarró a su escribiente por los hombres con mano férrea.

—No queda ninguna.

El señor Finche palideció.

—Ni siquiera he podido alquilar una carretilla ni conseguir a un mozo para que la empuje —añadió Matthew, enrojecido su rostro pecoso a causa del calor y el esfuerzo de contener las lágrimas—. No hay caballos y la ciudad entera está huyendo a toda prisa. Vamos, ahora debemos apagar el fuego en el almacén de Holland o estaremos perdidos. El viento esparce chispas en un amplio radio y todo está tan seco que prenden allí donde caen.

Sin mediar más palabra, corrimos tras los pasos de Matthew. En la orilla del río, una cadena de hombres se pasaba cubos de agua de mano en mano desde el cauce hasta el patio de Holland. Había escaleras apoyadas en el almacén, y los hombres se turnaban para encaramarse a ellas y arrojar el agua sobre la paja del tejado en llamas.

–¡Es inútil! –dijo el señor Finche levantando la voz para hacerse oír en medio del rugido del fuego–. Sería lo mismo que intentar apagarlo orinando encima.

De pronto las llamas, en un estallido, se alzaron a gran altura y una lluvia de gotas de fuego cayó sobre nosotros. Ahogué una exclamación cuando un ascua aterrizó en mi hombro y sentí la quemazón antes de poder sacudírmela.

Los tablones del tejado se desplomaron en el interior del almacén con un estruendoso gemido, al que se sumó el de los hombres que observaban horrorizados. A eso siguió una colosal ráfaga de aire caliente, que nos chamuscó los rostros.

–El almacén de Holland está lleno de toneles de coñac y aceite de oliva. Alimentarán el fuego –gritó el señor Finche.

Casi antes de que las palabras salieran de su boca, una explosión rasgó el aire. Lancé un chillido y me tapé los oídos con las manos cuando una brutal detonación nos sacudió y hierros candentes volaron por encima de nuestras cabezas.

Vi a Robert que, boquiabierto, observaba una masa de paja de la techumbre en llamas trazar un arco por encima de nosotros e ir a caer en el tejado del almacén de los Finche.

–Que Dios nos asista –susurró.

El señor Finche pidió ayuda a gritos. Los hombres abandonaron el almacén de Holland, arrastraron las escaleras hasta la tapia y saltaron al patio de los Finche.

Estorbada por la falda, en lugar de saltar rodeé el almacén a todo correr, hasta el muelle y callejón arriba, con un sollozo contenido en la garganta. Las piedras se me hincaban en los pies a través de las suelas finas de los zapatos y, cuando llegué al patio, cojeaba. Me recorrió un estremecimiento de asombro, frío como el hielo, cuando vi que el tejado del almacén de los Finche estaba ya en llamas.

Dando instrucciones a gritos, el señor Finche organizó una cadena humana hasta el río y yo me coloqué en medio, ajena a las miradas de sorpresa de los hombres. El calor era extremo, era un trabajo pesado, y enseguida me salieron ampollas en las palmas de las manos. Dejé la mente en blanco mientras los baldes de cuero corrían de mano en mano, negándome a admitir que el fuego arreciaba a cada segundo.

Me sobresaltó otra explosión. Grandes llamas danzaban en el tejado del almacén y una columna de humo negro se elevaba desde un extremo.

—No hay esperanza —dijo Matthew Lunt. Dejó el balde y se enjugó el sudor y las lágrimas de los ojos. Uno por uno, los demás hombres desistieron y abandonaron los baldes antes de marcharse del patio.

Robert, el señor Finche y unos cuantos más permanecieron allí, en un silencioso corrillo ante el almacén, viéndolo arder.

—¡Me olvidaba de las pieles marroquíes —exclamó el señor Finche—. ¡Y de las sedas bordadas! Sé exactamente dónde están...

—¡No estás en tu sano juicio! —exclamó Robert.

Su padre, haciendo caso omiso, se echó a correr.

Robert fue tras él, y yo los seguí. Para cuando llegué a la parte de atrás del almacén, los dos forcejeaban entre sí. De pronto el señor Finche asestó un puñetazo a Robert en la cara con tal fuerza que este, llevándose una mano a la nariz ensangrentada, se desplomó.

El señor Finche se zafó de mis manos cuando intenté retenerlo, abrió el cerrojo de la puerta de atrás del almacén y entró.

Mientras ayudaba a Robert a levantarse, lancé una exclamación al ver la sangre que manaba de su nariz. Antes de que pudiera impedírselo, iba ya en pos de su padre hacia el interior.

Lancé una mirada al tejado en llamas. Aún había tiempo. Crucé el umbral.

El almacén estaba lleno de humo, y me levanté el dobladillo de la falda para formar un tupido rebujo con ella y taparme la nariz. Los chasquidos y el crepitar del fuego eran espantosos, y las llamas ávidas se elevaban hacia el cielo a través del techo. Chispas doradas caían sin cesar y prendían en las pilas de tablones y brea del abacero allí almacenadas.

De pronto vislumbré un movimiento entre las nubes de humo.

—¡Robert! ¡Señor Finche!

Tosiendo, avancé a tientas. Cascotes inflamados caían del techo mientras me acercaba lentamente al fuego.

El aire empezó a saturarse del olor acre de la nuez moscada, la canela y el clavo quemados, incluso más intenso que el del humo, provocándome tos y lagrimeo. Ardía una fila tras otra de barriles de especias, y aquí y allá estallaban repentinas llamaradas crepitantes de colores irisados.

Un crujido y un gemido en lo alto me indujeron a alzar la mirada. Con un chillido, retrocedí de un salto al ver que se desplomaba el techo y caía estrepitosamente en el suelo. Siguió una avalancha de paja llameante y tablones resplandecientes.

Un grito traspasó el violento fragor del fuego y se me revolvió el estómago a causa del miedo. Avanzando a gatas por el suelo de tierra, pude situarme bajo la parte más densa del humo.

Encontré a Robert, que intentaba por todos los medios levantar una pesada viga, y grité horrorizada al ver que el señor Finche yacía debajo con las piernas atrapadas. El otro extremo de la viga estaba al rojo vivo y las llamas ascendían hacia el agujero del techo.

—¡No puedo levantarla! —exclamó Robert con voz aguda por efecto del terror—. No sé qué hacer.

—¡Ayúdame! —vociferó el señor Finche—. ¡Por el amor de Dios, sácame de aquí antes de que arda!

–Necesitas una palanca. –Volví a alejarme a gatas y separé una robusta tabla de la pila de madera de construcción del abacero. De pronto unos gritos escalofriantes se oyeron a mis espaldas y, gimoteando de miedo, volví a cuatro patas hacia ellos con la tabla a rastras.

La ropa del señor Finche se había prendido, y Robert, sangrando aún por la nariz, trataba de apagar el fuego con las manos desnudas.

Solté la tabla y me arrojé sobre el señor Finche. Con la falda, sofoqué las llamas y ahogué sus gritos espantosos. Al cabo de un momento, su ropa ya no ardía, pero el señor Finche gritaba aún de dolor y pánico.

–¡Gracias a Dios! –exclamó Robert. Agarró la tabla y, haciendo palanca, levantó un poco la viga–. ¡Sácalo! –Los ojos se le salían de las órbitas y le temblaban los brazos por el esfuerzo.

Deslicé las manos bajo los hombros del señor Finche y, sujetándolo por las axilas, tiré de él con toda mi alma. Tosiendo y asfixiándome, ajena a sus lastimeros alaridos, tiré otra vez. La desesperación me dio fuerzas y, después de lo que se me antojó una eternidad, noté que se desplazaba un poco.

–¡Solo un poco más! –exclamé.

Robert soltó un gruñido, la viga cedió ligeramente y caí de espaldas a la vez que el señor Finche quedaba libre. Cerrando los oídos a los lamentos del pobre desdichado, Robert y yo lo arrastramos por los brazos. Llevando al señor Finche medio en volandas, medio a rastras, y tosiendo a más no poder, cruzamos la puerta y salimos al patio.

Capítulo 4

La señora Finche estaba fuera de sí. Profirió un alarido al ver las quemaduras del señor Finche y la cara y la ropa ensangrentadas de Robert. Con la mirada enloquecida, palpó a su hijo hasta asegurarse que solo estaba un poco chamuscado.

Mandó a Bessie en busca de agua, vendas y bálsamo para las quemaduras. Mientras limpiaba a su marido y a su hijo, lanzaba exclamaciones cada vez que descubría un corte o una ampolla.

El señor Finche gemía, y gritó a voz en cuello cuando le vendaron las quemaduras.

Después Robert tomó las manos de su madre entre las suyas.

–No hay una manera fácil de decirte esto, madre. Hemos perdido el almacén.

Ella fijó la mirada en él con cara de incomprensión.

–Pero allí está guardado el nuevo cargamento.

–Ya no –respondió Robert muy serio–. Y la ciudad arde sin control.

–¡Pues hay que detener ese incendio!

Robert, con rostro ceniciento, se mesó el cabello.

–Lo único que podemos hacer es rezar para que se produzca un milagro.

Vencida de pronto por un agotamiento indescriptible, los dejé con sus lamentaciones y subí a quitarme la ropa, destrozada hasta el punto de que era ya irrecuperable. La falda estaba mugrienta, y la camisola y la enagua, agujereadas por las ascuas.

Temblando a causa de una reacción retardada a la conmoción, me desnudé por completo y me restregué la piel para eliminar el olor acre del humo. El almacén había desaparecido llevándose consigo mis esperanzas y mis sueños.

Sentada en el borde de la cama de aquella lujosa alcoba, era difícil asimilar la realidad de que el terrible incendio estaba causando estragos tan cerca de allí. No podía apartar de mi pensamiento el olor empalagoso de nuestra fortuna flotando entre las llamas mientras el clavo, la canela y la nuez moscada crepitaban y lanzaban fogonazos de intensos colores añil, violeta y naranja.

Robert entró en la alcoba cuando me disponía a ponerme una camisola limpia.

Tenía los ojos inyectados en sangre.

—Mi padre habría sufrido una muerte espantosa si no hubieras estado allí hoy, Kate. Yo no sabía qué hacer, y nunca podré agradecerte lo suficiente el valor que has demostrado.

—Cualquiera habría hecho lo mismo que yo.

Me senté en la cama mientras él se despojaba de su ropa pestilente y se lavaba.

Abajo en el salón, el señor Finche, sentado en una butaca, respondía con murmullos a la cháchara intrascendente de la señora Finche. Cuando entramos en la sala, esta alzó la vista con una visible expresión de alivio.

—Robert —susurró a la vez que lo agarraba de la manga—. No está en su sano juicio.

—Es la conmoción —dije—. Seguramente se pondrá bien después de una noche de descanso. Quizá... —aventuré— quizá deberíamos cenar y luego salir a ver si el fuego se ha propagado mucho. Tal vez tengamos que empaquetar todo lo que podamos llevarnos si el fuego viene hacia nosotros. —Pronuncié estas palabras con serenidad, pero no podía contener el temblor que se había apoderado de mí nada más concebir las posibles consecuencias de que el incendio llegara a Lombard Street.

–¿Aquí? ¿A esta casa? –Las mejillas de la señora Finche se tiñeron de un rojo encendido–. El fuego no llegará hasta aquí, ¿verdad que no?

Con su silencio, Robert contestó a esa pregunta, y ella prorrumpió en llanto.

Musité palabras tranquilizadoras hasta que dejó de llorar.

–Vamos a la cocina a pedir a la señora Higgins que nos prepare la cena.

Pero no encontramos a la señora Higgins en la cocina. Bessie, en cambio, sí estaba allí, junto a la mesa, cubriendo una cesta con un paño limpio.

–La cocinera se ha ido –anunció Bessie–, y yo me marcho también. Mi familia vive en Bearbinder Lane y el fuego está cada vez más cerca. Yo en vuestro lugar liaría los bártulos y me iría antes de que sea demasiado tarde.

–¡No puedes irte así sin más! –exclamó la señora Finche.

Bessie enarcó una ceja y agitó el pelo.

–¿Acaso no habéis mirado por la ventana, señora? Hay fuego, el humo es más negro que el corazón de un pirata y cae ceniza como si nevara. –Dicho esto, se colgó la cesta del brazo, abrió la puerta de atrás y se marchó.

La señora Finche y yo nos miramos.

–¿Vamos a ver qué encontramos para cenar? –pregunté–. Los hombres no han comido en todo el día.

La señora Finche asintió. Pusimos unos platos de trinchar en una bandeja y buscamos los cuchillos y la sal.

–¡Vaya! –La señora Finche apretó los labios en un mohín de indignación ante la puerta de la despensa–. Esa listilla se ha largado con la empanada de pollo. En la cena de anoche sobró más de la mitad.

–Sospecho que era eso lo que estaba metiendo en la cesta –apunté.

–Pues desde luego no hace falta que venga a pedirme referencias –dijo mi suegra.

Rebuscando en la despensa, encontramos solo un trozo de queso enmohecido, media hogaza de pan rancio, una cebolla y unas cuantas zanahorias pasadas.

–¿Por qué no vais a hacer compañía al señor Finche, y yo haré lo que pueda aquí?

Con un suspiro, me dispuse a preparar una sopa. Mientras hervía, corté el pan y retiré el moho del queso. Abrí la puerta de atrás y silbé. Al cabo de un momento el perro negro vino a comerse los desperdicios.

Me miró con una expresión de esperanza en los ojos marrones. Le di unas palmadas en las costillas, muy marcadas, antes de apartarlo hacia el aire cargado de humo y cerrar la puerta con firmeza.

Cuando la sopa estuvo lista, subí la bandeja con la cena, vivo aún el escozor de las manos ampolladas.

–Voy a ver hasta dónde se ha propagado el fuego –anunció Robert con la frente arrugada en un ceño de preocupación–. Si existe la menor posibilidad de que esta casa se incendie, tenemos que alejarnos antes de que nos arrolle la multitud.

–Está oscureciendo –comenté.

–Como mínimo debo ir a ver en qué dirección sopla el viento.

Bajé con Robert para despedirme de él.

–No corras ningún riesgo, prométemelo.

Apesadumbrada, volví al salón.

El señor Finche dormitaba inquieto, y su esposa, sentada junto a él, lo sostenía de la mano.

–Creo que no debemos esperar hasta que vuelva Robert con las noticias –sugerí–. Preparemos todo lo que podamos llevarnos por si es necesario marcharse a toda prisa.

A la señora Finche le tembló el labio inferior.

–No me puedo creer que esto esté ocurriendo.

–No lo penséis siquiera –dije, apiadándome de ella al ver su semblante afligido–. Ya habrá tiempo para eso más adelante. De momento debemos mantenernos ocupadas y, sobre todo, a salvo.

Respirando hondo, la señora Finche cuadró los hombros.

–Tienes toda la razón, Katherine. Voy a reunir todo el dinero que hay en casa y las joyas. En el peor de los casos, quizá necesitemos venderlas.

–Si nos queda tiempo, deberíamos hacer pan –propuse–. Amasar es una actividad relajante, y no queda ya comida en la casa. Puede que el pan escasee durante un tiempo. Prepararé la masa para que vaya fermentando, antes de empezar a recoger las cosas.

La señora Finche suspiró.

–Te ayudaré. La compañía siempre viene bien, ¿no crees?

Amasar era una tarea mecánica, y nos sirvió para apartar nuestros pensamientos del horror que acechaba en las calles. Mientras el pan fermentaba, la señora Finche fue al salón para ver cómo seguía su marido mientras yo metía unos cuantos utensilios de cocina básicos en un saco de harina. Ignoraba cuánto tiempo estaríamos fuera, o si alguna vez podríamos regresar. Llevé toda la plata a la bodega con la frágil esperanza de que si la casa ardía, las llamas no llegaran tan abajo.

En el piso de arriba, miré desde la ventana de la habitación de invitados, pero el resplandor del fuego y la gran humareda en el cielo no hicieron más que acrecentar mi temor. Abajo, la calle era puro barullo y ajetreo, como si la ciudad entera estuviera en movimiento. Cogí una muda para Robert y otra para mí, incluidos unos zapatos robustos, porque temía que nos viéramos obligados a caminar un buen trecho. Vacilando solo por un momento, puse el frasco de Jardín de Verano y la preciosa seda de color topacio en el fondo de la bolsa. En el último momento añadí un bote de bálsamo para quemaduras y un trozo grande de tela de hilo blanca que podía romperse y emplearse como vendaje.

Robert regresó justo cuando el pan salía del horno.

–Debemos marcharnos ya –anunció. La comisura del ojo le palpitaba en un tic–. Empieza a ser casi imposible moverse por las calles a causa del atasco de carretas y personas. Me preocupa mover a mi padre, pero si el fuego viene hacia aquí la espera nos complicará aún más las cosas.

—La señora Buckley y su marido se han marchado al campo, pero podemos alojarnos con la señora Smedley en Wood Street —dijo la señora Finche—. Está en una zona segura, y después, cuando pase el peligro, volveremos aquí.

—Debemos atrancar todas las ventanas y echar los cerrojos de las puertas —indiqué—. Esta noche saldrán los ladrones.

Robert y yo empezamos por el piso de arriba, donde cerramos los postigos. Aun así, hilos de humo se filtraban por las rendijas.

En la cocina, Robert encajó la tranca del postigo en sus soportes con los puños.

—He intentado alquilar una carreta —informó—, pero es imposible. Un hombre me ha pedido cuarenta libras por una carreta que normalmente se alquilaría por unos chelines. ¡Imagínate! —De pronto contrajo el rostro—. No tengo cuarenta libras, Kate. El almacén ha desaparecido, y estamos en la ruina. ¿Qué vamos a hacer? —Se tapó la cara con las manos.

Vi agitarse sus hombros, y el miedo al futuro se adueñó de mí.

—Debemos llevar a tus padres a lugar seguro; eso es lo único en lo que hay que pensar ahora.

Asintió y contuvo las lágrimas con un parpadeo.

—Iré a ver si mi madre está preparada.

Atranqué la puerta de la cocina y la sacudí con fuerza para asegurarme de que los cerrojos quedaban firmemente echados. Fuera, oí al perro negro gemir y arañar la puerta.

—¡Vete a casa! —le grité.

Envolví el pan caliente con un paño, me lo colgué en bandolera y recogí el saco de harina.

En el salón, Robert despertó al señor Finche y lo ayudó a ponerse en pie. El pobre hombre miró alrededor, totalmente desconcertado.

—Tenemos que irnos, padre.

—¿Adónde me llevas? Me duele la pierna. —Se tocó la mejilla e hizo una mueca—. ¿Qué ha pasado?

–Os habéis quemado –contesté, y lo tomó de la mano–. ¿No os acordáis?

Negó con la cabeza pero se dejó conducir al piso de abajo.

Nos reunimos en el vestíbulo y encendí los faroles. La señora Finche lanzó una mirada a las tristes bolsas que contenían nuestras pertenencias y se echó a llorar.

–¡No quiero irme! –exclamó entre sollozos–. Hemos vivido veinte años en esta casa, y no lo soportaría si le pasara algo.

–Quizá el viento amaine y el incendio se apague por sí solo –dije. Pero había visto danzar grandes llamas y sentido el intenso calor, y sabía que el fuego voraz lo destruiría todo a su paso.

–¡Vamos, madre! –instó Robert con delicadeza–. Agarra a padre del brazo. –Abrió la puerta y nos guio hacia la calle llena de humo.

La señora Finche, con los ojos anegados en lágrimas, se volvió y echó una mirada a la puerta.

El sol ya se había puesto, y la calle, cada vez más oscura, era un hervidero de mulas de carga, coches, carromatos y carretas, y todas y cada una de las personas de aquella multitud cargaba con algún fardo a hombros.

Un viento caliente soplaba en repentinas ráfagas, arrastrando ceniza y agitándome el pelo en torno a la cara, con lo que apenas veía por dónde iba. Las campanas tañían, los niños lloraban, y cerdos chillones nos adelantaban a todo correr, pero no nos quedaba más remedio que fundirnos con esa ruidosa riada de gente.

Entre sacudidas y empujones, nos dejamos arrastrar por la marea. La señora Finche soltó un alarido cuando su marido tropezó y Robert lo salvó por muy poco de acabar aplastado bajo las ruedas de un coche.

Era difícil ver hacia dónde íbamos sin más luz que los titilantes faroles. Cada paso en la oscuridad nos acercaba a un futuro incierto y a cada paso el pánico crecía en mi garganta. Aparté todo pensamiento de mi cabeza y me limité a seguir caminando, primero un pie, luego el otro.

Casi doblada por la cintura a causa del peso de los fardos que llevaba atados a la espalda, busqué resguardo en el umbral de una puerta para detenerme y aligerar la carga. Algo me tocó la rodilla y, al bajar la mirada, vi al perro negro.

—Es inútil que me sigas —le dije—. No tengo sobras. ¡Márchate! ¡Largo de aquí!

Se sentó en el suelo y fijó en mí sus ojos marrones y serios.

—¡Date prisa, Kate! —apremió Robert.

—Quizá no debería haber traído tantas cosas —dije, y reacomodé el pan—. Al fin y al cabo, seguro que la señora Smedley tiene comida suficiente para alimentarnos una o dos noches. —No estaba preparada para plantearme lo que ocurriría si no podíamos volver a casa pasado ese tiempo.

Sentíamos los azotes del viento colmado de humo, que me tiraba de la falda y hacía parpadear la llama de los faroles. Por fin, maltrechos y magullados, llegamos a Wood Street, cerca de la muralla de la ciudad.

La señora Finche derramó lágrimas de alivio y agotamiento cuando nos acercamos a la casa de la señora Smedley.

—Me da igual si esta noche dormimos en un colchón duro y deforme en la buhardilla más mísera de los criados. Lo único que deseo es quedarme hecha un ovillo y dormir —dijo.

Pero la familia Smedley y sus criados ya habían huido del fuego y la casa estaba a oscuras, con todas las puertas cerradas y atrancadas.

Me representó un verdadero esfuerzo no sumarme al arrebato de llanto de mi suegra.

Formando un patético grupo, volvimos a ponernos en marcha a la luz tenue de la luna para unirnos a la muchedumbre que intentaba abandonar la ciudad por Moor Gate. En esa puerta, unas cadenas cortaban el paso a las carretas que venían del campo, no sé si para ayudar a trasladar a lugar seguro a los habitantes de la ciudad o simplemente para sacar provecho, pero la cuestión era que el tráfico rodado no podía pasar por allí. Estallaban peleas entre los desesperados viajeros y en el aire cargado de humo resonaban voces y chillidos.

Cansados y con los pies doloridos, llegamos por fin a Moor Fields en plena noche y nos desplomamos en la hierba húmeda por el relente entre las otras familias que habían huido del fuego. Los bebés lloriqueaban y las mujeres sollozaban, pero por fin, a pesar de la tierra dura y fría y el ulular del viento, nos dormimos.

Capítulo 5

Volví a tener el sueño recurrente en el que la tía Mercy me azotaba con su vara de abedul, y cada golpe en las nalgas desnudas me arrancaba un grito de sufrimiento. Me arrastraba por el pelo y me arrojaba al sótano, donde yo, sollozando, oía criaturas corretear sobre mis pies en la oscuridad absoluta.

Me despertó el llanto de un niño. Levanté la cabeza, sin saber dónde estaba. Una piedra angulosa se me hincaba en la cadera y me dolía el cuello después de haber utilizado como almohada el saco con los cacharros de cocina. Tenía la ropa empapada por el rocío. Apenas clareaba, pero en el cielo la espesa nube resplandecía con una siniestra tonalidad roja azulada. Y de pronto me acordé de lo sucedido el día anterior y el corazón, frío como una piedra, me dio un vuelco.

Mirando alrededor, vi que todo Moor Fields era un inmenso mar de gente. Aquí y allá resplandecían pequeñas fogatas bajo la luz gris, y unos cuantos hombres erraban sin rumbo o, inmóviles, contemplaban el humo que se elevaba de la ciudad todavía en llamas. Ceniza y ascuas de papel se arremolinaban en el viento racheado y se depositaban sobre los ocupantes del campo.

Volvió a asaltarme, con todo su horror, la imagen del almacén devorado por el fuego y el hedor sofocante de las especias quemadas. Entonces lloré, lágrimas calientes y mudas de desesperación que se derramaban por entre mis párpados cerrados.

Me enjugué los ojos con el dobladillo de la falda. Robert y sus padres aún dormían. El señor Finche, con sus quemaduras en las mejillas, gemía en sueños.

Acuciada por mis necesidades fisiológicas, me abrí camino en la penumbra por encima de cuerpos dormidos hacia unos matorrales próximos al límite del campo. No era la única que había tenido esa idea. Encontré a una docena de mujeres o más con las faldas levantadas en la intimidad incompleta que proporcionaban aquellos matorrales bajos. Los hombres acudían a un sitio un poco más alejado, pero, después de todo lo ocurrido, el pudor se antojaba intrascendente.

Cuando volví, los demás ya estaban despiertos.

Robert, arrodillado en el suelo, estrechaba entre los brazos a su madre llorosa, en tanto que el señor Finche deambulaba renqueante de aquí para allá.

–El trabajo de toda una vida y la herencia de mi hijo reducidos a humo –clamaba–. ¿Cómo he podido ser tan necio? –se reprochó–. Pedí dinero prestado a todos mis conocidos para traer el doble de carga que de costumbre. Lo he arriesgado todo para dejar de trabajar y poner el negocio en manos de Robert. Y ahora... –Contrajo el rostro en una mueca de angustia.

–¿Cómo que lo has arriesgado todo? –preguntó la señora Finche–. Siempre has sido un hombre prudente. Si alguna vez te he sugerido que compraras una cantidad mayor de género, has objetado que no convenía poner toda la carne en el asador.

–¡Ojalá hubiera seguido mi propio consejo! –Descargó un violento y repentino puntapié a su fardo–. Quería lanzar los dados por última vez antes de abandonar el negocio.

–¿No nos queda nada? –El rostro de la señora Finche pareció venirse abajo, y le tembló la mano, apoyada en el brazo de su marido.

El señor Fiche movió la cabeza en un gesto de negación, incapaz de apartar la mirada del suelo.

A Robert le gruñó el estómago de hambre. Al menos a ese respecto yo podía hacer algo. Saqué la hogaza y una botella de cerveza del saco de harina.

–Tienes que comer –dije, y se lo ofrecí.

Lo aceptó sin mediar palabra y comió con la mirada puesta en la ciudad en llamas.

Cuando el señor Finche tomó un trozo de pan que le tendí, algo me tocó la pierna y vi que el perro negro había vuelto. No pude resistirme a la expresión suplicante de sus ojos famélicos y le di un poco de corteza de mi pan. La engulló y se enroscó en el suelo con la cabeza en mi rodilla.

Mientras dábamos cuenta de nuestro frugal desayuno, llegaba a Moor Fields más y más gente medio desfallecida a causa del agotamiento y la conmoción. Los campos empezaban a estar tan atestados que apenas quedaba espacio para sentarse. Dispusimos nuestros bultos alrededor, y la señora Finche y yo extendimos nuestras faldas para demarcar nuestra pequeña porción de hierba.

Durante las horas posteriores, cambié las vendas de las quemaduras del señor Finche de la mejor manera que pude. Él había dejado de hablar y parecía cada vez más indiferente a lo que lo rodeaba.

La señora Finche, para evadirse de su dolor, se hizo un ovillo en el suelo y durmió con el mantón sobre la cara.

Llegó una familia con una carretilla llena a rebosar de enseres domésticos y se instaló a nuestro lado.

–¿Qué noticias hay? –preguntó Robert a la vez que echaba un vistazo por encima del hombro hacia el humo negro que se elevaba aún de la ciudad.

El joven padre, al frotarse los ojos, se dejó huellas blancas en la cara manchada de hollín.

–Hemos perdido nuestra casa de Watling Street. El fuego consume un centenar de viviendas por hora.

–¿Y qué se sabe de Lombard Street?

–El incendio subió rápidamente por Gracious Street y luego siguió por Lombard Street.

–¡Qué Dios se apiade de nosotros! –susurró Robert–. Nosotros vivimos allí.

–Lamento deciros que todas las casas de esa calle se han venido abajo, una tras otra, desde el principio hasta el final de la calle. Los tejados de paja han ardido y las paredes se han desplomado a causa del calor infernal.

–¿Qué va a ser de nosotros? –Con la mirada extraviada, Robert se mesó los cabellos y miró a sus padres dormidos–. ¿Cómo voy a decírselo a mi madre y a mi padre?

Me quedé petrificada de miedo. No podía asimilarlo; era como si tuviera la cabeza llena de niebla.

–Lamento vuestras tribulaciones –dijo el hombre–, pero hay miles de personas en la misma situación, yo incluido. Todo aquello que conocemos en la ciudad está en llamas. Ha desaparecido incluso la Real Lonja.

–Pero si estuve allí el otro día –comenté. Me costaba imaginar aquel palacio de los deleites, donde podía satisfacerse toda necesidad mercantil, convertido en escombros–. ¿Y Mincing Lane? –pregunté, temiendo oír la respuesta.

–Todo ha desaparecido.

Me llevé la mano a la boca al imaginar las ávidas llamas avanzando a toda prisa por la calle y envolviendo la casita que yo ya adoraba. Me representé dedos de fuego que penetraban por cada pequeña rendija y echaban su aliento espeso y abrasador sobre el revestimiento de roble del salón hasta que este resplandecía y se prendía, imponiéndose en todos los rincones secretos y devorándolo todo hasta dejar solo una pila de ceniza.

–Sabe Dios qué vamos a hacer ahora –dijo el hombre, y el pánico asomó a su voz–. Tengo mujer y tres hijos que alimentar y he perdido la cervecería. Los toneles reventaron cuando la cerveza hirvió a causa del calor, y el líquido corrió en un río humeante calle abajo. –Se pasó de nuevo la mano por la cara y se volvió otra vez hacia su familia.

Me resulta insoportable recordar la pesadumbre y el miedo que vi en los padres de Robert cuando comprendieron que no solo había desaparecido su negocio, sino también lo que había sido su casa desde hacía veinte años.

–Estamos arruinados –musitó el señor Finche–. Ojalá hubiéramos perecido en el incendio, porque ahora ya no nos queda otra salida que vivir de la caridad de la parroquia.

–Eso no lo permitiré –dijo Robert–. Encontraré trabajo y os mantendré.

–Pero ¿qué haremos hasta entonces? –La señora Finche miró a su hijo con expresión trágica en los ojos.

–¿Y quién te dará empleo, Robert? –preguntó su padre–. Han quedado destruidos comercios y casas, y son muchos quienes han perdido la fortuna. Puede que no haya trabajo.

–Encontraré un trabajo u otro, aunque tenga que vaciar pozos negros –respondió Robert con vehemencia.

Deslicé mi mano en la suya y me apoyé en él. Creo que en ese momento lo quise, al menos un poco.

Esa tarde a las ocho, cuando corrió por Moor Fields la noticia de que el fuego había llegado a la catedral de San Pablo, se elevó un enorme gemido de aflicción entre los allí congregados. Un ascua arrastrada por el viento había penetrado bajo el revestimiento de plomo, y las vigas de madera habían prendido. Volaban grajillas alrededor del chapitel cuando el plomo, crepitando y silbando, empezó a fundirse, corrió por los canalones y se vertió en la calle, donde formó un río por Ludgate Hill. Los chasquidos de la piedra sometida a ese calor extremo eran tan sonoros como detonaciones de pistola, y los cristales de colores del rosetón se licuaron. El calor y el humo eran tan intensos que se formó el zigzag de un relámpago en la nube de humo suspendida sobre la catedral en llamas, seguido de un trueno ensordecedor.

La muchedumbre contempló horrorizada el incendio desde lo lejos, lamentándose ante semejante visión. Muchas voces imploraron a Dios que les perdonara los pecados, ya que sin duda el Juicio Final se acercaba.

La señora Finche me apretó la mano con tal fuerza que hice una mueca de dolor.

–Reza para pedir mi perdón, Katherine –dijo entre sollozos–, porque sé que he sido orgullosa y codiciosa. ¡Ojalá nunca me hubiera jactado ante mis amigas del coste de aquella seda púrpura para el salón!

Se difundió el rumor de que unos extranjeros habían provocado el fuego y la multitud se encolerizó. Alguien dijo que cincuenta mil franceses habían invadido el país y venían a asesinarnos a todos y saquear lo que quedaba de la ciudad.

Durante la noche nos despertó el llamamiento de: «¡A las armas!». Varios hombres, enloquecidos por el miedo y la rabia, se armaron de estacas y valientes palabras y partieron rumbo a la ciudad en busca de esos malnacidos franceses para molerlos a palos.

Más tarde esa noche volvimos a despertar cuando las tropas del rey trajeron a esos mismos hombres custodiados y se quedaron allí montando guardia para asegurarse de que no se producían más alborotos.

Pero al día siguiente el viento cesó y poco después empezaron a llegar noticias de que el fuego empezaba a estar ya bajo control. Algunos se postraron de rodillas y rezaron. Se distribuyeron galletas secas de las tiendas navales, pero estaban duras como piedras y tan llenas de gorgojos que sentí arcadas al verlas. Sin embargo, el perro negro, que todavía me seguía, comió hasta saciarse.

Más tarde ese mismo día se armó un revuelo por todo el campamento cuando un grupo de jinetes recorrió al trote Moor Fields.

–¡Es el rey! –exclamaba la gente.

Arrancados de nuestra desdicha, nos pusimos de pie para disponer de una vista mejor, y vi a un hombre alto de tez morena y nariz aguileña a lomos de un enorme corcel negro. El rey mantenía su montura bajo control mientras esta brincaba de lado, con las orejas hacia atrás y el blanco de los ojos visible. A sus espaldas humeaban las ruinas de San Pablo.

–La sentencia que ha recaído sobre Londres viene directamente de la mano de Dios –anunció con voz clara y firme–, y ninguna conspiración de franceses, holandeses o papistas ha tenido parte alguna en la desgracia que padecéis.

–¿Qué va a decir él? –preguntó la señora Finche–. Al fin y al cabo, su madre era francesa.

–No he encontrado la menor razón para sospechar de connivencia en la quema de la ciudad –prosiguió el rey–. Es mi deseo que no os alarméis más. Dispongo de fuerzas suficientes para defenderos de cualquier enemigo, y podéis tener la certeza de que yo, vuestro rey, viviré y moriré con vosotros por la gracia de Dios y os cuidaré con especial esmero.

Para concluir su alocución, el rey prometió enviarnos quinientas libras de pan al día siguiente y al otro, y luego, cuando la multitud lo vitoreó de manera desigual, se marchó al galope con su séquito, de regreso a su palacio, sin duda para comer. Entretanto, nosotros pasamos otra penosa noche al raso entre los refugiados inquietos y temerosos.

En los dos días siguientes no flotaba ya sobre la ciudad tanta humareda, y algunos de los presentes empezaron a recoger sus pertenencias y marcharse.

–¿Robert? –dije.

Se volvió hacia mí. Tenía ribeteados sus ojos grises y, a falta de un barbero, le asomaba el vello del mentón.

–No podemos quedarnos aquí.

–¿Adónde propones que vayamos? –preguntó–. ¿A nuestra casa en el campo, quizá?

Me sonrojé ante el tono sarcástico de su voz.

–He oído decir que están plantando tiendas del ejército en Gresham Palace –contesté.

–No se me ocurre dónde ir –dijo Robert, y se tapó los ojos con la mano–. Me cuesta pensar con claridad.

El temor volvió a adueñarse de mí. Si no podía contar con que mi marido se mantuviese firme por todos nosotros, ¿qué esperanza de futuro teníamos?

–Me han dicho que mi casa ha ardido y se ha desplomado, pero debo verlo con mis propios ojos... –Robert, parpadeando para contener las lágrimas, apartó la vista de mí.

Yo no tenía palabras para aliviar su dolor. Vacilante, le toqué la manga.

–¿Vamos, pues?

Dejamos a los padres de Robert vigilando nuestras pertenencias y nos encaminamos hacia la ciudad.

En Moor Gate, lancé una exclamación al ver que las gruesas cadenas de hierro que impedían el paso unos días atrás estaban ahora retorcidas y fundidas en el suelo. Aún flotaba humo en el aire recalentado, cuya temperatura iba en aumento a medida que avanzábamos por una calle de casas chamuscadas y ennegrecidas con los tejados abiertos al cielo. Aventurándonos a adentrarnos más en la ciudad, nos quedamos en silencio, casi incapaces de asimilar aquella espantosa escena de total devastación que se extendía ante nosotros.

Poco menos de asfixiados por el aire abrasador, trepamos por montículos de cascotes humeantes. Las casas habían desaparecido en su mayoría y quedaban solo las chimeneas de ladrillo montando guardia como centinelas. Reinaba un silencio escalofriante entre las ruinas de la ciudad; no sonaba ni una sola campana de iglesia, ni se oían los cascos de los caballos o las ruedas de los carruajes contra los adoquines, y el bullicio habitual del comercio cotidiano había desaparecido.

Bajo nuestros pies el suelo todavía quemaba y nos socarraba los zapatos, obligándonos a avanzar a saltos. Aquí y allá, ardían aún vivamente las carboneras de las casas derruidas. Nos cruzamos con un gato muerto, su cuerpo rígido y desecado como un trozo de cuero viejo. Hojas de papel se arremolinaban en el aire caliente, y atrapé una que voló hacia mí. Los libreros e impresores habían guardado sus libros, papel y prensas en San Pablo, creyendo que allí estarían a salvo, pero el fuego no había respetado a ningún hombre ni sus tesoros.

–¿Cómo vamos a encontrar la casa? –preguntó Robert entre sollozos–. En este páramo no queda nada salvo las grandes ruinas de San Pablo.

Me enjugué el sudor de la cara con el antebrazo, indiferente ya a lo poco femenino que era el gesto y a la mugre depositada en mi ropa y mi persona–. Se ve la ciudad de extremo a extremo –dije a la vez que recorría las ruinas humeantes con la mirada–. Parece un horrendo paisaje desértico del infierno.

–Ay, Kate, ¿qué vamos a hacer? –Robert se tapó el rostro con las manos–. ¿Adónde vamos a ir? ¿De qué vamos a vivir?

Llorando, se aferró a mí con el terror de alguien que se ahoga mientras la ceniza blanca caía lentamente en el suelo humeante para cubrirlo con un manto de dolor.

Capítulo 6

Junio de 1667

Temía mis asiduas visitas a Lambeth. Con la canasta colgada del brazo y bien sujeta, toqué la campanilla y esperé. Unas fuertes pisadas resonaron en el pasillo y se abrió la mirilla de la puerta con un chirrido. Un ojo inyectado en sangre me observó.

–Decid el motivo de vuestra visita –ordenó una voz ronca.

Cada vez se repetía la misma escena; habría cabido pensar que para entonces Dobbs conocía ya de sobra el motivo de mi visita.

–Soy la señora Finche, vengo a ver a mi suegro –respondí, con el corazón encogido aun antes de entrar en el gélido recinto de la cárcel de deudores.

Rechinaron los grandes cerrojos de hierro, produciéndome dentera, y una vez más juré llevar algo de aceite en mi siguiente visita.

Dobbs se quedó plantado ante mí, sus gruesas piernas separadas y la mano extendida con la palma abierta.

–Bien, pues, ¿dónde está mi gratificación?

Saqué la media corona del bolsillo y, evitando el contacto con sus dedos callosos, se la entregué de mala gana.

Mordió la moneda para asegurarse de que era buena y dejó escapar un gruñido de satisfacción. Cuando sonrió, enseñó unos dientes ennegrecidos.

–No querréis que vuestros padres acaben en el Agujero, ¿verdad?

Me estremecí ante la mención de ese lugar horrendo, oscuro y hediondo que Dobbs me había mostrado bajo el sótano

61

y lo seguí por el lóbrego pasadizo de piedra, húmedo incluso en junio.

Costaba creer que hacía menos de un año los Finche vivían en una casa exquisitamente decorada de una elegante calle y ahora hubieran caído tan bajo. Me recorrió un escalofrío cuando recordé que habíamos buscado refugio en un campamento de tiendas en los jardines de Gresham Palace. Nuestras condiciones de vida fueron penosas hasta que Robert consiguió un puesto de escribiente y pudimos alquilar una habitación en una casa inmunda cerca de Smithfield. Pero ni siquiera entonces acabaron nuestros problemas.

Dobbs agarró el llavero que llevaba colgado del cinto, desechó otro cerrojo y esa nueva puerta se abrió con un chirrido. La luz inundó el pasadizo.

–Veinte minutos –dijo.

Parpadeando, salí al patio.

Un niño pasó por mi lado corriendo detrás de un aro. Lo seguía un tumulto de chiquillos gritones, y tuve que apresurarme a retroceder para evitar la nube de polvo que levantaron a su paso. El patio era un hervidero de gente: unos caminaban agarrados del brazo y otros permanecían en corrillos o sentados en los bancos adosados a las paredes.

Escruté el gentío y vi a la señora Finche, ahora delgada como un palo de escoba, casi irreconocible por su aspecto atribulado en comparación con el de nueve meses atrás. Volví a recordar que los acreedores del señor Finche, uno tras otro, vinieron a llamar a nuestra puerta para exigir el pago. Robert ganaba apenas lo suficiente para darnos de comer a todos un currusco a diario, y no podía plantearse siquiera saldar las deudas. Y de pronto, una espantosa mañana de noviembre, se presentaron unos hombres para llevarse al señor Finche a la prisión de deudores.

La señora Finche alzó la vista y esbozó una sonrisa de bienvenida.

–Katherine, querida.

Su ropa olía a humedad y sentí en la cara el roce de su descarnada mejilla, seca y apergaminada. Ella miraba ya la canasta.

Retiré el paño y le enseñé el contenido.

–Pan, recién hecho de esta mañana, y la mitad de la empanada de zanahoria y nabo que preparé anoche. Hay un trocito de queso y... –Con un gesto triunfal, saqué el tesoro–. ¡Un pan de jengibre entero!

La señora Finche apenas logró resistirse a arrancármelo de la mano. Se le arrasaron los ojos en lágrimas.

–¿Qué haríamos sin ti? Aquí el caldo es cada día más claro, y ya ni siquiera ponen un hueso para darle sabor. Y a veces... –Se retorció los dedos y contrajo los labios en una mueca de angustia.

–¿A veces? –la insté a seguir.

–John no tiene fuerzas para abrirse paso hasta el principio de la cola y recoger nuestra ración. Aquí un grupo de hombres lo organiza todo, y si uno no los complace, la vida puede ser muy difícil. –Se inclinó hacia mí y susurró–: Algunas de las mujeres más jóvenes están dispuestas a conceder favores. Se conservan orondas y guapas siempre y cuando sigan complaciendo.

–Esto es muy difícil para vos, señora Finche. –Le entregué la ropa bien doblada que estaba en el fondo de la canasta–. ¿Me llevo la sucia?

Me dirigió una sonrisa vacilante.

–Si puedo mantenerme razonablemente limpia, puedo sobrellevarlo.

–¿Dónde está el señor Finche?

Se encogió de hombros.

–¿Dónde está siempre? Tumbado en la cama, mirando la pared.

Nos abrimos paso entre la multitud, y la señora Finche me llevó a la celda fétida que compartían con otros veinte reclusos. Una ventana pequeña, con barrotes, a gran altura en la pared permitía entrar un haz de luz que iluminaba los rincones sombríos de la celda. Los ladrillos musgosos del techo abovedado rezumaban humedad y el agua goteaba en las anchas tablas empotradas en las paredes que hacían las veces de literas. Una rata correteó por el suelo y se escondió detrás de un pestilente cubo en un rincón. Supe que no debía estremecerme al ver y oler la mazmorra. Desde que Dobbs me llevó a visitar los indescriptibles horrores del Agujero, sabía que esto otro, en comparación, era el Paraíso.

El señor Finche se hallaba encogido en su litera bajo una fina manta gris. Henchida de lástima, advertí cómo se había consumido su cuerpo y que sus dedos, apoyados en el pecho, parecían garras. Lentamente volvió la cabeza para mirarme.

–¿Hay noticias? –susurró con los labios agrietados.

–Robert sigue buscando un comprador para el solar –dije–. Pero no es fácil. Hay mucha gente que se ha quedado sin casa por el incendio, pero no puede permitirse la construcción de una nueva, y por lo tanto el suelo es barato. Y aún hay que despejar los escombros del solar, cosa que disuade a los compradores. –No quería decirle que de momento el precio más alto que le habían ofrecido estaba lejos de la cantidad necesaria para saldar las deudas del señor Finche y librarlo de la cárcel.

Ya era hora de que Robert se enfrentara a su padre y le dijera lo desesperada que era la situación. Cada vez que yo le pedía que visitara a sus padres, se negaba, aduciendo que no soportaba el hedor de la cárcel. A menudo discutíamos al respecto y, con el paso del tiempo, cada vez sentía menos respeto por un hombre que anteponía sus aprensiones a las necesidades de sus atormentados padres.

El señor Finche tosió y se volvió de nuevo de cara a la pared.

La señora Finche sacó las provisiones de la canasta y las guardó en la caja de madera que yo le había llevado en una de mis anteriores visitas. Las ratas ya habían roído las esquinas, y los profundos surcos paralelos de color claro contrastaban con el tono oscuro de la madera. Escondió la caja debajo de la manta de su marido. Abundaban los ladrones, impulsados por el hambre, y no era prudente exhibir las propias riquezas.

–Dobbs pronto empezará a llamarme a voces –dije–. Adiós, señor Finche.

No se movió.

Volvimos al patio y agarré a mi suegra de la mano.

–¿Por qué no venís a casa conmigo?

Ella movió la cabeza en un gesto de negación.

–Ya lo sabes. Él no comería nada si yo no le pusiera un poco de sopa entre los labios cada día. –Me agarró del brazo–. Háblame de Robert. ¿Está bien?

Asentí.

–Pídele que venga a vernos otra vez, ¿quieres? Hace ya mucho tiempo desde su última visita.

–Está trabajando mucho –contesté evasivamente. No podía decirle lo mucho que Robert detestaba ir a ese lugar–. Quizá venga este domingo. –Haría lo posible por convencerlo.

–¿Y cómo le va el trabajo?

Me encogí de hombros.

–Elias Maundrell es un hombre mezquino y tacaño, y obliga a Robert a sudar hasta el último penique de sueldo. Casi todos los días está en la oficina de sol a sol.

–Teníamos tantas esperanzas puestas en él... –dijo la señora Finche, cabeceando–. Me cuesta creer que ocupe una humilde posición de escribiente.

–Puede considerarse afortunado de tener trabajo. Cientos de personas no tienen nada. Yo misma considero que es una suerte ganar una pequeña cantidad con la costura.

–¿Y Sarah? ¿Ha llegado alguna carta?

Negué con la cabeza y me entristecí al ver apagarse la luz de la esperanza en los ojos de la señora Finche. Yo había escrito dos veces a la hermana de Robert, confiando en que viniera a consolar a sus padres, pero por lo visto el distanciamiento entre ella y su madre era demasiado grande para el perdón.

Nos detuvimos ante la puerta en espera de que Dobbs me dejara salir.

–Eres buena chica, Katherine –dijo la señora Finche–. Curiosamente, aunque John no me necesitara, no querría irme de esta cárcel. Mientras estoy aquí, puedo imaginar que voy de habitación en habitación en nuestra antigua casa, contemplando mis hermosos muebles, y puedo soñar que recorro Lombard Street hasta la Real Lonja para comprarme una bagatela que no necesito. –Suspiró–. Si salgo de aquí, tendré que volver a enfrentarme a todo el horror de la situación.

La abracé, vencida por la lástima. También yo a menudo me dormía imaginando la casita de Mincing Lane que ya no era más que un sueño.

Oí el tintineo de las llaves de Dobbs al otro lado de la puerta.

–No tardaré en volver.

Me dio un apretón de mano.

–Bendita seas, querida mía.

Pocos minutos después, ya en la calle, respiré hondo para expulsar de la nariz el hedor de varios cientos de personas hacinadas sin las debidas medidas sanitarias. El olor parecía adherirse a mi ropa y mi pelo, llenándome de impotencia y desesperación.

No tuve que esperar mucho la llegada de la barcaza y, una vez a bordo, me senté con el sol en la cara y el pelo agitado por el viento, sintiéndome otra vez limpia, mientras el barquero descendía por el río hacia Blackfriars.

Me dirigí hacia el norte por el lado oeste de la ciudad en ruinas, en dirección a la casa de Dolly Smethwicke, para ver si tenía más labores de costura que encargarme. La ciudad seguía ofreciendo un paisaje inhóspito y severo salpicado de sótanos abiertos que atrapaban a los incautos. No quedaba en pie un solo campanario, y los escombros de San Pablo, sus piedras engastadas en el plomo fundido, conmemoraban su antigua belleza. Incesantemente circulaban carretas de un lado a otro transportando madera de construcción, piedras y cascotes chamuscados.

La casa de Dolly en Aldersgate era contigua a algunas de las últimas edificaciones que habían ardido en el incendio y ella se deleitaba aún en contar que había visto las llamas lamer los tejados hasta que cesó el viento y su casa se salvó. Quizá habría sido mejor que su miserable casucha también ardiera. Las ruinas de varias viviendas se amontonaban en una tétrica plaza donde varios niños andrajosos intentaban atar un cubo a la cola de un gato. La pobre criatura maullaba lastimeramente, y lancé un grito a los desdichados granujillas, que se fueron corriendo y chillando.

Dolly se rio y cruzó los brazos sobre su amplio vientre.

—¿Otra vez por aquí, pues? —graznó. De rostro redondo y cabello blanco desgreñado, nada escapaba a sus ojillos porcinos—. Te esperaba.

En mi última visita a Dolly, discutimos a causa del precio que quería pagarme por unas camisolas que yo había cosido. Después de muchos años al frente de un puesto en el mercado, había desarrollado una lengua afilada y buen ojo para los trueques favorables.

—He oído que estás buscando otra vez trabajadoras externas —dije.

Hizo un gesto altivo.

—Es posible.

Agachándome, crucé el umbral de baja altura y la seguí al interior. Media docena de niñas huérfanas, sentadas en torno a una mesa, cosían enaguas en silencio a la tenue luz de una ventana mugrienta. En la mesa se alzaba una gran pila de piezas de lino plegadas y canastas de enaguas acabadas se amontonaban contra las paredes.

Dolly revolvió en una de las canastas y sacó un fardo.

—Camisones —dijo—. Volantes y cordones de cierre en torno al cuello. Mangas fruncidas con puños de puntilla.

—¿Cuánto? —Con Dolly, siempre convenía ir al grano.

Sorbió el aire entre los pocos dientes que le quedaban.

—Cuatro peniques la docena.

—El sol debe de haberte turbado el juicio, Dolly. Lo haré por un chelín.

Dolly soltó una risotada.

—¿Y crees que soy yo la que tiene el juicio turbado?

—Tú ya conoces la calidad de mi trabajo. Como no lo hago deprisa y corriendo, las costuras no se deshacen la primera vez que alguien se pone la prenda. Ocho peniques la docena.

Apretando los labios, Dolly me miró con los ojos entrecerrados, y yo, encogiéndome de hombros, me di media vuelta para marcharme.

Una de las huérfanas susurró algo a su vecina, y Dolly se abalanzó sobre ella al instante.

–No te he dado permiso para hablar –reprendió, y le dio un coscorrón en la cabeza.

Abrí la puerta.

–Seis peniques.

Me volví y la miré.

–La mitad ahora.

Nos miramos fijamente durante un largo momento hasta que Dolly movió la cabeza en un mínimo gesto de asentimiento.

Permanecí en silencio mientras ella envolvía los camisones en un trozo de tela limpia y esperé, con la mano tendida, mientras ella me colocaba a regañadientes tres peniques en la palma.

–¡Pero, recuerda, no más allá del jueves!

Sin dignarme responder, me fui.

Atravesé Smithfield pero el mercado estaba ya cerrado, y el suelo, resbaladizo de bosta, apestaba. Pese a lo tarde que era, en el tenderete improvisado de la esquina de Shoe Lane quedaban aún unas cuantas zanahorias y nabos, y pagué nuestra cena con parte de mis ganancias.

Mientras recorría apresuradamente Holborn, vi a Gabriel Harte. Vestido con igual elegancia que si fuera a asistir a una fiesta, caminaba moviendo con cuidado el bastón de empuñadura de plata ante sí a uno lado y otro lado. Titubeé y de pronto recordé que no vería mis andrajos ni el fardo de camisones en mis brazos.

–¡Señor Harte! –exclamé.

Levantó la cabeza y sonrió enseñando unos dientes muy blancos.

–Soy Katherine Finche –dije, recordando de pronto lo apuesto que era.

–He reconocido vuestra voz. –Con expresión seria, añadió–: Me enteré de que el almacén de los Finche y vuestra casa de Lombard Street ardieron. ¿Me permitís ofrecer mis sinceras condolencias a vuestra familia?

–Gracias, señor Harte.

–En cuanto a mí, nunca dejaré de agradecer que el incendio no llegara hasta Covent Garden. ¿Cómo os va a todos ahora?

–Bastante bien. Mi marido ha encontrado empleo y disponemos de alojamiento.

–Me complace oírlo. Corren malos tiempos para muchos, y como no sabía nada de vuestro paradero, temía lo peor.

–Todos hemos sobrevivido –dije–. Aunque posiblemente los padres de mi marido nunca volverán a ser los mismos después de semejante conmoción.

–¿Podréis acompañar a vuestra suegra en su visita en la Casa del Perfume? –Volvió a sonreír–. Según me han dicho, nada levanta tanto el ánimo a una dama como un nuevo perfume.

–Quizá –respondí, a sabiendas de que eso nunca sería posible.

–Tengo una cita y voy con prisas –dijo–, pero me alegro mucho de saber que estáis a salvo y bien.

Agarré la mano que me ofrecía.

–Adiós, señor Harte.

–Hasta la próxima.

Lo observé alejarse y experimenté una peculiar punzada de tristeza cuando él volvió a su vida y yo a la mía.

El bebé de Nell lloraba cuando entré en el estrecho callejón donde vivíamos; el sonido procedía de la ventana del piso superior. En ese momento apareció el perro negro como surgido de la nada y, brincando en torno a mis pies, intentó lamerme la cara. Se resistía a separarse de mí desde el incendio, y yo iba ingeniándomelas para reservarle alguna que otra sobra con que complementar lo que él encontraba por las calles. Lo llamé *Sombra* porque me seguía allí a donde iba.

Hallé la puerta de la casa entornada y arrugué el entrecejo: debía de habérsela dejado abierta otra vez uno de los caballeros que visitaban a Nell.

Tras empujar la puerta, entré en nuestra habitación y me descalcé los zuecos. Esa habitación pequeña y triste no era un palacio, pero sí era mucho mejor que el campamento de Gresham Palace.

Ahora, en verano, la habitación no estaba del todo mal, aunque llegaba el ruido del albañal exterior. En invierno, el viento ululaba a través de los postigos y por la chimenea hasta que Robert y yo, castañeteándonos los dientes, nos veíamos obligados a acurrucarnos y a ponernos toda la ropa que teníamos para no perecer en el aire gélido. Había sido el invierno más crudo que se recordaba, y el Támesis se había helado completamente.

De pronto se abrió la puerta, y apareció en el umbral una hermosa muchacha de cabello rubio.

–Charlie ya está llorando otra vez –dijo Nell–, y espero a un caballero.

–¿Quieres que me quede con el niño?

Nell asintió vigorosamente, y una sonrisa iluminó sus ojos azules de expresión cándida.

–Ya le he preparado la cena.

La seguí al piso de arriba, y cuando entramos en su habitación, me entraron náuseas por el olor que emanaba un cubo rebosante. A sus quince años, Nell era demasiado joven para ser madre sin el apoyo de una familia.

–Otra vez has dejado sin lavar los pañales de Charlie –dije.

El niño estaba en la cama revuelta, rojo de tanto berrear, y tras levantarlo, lo sostuve con los brazos extendidos porque tenía la ropa empapada.

Sin mediar palabra, Nell me entregó un tazón de papilla gris, y me retiré a mi propia habitación, en el piso de abajo.

El niño, demasiado alterado para comer, chillaba y se llevaba los puños a la boca mientras yo intentaba reconfortarlo. El pobre *Sombra* se escondió debajo de la mesa, aterrorizado por semejante alboroto. Quité a Charlie la ropa húmeda y me paseé por la habitación dándole palmadas en la espalda hasta que los berridos se redujeron a sollozos.

Unas sonoras pisadas recorrieron el pasillo de la entrada y subieron por la escalera. Oí en la habitación de arriba la risita infantil de Nell y el tono más grave de la voz de un hombre.

Me senté en el banco de madera y di de comer a Charlie mientras, arriba, la cama chirriaba rítmicamente. El visitante de Nell debía de estar desesperado por compañía femenina para soportar la fetidez de esa habitación.

Poco después oí el ruido de las botas descender por la escalera, y Nell llamó a mi puerta. Charlie dormía ya en mis brazos.

–¿Está bien? –preguntó ella con una expresión de inquietud en los ojos.

–Perfectamente.

–Gracias por quedártelo. Cuando no duerme, es complicado... –Encogió un hombro y apartó su mirada de la mía–. Ya me entiendes... a los caballeros no les gusta.

–Ya tiene diez meses, Nell. Debes buscar otra manera de ganarte la vida.

–Con una criatura a cuestas, no puedo encontrar trabajo de criada. –Tendió los brazos.

Cuando Nell se marchó, preparé un estofado de verduras. *Sombra,* sentado a mis pies, me miraba tan atentamente como un halcón.

Limpié la mesa antes de abrir el fardo de batista de Dolly y separar las piezas que constituían cada camisón.

–¿Vamos a sentarnos afuera mientras luce el sol, *Sombra?*

Aguzó las orejas y me siguió al pequeño patio, donde en ese momento estaba tendida la colada de la familia O'Brien.

Al cabo de unas horas, cuando las sombras ya se alargaban, oí que Robert me llamaba.

–¡Estoy en el patio, Robert! –Flexioné los dedos y me desperecé para estirar la espalda.

Robert apareció por la puerta de atrás.

–¿No está lista la cena?

Me puse en pie con cierta precipitación, y las tijeras cayeron al suelo ruidosamente.

–Solo tardará un momento en calentarse.

Al verle la cara, comprendí que sería una de esas noches en que no se contentaría con nada. Renunciar a su cómoda posición como heredero de la fortuna de los Finche había sido difícil para él, y trabajar para Elias Maundrell no había contribuido a mejorar su mal genio.

–Aún tengo que coser un rato –dije con un tono de voz despreocupado y alegre a la vez que sostenía en alto uno de los camisones.

–¿Cuánto?

–Seis peniques la docena.

–¿No podrías haberle sacado algo más?

–Al principio Dolly solo me ofrecía cuatro peniques. ¿Cómo te ha ido el día?

Se encogió de hombros.

–Ese viejo tacaño me ha descontado parte de la paga por un borrón de tinta en el libro de cuentas. Eso no habría ocurrido si me hubiese permitido comprar una pluma nueva cuando se la pedí.

Lo observé abrir y cerrar los puños al recordar la mezquindad de Elias Maundrell.

Elias Maundrell iba camino de amasar fortuna, suponía yo, ya que su negocio consistía en comprar y vender material de construcción, y la ciudad entera necesitaba reconstruirse. Cierto era que la guerra con los holandeses dificultaba la llegada de suministros a Londres, pero eso no duraría eternamente.

Robert comió el estofado en silencio, sin emitir más sonido que algún que otro suspiro. Cuando acabamos, encendí una vela de sebo, lavé los cuencos y los guardé.

–Me voy a la cama –anunció Robert,

Se me cayó el alma a los pies. De un tiempo a esa parte Robert siempre estaba cansado, pero no podía conciliar el sueño si yo tenía la vela encendida. Sabía que debía seguir cosiendo para entregar los camisones a Dolly el jueves, pero no podía trabajar sin luz.

—Tengo que acabar este camisón.

—Hazlo por la mañana.

Le lancé otra mirada a la cara y decidí no discutir. Me levantaría en cuanto amaneciera y trabajaría un poco más rápido para recuperar el tiempo perdido.

Poco después apagué la vela y me metí en la cama junto a Robert. Vacilante, tendí la mano y le toqué el brazo. Quizá esa noche...

Me apartó la mano.

—¡No, Kate! —advirtió.

Con un repentino calor en las mejillas, retiré la mano como si me hubiera quemado los dedos.

—Solo quería ofrecerte consuelo —susurré.

—Dos minutos de consuelo, y luego tendríamos un niño que alimentar. Sabes que no tenemos dinero para eso. —Se cubrió el hombro con la sábana, me dio la espalda y se durmió casi de inmediato.

En la oscuridad me quedé escuchando las ratas que correteaban tras las paredes. Llevándome las manos a los oídos, distancié mi mente tanto como pude de la miserable existencia que llevábamos. Volví a imaginarme en la casa de Mincing Lane, pero la vida que anhelaba parecía más lejana que nunca.

Capítulo 7

Marzo de 1668

La cerveza burbujeó y salpicó cuando saqué el atizador del fuego y lo introduje en la jarra. Eché una pizca de jengibre en polvo al contenido espumoso y se la entregué a Nell.

Con dedos trémulos, ella rodeó la jarra humeante y tomó un sorbo.

–Supongo que es mejor así –dijo, y me miró con los ojos empañados.

No pude por menos que estar de acuerdo con ella, pero me limité a envolverle los hombros con mi capa para aliviar sus escalofríos. En cualquier caso, la criatura que había abortado esa mañana, después de la visita en exceso vigorosa de uno de sus caballeros la noche anterior, le habría impedido seguir ganándose la vida por ese medio.

–Tienes a Charlie –dije.

Al oír su nombre, el pequeño alzó la vista desde el suelo, donde estaba sentado, y me ofreció un bocado del currusco de pan con miel que yo le había dado.

Sombra se acercó y observó al niño con atención por si se le caía.

Nell se sorbió los mocos y se enjugó la nariz con la muñeca.

–Me habría gustado tener una niña.

–Pero te habría gustado que fuese sana y no le faltara de nada.

–¡A mi Charlie no le falta de nada! –Me lanzó una mirada de indignación, y a mí me pareció que sería una crueldad recordarle que, sin mi ayuda, Charlie pasaría hambre a menudo.

–¿Por qué no me dejas a Charlie un rato y te vas a dormir hasta que te encuentres mejor? Y otra cosa Nell...

–¿Qué?

–No deberías recibir a ningún caballero durante una o dos semanas. Necesitas tiempo para reponerte.

–Pero tengo que trabajar. Necesito dinero para comer.

Dejé escapar un suspiro.

–Nell, en serio, debes ahorrar para los tiempos difíciles. Daré de comer a Charlie durante unos días, pero mi marido no debe enterarse. Y cuando hayas descansado, puedes ir al Hind's Head y pedir trabajo en la taberna. He oído que buscan una moza.

Cuando Nell se marchó, Charlie se quedó sentado a mis pies jugando con un cazo y una espumadera, y yo abrí el cofre de madera y rebusqué en el interior. Al fondo de todo tenía guardado mis tesoros. Noté en la mano la frescura del frasco de Jardín de Verano y recordé la sonrisa de complicidad de Gabriel Harte cuando convenció a la señora Finche de que me permitiese quedármelo para mí sola. Me apliqué una minúscula gota en la muñeca y la olí. Cerrando los ojos, evoqué el jardín de Oxford y los melifluos matices de la voz de mi madre mientras me acariciaba el pelo. Luego, tras sacar la seda de color topacio del cofre, la sostuve contra mi pecho y me miré en el preciado trozo de espejo roto que había encontrado en la ciudad devastada. El lustre y el susurro de la seda eran tan hermosos que me entraron ganas de llorar. No imaginaba una ocasión en que pudiera ponerme algo tan exquisito en esa vida que llevaba.

Con un suspiro, guardé mis tesoros y, poniéndome manos a la obra, empecé a coser lo más deprisa posible antes de que declinara la luz.

Más tarde, Nell asomó la cabeza por la puerta.

–¿Te encuentras mejor? –pregunté.

Bostezó y asintió.

–Voy al Hind's Head como has dicho.

–Si te toman a prueba, ya acostaré yo a Charlie y lo vigilaré.

En un impulso, Nell me abrazó.

–¡Hasta luego, pues!

Di a Charlie pan y leche y le acaricié el cuello con los labios. Sentí en el pecho el doloroso anhelo de tener un hijo. Un niño propio a quien querer me compensaría de mi soledad y decepcionante matrimonio. Suspiré antes de hacer pedorretas a Charlie en la barriguita descarnada hasta que se partió de risa.

Tarareando con el pequeño apoyado en la cadera, puse la habitación en orden; luego saqué unas zanahorias y un pequeño trozo de hígado de buey del armario y los dejé en la mesa con la intención de preparar la cena. Tapé el hígado con un paño; era demasiado valioso para compartirlo con las moscas.

Charlie bostezó y reclinó la cabeza en mi hombro. Sentí su cuerpo cada vez más caliente y flácido entre mis brazos.

De pronto se oyeron unas rápidas pisadas en el pasillo, se abrió la puerta, e irrumpió Robert.

–¡Kate! ¡Adivina qué ha pasado hoy!

Charlie gimoteó.

Robert se detuvo en seco.

–¿Qué hace aquí el mocoso de la puta?

Me apresuré a tapar los oídos de Charlie con las manos.

–¡No digas eso! Nell ha ido a buscar trabajo al Hind's Head. Le he dicho que yo me ocuparía de acostar a Charlie.

–¡Pues date prisa! Tengo algo importante que decirte. –Era todo sonrisas y se le notaba de un buen humor poco habitual.

Movida por la curiosidad, corrí escalera arriba. Tardé solo un momento en dormir a Charlie y volver al piso de abajo.

Sombra, sentado a los pies de Robert, mantenía la cabeza apoyada en las rodillas de su amo y lo contemplaba con adoración.

–¿Cuál es esa noticia tan importante, Robert?

Extrajo un pequeño paquete del interior de su abrigo y, con un floreo, lo dejó en la mesa.

–¡Ábrelo!

Sombra depositó en mí toda su atención mientras yo retiraba el papel. Ahogué una exclamación al ver dos grandes

76

chuletas de cordero. Rara vez podíamos comprar carne, salvo por algún que otro despojo.

—¿De dónde las has sacado? —Lo miré con inquietud—. ¿No las habrás robado?

—¡Claro que no, descarada!

—¿Y entonces?

—Las he comprado en el mercado —dijo con mirada burlona.

—¡Robert! ¡Cuéntamelo!

Se reacomodó en la silla.

—Antes me tomaré una jarra de cerveza para remojarme el gaznate, señora Finche.

Al cabo de un momento, a la vez que se limpiaba la espuma del labio superior, dijo:

—Esto es lo que ha sucedido. Ahora que el puerto de Londres está otra vez abierto, el roñoso de Maundrell ha ido a inspeccionar un pedido de madera de construcción procedente de Noruega. —Se inclinó hacia delante—. Creéme, Kate, los noruegos van a llenarse el bolsillo durante mucho tiempo gracias al incendio de Londres. Nos quedaremos con toda la madera que puedan suministrar y nos alegraremos de ello. La cuestión es que mientras Maundrell estaba ausente, ha venido a la oficina un hombre a encargar ladrillos. Lo he hecho sentarse a esperar, y ha empezado a hablarme.

—¿De qué?

—De esto y lo otro. Es un hombre corpulento, un auténtico toro, pero viste con elegancia y lleva una caja de rapé de plata. Se llama Standfast-for-Jesus Hackett y en el futuro el mundo oirá hablar de él, no me cabe duda. Posee unas dotes de persuasión que lo llevan a uno a pensar que está destinado a grandes cosas. —Le brillaban los ojos de fervor—. Resulta que el señor Hackett quiere hacer un gran pedido de ladrillos y madera. Ha comentado que busca terrenos en la ciudad donde construir y me ha preguntado si yo sabía de alguien que quisiera vender. Así que le he contado que nos arruinamos en el incendio y le he hablado del solar de los Finche en Lombard Street.

—¿Y está interesado?

–¡Se lo he vendido! –contestó Robert con tono triunfal–. Me ha pagado cinco peniques el pie.

–¿Eso bastará para saldar las deudas de tu padre?

Robert negó con la cabeza.

–Pero podemos pagar a Anthony Sharpe, que tanto me apremia a diario.

–¿Y no alcanza para sacar a tu padre de la cárcel de deudores?

–Todavía no, pero aún no he acabado. Escúchame, ¿quieres?

Crucé las manos sobre el regazo.

–El señor Hackett ha dicho que no le vendría mal un hombre como yo en su oficina. –Robert se puso en pie y se paseó por la habitación, incapaz, en su estado de euforia, de quedarse quieto–. Ha dicho que yo, en un puesto de simple escribiente, estaba desaprovechando mi experiencia en cuestiones comerciales, y que un hombre de mi valía debía ocupar una posición más elevada. Por fuerza vienen tiempos de mucha actividad en el ramo de la construcción, y él necesita un hombre de confianza que lo ayude a comprar el material y vender las casas una vez construidas.

Contuve la respiración.

–Y me ha ofrecido el trabajo por un salario de casi el doble de lo que me paga el viejo Maundrell.

–¡Qué bien!

Jubiloso, Robert me levantó en brazos.

–Así que, en vista de eso, he comprado las dos chuletas de cordero. Y si mi mujer se pone en movimiento, incluso es posible que podamos comérnoslas esta noche para cenar.

–¿Y el hígado?

–¡Al infierno el hígado! –Robert lo lanzó por encima del hombro.

Sombra, sin pérdida de tiempo, saltó por el aire y lo agarró antes de que cayera al suelo.

–¡Podríamos haberlo comido mañana! –exclamé–. ¿Cuándo empiezas?

–El lunes. Así podré decirle a Elias Maundrell que se meta ese condenado empleo donde le quepa.

–No me creo que seas capaz de una cosa así –dije, escandalizada.

–¡Claro que se lo diré! Y si seguimos viviendo frugalmente, ahorraremos para saldar las deudas de mi padre. Dentro de unos años podré reabrir el negocio.

Para mis adentros, me pregunté si mis suegros sobrevivirían a las penurias de un año más en la cárcel.

Después, con el olor a grasa de cordero aún en el aire de la habitación y el estómago gratamente lleno, nos arrellanamos en el banco con otro vaso de cerveza.

Robert dejó escapar un ligero eructo.

–Ha sido la mejor cena desde... –Se interrumpió.

Desde antes del incendio, pensé.

Robert salió al patio con una pipa de tabaco y aproveché para subir rápidamente a echar un vistazo a Charlie.

De nuevo en nuestra habitación, me desvestí. Con la esperanza de que esa noche las cosas pudieran ser distintas, abrí el cofre, saqué el frasco de perfume y me apliqué unas gotas en las muñecas y el cuello.

Robert entró poco después y apagó la vela antes de meterse en la cama junto a mí.

–Hace frío en el patio –dijo, tembloroso–. Puede que esta noche hiele.

Sentí su aliento caliente en mi mejilla cuando se hizo un ovillo en torno a mí, en busca de calor. Con la respiración cada vez más acelerada, deslizó las manos bajo mi camisón y de pronto me obligó a ponerme boca arriba, me separó los muslos con la rodilla y me penetró. Al cabo de unas cuantas embestidas, pese a mis esperanzas, se retiró en el último momento y vertió su semilla en mi muslo. El bebé tendría que esperar, pero quizá se avecinaban tiempos mejores.

Capítulo 8

Junio de 1668

Tarareando, extendí la hermosa seda de color topacio en la mesa de la cocina. Con cuidado, dibujé el patrón con una tiza y luego tomé las tijeras. Cuando estaba a punto de realizar el primer corte, se abrió la puerta y entró Charlie con paso inseguro, seguido de Nell.

Nell tendió la mano para acariciar la seda.

–¿De dónde la has sacado? –Me miró con recelo.

–No la he afanado, si es eso lo que estás pensando –contesté–. Es una de las pocas cosas que rescaté del incendio, y la he estado reservando para una ocasión especial. Robert y yo estamos invitados a una cena en casa del señor Hackett y quiero hacerme un vestido para esa noche.

Nell abrió mucho sus ojos azules, en una expresión de admiración.

–Creo que el señor Hackett quiere inspeccionarme.

–Pues cualquiera puede ver que eres una dama, al margen de cómo vayas vestida.

–¡Muchas gracias, Nell! –Me miré las manos, ahora ásperas y enrojecidas de lavar ropa y fregar el suelo. Tendría que hacer algo al respecto antes de aparecer en presencia del señor Hackett.

Nell se inclinó hacia mí y susurró:

–Hay un hombre que viene al Hind's Head cada noche.

–¡Ah! ¿Y ha captado tu interés?

Nell se sonrojó favorecedoramente.

–Es picapedrero, mayor que yo, pero tiene una chispa de alegría en los ojos. Me ha invitado a ir al teatro mañana por la tarde, antes del trabajo. ¿Podrías cuidar de Charlie? –Nell se sorbió los mocos y se limpió la nariz con la falda.

–Claro que sí.

Una amplia sonrisa se desplegó en su rostro.

–Se llama Ben Perkins y... –Se envolvió el cuerpo delgado con los brazos–. ¡Ay, Kate! ¡No sabes cuánto me gusta!

–Te prestaré mi camisola –dije reparando en la puntilla de algodón grisácea que asomaba por encima del corpiño sucio.

Una sonrisa de satisfacción iluminó su cara.

–¿Y me enseñarás a comportarme como una dama?

–Bueno, para empezar, puedes dejar de sonarte la nariz con la falda.

Asintió y luego empezó a retorcerse las manos.

–Querría... –Se interrumpió otra vez y murmuró algo que no entendí.

–¿Qué es lo que quieres? –le pregunté.

Unas lágrimas destellaron en sus pestañas.

–No quiero que se entere de las visitas de los caballeros.

Sin duda eso podía ser un obstáculo en el camino para que el amor verdadero transcurriera sin percances.

–Hace ya un tiempo que no recibes visitas.

Movió la cabeza en un vigoroso gesto de negación.

–Ni quiero recibir más. Las cosas se me complicaron después de la muerte de mi madre. –Eludió mi mirada–. Nunca me ha gustado acostarme con cualquier hombre que se presente ante mi puerta, pero Charlie y yo teníamos que comer, ¿o no?

–Ahora es distinto.

–Pero yo no podría trabajar en el Hind's Head si tú no cuidaras de Charlie, porque nunca lo dejaría solo. Sin ti no podría arreglármelas.

La abracé, pensando que no era más que una pobre niña sin madre.

–Más vale que me ponga en marcha –dijo Nell.

No tardaron en marcharse, y en cuanto la puerta se cerró, hice el primer corte con las tijeras en la seda de color topacio.

A la semana siguiente, ante el fragmento de espejo, intentaba domarme el pelo para peinármelo en bucles. Había llevado puestos los bigudíes todo el día, y me daba por satisfecha con el resultado. Con grasa de oca y agua de rosas, había conseguido suavizarme las manos estropeadas, y bullía de excitación nerviosa ante la perspectiva de conocer al señor Hackett y sus invitados.

Saqué del cofre el par de medias de color crema y los zapatos y me los puse. Eran de segunda mano, por supuesto, pero no se veía el pequeño remiendo en la media derecha porque quedaba muy arriba de la pantorrilla, y la mancha en las zapatillas de satén apenas se notaba. El vestido de color topacio estaba extendido en la cama, y me enfundé el corpiño encima de mi mejor enagua. No había llevado corpiño con ballenas y lazos en la espalda desde el incendio, porque un vestido con cierre delantero era mucho más práctico ahora que era yo quien me ocupaba de la limpieza y la cocina. Me representó un esfuerzo atarme yo misma las cintas de la espalda, y advertí que, espontáneamente, ajustaba la postura para que no se me hincara la punta alargada. Me miré en el espejo y sonreí al ver el realce que daban a mis hombros el amplio escote y la manga larga.

La seda fresca, tupida y resbaladiza emitió un exuberante susurro cuando me puse la falda. Lentamente, crucé la habitación escuchando el frufrú de la seda en torno a mis tobillos, abrí el frasco de Jardín de Verano y me eché unas gotas entre los pechos y detrás de las orejas hasta que el delicioso aroma se elevó en torno a mí en una floral nube.

Volví a mirarme en la porción de espejo, inclinándolo en distintos ángulos para intentar verme reflejada toda yo. Mis ojos de color avellana chispeaban, tenía las mejillas sonrojadas de expectación, y me veía muy bien.

No tuve que esperar mucho hasta que Robert llegó a casa.

Me agarró de las manos y me mantuvo a un brazo de distancia antes de soltar un suave silbido de aprobación.

–Has hecho un milagro con ese trozo de seda, Kate. Es una obra tan magnífica como la de cualquier modisto francés.

¡Todo un elogio, viniendo de Robert!

–¿Podrías apretarme más las cintas del corpiño? No me llego bien a la espalda.

–No sé hasta qué punto haré bien el papel de doncella de una dama –dijo Robert con buen humor–, pero lo intentaré.

–Desde luego eres más fuerte que una doncella –dije mientras él tiraba de las cintas–. Solo un poco más. Puedes parar cuando ya me sea imposible respirar. ¡Ahora! –Bajé la mirada para verme los pechos, en ese instante tan rollizos como palomas.

Robert se lavó en el aguamanil con el agua caliente que yo le había preparado mientras sacaba del cofre para él la bonita casaca de color burdeos y el entallado chaleco adquiridos en la misma tienda de segunda mano en que había encontrado mis medias y mis zapatos. Lo observé vestirse y sentí decepción al ver que no se daba cuenta de que había cosido volantes en los puños de su camisa, a riesgo de contrariar a Dolly si advertía que la última entrega de enaguas era más corta que de costumbre.

–Vuelvo a parecer todo un caballero, ¿no? –comentó, vanagloriándose.

–Desde luego que sí –respondí, pero, a mi modo de ver, a un auténtico caballero se lo reconocía no tanto por la indumentaria como por la manera de tratar a los demás.

Nell y Charlie nos miraron desde lo alto de la escalera cuando nos disponíamos a marcharnos. Nell cruzó las manos ante el pecho.

–Pareces una princesa –dijo en un susurro–. Y el señor Finche parece un príncipe.

Robert hizo caso omiso del comentario, le dio la espalda y se sacudió un pelo de la manga de la casaca.

–¡Deslúmbralos! –dijo Nell, y le sacó la lengua a Robert, ya de espaldas.

Le sonreí.

–Ya te contaré mañana.

Capítulo 9

La casa del señor Hackett era una imponente mansión nueva de ladrillo y piedra en Hatton Gardens.

–Es aun más magnífica de lo que imaginaba –comentó Robert a la vez que levantaba la pesada aldaba metálica.

De una ventana abierta en la planta superior llegaba el murmullo de las conversaciones, y apreté con más fuerza el brazo de Robert.

–He ido a muy pocas fiestas –dije–. Las únicas reuniones a las que asistía con la tía Mercy eran funerales.

Robert sonrió.

–Dicen que el señor Hackett es muy pródigo con sus invitados. Con toda seguridad vamos a disfrutar de una cena excelente.

Un criado con librea escarlata y oro abrió la puerta, nos guio a través del vestíbulo de mármol y por la suntuosa escalera hasta el salón, exquisitamente ornamentado con damascos, molduras y espejos dorados.

Abrumados por tal esplendor, nos quedamos inmóviles por un momento en el umbral de la puerta.

–Ahí está el señor Hackett –susurró Robert.

Alto como un roble, sobresaliendo su cabeza y sus hombros por encima de los demás, Standfast-for-Jesus Hackett avanzó hacia nosotros a zancadas entre los invitados, enfrascados en sus conversaciones, y el suelo tembló bajo sus firmes pisadas. De tez morena, lucía un fino bigote como el del rey y una peluca negra que le caía en bucles relucientes sobre los anchos hombros. Vestía una casaca con el amplio pecho guarnecido de abundante encaje dorado y presentaba un aspecto imponente.

–¡Por fin estáis aquí, Finche! –exclamó con voz ronca y atronadora, potente como la de un vendedor ambulante, a la vez que envolvía la mano de Robert con la suya y le daba un amistoso puñetazo en el brazo.

Robert se tambaleó un poco.

–¿Me permitís que os presente a mi mujer, Katherine?

Hackett me agarró la mano y se la llevó a los labios rojos y carnosos.

Sonreí cortésmente y me estremecí un poco al sentir un cosquilleo en el dorso de la mano por el roce de su bigote.

–¡Sois todo un enigma, Finche! Me habéis ocultado a esta encantadora dama. –Con un brillo en los ojos oscuros, me miró de arriba abajo–. Permitidme que os presente a mis invitados. Están aquí algunos de los hombres más ricos de Londres, y tenemos que hacer buen uso de ellos. Tanteadlos, Finche, y despertad su interés en mis proyectos comerciales. Que os acompañe vuestra bonita esposa para facilitar la conversación. –Tras agarrarme del brazo con firmeza, nos guio al interior del salón.

Hackett nos presentó a varios invitados, y pronto me daba ya vueltas la cabeza en el esfuerzo de intentar recordar todos los nombres. Llegaron más invitados, y Hackett me soltó por fin para ir a recibirlos. Al bajar la mirada, vi que la delicada seda de mi manga estaba arrugada y oscurecida por el sudor allí donde él me había tenido agarrada del brazo.

–¿Verdad que es un hombre de lo más afable? –me susurró Robert al oído.

–Es muy... –Lo observé saludar a uno de los invitados con grandes exclamaciones de satisfacción y muchas palmadas en la espalda. Pese a su elegante vestimenta, algo en él no se correspondía del todo con la imagen de un caballero.

–Es muy ¿qué? –preguntó Robert, irritado.

–Como dices, es de lo más afable. –Pero Robert ya se había apartado de mí para hablar muy seriamente de las empresas de

Hackett con un tal señor Snodgrass, quien, poco atento a la conversación, desviaba la mirada por encima del hombro de Robert en busca de compañía más digna.

–Así que, como veis, hay oportunidades de inversión interesantes en las empresas del señor Hackett –dijo Robert, y por fin se interrumpió cuando Snodgrass miró por la ventana y sacó una pizca de rapé de su cajita plateada.

–Si deseo invertir en los negocios de Hackett... –Snodgrass extrajo de un tirón un vaporoso pañuelo de su casaca para contener un estornudo pantagruélico–. Entonces es con Hackett con quien debo hablar –añadió, y se sacudió el rapé de las solapas de la casaca de terciopelo.

En ese momento oí que alguien me llamaba por mi nombre, y nos libramos de mayores incomodidades.

–¿Señora Finche?

Ante mí se hallaba Gabriel Harte, y una dama rubia iba agarrada de su brazo.

–Sí, soy yo, señor Harte –contesté, animándome al ver su cordial sonrisa. Observé que también en esta ocasión lucía la casaca de color verde mar tan a juego con sus ojos.

–He pensado que teníais que ser vos al detectar en el aire un asomo de mi perfume Jardín de Verano. Solo preparé una pequeña cantidad de esa fórmula, y se acomodaba tan bien a vos que me pareció que no debían usarlo otras damas. Por favor, permitid que os presente a mi esposa, Jane.

Di la mano a la dama, y ella me dirigió una dulce sonrisa. Le sobresalían ligeramente los dientes superiores y tenía los ojos grises, muy hundidos en las cuencas. Curiosamente, llevaba un sencillo vestido de seda marrón, sin ninguna joya. Habida cuenta de la elegancia con que se ataviaba su marido, habría cabido imaginar que también ella luciría un vestido más ornamental.

–Os presento a mi marido, Robert Finche –dije.

El señor Harte estrechó la mano a Robert.

–Conocí a vuestra esposa hace un tiempo cuando ella realizó una buena acción conmigo.

–¿Ah, sí?

–La señora Finche salvó a mi marido de ser atropellado por un coche con los caballos desbocados –explicó la señora Harte. Mujer de facciones corrientes, no era en modo alguno una gran belleza, pero tenía un talle esbelto y una voz grata.

–¿Un coche con los caballos desbocados? ¿Cuándo ocurrió eso? –preguntó Robert.

–En otra vida –dije–. La nuestra antes del Gran Incendio.

–Muchas vidas y fortunas se perdieron o cambiaron para siempre a causa del fuego –comentó el señor Harte–. Una triste calamidad, y supe de vuestros apuros. ¿Cómo os va ahora?

–Mi familia lo perdió todo –respondió Robert lacónicamente.

–Lamento mucho oírlo –dijo el señor Harte.

–Pero hace poco mi marido ha empezado a trabajar para el señor Hackett –me apresuré a añadir–, quien, según creo, tiene muchos proyectos interesantes relacionados con la reconstrucción de la ciudad.

–Sospecho que por eso nos han invitado a venir aquí esta noche –dijo el señor Harte.

En ese momento un criado anunció que la cena estaba servida.

El comedor era magnífico. Seda carmesí revestía las paredes, y dos arañas de luces resplandecientes, de diámetro equivalente al brazo de un hombre, pendían sobre una larga mesa engalanada con un mantel blanco almidonado y jarrones de plata con flores de invernadero. Las velas de cera estaban ya encendidas, un enorme dispendio dado que fuera aún era de día.

Miré de soslayo a Robert mientras nos acompañaban a nuestros sitios, y me incomodé por un momento al ver que lo colocaban más abajo en la mesa; pero de pronto Gabriel Harte apareció sentado a mi izquierda. Sentí alivio al ver que al menos conocería a uno de los comensales cercanos a mí. Un hombre corpulento de peluca entrecana y rostro rubicundo ocupó el asiento de mi derecha.

—Charles Clifton, magistrado —se presentó, sin apartar la mirada de mi seno—. ¿Y vos quién sois?

—Permitidme que os presente a la señora Finche —dijo el señor Harte.

Apenas tuve tiempo de responder antes de que una docena de sirvientes entraran anunciados por una fanfarria de trompetas, todos ellos sosteniendo bandejas en alto. Contemplé con los ojos desorbitados el despliegue de carnes asadas, solomillos dobles, corderos y cochinillos enteros, piernas de venado, varios pavos reales asados adornados con las plumas de la cola y un gran número de codornices doradas y pollos en bandejas de plata.

—El venado huele de maravilla —comentó el señor Harte—. A ver si adivino... —Olfateó el aire—. Pollo. Cordero, por supuesto, y cerdo. Pero hay algo más... —Cabeceó.

—Otra ave —apunté, entrando en el juego.

—¿Cisne asado? —Con el entrecejo fruncido, tamborileó en la mesa con los dedos—. No, tendréis que ayudarme.

—Como es el caso de muchas aves, el macho de la especie se engalana en tanto que la hembra es de lo más discreta. —Lancé una mirada a su mujer, cuyo sencillo vestido de color marrón contrastaba con la exquisita tela de la casaca de su marido—. Por el esplendor de sus plumas, puede considerarse el rey de las aves.

Disipándose en su semblante la expresión ceñuda, el señor Harte se echó a reír.

—Habéis dado demasiada información, y demasiado pronto, señora Finche. ¡Tiene que ser el pavo real! —declaró con tono triunfal.

Apenas acababan de servir las carnes en la mesa cuando llegó la siguiente andanada de platos: empanadas, fricandó de conejo, ostras, diversas ensaladas y pescado escalfado sobre un lecho de berros.

Los invitados atacaron el festín. Describí los diversos manjares al señor Harte y le acerqué aquellos que deseaba probar. Me fascinó ver lo bien que se las arreglaba para cortarse él mismo la carne, sin apenas buscar nada a tientas ni derramar las suculentas salsas. Advertí que rozaba el mantel con el dedo meñique para localizar un espacio despejado en la mesa antes de dejar la copa de vino.

–¿Estáis observándome, señora Finche?

Me sobresalté.

–No, no. Bueno, o sea... solo admiraba lo bien que os las arregláis.

–Tuve un buen maestro en mi juventud. Mi tío era ciego desde hacía muchos años cuando también yo empecé a perder la vista. –Deslizó el pulgar por el borde del plato y estiró los dedos restantes hasta tocar la copa de vino–. Veréis, siempre pongo especial cuidado en dejar la copa exactamente en el mismo sitio y a la misma distancia del plato, coma donde coma, así siempre puedo encontrarla.

En ese momento reclamó mi atención Charles Clifton, que me pidió el salero.

–Nunca os había visto en una de las fiestas de Hackett –dijo.

–Mi marido trabaja para el señor Hackett desde hace poco tiempo.

Clifton blandió el cuchillo en dirección a mí y goteó salsa de la hoja en el mantel níveo.

–Recordad lo que os digo: ¡Hackett llegará lejos! Decidle a vuestro marido de mi parte que debe invertir en los planes de su jefe. Yo desde luego espero pingües beneficios.

Clifton volvió a concentrarse en su vino mientras yo me decía que tardaríamos años en saldar las deudas de mi suegro y disponer de recursos más que para cubrir las necesidades básicas.

Poco después me aflojé subrepticiamente el corpiño, lamentando haberle pedido a Robert que me lo ajustara tanto. Al echar un vistazo mesa abajo, vi que él conversaba animadamente con sir Robert Viner, de quien se sabía que había adelantado treinta mil libras para financiar la coronación del rey. ¡En qué elevados círculos nos movíamos ahora! Ahogué una risita al pensar en las expresiones que se dibujarían en los rostros de los ilustres invitados del señor Hackett si supieran que esa noche en casa nos habían despedido una ramera y su hijo bastardo. La voz del señor Harte irrumpió en mi ensoñación:

–¿Algo os ha hecho gracia?

–¡Ah! La verdad es que no –Abochornada ante la perspectiva de tener que explicarme, cambié de tema–: ¿Queréis que os acerque la tarta de manzana y membrillo?

El señor Harte se limpió la boca con la servilleta.

–Creo que no, o de lo contrario quizá mañana tenga dificultades para abotonarme la casaca. No cabe duda de que Hackett sabe organizar un banquete.

Los lacayos se movían entre nosotros con silenciosas pisadas y servían bandejas de mazapanes y fruta confitada, junto con copas de vino dulce dorado.

El señor Hackett echó atrás su silla con un estridente chirrido y se irguió ante sus comensales cuan alto era. Golpeó en la mesa con el mango del cuchillo y esperó a que cesaran todas las conversaciones.

–¡Damas y caballeros! –Extendió los brazos como un predicador en el púlpito–. Os doy a todos la bienvenida y os agradezco vuestra presencia en mi humilde casa esta noche. Pero ahora os ruego que me concedáis vuestra indulgencia por un breve momento.

El señor Harte se inclinó hacia mí.

–Ahora viene la verdadera finalidad de esta velada –susurró.

Hackett adoptó un tono lúgubre.

–Quienes estabais en Londres en septiembre del año 1666 y presenciasteis los horrores del Gran Incendio a su paso por nuestra querida ciudad, consumiéndolo todo vorazmente, nunca olvidaréis lo que visteis y oísteis. El gran manto de humo negro, que llegó nada menos que hasta Oxford, el malévolo rugido de las llamas y los gritos de quienes perdían sus casas quedaron grabados en nuestros corazones y aún rondan en nuestros sueños. –La voz de Hackett reverberaba en el comedor, y los invitados permanecían en silencio, cada uno sumido en sus propios recuerdos de aquel espantoso momento.

Lancé una mirada a Robert y vi su expresión tensa y los nudillos blancos en sus manos firmemente entrelazadas sobre la mesa.

–Y después... –Hackett se pasó una mano por los ojos como si el recuerdo le resultase insoportable–. Y después, cuando por fin fue posible sofocar las ávidas llamas, la ciudad había quedado reducida a ruinas humeantes en las que ya no se reconocía el lugar vibrante y bullicioso que todos conocíamos y amábamos. –Hizo un alto, y varias de las damas presentes se enjugaron los ojos–. ¿Y qué decir de las personas despojadas de sus casas? –prosiguió Hackett–. Aquellos obligados a salir adelante sin un techo bajo el que cobijarse ni un currusco que ofrecer a sus hijos famélicos. –Se volvió para señalar a Robert–. ¡Aquí tenéis a Finche! Hijo de un acaudalado comerciante y hombre de refinada educación, su familia lo perdió todo. Ahora su padre está en la cárcel de deudores, sin ser culpable de nada, excepto quizá de especular imprudentemente. ¡Una cárcel de deudores! Eso podría haberle ocurrido a cualquiera de los que estáis sentados a esta mesa. –Con semblante severo, fijó la mirada en los invitados, uno a uno.

Sentí una llamarada de rubor ascender hasta mi cuello, poseída de una súbita rabia hacia ese hombre que empleaba los infortunios y la humillación de la familia Finche para promover sus propios fines. Sentí el sabor de la sangre cuando me mordí la lengua, la única manera a mi alcance de mantener bajo control el mal genio cuando la tía Mercy me reprendía por mis ineptitudes.

–Robert Finche –prosiguió Hackett– nunca en la vida ha cometido una mala acción, y sin embargo el fuego truncó sus perspectivas. –Hackett esbozó una sonrisa irónica–. Quizá ha tenido más suerte que muchos desde que trabaja para mí, pero ¿y los *miles* de Robert Finches que andan por ahí sin un hogar donde vivir?

Robert seguía mirando fijamente a Hackett, y yo me reconcomía en silencio.

–Y lo que es más –continuó Hackett–, ¿vamos a quedarnos todos de brazos cruzados mientras los desamparados, que necesitan un sitio donde vivir, abandonan la ciudad? Si no hay casas, la ciudad morirá. ¿Os lo imagináis? No quedará nadie que trabaje en vuestros negocios. No habrá ningún panadero que os haga el pan. Ni mercados ni tiendas. Los domingos las iglesias estarán vacías. El viento levantará el polvo en las calles desiertas. Centenares de personas se han marchado ya al campo. *Nunca volverán.* Si no hacemos algo muy pronto, nuestra ciudad se convertirá para siempre en un páramo. –Hackett se sentó y se enjugó la cara con un pañuelo a la vez que sus invitados empezaban a cruzar susurros, visiblemente consternados.

El señor Harte se volvió hacia mí y habló en voz baja.

–Ha sido imperdonable que ese hombre haya utilizado las desdichas de vuestra familia para dar color a su argumentación, pero es evidente que el señor Hackett aprendió bien las enseñanzas de su padre.

–¿Su padre?

–Un párroco inconformista, muy propenso a la palabrería apocalíptica. –El señor Harte sonrió–. Un gran orador, aunque yo no coincidía con sus puntos de vista. Lo oí hablar una vez y salí de allí aterrorizado pensando que el cielo iba a caer sobre mi cabeza si no me arrepentía.

–Vuelve a levantarse –anuncié.

–Sin duda ahora nos ofrecerá la solución a esa imagen de la ciudad desierta –susurró el señor Harte.

Vi curvarse sus labios en una expresión cínica y supe que sus sentimientos por Hackett eran idénticos a los míos.

Hackett mantuvo la mano en alto hasta que volvió a reinar el silencio.

–Pero nada de esto ocurrirá si trabajamos todos juntos –dijo. Tras un profundo suspiro, guardó silencio por un momento hasta que todas las miradas se posaron otra vez en él. Elevando la voz gradualmente, añadió–: ¡Y del mismo modo que el ave fénix surgió de las cenizas, nuestra gran ciudad está destinada a levantarse de nuevo!

Varios invitados lanzaron vítores.

–Los agrimensores del rey han delineado ya las calles. –Abrió los brazos–. Debemos construir nuevas viviendas. Y debemos construirlas pronto. –Descargó un puñetazo en la mesa, y los cubiertos temblaron–. Los terrenos están a nuestra disposición, y yo me he ocupado de comprar la mayor superficie posible. Tengo la mano de obra: hombres sin casa debido al incendio y desesperados por trabajar.

Un hombre vestido con una casaca azul exclamó:

–¡Id al grano, por Dios! ¿Cuánto queréis?

Hackett aguardó a que las risas se apagaran.

–Tenéis toda la razón, caballero: en efecto, quiero vuestro dinero. La mayor cantidad posible y lo antes posible. Dispongo de solares por toda la ciudad, y están esperando inversores. Todos los aquí reunidos esta noche sois ricos, y si invertís en mis planes de reconstrucción, no solo se beneficiarán los desamparados, sino que además os enriqueceré a niveles que no habéis concebido ni en vuestros sueños más descabellados.

Hizo una pausa teatral, con los ojos brillantes y las mejillas encendidas.

–Caballeros, creedme cuando os digo que esta es una oportunidad única en la vida. Y la ciudad que construyamos entre todos permanecerá en pie durante un millar de años. –Hablaba con voz atronadora–. ¡Invertid vuestro dinero en mí, y juntos levantaremos de nuevo esta ciudad!

Siguió una gran ovación, y los hombres, poniéndose en pie, aporrearon la mesa con los puños.

Hackett miró a sus invitados con una benévola sonrisa hasta que por fin el clamor se desvaneció.

–Y ahora –dijo– disfrutad de otra copa de vino antes del entretenimiento musical. Si deseáis hablar de una posible inversión en alguno de mis proyectos, acercaos a hablar conmigo o con mi ayudante, Finche.

Cuando Hackett se sentó, vi a Robert echar atrás su silla y ponerse en pie.

–¡Damas y caballeros!

Me mordí el labio. ¿Expresaría Robert su enfado con Hackett por los comentarios anteriores? Tenía todo el derecho del mundo, pero al margen de lo que yo pensara sobre las tácticas manipuladoras de aquel hombre, no podíamos correr el riesgo de enojarlo. Pero no tenía por qué preocuparme.

–Por favor, levantad vuestras copas para brindar por el señor Hackett –pidió Robert con un destello en los ojos–. La ciudad necesita a más hombres extraordinarios como él. En un alarde de generosidad, me ha concedido la oportunidad de una nueva vida y nunca se lo agradeceré lo suficiente. He observado cómo, con su inventiva y su visión original de las cosas, ve qué posibilidades hay de hacer fortuna en cualquier situación dada, y confío sinceramente en que todos os deis cuenta de que esta es una oportunidad excelente para asociaros con él y formar parte de la reconstrucción de esta ciudad. –Robert, radiante en su adoración al héroe, se volvió hacia su jefe y alzó la copa–. ¡Por el señor Hackett!

Los invitados se pusieron en pie todos a una y levantaron sus copas.

–Bueno –dijo el señor Harte cuando todos volvieron a sentarse–. Me complace ver que obviamente vuestro marido no ha considerado tan inaceptables como yo las alusiones de Hackett a los infortunios de su familia.

–Eso parece –convine, casi incapaz de ocultar mi asombro y disgusto por la actitud cobarde de Robert. Dejé la copa de vino dulce, que de pronto me supo amargo.

–¿Seríais mi cómplice en un delito? –preguntó el señor Harte.

–¿Un delito? –dije, sobresaltada.

–Uno muy menor. Os lo prometo. Mi hijo, Toby, tiene cuatro años y es muy goloso. Me preguntaba si podríais elegir uno de esos deliciosos mazapanes para que yo lo envuelva en un pañuelo y me lo lleve a casa.

Me eché a reír, aliviada al pensar que difícilmente acabaría con grilletes en los tobillos por atender a una petición así.

–Veamos –dije, pensativa, mientras examinaba el plato de mazapanes–. Este tiene forma de corazón, y hay un dátil relleno de mazapán y almendras.

–A él cualquiera le gustará, eso seguro.

–¿Y dos tal vez le gusten el doble? La decisión está tomada: los dos para él. ¿Me permitís vuestro pañuelo?

Una vez cometido el delito y guardado el pañuelo, ahora un tanto pegajoso, en el interior de la casaca del señor Harte, me ofreció su brazo y abandonamos la mesa para ir al salón.

Había oscurecido, y en el salón la fulgurante luz de las arañas proyectaba un cálido resplandor por toda la estancia, en la que flotaba el murmullo de voces. Nos detuvimos por un momento en el umbral de la puerta. Robert estaba enfrascado en una conversación con un grupo de caballeros, pero vi a la señora Harte hablar con una joven rubia de exquisita elegancia y recargados bucles, y conduje al señor Harte hasta ella.

–Os presento a la señora Arabella Leyton –dijo–. Señora Leyton, os presento a la señora Finche y mi marido, el señor Harte –dijo Jane Harte.

Vi posarse en mí unos ojos de color azul hielo, pero la señora Leyton enseguida desplazó la mirada hacia el señor Harte.

–¿Cómo estáis? –Sonrió, enseñando unos dientecillos afilados como los de un zorro a la vez que lo examinaba de arriba abajo de una manera que me dio grima. Crucé una mirada con Jane Harte, y se formó entre nosotras una alianza tácita. Hay mujeres que son peligrosas, y la señora Leyton era una de ellas.

El señor Harte la saludó con una inclinación de cabeza.

–Encantado de conocerla, señora Leyton –dijo, ajeno a su escote y su pestañeo.

En ese momento advertí que la señora Leyton aún no se había dado cuenta de que el señor Harte era ciego.

–Me contaba la señora Leyton que pronto contraerá matrimonio –comentó Jane Harte.

–He sido poco afortunada con los maridos –informó Arabella Leyton–, ya que los dos han muerto prematuramente, pero he depositado grandes esperanzas en el señor Goddard. –Señaló con gesto elocuente a un anciano que hablaba con el señor Hackett–. Goza de una renta muy holgada.

–¿Y tenéis hijos? –pregunté, incómoda por su alusión a información tan privada.

–Cinco. No os imagináis lo adorables que son esos angelitos.

–En ese caso el señor Goddard considerará una doble bendición que su vida se enriquezca tanto –observó el señor Harte.

–¡Desde luego! Permitidme que os lo presente. –La señora Leyton entrelazó su brazo con el señor Harte y se lo llevó.

–¡Vaya! –exclamé.

Jane Harte soltó una risita.

–¿Verdad que es espantosa?

–¡Ya ha enterrado a dos maridos! –Animada por la expresión risueña que asomó a los ojos de Jane Harte, susurré–: No puedo evitar preguntarme si no fue para ellos una liberación afortunada irse a los brazos de su Hacedor antes de tiempo.

Había estilizadas sillas doradas dispuestas para los invitados, y el cuarteto musical instalado delante de la chimenea empezó a afinar sus instrumentos.

–Espero que el entretenimiento musical no dure demasiado –susurró Jane–. Tengo una niñera nueva, y no estoy muy segura de que sea del todo adecuada. La semana pasada la descubrí en el jardín con el hijo del carnicero.

–Debéis de estar muy preocupada.

Jane dejó escapar un suspiro.

–No es fácil dar con una chica en quien poder confiar de verdad. Pero, claro está, nunca ha sido fácil encontrar buenos criados, ¿no os parece?

Yo no tenía criados que me causaran inquietud, pero me libró de responder el señor Hackett, que se acercó a nosotras.

—¡Dos damas encantadoras! —exclamó, y se frotó las manos.

La delicada silla crujió peligrosamente cuando él se sentó. Era tan grande que su cuerpo rebasaba los límites del asiento, y me hice a un lado para acercarme a Jane.

La música era amena, pero yo percibí en todo momento la presencia del señor Hackett, porque notaba la presión de su muslo caliente contra el mío. Por algún motivo, ese hombre me causaba desazón. Emanaba no solo una potente aura de poder, sino también una intensa masculinidad, que de algún modo no estaba domada. Eso no me gustaba.

Al mirar hacia el otro extremo de la estancia, vi a Gabriel Harte mecerse suavemente mientras escuchaba con los ojos cerrados, totalmente absorto en la música. A todas luces, la ceguera no lo privaba de ese placer.

—Bastante aceptable, ¿no? —comentó el señor Hackett cuando terminó el último solo de violín—. Los músicos tocan en el Teatro Real, pero me he asegurado de que venir a entretenernos en esta velada les saliera a cuenta —añadió a la vez que se frotaba el pulgar y el índice.

—Ha sido una maravilla —respondí justo cuando Robert aparecía junto a nosotros.

—He mantenido conversaciones muy interesantes con algunos de vuestros invitados, señor Hackett —informó Robert—. Varios de ellos os visitarán mañana o pasado.

—¡Buen trabajo! En cuanto los tenga sentados ante mí, conseguiré sus firmas y les sacaré el oro en un tris. —Me tomó la mano y me dio unas palmadas—. He estado hablando con vuestra esposa, Finche.

Incómoda por la detenida mirada que me dirigió, me miré los zapatos para disimular el rubor mientras el señor Goddard y la señora Leyton se acercaban a despedirse del anfitrión. Arabella Leyton se dignó ofrecerme las puntas de los dedos y luego se llevó a rastras a su futuro marido. Me dio pena, el pobre hombre.

—También nosotros tenemos que irnos —dijo Jane Harte.

—Me ha encantado la música –comentó el señor Harte al estrecharle la mano al señor Hackett–. Me anima a ejercitarme más con el violín.

—Ha sido un gran placer conoceros, señora Harte –dije.

El señor Harte inclinó la cabeza y susurró:

—Y Toby será un niñito feliz cuando vea lo que le habéis procurado.

—¿Os gustaría venir a tomar el té conmigo, señora Finche? –ofreció Jane Harte–. Venid cualquier tarde a la Casa del Perfume, en Long Acre.

—Iría con mucho gusto... –Se me apagó la sonrisa. Si visitaba a Jane Harte, estaría obligada a invitarla yo a ella a mi casa, y de ninguna de las maneras iba a pedirle que viniera a verme al mísero cuartucho donde vivíamos.

Los Harte se marcharon y el resto de los invitados pedían ya sus carruajes.

Poco después estábamos en la calle, tras los pasos del portaantorcha, a quien el señor Hackett había insistido en llamar para que nos iluminara el camino.

—¡La velada ha sido un éxito! –dijo Robert, agarrándome del brazo–. Me considero verdaderamente afortunado con mi nuevo jefe. Es magnífico, ¿a que sí? Y es verdad que, como él ha dicho, si me pego a los faldones de su casaca, llegaré lejos.

Pero en qué dirección, me pregunté yo.

Capítulo 10

Fuera se oía el murmullo de la lluvia, y me alegré de estar bajo techo. Empecé a sentir en la nariz el cosquilleo del fragante aroma de la canela y, dejando la costura, corrí hasta el fuego. Tras ejercer una suave presión con el dedo en el centro del bizcocho y percibir su elasticidad, desplegué una sonrisa de satisfacción. Por lo visto, Maggie Kinross, la cocinera de la tía Mercy, me había enseñado bien. La visualicé por un momento: una mujer flaca de gesto torcido en los labios, como si acabara de beber vinagre, pero que sentía debilidad por mí y me preparaba los bizcochos más exquisitos.

Regresé a mi silla junto a la ventana. Ahora que estaba de nuevo en casa, la exuberante fiesta en la mansión del señor Hackett la noche anterior se me antojaba un sueño. Había guardado mi precioso vestido de seda, y dudaba que volviese a tener ocasión de ponérmelo. Exhalando un suspiro, eché una ojeada alrededor. Tenía en la cama enaguas extendidas en distintas fases de confección, como si una gran dama de la alta sociedad se hubiese probado todas las que poseía y después, airadamente, las hubiese desechado en un revoltijo de volantes para que las recogiera su criada. Era difícil imaginar un contraste mayor que el existente entre el suntuoso salón dorado del señor Hackett y ese cuartucho con manchas de humedad en las paredes y el entarimado desnudo.

Al oír un chacoloteo de cascos en el callejón, alcé la mirada y vi una sombra que oscurecía momentáneamente la ventana. Vislumbré un enorme caballo que pasó de largo, y *Sombra* empezó a ladrar. Al cabo de un momento alguien aporreó ruidosamente la puerta de la calle.

Poco después llamaron con enérgicos golpes a la puerta de la habitación y, agarrando al perro por el collar, fui a abrir.

—¡Calla, *Sombra!* —Sus ladridos se redujeron a un gruñido grave y gutural.

—Una visita para vos —anunció la señora O'Brien a la vez que se cambiaba de cadera a uno de sus innumerables mocosos y me miraba con los ojos entornados—. Hace tiempo que no vienen caballeros a esta casa, y preferiría que las cosas siguieran así, señora Finche.

Enrojecí al asimilar el significado de sus palabras, pero, antes de poder refutar la acusación, apareció a sus espaldas mi visitante, que abarcaba el pasillo en toda su anchura.

—¡Señor Hackett! No espera... ¡Dejad la puerta abierta, si no os importa! Mi casera... —Con un gesto de impotencia, señalé a la señora O'Brien, que seguía de pie, inamovible, en el pasillo.

—Tiene una mente recelosa y turbia —apuntó Hackett, y miró a la señora O'Brien con el ceño fruncido.

Esta abrió la boca, pero volvió a cerrarla cuando el señor Hackett, chorreando agua, se irguió imponente sobre ella.

—Ya podéis iros, y de paso limpiadle la nariz a ese niño —dijo el señor Hackett, y le cerró firmemente la puerta en la cara.

Me apresuré a recoger de la mesa las enaguas a medio confeccionar y, hechas un fardo, las dejé en la cama.

—Pasaba por aquí a caballo cuando el cielo ha empezado a descargar y he buscado refugio.

Se quitó el sombrero, sacudió la cabeza, y unas gotas de lluvia saltaron de la peluca. Se desabotonó la capa de montar, que dejó un charco en el suelo. La prenda olía a sudor, caballo y lana húmeda.

Tomé la capa y el sombrero y los colgué en el tendedero donde oreaba la ropa junto al fuego. *Sombra* olfateó el calzón del señor Hackett mientras yo me preguntaba cómo iba a darle conversación hasta que dejara de llover.

—¿Os apetece un vaso de cerveza? —pregunté.

Asintió, sin dejar de inspeccionar la habitación de modo tal que tuve la sensación de que me había sorprendido en camisón. Serví la cerveza y dejé el vaso en la mesa.

Bebió un largo trago y se limpió el bigote con el dorso de la mano.

—Percibo un olor delicioso.

—Bizcocho de miel y especias. ¿Queréis probarlo?

Desplegó una amplia sonrisa.

Corté un trozo de bizcocho y se lo comió en dos bocados. En silencio, le serví otra generosa porción.

Llenaba la pequeña habitación con su presencia; se lo veía demasiado grande para ese espacio y la energía que emanaba crepitaba en el aire.

—¡Excelente! —elogió al cabo de un momento a la par que se lamía el dedo y recogía las últimas migajas del plato. De repente alargó el brazo y me agarró la mano.

Rígida de temor, lo observé atónita mientras me acariciaba con el pulgar la palma y los dedos callosos y luego me volvía la mano y me palpaba una uña rota.

—Tenéis las manos bien formadas, pero tan rojas y ásperas como la moza de cocina más pobre —dijo—. Una dama como vos debería ser atendida por una cocinera y criados. —Suspiró—. No me explico cómo vuestro marido puede someteros a una vida así.

Retiré la mano con brusquedad.

—Como anoche explicasteis tan elocuentemente a vuestros invitados, mi marido atraviesa tiempos difíciles sin tener culpa de nada. No imaginaréis que habríamos elegido vivir aquí si tuviéramos otra alternativa, ¿no?

Hackett echó atrás la cabeza y se rio.

—Vaya, ¡conque no sois tan dócil como yo pensaba! Y admitiréis que los invitados quedaron conmovidos por mi discursito. Los inversores hacen ya cola ante mi puerta.

La rabia creció en mi pecho.

—En ese caso habéis sacado gran provecho de nuestra desgracia, señor Hackett, y eso no me gusta. No me gusta en absoluto. Confío en que vuestra gran benevolencia con los pobres desamparados de la ciudad se extienda a mi marido. –Sentí el sabor de la sangre cuando, demasiado tarde, me mordí la lengua. Cuando tomé conciencia de que, dejándome arrastrar por lo ira, había olvidado mis modales, el corazón empezó a latirme con fuerza. ¿Y si Hackett despedía a Robert por culpa de su insoportablemente descortés esposa?

Hackett fijó la mirada en mí con semblante inexpresivo y a continuación movió la enorme cabeza en un lento gesto de negación.

Un escalofrío me recorrió la espalda.

De pronto se abrió la puerta, y Charlie irrumpió en la habitación, seguido de Nell.

–Charlie ha olido el bizcocho... –Nell se detuvo.

–Nell, te presento al señor Hackett –dije con la mayor serenidad posible–. El jefe de mi marido.

Nell hizo una reverencia.

Charlie, con cara de determinación, tendió la mano por encima del borde de la mesa, tomó el cuchillo y lo blandió en dirección al bizcocho.

–Me llevaré a Charlie...

–¡No, quédate, Nell! –Alcancé el cuchillo del pequeño puño de Charlie y les corté sendas porciones de buen tamaño–. El señor Hackett ya se iba.

La malévola mirada de Hackett me dejó helada. Agarró la capa, aún humeante, del tendedero y se la echó a los hombros con un giro.

–Proseguiremos con nuestra conversación en otro momento, señora Finche.

–Quizá –musité, y abrí la puerta.

Contuve la respiración hasta que oí el portazo en la calle y al cabo de un momento una sombra oscura pasó otra vez ante la ventana cuando él se marchó al galope.

–¡Caramba! –exclamó Nell–. ¡Vaya un grandullón!

De repente me flojearon las rodillas y me senté.

–¡Ay, Nell! Espero que mi comportamiento no le cueste el empleo a Robert.

Negó con la cabeza.

–¡Tú le gustas! Se nota por la manera en que te mira.

–No he sido muy respetuosa con él.

–A los hombres les gusta que reaccionemos con genio de vez en cuando. –Soltó un suspiro–. Y, créeme, yo sé lo que les gusta a los hombres. –Se quedó pensativa por un momento–. No me extrañaría que necesitara un poco de mano dura. –Nell no parecía mucho más que una niña desnutrida, pero, debido a sus conocimientos en esos asuntos, asomaba a sus ojos una expresión que no era propia de su edad.

–Robert tiene muy buena opinión de él.

Nell se encogió de hombros.

–Mañana por la tarde Ben va a llevarnos a Charlie y a mí de visita a casa de su madre.

–Si es así, significa que sus intenciones son serias.

Nell asintió, y se dibujó en sus labios una sonrisa de oreja a oreja.

–Y hay más. Nos llevamos tan bien, y Ben le ha tomado tanto cariño a Charlie, que decidí contarle la verdad.

–¿La verdad?

–Ya sabes... –Bajó la voz y lanzó una mirada a Charlie–. Lo de los caballeros. Estuve dándole muchas vueltas y al final decidí que debía decírselo.

–¿Y?

–Ya lo sabía. ¡Me quedé de una pieza! –Frunció el entrecejo–. Un día un parroquiano del Hind's Head que estaba como una cuba me acusó de casquivana. Ben lo sacó a la calle. Dijo que nadie iba a insultar a su chica y le midió las costillas. Y el caballero le dijo que había sido uno de mis visitantes.

–¡No me digas, Nell!

–Ben dijo que me conocía bien y le constaba que yo no habría hecho una cosa así a no ser movida por la necesidad. Y es verdad. Sabe lo mucho que me he esforzado para empezar una nueva vida. Además... –Se sonrojó–. No hemos... –Se encogió de hombros–. Ya me entiendes. No voy a hacer eso otra vez hasta que esté casada.

–Y bien que haces.

Más tarde, cuando Nell se hubo marchado, reanudé mi costura. A medida que avanzaba la tarde, me consumía solo de recordar mi impulsiva conducta ante el señor Hackett. El recuerdo de cómo me había mirado con aquellos ojos duros como piedras, destellaba una y otra vez en mi memoria. Se me enredaba el hilo al pasar la aguja a través de la tela. A pesar de la magnífica casa y la espléndida cena, Hackett no era un caballero; aun así, nuestro futuro estaba en sus manos. Alterada, me pinché el dedo y la sangre manchó la batista blanca. Restregué violentamente la marca con un paño húmedo y vi que se extendía formando un ruedo de color herrumbre. En un arrebato de ira, tiré la enagua al suelo. ¡Maldito Hackett!

Robert llegó tarde a casa, y mi desasosiego fue en aumento mientras me preguntaba si Hackett lo habría llamado a capítulo, pero al final oí unos pasos. Con cautela, abrí la puerta.

–¿Está lista la cena? –preguntó Robert.

Dejé escapar un suspiro de alivio. Aparentemente no había sucedido nada terrible.

Serví el guiso de nabo en las escudillas y corté el pan.

–¿Ha ido bien el día? –pregunté.

–Mucho ajetreo. Después de lo de anoche ha venido a visitarnos mucha gente a la oficina. ¿Y tú qué? ¿Has ido a ver a mis padres?

–Al final, llovía tanto que no he ido. Les he preparado un bizcocho de miel, pero se ha pasado por aquí el señor Hackett y se lo ha comido casi todo.

Robert apartó la mirada de la escudilla.

–¿El señor Hackett? ¿Ha estado aquí?

Asentí.

–Ha entrado a refugiarse de la lluvia.

–Pero yo siempre me he cuidado mucho de darle a conocer nuestra dirección exacta. –Robert se ruborizó–. No quería que supiese lo humilde que es nuestro alojamiento.

Pensativa, fruncí el entrecejo.

–En ese caso, debió de dar una propina al portaantorcha para que le informase después de acompañarnos a casa anoche.

–¿Qué quería?

–No estoy muy segura –respondí, evasiva–. Han venido Nell y Charlie, y él se ha marchado.

Robert dejó escapar un lamento y se tapó los ojos con la mano.

–¿Te ha dicho...? –Me falló la voz–. ¿Algo?

–No ha estado en la oficina en toda la tarde.

–Es que... –Mejor confesar y acabar de una vez por todas–. Es que ha dicho que yo debería tener una criada para ocuparse de las tareas duras. Y yo... –Tragué saliva–. Y yo he contestado que no era culpa tuya que el incendio nos llevara a la ruina. Luego se ha jactado de que su discurso de anoche sobre ti había favorecido su negocio...

–Y así ha sido –confirmó Robert.

–Y yo he dicho que no me gustaba que se beneficiara de nuestra desgracia.

–¡Kate! ¡No es posible!

Asentí.

–¿Y él que te ha contestado?

–Nada. Ha sido entonces cuando ha aparecido Nell. –Me retorcí las manos sobre el regazo–. Pero, Robert, me ha lanzado una mirada muy severa.

–Que Dios nos asista, pues. –Robert apartó bruscamente el guiso a medio comer–. Por lo más sagrado, Kate, ¿cómo has sido capaz de algo así? Es un buen jefe, pero no soporta que lo contraríen. Quiera Dios que no hayas causado nuestra ruina.

–Lo siento –dije, impotente.

Con un chirrido, echó atrás la silla y se puso en pie. Al cabo de un instante, salió y cerró de un portazo.

Robert regresó del Hind's Head ya pasadas las doce, apestando a cerveza, y se dejó caer en la cama junto a mí. Se sumió en un sueño profundo y pasé en vela media noche a causa de sus atronadores ronquidos. Por la mañana desayunó sus copos de avena en un silencio taciturno antes de marcharse a trabajar.

Preparé otro bizcocho de miel y fregué el suelo con toda la energía de la que pude hacer acopio, convencida de que el trabajo intenso era la mejor forma de ahuyentar las preocupaciones.

Más tarde, *Sombra* y yo fuimos a entregar a Dolly las enaguas acabadas. Me descontó un penique de la paga al detectar de inmediato, con su fina vista, la pequeña mancha de sangre. De nada servía discutir con ella. Cargada con otra tanda de ropa para coser, a continuación fui a Lambeth a dar el bizcocho de miel a los padres de Robert.

—¿Esta vez tampoco te acompaña Robert? —preguntó la señora Finche.

—Está trabajando —contesté, esperando que fuera así, que Hackett no lo hubiera despedido.

Volví a nuestra habitación con andar pesaroso, temiendo encontrar a Robert, pero no había la menor señal de él. *Sombra* se tumbó en el suelo y suspiró mientras yo, cansinamente, desenvolvía el fardo con el nuevo encargo y extendía los patrones. Los corpiños requerían mucho tiempo, porque necesitaban jaretas estrechas para insertar las ballenas, y además estaban los numerosos orificios para las cintas, que debían trabajarse con cuidado para que la tela no se deshilachase. Aun así, había negociado un buen precio a cambio.

Al cabo de un par de horas, con el primer corpiño ya avanzado, se oyó abajo un portazo, seguido de unas rápidas pisadas. De pronto se abrió la puerta de la habitación y Robert, jadeando, quedó encuadrado en el umbral.

Con el corazón acelerado, me puse en pie. Sin atreverme a preguntar qué había ocurrido, esperé a que él recobrara el aliento.

—¡Ponte el sombrero, Kate! Vamos a salir.

–¿Adónde quieres ir?

Una amplia sonrisa se desplegó en su rostro.

–Nos espera un carruaje.

Me desaté el delantal y me puse el sombrero.

Robert me dio la mano y tiró de mí. Recorrimos al trote el callejón y salimos a Fetter Lane, donde nos esperaba un coche tirado por dos caballos grises a juego, engalanadas sus crines con cintas rojas.

–Robert, ¿qué ha pasado?

El cochero se apeó y nos abrió la puerta, sin darle tiempo de contestar. Cuando subí, vi al señor Hackett sentado y se me cayó el alma a los pies.

–Buenas tardes, señora Finche.

Robert se sentó a mi lado y agradecí su presencia. Me estremecí solo de pensar en estar sola en un coche con el señor Hackett. El olor de la pomada de su peluca y su aliento a tabaco llenaba aquel espacio cerrado. Murmuré una especie de respuesta mientras intentaba recobrar la compostura.

Hackett, con una sonrisa irónica en los labios carnosos, me observaba atentamente mientras yo me encogía bajo su mirada.

–¿Y bien? –dijo.

El coche se puso en marcha con una sacudida.

Robert me alentó con una sonrisa.

–Creo que le debo una disculpa, señor Hackett –tartamudeé–. Quizá ayer hice algún que otro comentario descortés.

–Nada de quizá –afirmó, y estiró unos muslos tan recios como troncos de árbol.

Me recordó al toro que pacía en el campo contiguo a la casa de la tía Mercy, aquel que me aterrorizaba de niña. Medio esperaba que escarbara el suelo con la pata y expulsara aire por la nariz para luego embestir contra mí.

–En ese caso, me disculpo –dije, y crucé los dedos bajo la falda.

Hackett enarcó las cejas.

–Me decepcionáis –repuso–. Os creía una mujer con cierto genio.

–Considero que un exceso de genio en una esposa no es deseable, y no estoy dispuesto a aceptarlo –dijo Robert.

Hackett se echó a reír y dio una palmada a Robert en la rodilla.

–¡Entonces sois mejor hombre de lo que pensaba!

Indignada, abrí la boca para replicar, pero apreté los labios y miré por la ventana a la vez que concebía siete formas de infierno distintas para todos los hombres, pero en especial para Robert y Hackett. Al cabo de un momento, la curiosidad se impuso al enfado.

–¿Adónde vamos? –me aventuré a preguntar.

–A Ironmonger's Lane. Voy a llevaros a ver una de mis casas. Vuestro marido ha pensado que tal vez os interese ver cómo gasto el dinero de mis inversores.

Lancé una mirada de soslayo a Robert y vi que sonreía con sorna. De pronto me irritó ver que me ocultaban un secreto.

–¡Ah, sí! –dije–. ¿Esos inversores cuyas conciencias removisteis para que se apiadasen de los pobres a la vez que los obsequiabais con exquisitos platos y excelentes vinos?

–¡Exacto! –Un brillo hostil volvió a asomar a los ojos de Hackett.

Decidí no forzar la suerte ya más y me quedé allí inmóvil, sentada recatadamente con las manos entrelazadas en el regazo mirando por la ventanilla mientras el coche avanzaba con su traqueteo. Vi que nos adentrábamos en la zona incendiada de la ciudad y era poco lo que había que ver, excepto unas cuantas casas a medio construir, transeúntes presurosos y varias carretas que recorrían lentamente las calles polvorientas. Al cabo de un breve momento, el coche se detuvo en seco.

Ante nosotros se alzaba una casa recién edificada, sus ladrillos amarillos resplandecientes bajo el sol, libres aún del hollín del aire londinense. La casa de al lado estaba rodeada de andamios. En la obra los albañiles subían afanosamente por precarias escaleras de mano con capazos llenos de ladrillos a hombros. Vi que uno de ellos, sentado en una pila de arena comiendo un trozo de pan, daba un codazo a su compañero y recogía la pala antes de señalar con un gesto al señor Hackett.

–Estoy construyendo estas casas conforme al modelo holandés –explicó el señor Hackett–. Como podéis ver, es una casa estrecha pero alta, lo que permite que se edifiquen más casas en parcelas más pequeñas.

–Muy sagaz –comentó Robert con admiración.

–Y más lucrativo –añadí, deseando asestarle una patada por su tono adulador.

El señor Hackett sonrió.

–¿Entramos?

Lo seguimos por la escalinata de piedra clara hasta la puerta de la calle, cuya pintura reciente relucía. Dentro, la casa estaba en silencio y olía a madera nueva, yeso húmedo y pintura. Las sonoras pisadas del señor Hackett reverberaron cuando cruzó el vestíbulo y abrió una puerta que daba al pasillo. Entramos y señaló la chimenea labrada y la calidad superior del cristal de las ventanas.

Fuimos tras Hackett de habitación en habitación mientras él encomiaba las virtudes de la casa. Robert lo escuchaba con los cinco sentidos y manifestaba su conformidad con gestos de asentimiento tan frecuentes que me sorprendió que no se le desprendiera la cabeza. Después del recorrido por la casa, Hackett nos llevó de nuevo al salón.

–¿Qué os parece? –me preguntó con una sonrisa de una suficiencia intolerable.

Con toda calma, eché un vistazo alrededor. Me estremecí un poco: el yeso aún no se había secado del todo y el aire, todavía húmedo, me recordó el miserable cuartucho que era nuestro hogar. Pero de pronto me traspasó el corazón una punzada de envidia a la afortunada familia que habitaría en esa casa nueva y limpia.

–Esta sala es de tamaño discreto, pero supongo que basta para una familia pequeña –comenté, movida por el deseo de borrar del rostro de Hackett aquella sonrisa de complacencia–. Lástima que el revestimiento de madera no esté bien acabado, pero me atrevería a decir que mejorará después de pulirlo cuidadosamente durante varios años. –Advertí con satisfacción que la sonrisa de Hackett había vacilado un poco–. La chimenea es bastante pequeña –proseguí–, y se ven muchos nudos en las tablas del suelo. –Vi que Robert me miraba con expresión iracunda desde detrás de Hackett y comprendí que me había excedido. Contuve la aspereza de mi voz–. Pero las ventanas son amplias y la casa luminosa.

–¡Por fin algo complace a Vuestra Excelencia! –exclamó Hackett–. Pero, a pesar de las manifiestas deficiencias que, a vuestro modo de ver, presenta esta casa, coincidiréis en que es una vivienda muy superior a vuestra actual habitación, señora Finche.

–Pero debéis recordar que el lugar donde vivimos ahora no es ni mucho menos aquello a lo que estamos acostumbrados. Hasta fecha reciente mi marido y yo vivíamos en casas lujosas.

Robert palideció y me rogó con la mirada que callara.

–Entiendo –dijo Hackett–. ¿No os gustaría, pues, vivir en esta insignificante y pequeña chabola? Había pensado que sería de vuestro agrado. De hecho, esta mañana he sugerido a vuestro marido que quizá os permitiría vivir aquí por un alquiler insignificante. Pero como es una vivienda demasiado pobre para alguien habituado a cosas mejores, no se hable más. –Se dio media vuelta y se encaminó hacia la puerta.

Horrorizada, miré a Robert, que se había tapado los ojos con la mano. Una vez más, yo había empeorado nuestra situación dejándome arrastrar por mi comportamiento impulsivo. Atormentada en mi indecisión, titubeé antes de tragarme el orgullo.

–Señor Hackett –dije, alzando la voz en dirección a su espalda.

Se volvió de cara a mí, inexpresivo pero con un brillo triunfal en los ojos.

–Señor Hackett, no era mi intención ser grosera...

–¿Otra vez?

Una gran piedra parecía haberse alojado en algún lugar debajo de mis costillas, tal vez ante la perspectiva de tener que tragarme semejante lección de humildad.

–Solo quería decir que lo que tal vez necesite esta casa sea un toque femenino. –Esbocé una sonrisa forzada–. Alguien que la quiera. Con un poco de esfuerzo y de cera de abeja, la madera de paredes y suelo reluciría, y si añadiéramos un jarrón con flores y el aroma de un bizcocho de miel en el horno, esta casa se convertiría en un hogar acogedor.

Contuve la respiración y esperé a que Hackett se regodeara con mi turbación. En un haz de sol flotaban las motas de polvo, y fuera un albañil entonó un fragmento de una canción soez.

– ¿Y esa persona podría ser quizá una dama, tal como vos? –dijo por fin.

Acepté una segunda lección de humildad.

–Me consideraría muy afortunada si esta fuese nuestra casa, claro está.

–¡De eso no me cabe duda! Sobre todo en las actuales circunstancias.

Agaché la cabeza. ¡Maldito individuo! ¿Iba a tener que lamerle las botas?

Robert se aclaró la garganta.

–Señor Hackett, debéis saber que contraeríamos una gran deuda con vos si nos permitieseis residir en esta excelente casa.

–Pero ¿creéis que vuestra esposa sería plenamente consciente de esa deuda, Finche?

Robert me miró, unidos sus labios en una fina línea.

–Sí, señor, creo que sí.

–No sé, no sé. –Hackett me miró, sin sonreír–. ¿Y cómo os proponéis darme a conocer la profundidad de vuestra gratitud, señora Finche?

Le sostuve la mirada, resuelta a disimular lo mucho que me temblaban las manos ante el temor de perder la oportunidad de abandonar nuestra miserable habitación y vivir en una casa como esa.

—Os prepararía uno de mis bizcochos de miel y especias, como aquel que tanto os gustó la última vez que nos vimos, señor Hackett.

Oí a Robert tomar aire repentinamente y me pregunté si había juzgado mal a Hackett, pero de pronto soltó una sonora carcajada.

—Por Dios, señora Finche, en la vida he conocido a una mujer como vos. Parecéis dócil como un gatito, pero no teméis enseñar las zarpas. —Se escupió en la mano y me la tendió—. Que sean dos bizcochos de miel y trato hecho.

Lentamente, tendí la mano, obligándome a no manifestar en el semblante la repugnancia que sentí.

—Que sean dos bizcochos de miel —convine.

Capítulo 11

Pocos días después preparé una cena especial para Robert. Esperé a que hubiera acabado el pastel de carne y riñones cubierto de espesa salsa, acompañado de zanahorias con mantequilla, antes de armarme de valor para hablar.

–Robert, hay una cosa que me preocupa desde hace un tiempo –dije.

–¿Cómo es posible que tengas una preocupación cuando nuestra fortuna está a punto de cambiar? –preguntó con una sonrisa. Dejó escapar un ligero eructo y se tapó la boca con la servilleta.

–Se trata de Nell –dije.

–¿Qué le pasa?

–Me preocupa qué será de ella cuando la semana que viene nos traslademos a Ironmonger's Lane. No podrá trabajar en el Hind's Head si yo no me quedo con Charlie. Temo que se vea obligada a recibir otra vez las visitas de caballeros.

Robert se encogió de hombros.

–No tenía que haberse quedado embarazada ya de buen comienzo.

–¡No es tan sencillo! Es buena chica, pero era muy joven cuando su madre murió y la dejó en la indigencia. En nuestra casa nueva hay sitio de sobra.

–No es eso lo que le dijiste al señor Hackett. –En sus labios se dibujó una mueca de repulsa.

–Necesitaremos una criada, y he pensado que Nell...

–¡No! –Robert echó atrás la silla de un empujón–. No toleraré a una vulgar fulana bajo mi techo. Además, no hay dinero para criados. Aún tenemos que pensar en mis padres y destinaremos hasta el último penique que podamos ahorrar a saldar las deudas con nuestros acreedores.

–Pero ¿qué será del pequeño Charlie?

Me miró con cara de incredulidad.

–¿De verdad estás pidiéndome que mantenga al crío de una ramera cuando mis padres están en la cárcel de deudores? –Rojo de ira, tiró la servilleta a la mesa–. Desde luego eres la persona más egoísta que he conocido, Katherine. –Giró sobre los talones y al cabo de un momento se oyó un portazo.

Indignada, di un puntapié a la pata de la mesa. Si tanto le preocupaban sus padres, lo mínimo que podía hacer era ir a verlos de vez en cuando.

Cuando volvía a casa después de mi visita a los padres de Robert en Lambeth, empezó a chispear. Preocupada por la persistente tos del señor Finche, caminaba con la cabeza gacha para no pisar los charcos. De pronto alcé la vista y vi avanzar por la calle una silueta familiar con un niño pequeño muy rubio agarrado de la mano.

–¿Señor Harte? –pregunté alzando la voz.

Se detuvo y se volvió con la cabeza ladeada.

–¿Señora Finche?

Sonreí, complacida de que hubiese reconocido mi voz.

–Yo misma. ¿Y este jovencito no será vuestro hijo?

El señor Harte sonrió y se inclinó para susurrar algo al niño.

Toby dio un paso al frente, se quitó el sombrero con un floreo y me saludó con una pequeña y rígida inclinación.

–Para serviros, señora. –Me miró con unos ojos muy abiertos, tan verdes como los de su padre, orlados por unas espesas pestañas rubias.

–La señora Finche es la amable dama que te eligió los dulces cuando tu madre y yo fuimos a la fiesta del señor Hackett la semana pasada –dijo el señor Harte.

–Espero que te gustaran, Toby.

El niño movió la cabeza en un solemne gesto de asentimiento.

–Mi esposa lleva toda la semana esperando vuestra visita –anunció el señor Harte.

–Estamos mudándonos, y he andado con mucho trajín –contesté.

Toby tiró de la mano de su padre.

–Llueve más, padre. Y tienes que ayudarme a contar los pasos hasta la próxima esquina.

El señor Harte me dirigió una inclinación.

–No tardéis en venir a vernos, señora Finche.

Los observé mientras se alejaban juntos. El señor Harte hacía oscilar el bastón con empuñadura de plata ante él y Toby contaba los pasos. La lluvia arreció de repente y también yo apreté el paso de camino a casa.

Me secaba el pelo con una toalla cuando Nell llamó a la puerta. Sentí un profundo abatimiento, consciente de que ya no podía aplazar más el momento de anunciarle nuestra marcha. Advertí que se había cepillado el pelo y tenía color en las mejillas. Me dolía apenarla.

–¡Kate, ha ocurrido una cosa maravillosa! Estaba impaciente por contártelo. Es Ben. –Se llevó las manos al pecho–. ¡Nos vamos a casar!

–¿A casar? ¡Qué buena noticia!

–¡No acabo de creérmelo! –El rostro de Nell resplandecía de felicidad–. Ben quiere cuidar de mí y de Charlie. Lo criará como si fuera suyo y nunca se quejará por ello. La boda será dentro de tres semanas. Charlie y yo nos instalaremos en casa de Ben y su madre. Ella cuidará de Charlie por las tarde mientras yo trabajo hasta que... –Se ruborizó–. Hasta que venga otro pequeñín de camino.

La abracé, complacida ante su cambio de suerte y aliviada en igual medida porque así yo no la dejaría en la estacada.

Cuando Nell se marchó, me dispuse a embalar nuestros enseres con mejor ánimo, aguado solo por una pizca de desazón al pensar en la deuda contraída con el señor Hackett. Aun así, no me cabía duda de que se cobraría el favor con creces por medio de Robert y, mientras tanto, mi sueño de tener una casa como era debido estaba a punto de hacerse realidad.

La semana siguiente Ben Perkins, moreno y de sonrisa fácil, trajo su carreta para ayudarme con la mudanza, porque Robert estaba trabajando. No tardamos mucho en cargar en la carreta nuestros pocos muebles, un baúl lleno de ropa y los cacharros de cocina.

Nell se despidió llorosa cuando me subí al pescante para sentarme al lado de Ben.

—No te olvides —dijo—, la boda es el segundo domingo del mes que viene en San Jaime de Clerkenwell.

Ben sacudió las riendas. Cuando el caballo aceleró el paso, volví la vista atrás para despedirme una vez más y asegurarme de que *Sombra* nos seguía.

La carreta avanzó lentamente por el callejón con la carga oscilante. El sol calentaba el ambiente, y cuando entramos en la parte incendiada de la ciudad y nos acercamos a nuestro nuevo hogar, empecé a sentir dentro de mí una creciente emoción. El polvo en la calle sin adoquinar se levantaba al paso de otras carretas, cargadas en su mayoría de ladrillos o madera, y formaba pequeños remolinos en la brisa que nos cubrían de partículas de mugre.

—¿Sabréis encontrar Inronmonger's Lane? —pregunté, preocupada de pronto porque eran muy pocos los puntos de referencia y temía no encontrar la casa nueva.

—Dios es bueno con nosotros: eso no es ningún problema —contestó Ben—. Hoy por hoy entrego cargamentos de piedra por toda la ciudad casi a diario. Incluso suministré a vuestro señor Hackett la piedra de Portland utilizada en la construcción de las esquinas de vuestra nueva casa. —Torció el gesto—. Ese hombre es un negociador duro de pelar. Se enfadó conmigo porque solo vendo material de la mejor calidad. Le dije: «¿Qué sentido tiene construir una casa nueva con piedra de segunda categoría que se agrietará pasado un año?»

Allí donde posaba la mirada veía solares ya delimitados para la edificación a ambos lados de la calle y procuré tomar nota de los puntos de referencia con los que me cruzaba. Finalmente Ben señaló con la cabeza un poste clavado en el suelo en la esquina de la calle donde se leía el rótulo IRONMONGER'S LANE, toscamente pintado. El corazón empezó a latirme desenfrenadamente cuando la carreta, con un vaivén, se detuvo frente a la casa.

Los hombres que trabajaban en los andamios del edificio contiguo dejaron lo que estaban haciendo y nos observaron con curiosidad. Subí por la escalinata y, temblándome las manos de la emoción, abrí la puerta. El recibidor era más estrecho de lo que recordaba, pero la luz del sol me siguió al entrar y no pude evitar que una amplia sonrisa se propagara por todo mi rostro. Esperaba ese momento desde que guardaba memoria.

Ben subió resoplando por la escalinata con un baúl al hombro y corrí a ayudarlo. El resto de la mañana pasó en un santiamén mientras descargábamos la carreta. Uno de los albañiles hincó la pala en un montón de arena y vino a echar una mano cuando hubo que subir la mesa y la cama por la escalinata mientras yo, apresuradamente, subía y bajaba con bultos y cajas. Al final la carreta quedó vacía.

Serví a Ben una jarra de cerveza del botellón que llevaba en mi cesto.

—Me temo que tengo que irme —anunció a la vez que se enjugaba el sudor de la frente.

—Muchísimas gracias —dije, y le tendí la bolsa de monedas que Robert me había dado unas horas antes.

Él retrocedió.

—No lo he hecho por dinero —aseguró—. Después de todo lo que habéis hecho por Nell, ha sido un placer para mí ayudaros. —Se inclinó y sonrió—. Pero no la decepcionéis. Vendréis a nuestra boda, ¿eh que sí?

117

–¡No me la perdería por nada del mundo!

Ben sonrió.

–Que Dios os bendiga.

Subió de un salto a la carreta y se marchó levantando una nube de polvo arenoso.

Llamé a *Sombra* y volví a entrar en la casa. Después de cerrar la puerta, me apoyé en ella. Mi propia casa. Me invadió la euforia y, brincando y lanzando exclamaciones de placer, entré en el salón. Acto seguido, me recogí la falda y corrí escalera arriba con *Sombra* pisándome los talones.

Con la respiración entrecortada por la risa, abrí de par en par la ventana del dormitorio del desván y me asomé por encima del alféizar. El cielo era una bóveda enorme sobre la ciudad arrasada, tan distinta de como era cuando en muchos sitios solo se veía una porción de cielo al mirarla hacia arriba a través de la angosta brecha entre las casas. Si miraba hacia la derecha, veía el río, repleto de embarcaciones, y hacia la izquierda avistaba la muralla de Londres. Enfrente tenía el páramo de la ciudad quemada y a lo lejos, en la orilla del río, la silueta achaparrada de la Torre. Aquí y allá casas parcialmente construidas se alzaban entre los escombros desparramados como dientes rotos. ¿Cuánto tiempo pasaría hasta que se reconstruyeran todas las casas, tiendas, tabernas e iglesias y volviera a resonar en la ciudad el incesante tañido de las campanas, las voces de los vendedores ambulantes y el bullicio del tráfico?

Me gruñó el estómago, recordándome que tendría que salir a comprar algo para la cena. Bajé apresuradamente a la cocina para desembalar las cazuelas y sartenes.

La despensa no se había enjalbegado por dentro, y encontré un rastro de excrementos de rata que llevaba a una grieta enorme en el yeso bajo los estantes.

–Quizá deberíamos tener un gato, *Sombra* –dije.

Me observó con los ojos brillantes y una oreja en alto.

Barrí los excrementos de rata, vacié el cubo que contenía los utensilios de cocina y bajé al sótano. Una cuña de luz se filtraba por una ventana pequeña en lo alto de la pared y busqué a tientas en la penumbra hasta dar con la cisterna, que estaba medio llena.

El señor Hackett se enorgullecía de haber conectado la casa a la red de tuberías de olmo que aún había bajo la ciudad. Durante el Gran Incendio los habitantes, en su pánico, habían excavado febrilmente en las calles y perforado las tuberías para extraer agua con que sofocar las llamas. El suministro de agua era aún irregular, incluso para quienes podían pagarlo. Con un suspiro de alivio, hundí el cubo en la cisterna. Había un largo trecho hasta los conductos públicos situados fuera de la ciudad, y dudaba que las carretas de los aguadores frecuentaran Ironmonger's Lane.

Acarreé el cubo goteante hasta el piso de arriba y fregué la despensa vigorosamente. Ya sellaría la grieta por donde entraban las ratas y enjalbegaría las paredes, pero de momento tendría que bastar con lo hecho. Me desaté el delantal, fui por la canasta y partí hacia el mercado.

Providencialmente, el mercado de Leadenhall se había librado del fuego y se hallaba a corta distancia. Las calles nuevas estaban señaladas con estacas y en varias obras se arremolinaba un enjambre de hombres, pero resultaba extraño andar por las calles de tierra sin el continuo zarandeo de la muchedumbre y sin la necesidad de dejar paso a los carromatos. Echaba de menos el bullicio y el ajetreo de la antigua ciudad.

Tras recorrer Cheapside y Poultry, llegué a Cornhill y el cruce con Lombard Street. Me asaltó una peculiar sensación al pensar que la casa de los Finche en Lombard Street había desaparecido para siempre. Con un ligero estremecimiento, seguí adelante por Cornhill. Esa zona estaba más concurrida, y pasaron varios coches tirados por caballos y un carro de recogida de basura. No tardé en oír las voces de los vendedores del mercado y captar en la brisa el leve olor de la sangre animal y las verduras en descomposición.

Los puestos de carne todavía estaban abiertos. Circulaban a toda prisa hombres con mandiles de arpillera, cargando a hombros grandes piezas de ternera como si estas no pesaran

119

más que un niño pequeño. Saturaba el aire el olor metálico de la sangre que corría desde todos los tenderetes y formaba coágulos en el serrín del suelo.

Pasé de largo un puesto donde la cabeza de una vaca, cubierta de moscas, giraba lentamente suspendida de un gancho a pleno sol, y compré un trozo de ternera para estofado a un carnicero cuyo delantal presentaba menos manchas de sangre que los de los demás.

Ruidosas gaviotas sobrevolaban en círculo a baja altura las pescaderías, en espera de que las pescaderas, empuñando cuchillos que refulgían bajo el sol, abrieran las caballas, retiraran las entrañas con un rápido golpe de muñeca y las arrojaran a sus espaldas. Regateé enérgicamente con una de las vendedoras de voz ronca y compré dos pescados ahumados para el desayuno del día siguiente. Completé las compras con fresas de la cesta de una joven campesina de rostro lozano, zanahorias, cebollas y un manojo de tomillo.

Ya de vuelta en nuestra nueva casa, no tuve tiempo más que de poner la carne a guisar y peinarme antes de la hora a la que solía llegar Robert. Me instalé en la ventana del salón y, en cuanto lo vi acercarse, salí corriendo a recibirlo.

–¡Bienvenido a casa! –saludé.

Sonrió cuando lo llevé a rastras escalinata arriba y me levantó en volandas tan deprisa que casi ni me di cuenta de lo que ocurría.

–Te entraré en brazos por la puerta.

–¡Robert! Me has levantado las faldas –protesté, intentando cubrirme las rodillas desnudas con la enagua.

–No nos ve nadie.

Era verdad; la calle estaba desierta y los albañiles, ya concluida la jornada, se habían marchado, así que dejé de resistirme y empecé a reír cuando él, resollando y resoplando exageradamente, entró tambaleante en el recibidor.

–Bien, señora Finche –dijo–, gracias a la generosidad del señor Hackett ahora estamos verdaderamente en casa. –Me dio un beso en la boca.

Eufórica, le eché los brazos al cuello, respondiendo gustosamente a sus besos, que pronto pasaron a ser más apremiantes.

–Creo que ha llegado el momento de que me enseñes nuestro nuevo dormitorio, ¿no te parece? –dijo en un susurro.

–El estofado está en el fuego...

–¡Al diablo el estofado! –exclamó él, y tiró de mí escalera arriba.

Torpemente, me aflojó las cintas y me desabrochó los botones. Dejando un rastro de medias, calzones y enaguas, entramos en el dormitorio y casi caímos en la cama.

Mientras él, concentrado, tenía los ojos cerrados y se movía dentro de mí, yo observaba una fina grieta en el techo y me preguntaba cómo debía de sentirse uno cuando estaba tan abstraído en algo.

Al final, consumida la pasión, Robert dejó escapar un largo suspiro.

Sentí tristeza, casi decepción, cuando él, en lugar de mostrar el menor deseo de hablar, se quedó traspuesto en el acto. Me pregunté si otras esposas sentían lo mismo después de cumplir sus deberes conyugales. Solo entonces caí en la cuenta de que Robert no se había retirado para derramar su semilla en mi muslo, como de costumbre. Sonreí para mí.

Capítulo 12

Nunca me ha gustado estar en deuda con nadie, consecuencia, supongo, de haberme visto obligada a mostrarme siempre tan agradecida con la tía Mercy. Fue, pues, con cierto resentimiento que me puse manos a la obra en mi nueva cocina para liquidar mi deuda con el señor Hackett. Aun así, cuando los dos fragantes bizcochos de miel se enfriaban encima de la mesa, recuperé el buen ánimo.

Me puse el vestido verde, una de las pocas pertenencias que había salvado del incendio. Se veía ya gastado y tenía varios remiendos, pero me quedaba bien. Me peiné para que los rizos oscuros me encuadraran favorecedoramente el rostro y a continuación, tras una breve vacilación, saqué mis zapatillas de satén del baúl.

Los hombres que trabajaban en la obra contigua me saludaron con alegres voces cuando salí de casa, y sus silbidos, aunque algunas los habrían considerado irrespetuosos, a mí me infundieron brío en el andar.

En este estado de júbilo llegué a la oficina del señor Hackett, en Holborn. Un joven escribiente me abrió y me acompañó a una antecámara, donde me pidió que esperara. Estridentes voces llegaban del otro lado de una puerta entreabierta.

–¡Teníamos un acuerdo!

–Las cosas han cambiado, Maundrell –dijo Hackett con voz estentórea.

Al oír el nombre del anterior jefe de Robert, presté atención.

–He invertido en mi propia fábrica de ladrillos, en St Giles in the Fields, y mis ladrillos me salen mucho más baratos que los vuestros –prosiguió Hackett.

–Teníamos un acuerdo –insistió Elias Maundrell–, y rechacé todos los demás pedidos porque me prometisteis quedaros todos los ladrillos que pudiese traeros. –Se advertía un tono de desesperación en su voz aflautada.

Permanecí inmóvil en mi asiento, tensa y abochornada, mientras proseguía el altercado. Aunque el señor Maundrell nunca me había inspirado simpatía, no me gustaba la idea de que me descubriera siendo testigo de su humillación.

–No tengo tiempo para quedarme aquí escuchando vuestros gimoteos todo el día –dijo Hackett–. Hogg os acompañará a la puerta.

–Pero yo...

–¡Hogg! –bramó Hackett–. Ven y llévate a este hombre de la oficina.

Un individuo de pelo ralo y aspecto de comadreja entró apresuradamente en la antesala y me rozó a su paso en dirección al sanctasanctórum de Hackett. Al cabo de un momento reapareció con Elias Maundrell agarrado del cuello; indiferente a las protestas de este, lo llevó a rastras hasta la salida.

Echándome hacia atrás, me encogí y volví la cara. Poco después se oyó un portazo en la entrada.

Cuando el señor Hackett salió a la antesala con cara de pocos amigos, permanecí en la silla, con la mirada baja.

Al verme, paró en seco.

–¿A qué debo el placer de vuestra visita, señora Finche? ¿Venís a pincharme de nuevo con vuestros agudos comentarios?

–Nada más lejos –contesté, deseando estar en otra parte–. He venido para cumplir con mi parte del trato. –Destapé los dos bizcochos de miel que llevaba en la canasta–. Son para vos.

Desaparecieron las arrugas en su frente y dejó escapar una risotada antes de hundir en la canasta unos dedos tan gruesos como las mejores salchichas de un carnicero.

–Mejor será que entréis en mi despacho.

–No deseo molestaros...

–¡Tonterías!

A regañadientes, lo seguí. Mi intención era liquidar la deuda lo antes posible y marcharme.

Se dejó caer pesadamente detrás de su escritorio y señaló con el mentón la silla de las visitas.

–¿Queréis beber algo?

–Gracias, no...

–Claro que sí. –Abrió un armario junto a su mesa y sacó dos vasos y una botella de ron.

Lo observé horrorizada mientras llenaba los dos vasos y empujaba uno hacia mí. Yo nunca había bebido ron, y no me gustó el olor.

Tras beberse la mitad de un trago, Hackett extrajo una navaja del interior de su casaca y cortó dos porciones de bizcocho. Me lanzó una, y yo la atrapé torpemente.

–Como los que hacía mi vieja madre –comentó él con la boca llena–. Solo que a ella casi siempre se le quemaban. –Riendo su propio chiste, soltó una sonora carcajada y salpicó el escritorio de migas–. Y bien, pues, ¿qué os parece la casa? ¿No será demasiado pequeña y pobre para vos, Vuestra Excelencia?

–Todo lo contrario –respondí. Ciertamente no convenía contrariar a ese hombre–. Tenemos tan pocos muebles que hay espacio de sobra.

Hackett apuró el vaso y cortó otro trozo de bizcocho.

–Dios mío –dijo–, si fueseis mi esposa, no tardaría en engordarme.

Reprimiendo un estremecimiento ante la sola idea, tomé un sorbo del vaso de ron y me comí el bizcocho, con la esperanza de que compensara el efecto de esa fuerte bebida.

–Mi esposa era poca cosa. Bonita como una flor, pero demasiado delicada para sobrevivir a los rigores del parto.

–Lamento oírlo –dije educadamente.

–No lo lamentéis. Ya me había cansado de ella. –Hackett se sirvió otro vaso y blandió la botella en dirección a mí. Negué con la cabeza, a la vez que me preguntaba cuándo podría marcharme.

Hogg entró parsimoniosamente y se apoyó en la pared con las manos en los bolsillos.

–Ya he despachado a Maundrell –informó.

Hackett, en silencio, llenó otro vaso para él.

–No te habrá dado muchos problemas, supongo.

Hogg se rio.

–No volverá.

–Vaya un pelele con ínfulas... –Hackett me miró–. Acabaos vuestra copa, señora Finche. ¿O debo llamaros Kate?

Para eludir su pregunta, tomé un largo trago de ron, que retuve en la boca el mayor tiempo posible, pero al final tuve que tragarlo. Aparté el vaso bruscamente.

–Me ofenderé si no bebéis otra copa conmigo –dijo Hackett con un brillo en los ojos.

–Debo irme –dije, y me puse en pie–. Tengo otro recado pendiente. –Con el estómago revuelto, me balanceé ligeramente y busqué apoyo en el borde del escritorio.

Hackett se echó a reír.

–Venid a verme en algún otro momento. ¿O preferís que os visite yo una tarde? ¿Una tarde cuando vuestro marido esté trabajando, quizá? –Abrió la puerta–. ¡Finche! –bramó.

Enseguida apareció Robert. Al verme, enarcó las cejas en un gesto de sorpresa.

–Vuestra esposa me ha hecho una visita de cortesía.

Estreché la mano al señor Hackett y salí con toda la dignidad que pude reunir.

–¿Qué haces aquí? –preguntó Robert en un susurro.

–He traído unos bizcochos de miel para el señor Hackett –contesté con un ligero hipo.

–Ah. –Me miró con recelo–. ¿Has estado bebiendo?

–Ron. Me ha obligado él a tomar una copa. Robert, Elias Maundrell ha estado aquí, y ese hombre, Hogg, lo ha echado.

–¿Maundrell?

—Hackett tenía un acuerdo por la compra de ladrillos con el señor Maundrell y lo ha incumplido.

—¡Le está bien empleado!

—Pero, Robert...

—Vete a casa, Kate. —Abrió la puerta de la calle y de pronto me vi al otro lado.

Para cuando llegué a Covent Garden, me dolían los pies y la cabeza. Sabía que tenía que haberme puesto un calzado más robusto, pero, sucumbiendo a la vanidad, había considerado que las zapatillas de satén eran más adecuadas para una visita de cortesía. No obstante, con el paseo se me había ido el malestar de estómago.

Mientras caminaba a la fresca sombra de la arcada que delimitaba la plaza, me detuve en un puesto de fruta para comprar dos manzanas, a cuya elección dediqué un buen rato, hasta dar con ejemplares perfectos, teñidos totalmente de rojo escarlata. Me comí una mientras paseaba, con la esperanza de que me quitara el aliento a ron.

Desde la plaza engravada, por James Street, no había más que un paso hasta Long Acre, una ancha calle arbolada. Allí vi varias tiendas elegantes, intercaladas entre patios de carroceros y unas cuantas casas grandes con amplios jardines. El letrero con la poma y la rosa se mecía suavemente en la brisa, suspendido de la fachada de una casa alta, con amplias ventanas a ambos lados de las columnas del pórtico, todo ello detrás de una verja.

El señor Harte debía de ser más rico de lo que yo imaginaba, reflexioné mientras subía por la refinada escalinata curva que ascendía hasta la puerta. Tiré de la argolla de hierro instalada a un lado y oí el tintineo de la campanilla a lo lejos.

—¿Sí? ¿En qué puedo ayudaros? —Abrió la puerta un joven anormalmente bajo pero de lustroso cabello negro y con una nariz de dimensiones impresionantes, y se quedó mirándome. De pronto caí en la cuenta de que no era un niño, ni siquiera un enano, sino que tenía joroba.

–¿Está la señora Harte en casa? –pregunté.

Me miró con sus ojos oscuros y redondos e intenté no reír al pensar de repente que, con su casaca de seda marrón y su chaleco de color rojizo, tenía todo el aspecto de un petirrojo.

Ladeó la cabeza.

–¿Sois la señora Finche? –No esperó la respuesta–. Sí, claro que sí. La señora de la casa os espera. Está en su salita. ¿Tendríais la bondad de seguirme?

Entré en el vestíbulo de alto techo y en el acto percibí una fragancia de una belleza intensa: un delicioso perfume de almizcle con aroma a rosas a secas y un matiz de especias, mezclado con algo que acaso fuese, pensé, verbena. Permanecí inmóvil inhalando el aire para localizar la procedencia de ese aroma, pero de pronto caí en la cuenta de que el criado había cruzado ya el suelo de baldosas rojas y empezaba a subir por la escalera de madera de roble labrada.

Me apresuré a seguirlo y aguardé en el rellano mientras él llamaba a una puerta y la abría sin aguardar respuesta.

Jane Harte, sentada junto a la ventana abierta del soleado cuartito, bordaba la funda de un cojín. Alzó la vista y me dirigió su sonrisa más dulce.

–¡Señora Finche, qué placer veros! ¿No os importará sentaros en mi salita, espero? –Se inclinó hacia delante–. Aquí estaremos cómodas, porque es un espacio menos formal que el salón. –Se volvió hacia el criado–. Jacob, ¿puedes pedirle a Ann que nos traiga el té?

Jacob agachó la cabeza y se retiró.

Me senté en una de las dos bonitas butacas venecianas tapizadas con un bordado en punto de llama que hacía sombras de tonalidades coral y crema. Revestía las paredes un damasco de un delicado color azul grisáceo y las coronaba un friso de colibríes y enredadera. En un aparador vi un recipiente de cristal con rosas blancas aromáticas.

–¡Es una habitación encantadora! –dije.

–Es mi escondrijo secreto –explicó la señora Harte–. Esta casa era del tío de mi marido, y sigue amueblada tal como él la dejó. Cuando Gabriel y yo nos casamos, prometí no cambiar nunca nada sin su consentimiento, porque él lo recuerda todo en la imaginación. Pero esta sala es mi territorio y tengo permiso para decorarla a mi antojo.

—Es una delicia —comenté. Puse la manzana que había comprado en el mercado en la mesa accesoria—. Esto es para Toby.

—¡Qué amabilidad la vuestra! Todavía habla de los mazapanes que hurtasteis para él. Lo llamaré para que os presente sus respetos.

—Será un placer para mí, señora Harte.

—¡Ah! Por favor, llámame Jane. —Me dirigió una cálida sonrisa.

—Y a mí mis amigas me llaman Kate —dije, pensando que, aparte de Nell, no tenía más amigas.

La puerta se abrió y entró con una bandeja una criada pulcramente vestida. La colocó en una mesa pequeña al lado de Jane y se marchó con el mismo sigilo con que había entrado.

—Ann es mi criada nueva —explicó Jane—, pero creo que me gustará.

—Cuando nos vimos en la fiesta del señor Hackett —dije—, no estabas muy contenta con la niñera de Toby.

—Tiene un punto de frivolidad que no me complace. —Jane suspiró mientras servía el té—. ¿Tienes hijos?

Negué con la cabeza, y ante su mirada escrutadora le abrí mi corazón.

—Pero un hijo es lo que más anhelo en este mundo. Perdí a mis padres cuando tenía ocho años y mi mayor deseo es formar mi propia familia.

—Entiendo perfectamente lo espantoso que es eso —comentó Jane—. Yo perdí a mi madre cuando tenía diez años y mi hermana once.

—¿Estás muy unida a tu hermana?

A Jane se le empañaron los ojos.

—También Eleanor murió, hace cuatro años.

La tristeza de otros tiempos invadió mi pecho, pero sentí cierto consuelo al ver que Jane comprendía realmente mi dolor.

–La pena de perder a la familia nunca desaparece, ¿verdad? Suspiró.

–Me acordé de eso una vez más el otro día cuando una casa de Rochester Court quedó reducida a cenizas y perecieron una madre con cuatro de sus hijos.

–¡Qué horror!

–No puedo quitarme de la cabeza a los niños supervivientes. Y lo peor es que, según dicen algunos, fue un incendio provocado. –Jane cabeceó en un gesto de incredulidad–. Alguien abrió los postigos de la planta baja en plena noche y lanzó antorchas encendidas al interior.

Conmocionada, dejé la taza. El recuerdo de las nubes de humo y el calor infernal en el almacén de los Finche asaltó mi mente cuando imaginé los gritos de terror de los niños atrapados en la casa en llamas.

Parpadeé cuando el chillido repentino de un niño me arrancó de mi ensoñación.

Jane llamó por la ventana a su hijo, que estaba en el jardín.

–¡Toby! Ven a saludar a la señora Finche.

Poco después se oyeron unas ruidosas pisadas escalera arriba y la puerta se abrió de par en par.

–¡Toby! –Jane atrajo al niño hacia sí y le sacudió el barro del calzón–. ¡Mira cómo te has puesto! ¿Qué has estado haciendo?

–Estaba luchando contra los soldados holandeses. Y luego contra los franceses.

–¿Has ganado la batalla? –pregunté.

Asintió solemnemente.

–Siempre gano.

Tomé la manzana de la mesa accesoria.

–Te he traído esto.

Me dio las gracias con una sonrisa radiante.

–Vale más que vuelva al jardín, o esos condenados franceses nos invadirán otra vez.

–¡Toby! –Jane le dio un tirón del brazo–. ¿Quién te ha enseñado a decir eso?

–¿Qué? –El niño miró a su madre con una expresión de inocencia en los ojos verdes.

–Eso que has dicho de los franceses.

–Según Jacob, si les das la mano, te cogen el brazo. Los malditos franceses fueron los culpables del Gran Incendio, dice Jacob.

–Eso no lo sabemos con certeza, Toby. Ahora vete a jugar.

–Sí, mamá. –Me sonrió mientras se frotaba la manzana en la manga–. ¿Volveréis?

–Quizá la próxima vez vengas tú a visitarme.

Dio un bocado a la manzana.

–Llevaré mi aro y os dejaré jugar con él. Mejor será que vaya a ver si los condenados... –Miró de reojo a su madre–. Iré a asegurarme de que esos malvados franchutes no están trepando por la tapia del jardín.

Sonreí a Jane cuando Toby salió a toda prisa de la salita.

–Cómo te envidio –dije–. Es un encanto.

–Ese niño pasa demasiado tiempo con Jacob Samuels –comentó–. Sé que Gabriel considera a Jacob el más leal de los criados, pero su influencia en Toby no es siempre la que yo desearía. –Jane suspiró–. ¡En fin! Me ha dicho Gabriel que tienes una casa nueva.

–El señor Hackett nos ofreció la oportunidad de alquilar una de las casas construidas por él.

–¿No sentirá quizá remordimientos por el bochorno que os causó?

–Robert dijo que el señor Hackett prefiere alquilar la casa a arriesgarse a que la ocupe chusma desamparada. Además, la casa contigua aún no está acabada y hay mucho ruido y polvo, lo cual podría disuadir a cualquier posible comprador.

–Pero qué gran satisfacción tener una casa nueva y bonita.

Desconsideradamente, recordé la profunda grieta en la despensa por donde entraban las ratas. Me reí.

–Ahora mismo se oye el eco por toda la casa de tan pocos muebles como tenemos.

–Pero ahora tienes la oportunidad de elegirlo todo a vuestro gusto.

Me encogí de hombros.

–Con el tiempo, quizá. Estamos ahorrando todo lo que podemos para ayudar a los padres de Robert.

Jane se mordió el labio.

–Hay una mesa y seis sillas que el tío Gabriel arrinconó en el desván. Son antiguas pero están bien hechas y quizá te sirvan. Puedo ocuparme de que te las entreguen.

Encogí los dedos de los pies de vergüenza.

–Me temo que no puedo ofrecerme a comprarlas. Es que los padres de Robert, hazte cargo...

–El único pago que te pido es una invitación a cenar una noche para ver que se les da buen uso. –Jane sonrió.

Le devolví la sonrisa, emocionada ante la perspectiva.

–Siendo así, las recibiré muy agradecida y esperaré con impaciencia esa cena en compañía vuestra –dije.

–Y le diré a Gabriel que lleve el violín y la flauta para entretenernos después de la cena –añadió.

Cuando llegó la hora de irme, Jane preguntó:

–¿Quieres que compruebe si Gabriel tiene alguna visita?

Bajamos al vestíbulo, y Jane llamó a una puerta y esperó mientras yo buscaba de nuevo la procedencia del almizcleño perfume a rosas.

Jacob Samuels abrió la puerta.

–¿Sí? –dijo.

–¿Está ocupado mi marido, Jacob?

Sin sonreír, Jacob contestó:

–No querría importunarlo. –La puerta empezó a cerrarse, pero se oyeron unas pisadas y de pronto se abrió de par en par.

–Gracias, Jacob –dijo Gabriel Harte. Me tendió la mano–. Señora Finche, bienvenida a la Casa del Perfume.

–¿Podemos pasar? –preguntó Jane.

–Sería una decepción para mí si no entrarais –contestó él.

Lo primero que percibí en la sala fue el tenue pero delicioso perfume. Indefinible, era una mezcla de un sinfín de flores, pero con notas subyacentes de cítricos, especias y el olor verde y fresco de las hierbas aromáticas. La luz entraba a raudales por la alta ventana con vistas a la calle y madera de roble de color miel revestía las paredes. Había sillas de respaldo alto dispuestas en torno a una mesa con la superficie de cristal, todo ello sobre una sedosa alfombra persa. A través de otra puerta entornada, alcancé a ver el brillo de los frascos de cristal en el taller en penumbra.

–Este es el Salón del Perfume, donde Gabriel recibe a sus clientas –explicó Jane–. Las damas de la alta sociedad vienen de visita y toman un té mientras hacen sus compras.

El señor Harte abrió las dos puertas de un armario con un floreo y me acerqué a mirar los estantes forrados de seda que contenían diversos frascos decorativos de perfume, todos con cintas de raso.

Jane me condujo hasta los estantes que cubrían una de las paredes, atestados de velas aromáticas, bolsitas de encaje y pomadas.

–Qué tentador –dije, rebosante de anhelo–. De hecho, me gustaría comprar este tarro de cera de abeja con lavanda. El revestimiento de madera de nuestro salón es muy nuevo y he decidido abrillantarlo cada semana hasta que se suavice.

El señor Harte me dio un precio que consideré muy razonable.

–No he podido sino notar la deliciosa fragancia que me ha recibido en el vestíbulo –comenté mientras contaba las monedas y las colocaba en la mesa.

–Eso debe de ser el tarro dulce. –Gabriel Harte sonrió–. U olla podrida, como también se lo conoce. Recogemos flores del jardín, desde principios de la primavera, y las cubrimos de sal en una olla con la tapa perforada. Cuando las flores han fermentado un poco, añadimos rosas, bálsamo de limón y lavanda a lo largo del verano.

–¡Ya me parecía a mí detectar el bálsamo de limón!

–Tenéis buen olfato –elogió el señor Harte–. Y en otoño añadimos especias y raíz de orris molida. Ahora el olor es dulzón, pero en invierno, cuando colocamos el tarro cerca del fuego, es cuando de verdad disfrutamos del perfume.

–Lo probaré –dije–, aunque antes tendré que cultivar el jardín. Nos hemos trasladado a una casa nueva en Ironmonger's Lane y de momento solo hay un pequeño pedazo de tierra salpicado de ladrillos y clavos herrumbrosos.

–Te llevaré unos esquejes de nuestro jardín –prometió Jane.

–Has sido ya la amabilidad en persona –dije–, y debo marcharme antes de abusar de vuestra hospitalidad.

El señor Harte cerró su armario de delicias fragantes y luego me tendió una vela con una cinta rosa.

–Un regalo para vos. Perfumará con olor a nardo vuestro nuevo hogar.

Me despedí y salí de la Casa del Perfume, rebosante de júbilo. No había tenido muchas amigas en la vida; la tía Mercy no me había dejado, pero tenía la absoluta certeza de que Jane sería la amiga que yo siempre había anhelado.

Capítulo 13

El terreno arenoso estaba a rebosar de trozos de yeso viejo y madera chamuscada, pero me puse manos a la obra con una pala que me prestaron los albañiles de la obra contigua. *Sombra* me observaba meneando la cola y al final, entrando en el juego, empezó a cavar hoyos en la tierra pedregosa, hasta que por fin se quedó dormido a la sombra de la tapia.

Al cabo de un rato me desperecé para aliviar el dolor de espalda, me apoyé en la pala y planeé dónde plantaría las rosas. Desenterré varios ladrillos y los reservé para señalar los límites de mi herbario. Sembraría primero romero, menta, perejil y salvia y, en el contorno, lavanda.

Al mediodía, el sol calentaba tanto que me senté fuera a comer pan con queso. Aparte del martilleo de los hombres de la obra de al lado y el retumbo de alguna que otra carreta, reinaba el mismo silencio que en un jardín campestre. Pero entonces me di cuenta de que no se oían los trinos de los pájaros ni el zumbido monótono de las abejas dedicadas a sus asuntos porque en aquel paisaje calcinado no había árboles ni flores. Era difícil imaginar que esa casa estaba en lo que en otro tiempo había sido una bulliciosa ciudad. Distraídamente, me pregunté cuánto tardaría en volver a oírse el ruido y el clamor al otro lado de la tapia del jardín.

Al cabo de un rato, oí unos sonoros aldabonazos. Tras sacudirme la tierra de la falda, corrí a abrir la puerta.

Ante la puerta esperaba un hombre robusto con un alegre pañuelo rojo.

Tomé la nota que me ofreció y, al mirar más allá de él, vi una carreta cargada. Un joven con un delantal de arpillera desataba las cuerdas. Cuando retiró una lona, quedó a la vista el juego de comedor de Jane Harte. Emocionada, el corazón me dio un vuelco.

–¿Dónde quiere que lo pongamos? –preguntó el carretero.

Mientras le indicaba que pasara al comedor, advertí que, además del juego de comedor que yo esperaba, había dos grandes baúles, un buró, una mesita, un reloj, varios fardos atados con cuerda y diversos cacharros de cocina. En cuanto se fueron los hombres, abrí la nota.

Mi querida Kate:
Espero que no te ofendas por enviarte unos cuantos objetos más.
Ayer disfruté mucho de tu visita y estoy deseando ir a verte cuando te hayas instalado en tu nueva casa. Toby me pide que te dé las gracias por la manzana y dice que no se olvidará de llevar el aro.
Tu amiga,
Jane

Con una sonrisa, desaté los fardos y encontré unas cortinas de bordado *crewel* muy bonitas y unas fundas de cojín a juego, junto con colgaduras de dosel y un cubrecama de damasco de color frambuesa. Asombrada y complacida ante tales tesoros, me apresuré a abrir los baúles, y descubrí una selección de cristalería, un mantel de hilo bordado, varias fuentes y una exquisita jarra de peltre. Me pasé una hora disponiendo gustosamente los muebles y demás enseres.

La mesa y las sillas de comedor tenían la cálida pátina de la antigüedad y, a su lado, el revestimiento de roble nuevo de las paredes se veía tosco. Abrí el tarro de cera de abeja que había comprado a Gabriel Harte y empecé a aplicarla con un trapo.

Esa tarde, pasadas unas horas, retrocedí para admirar mi obra. El roble había empezado a brillar con un lustre suave y la lavanda perfumaba el aire. El ruido de los albañiles, que recogían sus herramientas antes del final de la jornada, entraba por la ventana abierta, y *Sombra* vino a sentarse a mis pies y me miró con expectación.

–Sí, ya sé que es la hora de tu cena. Y también es hora de que prepare la nuestra.

Robert llegó a casa justo cuando yo estaba colando las patatas.

Se desplomó junto a la mesa de la cocina.

–¿Cansado? –pregunté. Me invadió un súbito desaliento. Los estados de ánimo de Robert siempre pendían sobre nosotros como un nubarrón.

Se encogió de hombros.

–Si vas a buscar cerveza al sótano, en cuanto vuelvas la cena estará lista.

Reapareció poco después.

–¿Hay carne pasada en el sótano? –preguntó.

–No dejo la carne en el sótano.

–Algo huele mal –dijo, arrugando la nariz–. No puede ser el pozo negro; no llevamos aquí tanto tiempo como para que ya rebose.

–Luego bajaré a ver –dije, deseosa de compartir con él mi entusiasmo por los muebles–. Esta noche vamos a cenar en el comedor. ¿Puedes traer la jarra de cerveza? –Lo precedí escalera arriba y abrí la puerta del comedor con un floreo.

Había preparado la mesa con servilletas limpias y los vasos nuevos. La vela ya estaba encendida, y el aroma a nardo se fundía agradablemente con la fragancia de la cera de abeja con lavanda.

–¿Qué te parece? –pregunté, encantada con el fruto de mi esfuerzo.

Robert se quedó mirando el comedor.

–¿De dónde ha salido todo esto? Te he dicho que no podemos gastar mis ingresos en fruslerías mientras mis padres atraviesan tales dificultades.

–¡Pero si no he gastado nada! –protesté, alicaída–. Jane Harte ha vaciado su desván.

–¿La mujer del ciego?

Asentí, aunque me pareció una falta de sensibilidad por su parte referirse así al señor Harte.

–No quiero caridad de nadie.

–Pero Jane ha dicho que ya no le servían. Además... –Tragué saliva, evaporada ya del todo mi felicidad–. Le he prometido invitarlos, a ella y su marido, a cenar con nosotros un día de estos.

–¿Sin consultarme?

–He pensado que te complacería. –Contuve las lágrimas con un parpadeo–. Quería que todo estuviera perfecto para ti esta noche.

Robert suspiró y se sentó a la mesa.

En silencio, le serví un vaso de cerveza.

Se la bebió de un trago y se limpió la boca con el dorso de la mano.

–A veces me cuesta aceptar nuestro cambio de circunstancias y no me gusta ser objeto de compasión.

Estuve a punto de decir que eso no pareció importarle cuando su venerado señor Hackett sacó a relucir en presencia de todos sus invitados nuestra penosa situación, pero me lo pensé mejor.

Esa noche Robert ya estaba en la cama cuando subí. Me desvestí y me acosté a su lado.

Se volvió para darme un expeditivo beso en la mejilla.

–Hoy he tenido un día agotador, y he sido brusco contigo. Veo que haces cuanto puedes para que esta sea una casa acogedora. Invita a cenar a esos amigos tuyos.

–Gracias, Robert.

Volvió a suspirar y me dio la espalda.

El día de la boda de Nell y Ben amaneció despejado, y yo me alegraba de haber convencido a Robert para asistir a la ceremonia, aunque él no entendiera por qué apreciaba yo a Nell.

Nos sentamos en el banco de detrás de la señora O'Brien y su tribu de niños, quienes, sobornados con un trozo de naranja que chupetear, aparentaban portarse bien. Nosotros éramos los únicos representantes de la novia; en cambio, el lado de la iglesia correspondiente a los allegados de Ben Perkins estaba lleno. Yo tenía la sincera esperanza de que Nell encontrara en el clan de los Perkins la familia que tanto anhelaba.

Me complació ver que, con la felicidad, Nell había dejado de ser una chiquilla flaca para convertirse en una bonita joven. No fui la única en la iglesia que contempló el intercambio de votos de la pareja con lágrimas en los ojos, aunque me distrajeron un poco los niños de la señora O'Brien, que volvían la cabeza en el banco y, para asustarme, me hacían muecas con colmillos de vampiro hechos de corteza de naranja.

Después de la ceremonia, fuimos todos al Dog and Duck a comer empanada de anguilas con puré de patata y beber grandes cantidades de cerveza. Nell, resplandeciente de júbilo, me dio un beso en la mejilla y se fue a bailar con su flamante cuñado.

Ben Perkins, con los ojos radiantes, me estrechó la mano.

–Es el día más feliz de mi vida –dijo–, y es a vos a quien debo daros las gracias por ayudar a Nell a salir del pozo en que cayó.

–No estuvo en ese pozo tanto tiempo como para echarse a perder, gracias a Dios –aseguré.

–Recordad una cosa –dijo Ben, y una expresión seria asomó por un momento a sus ojos alegres–: si alguna vez necesitáis ayuda, contad con Ben Perkins. –Me dio un fuerte abrazo y me besó en la mejilla–. No lo toméis a mal, señora, pero es que hoy tengo el corazón rebosante de alegría.

–No lo tomo a mal –contesté.

–Hay otra cosa... –Vaciló–. Me cuesta decirlo, viéndoos tan contenta con su casa nueva y demás.

–¿Qué pasa, Ben?

–Unas palabras de advertencia sobre el señor Hackett. Es un poco ladino. Vuestro marido debería buscarse otro trabajo si puede. Como estoy en el ramo de la construcción, a veces llegan comentarios a mis oídos. Aunque eso sí, son solo rumores.

–¿Qué clase de rumores?

Se rascó la cabeza.

–Hackett siempre anda buscando el beneficio fácil. A veces eso significa que sus suministros y métodos no son siempre los mejores.

–No sé si acabo de entenderlo.

–Mi consejo es que le digáis al señor Finche que esté atento por si le surge otra oportunidad. Solo os digo eso.

Las palabras de Ben únicamente sirvieron para acentuar mi propia inquietud con respecto al señor Hackett, pero no me gustaba la perspectiva de hablar con Robert de ello.

Robert y yo nos sumamos al baile, acompañados por un violinista gitano y uno de los numerosos primos de Ben con su flautín. Pasada una hora, cuando los presentes estaban ya muy alegres por efecto de la cerveza, nos escabullimos discretamente.

–Nell ha caído de pie –comentó Robert mientras recorríamos Smithfield–. No muchos aceptarían a una ramera retirada y su bastardo.

–Ben puede considerarse afortunado de tenerlos –repuse.

–Hoy se la veía bien –admitió Robert a regañadientes.

–Ben me ha dicho algo que me ha dejado preocupada. Ha oído rumores acerca del señor Hackett. Opina que deberías buscar otro empleo.

Robert se detuvo y me obligó a volverme de cara a él.

–¿Otro empleo? ¿Sabe lo difícil que es encontrar trabajo? Yo personalmente doy gracias por lo que tengo y tú deberías darlas también.

–Las doy, pero Ben dice...

–¡Me importa un comino lo que diga Ben! No es más que un carretero, al fin y al cabo. No armes revuelo, Kate, por el amor de Dios. –Robert, pálido, tensaba la mandíbula–. ¿De verdad quieres que nos quedemos otra vez en la calle?

–No, claro que no, pero...

–¡Pues entonces cierra la boca! –Me agarró del brazo y me dio una violenta sacudida.

Ahogué una exclamación ante su repentina cólera, y él se alejó, tan deprisa que me rezagué. Sorprendida por la vehemencia de su reacción, lo seguí arrastrando los pies.

Cuando llegué ante la casa, me detuve y me quedé mirándola desde la calle sin pavimentar. Los nuevos ladrillos amarillos ofrecían un aspecto severo, y la casa, al igual que su vecina a medio construir, parecía incómodamente alta y estrecha en medio de aquel paisaje yermo. Tal vez no fuera el hogar que yo había soñado, pero la sola insinuación de perderla fue como un mazazo para mí. Robert tenía razón, por supuesto. No era prudente alborotar el avispero.

Capítulo 14

Agosto de 1668

La noche antes de la cena que teníamos planeada, Robert anunció al llegar a casa que el señor Hackett se sumaría a la velada.

–Tenía previsto preparar una cena sencilla –dije, consternada–. Llevamos toda la semana comiendo alubias con patatas a fin de ahorrar de nuestro presupuesto para la cena, pero si viene el señor Hackett...

–Te daré dinero suficiente para que no tengamos que avergonzarnos –aseguró Robert.

–No sé guisar platos refinados, como el cisne o el pavo real. –De pronto inquieta, empecé a dar vueltas a la alianza nupcial en torno al dedo.

–Al señor Hackett le gusta la cocina sencilla. De hecho, cuando se ha enterado de que organizábamos una cena, se ha invitado él mismo. Ha dicho que esperaba disfrutar de alguno de tus excelentes bizcochos.

–Ya. –Era muy propio de Hackett invitarse él mismo–. En ese caso, es una suerte que tengamos una mesa grande donde quepan todos, ¿no te parece?

Llegué al mercado de Leadenhall temprano para evitar el calor de agosto y pagué seis peniques por una pata de ternera, un lujo inusitado en los dos últimos años, dos rollizos pollos y un reluciente lucio antes de comprar la verdura y un queso en su punto exacto. Saber que el señor Hackett sería nuestro invitado confería a la velada un cariz totalmente distinto. Con Jane y Gabriel Harte, me sentía cómoda; en cambio, ahora estaba muy nerviosa. ¿Y si se me quemaba la empanada o se me cortaban las natillas?

Puse en el horno la tarta de manzana y membrillo y el bizcocho de canela y pasas; luego preparé las verduras, herví el lucio y lo aderecé con salsa de limón y berro. Hacía mucho calor en la cocina, y temiendo que se estropeara el pescado, lo llevé al sótano porque la despensa ya estaba llena.

El olor me asaltó en cuanto abrí la puerta. Con una repentina arcada, retrocedí. Al final conseguí hacer un hueco al lucio en la despensa, en precario equilibrio sobre el queso envuelto en muselina, antes de encender una vela e ir a investigar cuál era el problema en el sótano. Pronto saltó a la vista que el suelo estaba encharcado de filtraciones del pozo negro. No me lo explicaba. No llevábamos en la casa tiempo suficiente para que hubiera que vaciar ya el pozo negro.

Cerré bien la puerta y salí a la obra del solar contiguo.

—¿Quién es el encargado? —pregunté a un joven que mezclaba argamasa en un balde.

Señaló con la cabeza a un hombre que serraba una tabla de madera.

—Disculpad —dije.

El hombre siguió serrando hasta que le toqué el hombro.

—Hay un problema en mi sótano —expliqué.

El hombre se echó atrás el sombrero y me miró.

—He dicho...

—¿Y eso qué tiene que ver conmigo, señora?

—Habéis construido la casa, ¿no?

—Puede ser, pero...

—El sótano se está inundando de aguas negras, ¡y no me salgáis con que eso no tiene nada que ver con vos!

—Ah. —Se rascó la cabeza—. Ya le dije yo al señor Hackett que debería haber vaciado el antiguo pozo negro antes de edificar encima. El pozo antiguo habrá reventado bajo los cimientos.

–A ver si lo entiendo. ¿Habéis construido una casa nueva encima de un pozo negro desbordado?

–Más o menos, sí. No puedo hacer nada, señora.

–Esta noche viene el señor Hackett a cenar a mi casa y hablaré del asunto con él.

El hombre se echó a reír.

–Pues buena suerte. No puedo deciros otra cosa. –El capataz siguió con su sierra.

Espoleada por la ira, barrí y abrillanté la casa hasta no poder más. Sacudí las esterillas en el jardín y sudé a mares mientras planchaba las servilletas. Puse la mesa cuidadosamente, con la cristalería nueva y las servilletas almidonadas. Como no tenía flores en el jardín, la vela perfumada, regalo de Gabriel Harte, ocupó el lugar de honor en el centro de la mesa.

Por fin, la pata de ternera estaba ensartada en el espetón sobre un fuego suave y consideré que podía dejarla sin peligro para subir a cambiarme. Había extendido mi vestido de seda en la cama, al lado de las zapatillas de satén y las medias de seda. Tras quedarme en enaguas, me lavé la mugre de un día dedicado a barrer, limpiar y cocinar, prestando especial atención a las uñas para quitarme el olor a cebolla y pescado. Asaltada de pronto por el cansancio y la jaqueca después de tales esfuerzos, me desplomé en la cama, deseando disponer de veinte minutos para cerrar los ojos y dormitar, pero sabía que no debía arriesgarme a que se me quemara la pata de ternera.

Allí sentada en un estado de duermevela, mientras me peinaba y me ponía crema en las manos estropeadas a causa del trabajo, de pronto caí en la cuenta de que no me había venido el período. Erguí la espalda y conté los días con los dedos desde mi última menstruación. ¡Treinta días! ¿Acaso crecía ya dentro de mí un niño? Acordándome de repente de la ternera, me vestí apresuradamente y me apliqué unas gotas de Jardín de Verano en las sienes, pese a que, por arte de magia, se me había pasado la jaqueca.

Mientras corría escalera abajo oí la llave de Robert en la cerradura.

–Huelo algo en la cocina –dijo–. ¿Está todo en orden?

–¡Dios nos asista! ¡La ternera! –Apreté el paso hacia la cocina.

La pata de ternera se había hecho un poco demasiado por un lado, pero, girando el espetón, di la vuelta a la pieza. Después de ponerme a toda prisa un delantal, me dediqué a preparar los demás platos, y no tardó en sonar la aldaba. Sentí alivio al ver a Jane y Gabriel Harte ante la puerta. Al menos con ellos no tendría que mantener una forzada conversación. Advertí que el señor Harte traía su violín.

Sentí el frescor de la mejilla delicadamente perfumada de Jane cuando me besó.

–Te he traído esto –dijo, y me entregó un ramo de rosas de color rosa y crema–. Y esquejes de romero. Recuerdo que dijiste que querías cultivar un herbario.

Hundí la nariz en las rosas para inhalar su dulce aroma.

–¡Qué delicia! Ya he sembrado unas cuantas hierbas, pero no tengo romero, así que tu regalo es bienvenido.

–Y este es un regalo mío para inaugurar la casa –dijo el señor Harte con su voz grave. Me ofreció un tarro de arcilla con un vidriado de tonalidades verde claro.

Destapé el tarro. Dentro encontré una segunda tapa, perforada con diminutos orificios, y al instante se elevó aquel cautivador aroma almizcleño, el mismo, como reconocí, que flotaba en el vestíbulo en la Casa del Perfume.

–¡Ah! –exclamé, encantada–. Es una olla podrida.

Gabriel Harte sonrió.

–¿Os acordáis?

Tuve la ferviente esperanza de que el regalo disimulara cualquier posible pestilencia procedente del sótano.

Robert vino a saludar a los invitados y entabló conversación con Gabriel Harte mientras Jane admiraba complacida nuestra nueva casa.

–No sé cómo agradecerte los regalos –dije–. Teníamos muy pocos muebles, pero ahora esto parece una casa de verdad. Y ha sido una verdadera suerte que tengamos ya una mesa de comedor, porque Robert ha invitado al señor Hackett a cenar con nosotros.

Jane arrugó la nariz.

–Espero que no lo tomes a mal si te digo que confiaba en que estuviésemos solo nosotros cuatro.

–El señor Hackett se ha invitado él mismo, y Robert no está en situación de negarse.

Jane me dio unas palmadas en la muñeca.

–Tendremos que sacarle el mayor provecho.

En ese momento resonaron por toda la casa unos aldabonazos.

El señor Hackett vestía una casaca de un estridente color verde lima.

–Me ha llegado un olor delicioso incluso antes de cruzar la puerta –comentó.

–Espero no decepcionaros –dije–. No tengo cocineras italianas que sirvan cenas tan exquisitas como esas a las que estáis acostumbrado. –Lo hice pasar al salón y me escapé a la cocina.

Los pollos, rociados ya con su propio jugo, presentaban un resplandor cobrizo y la pata de ternera estaba en una de las refinadas fuentes que Jane me había enviado. Corrí escalera arriba y puse el lucio con su guarnición en la mesa; luego subí y bajé al trote varias veces más hasta colocar todos los platos. Encendí la vela y fui a anunciar que la cena estaba servida.

No tenía por qué preocuparme la sencillez de la comida que ofrecía. La ternera estaba crujiente por fuera y rosada por dentro, y el lucio en su punto idóneo. Jane dijo que la tarta de manzana y membrillo se deshacía en la boca.

–Me enteré de que veníais esta noche, Harte –dijo el señor Hackett–. Me pregunto si habéis vuelto a pensar en la posibilidad de invertir en mis proyectos de reconstrucción de la ciudad.

El señor Harte dejó la copa cuidadosamente en la mesa, a un dedo del borde del plato.

–Puede que ahora sea un buen momento para invertir, dado que la guerra con los holandeses ha terminado y el material de construcción es más asequible.

–En cualquier caso, tengo mi propia fábrica de ladrillos, así que puedo mantener los costes a bajo nivel.

–Es una lástima que las grandes visiones de la ciudad presentadas por sir Christopher Wren, John Evelyn y Robert Hooke no se hayan hecho realidad –comentó el señor Harte.

–Sin duda esos magníficos proyectos, con sus plazas y sus paseos, eran una oportunidad para rediseñar Londres conforme al modelo de las grandes ciudades italianas y francesas, pero resultaban poco prácticos y demasiado costosos. –Hackett ensartó un grueso trozo de ternera con el cuchillo–. Así que nuestra querida ciudad volverá a levantarse, pero en una versión muy mejorada de la antigua. Las barriadas infestadas de ratas han desaparecido. Aquellos talleres que despedían olores nocivos se prohibirán en el centro de la ciudad, y las iglesias, los gremios, los comercios y las viviendas se construirán con arreglo a un nuevo modelo. –Señaló con el cuchillo a Gabriel Harte–. Un modelo mejor, como esta casa.

–La desaparición de las barriadas fue lo único bueno que nos dejó el incendio –comentó Robert.

–Esta es una oportunidad única en la vida para la inversión –aseguró Hackett, sin prestar la menor atención a la observación de Robert–. ¡Fuera lo viejo y adelante lo nuevo, ese es mi lema! Una ocasión para construir buenas calles y casas asequibles con desagües adecuados para las masas.

–Una orientación muy pública, la vuestra. –Gabriel Harte levantó la copa–. Y yo brindo a la salud de aquellos que vuelven a la ciudad y le dan vida otra vez.

–¡Eso, eso! –contestó Robert, y apuró su copa.

–Una cena excelente –elogió el señor Hackett a la vez que se servía otra pata de pollo y otra abundante porción de empanada.

–Tienes una buena cocinera –comentó Jane.

–No tenemos cocinera –repliqué.

–¿Ah, no? –Abrió de par en par sus ojos grises.

–Ni ningún criado.

Hackett se echó a reír.

–La señora Finche es una mujer de lo más capaz, aunque a veces un poco, digamos, exaltada.

Algo en el tono de su voz indujo a Robert a apretar los labios.

–¿Y cómo te las arreglas? –preguntó Jane.

–He tenido que aprender –respondí con determinación–. Desde el Gran Incendio hemos tenido que hacer frente a muchos retos.

–El padre de Finche sigue en la cárcel de deudores –dijo Hackett despreocupadamente mientras roía el hueso de pollo.

Indignada, apenas fui capaz de morderme la lengua para no responder con aspereza.

–Eso ya lo mencionó aquella noche –señaló Gabriel Harte–. Innecesariamente, a mi modo de ver.

–No sabía que no tenías criados –dijo Jane con cara de preocupación–. ¡Cuántas molestias te hemos causado! ¿Ni siguiera tienes una fregona?

Negué con la cabeza.

–Pero estoy muy contenta de que hayáis venido esta noche. –Me llevé la mano a la boca–. Ah, me olvidaba del queso. Permitidme que me lleve algunos de los platos vacíos y lo traeré.

–Yo te ayudo –dijo Jane.

–¿No hay más vino? –preguntó el señor Hackett.

–Iré al sótano –se ofreció Robert.

El señor Hackett se puso en pie pesadamente y eructó con disimulo.

–Como no hay criados –dijo, lanzándome una elocuente mirada–, os ahorraré la molestia.

–No, en serio... –Robert se levantó, sonrojado.

Me mordí el labio. ¿Me atrevería a permitir que Hackett bajara al sótano? Pero ¿cómo oponerme?

–Seguro que el señor Hackett puede encontrar el vino, Robert –dije con una dulce sonrisa.

–¡Sentaos, hombre! –Hackett obligó a Robert a sentarse de un empujón–. Dejémonos de formalidades –añadió, y salió del comedor detrás de Jane y de mí.

–Ya sabéis dónde está el sótano –dije cuando llegamos al pie de la escalera.

–Debería, dado que es mi casa.

Apreté los labios y entré en la cocina.

–¿Vacío los platos? –preguntó Jane.

De pie junto a Jane, percibí otra vez su perfume sutil, floral y dulce, sin ser empalagoso.

De pronto *Sombra,* con las orejas de punta, apareció ante nosotras mirando con expresión anhelante a Jane, que sostenía los platos.

Mientras Jane entablaba amistad con *Sombra,* abrí la puerta de la despensa y retiré la muselina del queso. Lo miré horrorizada. Los ratones, o las ratas, lo habían mordisqueado por un lado. Me agaché para mirar la pared bajo el estante y vi que la grieta, que había rellenado con argamasa cedida por los albañiles de la obra contigua, se había ensanchado y que había excrementos de roedor en el suelo. Deprisa y corriendo, recorté el contorno del queso con un cuchillo bien afilado. Como quedó un poco torcido, lo puse en una fuente grande rodeado de manzanas.

Fue entonces cuando oí el rugido de ira.

Jane y yo corrimos hacia lo alto de la escalera del sótano y vimos a Hackett con una botella de vino en la mano, de pie sobre una sola pierna, agitando el otro pie para sacudirse un líquido apestoso.

Robert y Gabriel Harte vinieron corriendo desde la escalera del comedor para averiguar qué ocurría.

–¡Señora Finche! –Hackett me agarró por la muñeca–. ¿Qué demonios pasa en vuestro sótano, mujer?

Gabriel Harte enarcó las cejas.

–Quizá deberíais plantear vuestra pregunta a la señora Finche más educadamente. –Sus palabras quedaron suspendidas como escarcha en el aire.

–Es muy sencillo –expliqué–. El señor Hackett construyó esta casa, y la de al lado, imagino, sobre un antiguo pozo negro. Por desgracia, decidió no vaciarlo antes, y debe de haber reventado bajo los cimientos nuevos. Tenemos un desafortunado problema de filtraciones.

–¡Qué horror! –exclamó Jane, llevándose el pañuelo a la nariz.

–Un descuido lamentable –rugió Hackett, y lanzó una mirada de soslayo a Gabriel Harte–. Me encargaré de que los poceros vengan lo antes posible, señora Finche.

–Muy amable –musité, advirtiendo una mueca de ira en los labios de Robert–. ¿Y si ahora volvemos al comedor para terminar de cenar? –propuse.

El queso en su punto apenas disimuló el horrible hedor procedente de los zapatos de Hackett, imponiéndose incluso al dulce aroma de la olla podrida y la vela perfumada. Cualquiera de los presentes que aún tuviera un hueco para el queso perdió rápidamente el apetito, y nos retiramos al salón.

–No puedo por menos que notar tu perfume, Jane –comenté–. ¿Es flor de azahar?

Asintió.

–Gabriel lo hizo especialmente para mí cuando nació Toby. Dice que nadie más tendrá nunca esta fórmula.

De pronto me asaltó una punzada de envidia. No podía imaginar un gesto tan romántico por mí en Robert. Pero, claro está, nosotros no nos habíamos casado por amor, pensé con un suspiro.

–Las damas de la alta sociedad siempre acuden a Gabriel para pedirle que les cree un perfume único, pero él rara vez se deja persuadir –dijo Jane–. Por lo que recuerdo, solo ha elaborado fórmulas especiales para unas pocas elegidas en los últimos años: su abuela antes de morir, mi hermana, que en paz descanse, y una pobre mujer cuyo marido le pegaba.

–¡Qué pena! –lamenté–. Abstenerse de hacer unos perfumes tan deliciosos es un desperdicio de talento, ¿no te parece?

–Yo no estoy tan segura. –Jane sonrió–. Esas damas, acostumbradas como están a salirse siempre con la suya, se ponen como una furia cuando él no se deja convencer. Entretanto, compran los perfumes que elabora para el público, que son exquisitos, a la vez que permanecen hechizadas por la esperanza de que algún día él cambie de idea.

—Es un hombre de negocios astuto, pues —observé, mirando de soslayo a Hackett, que hablaba en voz alta de todo lo que hacían mal el rey y el Parlamento y de cuanto mejor, a su juicio, gobernaría él el país si tuviera tiempo.

Reprimí un bostezo. Después del arduo trabajo de preparar la cena, ahora que me había sentado y había dejado atrás el nerviosismo previo, de pronto me sobrevino el agotamiento. Me pregunté si ese cansancio era señal de que en efecto estaba encinta.

Jane me lanzó una mirada mientras escuchábamos a Hackett hablar y hablar con su voz atronadora. No me inspiraba simpatía, pero poseía una presencia tan poderosa que su energía llenaba el salón y era imposible pasarlo por alto. En un intento de impedir que Hackett monopolizara la velada, batí palmas y pedí al señor Harte que nos entretuviera con su violín. Descubrimos que era un músico consumado, y fue un placer escucharlo.

Al final, los invitados se marcharon.

Jane me dio un beso en la mejilla y musitó que debíamos vernos otra vez en breve.

—He envuelto unos trozos de bizcocho de pasas para Toby —dije.

—¿Bizcocho de pasas? —dijo el señor Hackett—. Aceptaré uno o dos trozos, si no tenéis inconveniente, señora Finche.

Sí tenía inconveniente, pero no estaba en situación de negarme, y tras envolver su porción de bizcocho, se la entregué con toda la gentileza de que fui capaz.

—Una cena excelente y una grata compañía —dijo Gabriel Harte a la vez que se inclinaba ante mí.

Resplandecí de satisfacción, contenta de ver que mis esfuerzos eran valorados.

—Es buena cocinera, Finche —dijo Hackett a Robert, y le dio un puñetazo en el hombro en broma—. Pero yo personalmente no toleraría a una esposa obstinada.

Robert le dirigió una sonrisa forzada.

Levanté la barbilla y sonreí a Hackett.

–Confío en que recordaréis vuestra promesa y nos enviaréis a los poceros mañana –dije.

Un asomo de irritación se dibujó en su rostro.

–He dicho que así lo haría, ¿no?

–Muchísimas gracias –respondí con una dulce sonrisa.

Después de salir nuestros invitados y cerrarse la puerta, no tardó en oírse el sonido de las ruedas de los carruajes que se alejaban.

Bostecé.

–Esta noche estoy demasiado cansada para recoger. ¿Nos vamos ya a la cama?

Vi entonces que Robert tenía el rostro tenso de cólera.

–¿Cómo se te ha ocurrido permitir que el señor Hackett bajara al sótano sabiendo que el pozo negro estaba desbordado? –preguntó entre dientes.

Fijé la mirada en él.

–No nos ha dado otra opción.

–¡Sabías que el sótano estaba inundado!

Una chispa de enojo prendió en mi pecho.

–Dudo que pudiera habérselo impedido. ¡Y tú desde luego no lo has hecho!

–¡No es un hombre que acepte que se lo contraríe!

–Estaba de un humor aceptable cuando se ha ido. Además, ha prometido resolver el problema.

–Pero ¿a qué precio? –Robert me dio la espalda y, a zancadas, atravesó el vestíbulo y subió por la escalera.

Poco después se oyó un portazo en la alcoba.

Indecisa, me quedé inmóvil en el recibidor. ¿Debía ir tras él y disculparme? Ardía de indignación. Pese a mi agotamiento, sabía que, irritada como estaba, no conciliaría el sueño. ¿Por qué tenía Robert que salpicarlo todo con su malestar? Con un hondo suspiro, volví a la cocina.

Al cabo de dos horas, la cocina estaba impecable. *Sombra* dormía plácidamente bajo la mesa. Extenuada, salí al excusado con una vela. Fue entonces cuando descubrí que mi visitante mensual había llegado y, finalmente, no tendría un hijo.

Capítulo 15

A la mañana siguiente, Jane Harte, acompañada de Toby, se presentó ante mi puerta.

–Sé que es de mala educación hacer una visita a estas horas, pero anoche, cuando nos fuimos, me quedé preocupada pensando en todo el trabajo que iba a caerte encima a ti sola –explicó.

–Por eso hemos venido a ayudarte –intervino Toby.

Extendí los brazos y tomé a Jane y Toby de la mano.

–¡Qué amables! Pasad y os prepararé un refrigerio.

–¿Queda bizcocho de pasas? –preguntó Toby con una sonrisa esperanzada.

–Venid a la cocina, y veremos.

–¿Está *Sombra?* Mamá me ha hablado de él.

–*Sombra* nunca anda lejos. Por eso se llama así.

En la cocina, mientras abría la despensa para sacar una botella de sidra, Jane advirtió que todo estaba limpio y en orden y lanzó una exclamación.

–Sabía que me costaría dormirme si no lo dejaba todo recogido –dije.

–Debes de estar agotada.

–Por eso me alegro más aún de veros. –Abrí la puerta trasera y llamé a *Sombra,* que vino brincando a recibir a las visitas.

Toby se rio de júbilo cuando *Sombra* lo saludó meneando la cola alocadamente.

–Mira esto, Toby –dije–. Es un nuevo truco que he estado enseñándole. –Muy seria, fijé la mirada en el perro–. ¡*Sombra*, muere por el rey Carlos!

Sombra se revolcó y se hizo el muerto.

–¡Qué obediente! –exclamó Jane.

El efecto quedó un poco empañado cuando *Sombra* se levantó de un salto y hundió el hocico en mi mano.

–Se supone que debe quedarse tumbado hasta que yo le dé la orden –expliqué–. Ahora espera un premio, pero no se ha portado del todo bien.

–¿Puedo adiestrarlo? –preguntó Toby con entusiasmo.

–¿Por qué no lo sacas al jardín? Te daré unos trocitos de corteza de tocino para que se los des como premio cuando te obedezca.

Cuando Toby y *Sombra* salieron al trote, serví la sidra, corté trozos de bizcocho y lo puse todo en una bandeja para llevarlo al piso de arriba.

–¿Y si nos quedamos en la cocina, Kate? –propuso Jane–. Aquí estamos muy a gusto y tranquilas. Además... –Lanzó una mirada hacia la puerta abierta–. Me gusta oír a Toby cuando está en el jardín. Seguro que a ti te pasará lo mismo cuando tengas hijos.

Debió de advertir un cambio en mi expresión, porque alargó el brazo y me dio la mano.

–Perdona, ¿te he ofendido de alguna manera?

Negué con la cabeza.

–Es solo que... –Suspiré–. Ayer pensé que quizá estaba embarazada, y anoche mis esperanzas se desvanecieron.

–Lo siento. Pero ya habrá otras ocasiones.

–Robert... –Titubeé pero no vi más que bondad en los ojos grises de Jane–. Robert no quiere tener hijos. Al menos, de momento. Como sus padres están en la cárcel, ahorramos hasta el último penique para saldar sus deudas. Hasta que lo consigamos, Robert no quiere otra boca que alimentar.

–¡Pero podrían pasar años!

–Ya lo sé.

Jane me dio un apretón en la mano.

–Los designios del Señor son inescrutables, y sus planes para ti pueden ser distintos de los de tu marido.

–Rezo por eso –confesé.

La conversación se desvió hacia otros temas: mis ideas para el jardín, la nueva hilera de casas que estaban construyendo enfrente, la inminente visita de Jane a una tía en el campo y la continuada dificultad de encontrar una buena niñera para Toby.

Tan absortas estábamos en nuestra conversación que solo cuando Toby entró caímos en la cuenta de que pasaba ya del mediodía, y Jane, pese a las protestas de Toby, anunció que debía marcharse.

–Por favor, venid a visitarme otro día –rogué.

–Ven tú a vernos a la Casa del Perfume cuando volvamos del campo –propuso Jane.

Estaba a punto de llenar una canasta de comida para llevar a mis suegros cuando llamaron a la puerta. Tras secarme las manos en el delantal, subí a toda prisa. Al abrir la puerta, vi a tres de los trabajadores de la obra de al lado. Dos llevaban picos y el otro una pala.

–Soy Dick Lewis –se presentó uno de ellos, quitándose el maltrecho sombrero y guiñando el ojo a sus compañeros.

–¿Habéis venido a ver el sótano? –pregunté–. El antiguo pozo negro se ha desbordado.

–Esto huele peor que el patio de una tenería. Enseñémosle el ratón al gato, pues –dijo Dick con una alegre sonrisa–. Y como veo que estaré un buen rato ocupado ahí abajo, tal vez tengáis a bien darnos algo con lo que remojar el gaznate, señora. Con tanto excavar en un sótano, vamos a sudar la gota gorda.

En silencio los acompañé hasta la puerta del sótano, y descendieron por la escalera hacia la pestilente penumbra.

Fui a buscar tres jarras y las dejé en lo alto de la escalera.

–Encontraréis un barril de cerveza en el estante. Espero que esta noche quede suficiente para la cena de mi marido.

–¿Tenéis un farolillo, señora? Esto está como las fosas del Hades.

Pasé el resto de la tarde en la cocina cosiendo enaguas mientras oía las acometidas de los picos y el roce de la pala en el suelo del sótano. A cada golpe de pico se propagaban por la casa tales vibraciones que los platos traqueteaban en la alacena.

Por fin los hombres salieron y, chorreando inmundicia de sus botas, se quedaron allí plantados en la cocina. El hedor era tal que me entraron arcadas.

–Bueno, señora, hemos acabado por hoy –anunció Dick Lewis.

La carreta de excrementos llegó poco después, y los poceros subieron y bajaron por la escalera con sus cubos, sin dejar de quejarse de los calores de agosto.

–Por magnífica que sea esta casa nueva –comentó uno de los hombres–, debería haber una verja en el jardín, señora, para que pudiéramos entrar por la puerta de la cocina y ahorrarnos subir y bajar dos tramos de escalera. ¡Esto es todo escaleras! –Se enjugó la frente sudorosa con el antebrazo.

–¡Tened cuidado, por favor! –Me estremecí al ver que las aguas negras se agitaban en el fétido cubo, se derramaban y corrían escalera abajo. Por alguna razón, el hecho de que los desechos no fueran nuestros empeoraba aún más las cosas.

Durante toda la tarde se oyeron incesantes portazos y ruidosas pisadas escalera arriba y abajo. *Sombra* no vio con buenos ojos que aquellos desconocidos invadieran su casa, y, para que dejara de lanzarles dentelladas a los tobillos, tuve que encerrarlo en el jardín, donde se quedó ladrando. El hedor era insoportable y, pese a que abrí las ventanas, lo impregnó todo.

Incapaz de seguir viendo aquello, me retiré al salón para abrillantar el revestimiento de madera. Irritada, restregué el roble, pero ni siquiera en el aroma a lavanda y cera de abeja encontré alivio. Protestando entre dientes, froté vigorosamente para que la cera penetrara en el poro, pero de pronto, consternada, me interrumpí. En un rincón de la estancia había aparecido una grieta, de anchura suficiente para meter un dedo.

En ese momento uno de los hombres aporreó la puerta del salón.

–Listos, señora. Aquí tenéis la factura. –Tendió el brazo. En la mano mugrienta sostenía un papel sucio.

–Debéis presentar la factura al señor Hackett.

El hombre se echó atrás el sombrero.

–No sé nada de eso.

–En cualquier caso –dije con el rostro encendido–, en este momento no tengo medios para pagaros.

Se chupeteó los dientes.

–Entonces ¿qué hago? ¿Vuelvo a entrarlo todo?

–¡Ni se os ocurra!

Ladeó la cabeza y enarcó una ceja. De buena gana lo habría abofeteado por su impertinencia. Cuadré los hombros.

–Dejadme la factura, y yo misma se la entregaré al señor Hackett para que se haga cargo del pago.

–Volveré mañana por la tarde. –Sonrió, y los restos de unos dientes ennegrecidos quedaron a la vista entre sus labios–. Sería una lástima que la carreta de excrementos volcara delante de vuestra escalinata, ¿no creéis? –Dicho esto, se marchó.

Un rato después, mientras yo recalentaba el resto de la empanada en la cocina, Robert llegó del trabajo.

–La casa apesta –se quejó, y se llevó la mano a la nariz.

–Los hombres del señor Hackett han estado aquí toda la tarde, excavando en el sótano. Y luego ha venido la carreta de excrementos. Huele tan mal que he sacado dos sillas y la mesa pequeña al jardín para que cenemos fuera.

Los albañiles habían dado por concluida la jornada, y el jardín volvía a estar en silencio. El sol oblicuo entraba por encima de la tapia, y vi que parte de la tensión desaparecía del rostro de Robert mientras cenaba.

–Tengo grandes planes para el jardín, Robert –dije–. ¿No imaginas en aquel rincón un manzano, o un ciruelo si lo prefieres? Y madreselva trepando por las paredes.

–Pasé muchas horas felices en el jardín de Lombard Street –comentó Robert con un suspiro–. Cuesta imaginar que todo eso ha desaparecido.

Me disponía a animarlo para que abandonara esos pensamientos melancólicos cuando sonaron unos aldabonazos.

Robert frunció el entrecejo.

—¿Esperas visita?

Negué con la cabeza y subí apresuradamente a la vez que la aldaba volvía a sonar, esta vez con mayor insistencia. Con cierta dificultad abrí la puerta, porque el pasador se atascaba inexplicablemente, y para mi sorpresa encontré allí a Elias Maundrell.

—¿Está Finche? —Sin esperar respuesta, se apresuró a cruzar el umbral—. Tengo que hablar con él urgentemente. Ve a buscar a tu señor enseguida, si no te importa.

Molesta, caí en la cuenta de que, por el hecho de haber acudido a abrir la puerta, me había tomado por la criada.

—Mi marido está cenando —respondí, plantándome firmemente ante él.

—Aun así, tengo que hablar con él ahora mismo. —Arrugó la nariz y se examinó las suelas de los zapatos.

Abrí la puerta del salón.

—Le diré que estáis aquí.

Con un suspiro, el señor Maundrell entró en el salón y empezó a pasearse de un lado a otro.

En el jardín, Robert se limpió la boca con la servilleta y echó atrás la silla.

—Más vale que vaya a ver qué quiere ese viejo tacaño.

Poco después oí una acalorada discusión y subí sigilosamente por la escalera para escuchar.

—¡Finche, insisto en que habléis con Hackett! ¡Debéis apelar a él antes de que sea demasiado tarde!

—¡No oséis decirme qué debo o no debo hacer!

Por la puerta entornada del salón, alcancé a ver a Elias Maundrell agarrar a Robert por el cuello.

—¡Os digo que esos ladrillos son peligrosos!

—Y yo os digo que os marchéis de esta casa. —Robert obligó a Maundrell a apartar la mano y se dirigió hacia la puerta de entrada.

Precipitadamente, retrocedí escalera abajo mientras sus secas pisadas cruzaban el vestíbulo.

–¡Recordad lo que os digo, Finche! –La voz iracunda de Maundrell reverberó en el vestíbulo–. Nunca tendréis la conciencia tranquila si...

Robert cerró de un violento portazo, y la casa tembló hasta los mismísimos cimientos.

Mientras esperaba a que Robert volviera a bajar, me pregunté qué había ocurrido entre los dos hombres. Al cabo de un rato fui a buscarlo.

Lo encontré en el salón, mirando por la ventana.

–¿Qué quería Maundrell?

–Nada que te atañe.

–Se lo notaba... –busqué la palabra– desesperado.

–Es puro resentimiento, porque el señor Hackett no quiso comprar sus ladrillos y lo echó con cajas destempladas. ¡Ese viejo necio!

–¿Qué quería decir con eso de que los ladrillos son peligrosos?

Rojo de ira, se volvió repentinamente hacia mí.

–¿Has estado escuchando mi conversación privada?

–¡Estabais gritando!

–Te lo advierto, Kate –dio una fuerte palmada en la pared–, si sabes lo que te conviene, ni te atrevas a darme lecciones sobre algo de lo que no sabes nada.

Involuntariamente di un paso atrás, asustada por la cólera que se traslució a su rostro. Sin mediar palabra, busqué refugio en la cocina.

A la mañana siguiente, Robert se marchó al trabajo sin despedirse. Con los labios apretados, llené mi canasta y fui a visitar a mis suegros. Mientras atravesaba la ciudad, observé que eran ya muchas más las casas terminadas. Había calles adoquinadas aquí y allá y empezaba a posarse el polvo que desde hacía dos años arrastraba el viento sobre ese páramo yermo. El chacoloteo de los cascos de los caballos, los chirridos del tráfico rodado sobre el empedrado, y las voces de algún que otro afilador o vendedor ambulante me arrancaron una sonrisa. La ciudad comenzaba a despertar.

La tos del señor Finche empeoraba. Lo ayudé a recostarse y le di caldo de pollo. La señora Finche me observaba con una expresión interrogativa en los ojos angustiados mientras yo mantenía viva la conversación.

–Supongo que en una casa recién construida siempre surge algún problema –comenté–. El yeso aún no se ha secado del todo, y doy gracias por las buenas temperaturas, porque, si no, seguro que la ropa se enmohecería. –Suspiré–. Al principio me preocupaba que la casa oliera tanto a humedad, como una cripta, pero ahora apesta a estercolero.

–Menos mal que no se ha desbordado en otoño –comentó la señora Finche–. Se te habrían estropeado todas las conservas y las carnes ahumadas.

La señora Finche limpió el caldo que resbalaba por el mentón de su marido.

–John, ¿quieres probar un poco de ese pan que ha traído Kate? Puedo mojarlo en el caldo para reblandecerlo.

–Muy cansado... –susurró, y cerró los ojos.

–Te dejaremos dormir un rato –dijo ella.

Agarradas del brazo, nos paseamos por el patio.

–Kate, estoy preocupada por John. –Se enjugó una lágrima con el borde del delantal–. Aunque nos dejen marchar de aquí, dudo que John recupere la salud. Ay, Kate, ¿qué será de nosotros?

Impotente, le di unas palmadas en la espalda mientras lloraba en mi hombro.

–Hacemos todo lo que podemos para liquidar vuestras deudas.

La señora Finche dejó escapar un suspiro.

–Eres buena chica, Kate. Perdóname, tengo otra vez dolor de muelas y todo me parece peor de lo que es en realidad. Pero no sabes cuánto desearía que Robert no tuviera que trabajar tanto y dispusiera de algún rato para visitarnos.

159

No podía decir nada, pero me indignaba que Robert siguiera negándose obstinadamente a visitar a sus padres y yo me viera en la incómoda posición de tener que presentar continuas excusas por él. Por desagradable que fuese la cárcel, sin duda podría dejar de lado su aversión para ofrecerles un poco de consuelo, ¿o no?

Era ya media tarde cuando llegué a casa. Había recogido un fardo de camisones en el taller de Dolly y luego había pasado por el mercado, así que iba muy cargada cuando forcejeé con la puerta para abrirla. Era como si estuviera trabada con una cuña, y tuve que dejar los bultos en el suelo para intentar girar la llave. El mecanismo de la cerradura se resistió de manera anormal, y cuando por fin oí el chasquido, la puerta, para mi extrañeza, seguía sin abrirse.

Hacía calor, y empezaba a preocuparme que el pescado que llevaba en la canasta se pasara si no lo dejaba cuanto antes en la losa fría. Con lágrimas de frustración en los ojos, seguía empujando la puerta cuando vi acercarse por la calle la carreta de excrementos. Se detuvo frente a la casa en medio de una nube de polvo, y el carretero saltó a tierra y se aproximó mí.

–He venido a por mi dinero, señora.

–Tendréis que esperar –dije–. La puerta se ha atascado.

–Bien, pues. Mi carreta está llena hasta los topes. –Se rascó la cabeza y me dirigió una sonrisa rapaz–. Estoy muerto de sed, pero si voy ahora a la taberna no tendré tiempo para ir a vaciar la carga en el vertedero de las afueras de la ciudad. Aunque, claro, si me pagáis lo que me debéis, con mucho gusto...

–¿Cómo voy a pagaros? –dije, malhumorada–. El dinero está dentro y no puedo abrir. –Di un puntapié a la puerta, pero no cedió, y dejé escapar un gañido al sentir una punzada de dolor en el dedo del pie–. No os quedéis ahí parado –dije entre dientes–. A ver si vos podéis abrir.

Servicialmente, apoyó el fornido hombro en la puerta y empujó. No lo consiguió.

–¡Por amor de Dios! Voy a buscar a los albañiles de la obra de al lado.

Bajé por la escalinata y me encaminé hacia el solar en construcción. Oí un agudo silbido procedente del andamio situado encima de mí y a continuación estridentes carcajadas. Con pose altiva, me abrí paso entre los montículos de arena y los ladrillos hacia Dick Lewis, que estaba mezclando cemento.

–Se ha atascado la puerta de mi casa –dije.

Dick apoyó en la pala sus recios antebrazos tostados por el sol.

–¿Seríais tan amable de abrírmela? –No me quedó más remedio que dirigirle una sonrisa encantadora.

Me guiñó el ojo.

–Tratándose de vos, señora.

Me siguió hasta la casa, y entre él y el pocero trataron en vano de abrir la puerta a empujones. Otros tres albañiles trajeron una viga y, con grandes gruñidos, aunaron fuerzas y utilizaron la viga a modo de ariete. Después de varios intentos, la puerta se astilló y finalmente se abrió.

–¿Por qué se habrá atascado tanto? –pregunté–. No ha llovido, así que la madera no puede haberse hinchado.

Dick Lewis deslizó la mano por la puerta dañada e inspeccionó el marco.

–A veces las casas nuevas tardan un tiempo en asentarse –comentó–. Mandaré a mi peón con el cepillo para que rebaje la puerta y le dé una mano de pintura.

–Dejemos eso ahora –dijo el pocero, y se cuadró ante mí–. ¿Dónde está mi dinero?

Sin mediar palabra, fui a buscar las monedas que Robert me había entregado la noche anterior. Confiaba en que Hackett le reembolsara la suma, o a la semana siguiente no tendríamos dinero para los gastos de la casa.

Después, cuando ya todos se habían ido, descubrí grietas nuevas en las paredes del vestíbulo desde el techo hasta el suelo.

Capítulo 16

Septiembre de 1668

El 2 de septiembre se convocó un día de ayuno en recuerdo del Gran Incendio. Robert y yo recorrimos Lombard Street de camino a una ceremonia conmemorativa en Todos los Santos. Apretó los dientes cuando pasamos por delante del solar arrasado donde antes se alzaba la casa de los Finche. Hackett aún no había empezado a construir allí, pero habían retirado los escombros.

Sentados en silencio en Todos los Santos, los dos recordamos los horrendos días del incendio, ocurrido hacía ya dos años, cuando nuestras vidas cambiaron tan drásticamente. Luego volvimos a casa y nos fuimos a dormir sin cenar. Robert me dio otra vez la espalda. Sintiéndome sola, despierta en la oscuridad, me reprendí por no ser feliz cuando tenía un marido y la casa con que había soñado durante años.

Al día siguiente, en un intento de sacudirme ese estado de melancolía, fui a ver a Jane Harte. Nos habíamos reunido varias veces en el último mes, y yo esperaba ya con ilusión su compañía.

Cuando llamé, abrió Jacob Samuels.

—La señora está en el jardín —dijo, y alzó la mirada para observarme con sus penetrantes ojos negros.

Advertí que llevaba un pañuelo orlado de encaje que despedía un perfume almizclado y misterioso. Fue para mí una desilusión no ver ni rastro del señor Harte, pero oí el sonido cadencioso de su flauta detrás de la puerta cerrada del Salón del Perfume.

Mientras atravesaba la casa tras los pasos de Jacob, esbocé una sonrisa para mí cuando vi que calzaba zapatos de tacón alto con recargadas hebillas de plata. Pese a ser jorobado, tenía su pizca de vanidad.

Jacob abrió una puerta que daba al jardín y me indicó que pasara.

—Seguid el sendero entre la lavanda —dijo— hasta llegar a la fuente. Encontraréis a la señora Harte en el cenador.

Mientras recorría el camino, recreé la mirada en los arriates bien cuidados y me detuve en el estanque, donde un delfín de piedra lanzaba un chorro y los peces se movían perezosamente en el agua, tibia por efecto del sol. De pronto oí una leve exclamación y, al volverme, vi a Toby tropezar y caerse de su caballo de juguete.

—¿Estás bien? —pregunté.

Se sacudió la grava de las rodillas. Una amplia sonrisa iluminó su rostro cuando me vio.

Corrió hacia mí con los brazos abiertos y lo levanté en volandas.

—¿Habéis traído a *Sombra?* —preguntó.

—Hoy no, cielo. Pero tengo esto para ti. Retiré el paño que cubría la canasta y le enseñé los relucientes panecillos de azafrán que contenía.

Dejó escapar un suspiro de satisfacción, y en ese momento oímos unos pasos y apareció Jane.

—Lo mimas demasiado, Kate —dijo, y dirigió una sonrisa afectuosa a su hijo.

—¿Puedo comerlos ahora, mamá?

—Ven a sentarte en el banco con nosotras y allí podrás comerte uno.

Las hojas de los árboles iban adquiriendo una coloración rojiza a medida que el verano tocaba a su fin y daba paso al otoño, y resultaba muy agradable sentarse bajo el cenador recubierto de madreselva. Para deleite de Toby, se acercó un petirrojo a picotear las migas del panecillo.

Jane limpió a Toby la boca con su pañuelo.

–Ahora vete a jugar mientras yo charlo con la señora Finche.

–Cómo te envidio por este hijo que tienes, Jane. –Suspiré viendo alejarse Toby al trote para irse a jugar.

–¿Aún no tienes noticias interesantes, pues?

Negué con la cabeza. Tampoco cabía esperarlas si Robert seguía dándome la espalda noche tras noche.

–¡No te desanimes, Kate! Robert debe de estar muerto de preocupación por sus padres, y seguro que a su debido tiempo todo se arreglará.

–¿Tú crees? –Contuve un sollozo–. Robert apenas me habla. No hemos discutido, pero vuelve a casa, cena frugalmente y se retira temprano a la cama. Por la noche lo oigo pasearse por la casa, pero no me cuenta los motivos de su inquietud.

–Los maridos rara vez hablan de sus preocupaciones.

Vacilé.

–Creo que tiene que ver con el señor Hackett.

–Gabriel ha invertido en uno de los proyectos del señor Hackett –dijo Jane con expresión pensativa–. Está construyendo unas casas nuevas en Rochester Court, y parece que van a ser magníficas.

–¿En Rochester Court? ¿No es allí donde se incendió una casa?

Jane asintió con la cabeza y dijo:

–Me cuesta sentir simpatía por el señor Hackett, por más que se las dé de gran benefactor.

–Tiene algo... –me mordí el labio–, algo de *brutal*. Cuando me mira, se me corta la respiración. Pero jamás me atreveré a expresar una opinión así ante Robert, que lo tiene en un pedestal.

Jane suspiró.

–Y no conviene hacer cargar a nuestros maridos con nuestras propias preocupaciones.

La miré de soslayo. Se la veía cansada y atribulada, pensé. Egoístamente, me había abstraído en mis propias causas de desasosiego.

–Ya sabes que siempre puedes contar conmigo, Jane.

–¡Bendita seas, Kate! –Buscó mi mano–. Desde la muerte de Eleanor todas mis amigas me parecen frívolas, y no tengo a nadie a quien confiar mis penas. Nunca esperé casarme y, por otro lado, quizá esperaba demasiado. Por alguna razón llegué a pensar que un marido me libraría de la soledad, pero Gabriel y yo tenemos poco en común salvo por Toby. En último extremo todos estamos solos, ¿no crees?

Pensando en mi propia desesperación, moví la cabeza en un gesto de asentimiento.

–Yo nunca había tenido una amiga. –Esbocé una sonrisa pesarosa–. La tía Mercy no me lo permitía.

–¡Debía de ser una bruja! ¿Por qué te trataba tan mal?

Suspiré.

–La historia viene de lejos. Se enamoró de mi padre, pero él eligió a mi madre, la hermana menor. La tía Mercy nunca perdonó a mi madre por «robárselo», y cuando me pusieron bajo su tutela, volcó en mí su antipatía y me convirtió prácticamente en una prisionera. –No le conté a Jane que cuando se pactó mi dote con los abogados de los Finche, descubrí que la tía Mercy se había aprovechado durante años de la herencia que dejaron mis padres para mis cuidados, deleitándose con los más selectos trozos de carne y excelentes vinos mientras yo tenía que conformarme con duros curruscos y agua. Era tal el miedo que me daba que no me atreví a exigir una restitución.

Se oyeron los crujidos de unos pasos en la grava y, al alzar la vista, vi acercarse a Gabriel.

–¿Es la señora Finche a quien he oído? –preguntó. Iba tan elegante como de costumbre, con una casaca de color azul zafiro.

–Ven a hacernos compañía, Gabriel –dijo Jane.

Sentados bajo el sol otoñal, charlamos de asuntos intrascendentes mientras yo examinaba las esbeltas líneas de las largas piernas de Gabriel y la manera en que el sol iluminaba su pelo trigueño. Me apenó que Jane no encontrara en su matrimonio con un hombre así la satisfacción que esperaba y me pregunté si Gabriel sentiría la misma decepción.

–Decidme, ¿cómo va la reconstrucción de la ciudad? –me preguntó.

–Según he oído, se habrán terminado casi ochocientas casas para las Navidades, y otras ochocientas el año que viene por estas fechas. Se han nivelado y adoquinado varias calles, que han quedado mucho mejor que antes del incendio.

–Me enteré de que el otro día se desplomó una casa nueva en Canning Street –comentó Gabriel–. Según parece, el constructor, en su avidez por obtener beneficio, utilizó materiales de mala calidad. Muchos amasarán fortuna y otros se arruinarán mientras la ciudad vuelve a alzarse.

Pensé por un momento que Hackett debía de ser solo uno de tantos constructores que aprovechaban las circunstancias para enriquecerse.

–Pero yo aún lamento la pérdida de la antigua ciudad –dijo Gabriel–. Antes podía ir a pie casi a cualquier sitio sin perderme; ahora todos mis puntos de referencia han desaparecido.

No tardé en marcharme de la Casa del Perfume y, en el camino, intenté imaginar lo aterradora y desconocida que debía de resultar ahora la ciudad para un ciego, incluso para uno tan autosuficiente como Gabriel Harte.

Había otro solar en construcción en la esquina de Cheapside con Ironmonger's Lane, y las casas adosadas frente a la mía se veían ya muy avanzadas. En la obra contigua, el tejado estaba acabado y los permanentes silbidos y martillazos llegaban a través de las ventanas abiertas. Quizá no tardaría mucho tiempo en tener vecinos.

La puerta de mi casa seguía atascándose. Tenía que forcejear con la llave y empujar con el hombro hasta que por fin se abría con un chirrido. Me preocupaba la larga grieta del vestíbulo, que había aparecido también en la fachada y se extendía desde el ángulo de la ventana del dormitorio hasta la ventana del salón. Se lo había comentado a Robert, pero él quitó importancia a mis temores, aduciendo que las casas nuevas siempre tardaban en asentarse.

Pasé la tarde preparando mermelada de ciruela y jalea de menta. La menta de mi herbario había crecido bien y tenía suficiente para cuatro botes de jalea, lo cual me complacía enormemente. Después salí a regar el rosal que había plantado junto a la tapia. Me había ocasionado un gran esfuerzo despejar el suelo, pero estaba segura de que, para el verano siguiente, brotarían mis primeras flores. Sonreí al recordar el horror de Robert cuando una noche salí a la calle con un cubo para recoger bosta de caballo. Había aprendido del jardinero de la tía Mercy lo buena que era la bosta de caballo para las rosas.

Más tarde, en el sótano, mientras ordenaba los tarros de conservas en la estantería, descubrí una nueva grieta en la pared. Algunos de los estantes habían empezado a ladearse en un extremo, y me preocupaba que los tarros resbalaran. Maldije esa nueva muestra de la chapucería de los constructores.

Oí cerrarse la puerta de la calle y me precipité a la cocina para ver cómo seguían los pichones que se asaban al fuego, pero no encontré allí a Robert. Estaba en la alcoba, tumbado boca arriba en la cama con las manos entrelazadas detrás de la cabeza. Me sorprendió su aspecto cansado y gris.

–¿Estás enfermo? –pregunté, a la vez que le tocaba la frente con el dorso de la mano.

Sin pronunciar palabra, negó con la cabeza.

–La cena estará lista enseguida.

–No tengo apetito –masculló.

–Pero tienes que comer...

–¡No me agobies, Kate! –Volvió la cabeza.

Dolida, abandoné la habitación.

Para entonces tampoco yo tenía ya hambre y me sentía inquieta e indispuesta. Llamé a *Sombra,* y salimos a dar un paseo. Los pies me llevaron hacia el río, y sin darme cuenta seguí mi antigua ruta por delante de la Torre y el edificio de Aduanas incendiado. Soplaba una brisa fría procedente del río, y apreté el paso para no enfriarme. *Sombra* trotaba a mi lado, meneando la cola; como la marea estaba baja, hacía incursiones en la orilla y ladraba a las gaviotas hasta que estas abandonaban el barro, emprendían el vuelo en bandadas y trazaban círculos sobre nosotros.

Para cuando llegué a casa, el sol se había puesto, pero no había ninguna vela encendida. Robert se había desvestido, había dejado la ropa tirada en el suelo y se había metido entre las sábanas.

Me desnudé y me deslicé en la cama a su lado. No tardé en darme cuenta de que fingía dormir. Era evidente que no quería hablar conmigo. Abatida, di vueltas y más vueltas, intentando entender las causas de mi fracaso en el empeño de ser una buena esposa, pero al final sucumbí a un sueño inquieto.

Capítulo 17

Al día siguiente, por la tarde, llegué a casa con dos fardos de camisones y uno de enaguas. Había acordado el precio con Dolly tras una ardua negociación, pero eso significaba que tendría que quedarme cosiendo hasta altas horas de la madrugada durante el futuro inmediato para terminar el encargo. Cansada, bajé penosamente a la cocina.

Robert estaba allí sentado a la mesa, encorvado sobre un vaso de cerveza.

–Has llegado temprano –dije, súbitamente preocupada.

–Le he dicho a Hackett que no me encontraba bien.

Corrí a su lado y le toque la frente.

Se echó atrás para apartarse de mi mano.

De repente, se oyó un profundo retumbo en el sótano y la mesa se hundió ante nosotros. Lancé un grito al ver que el suelo se venía abajo entre los gemidos de las tablas astilladas. La mesa desapareció por el agujero que se había abierto a nuestros pies.

Robert me agarró por el codo y me arrastró a lugar seguro mientras el yeso de las paredes se desprendía y caía con estruendo en medio de una lluvia de polvo.

Siguió un silencio, roto solo por los fragmentos de yeso que seguían cayendo en lo que quedaba de suelo. El terrible hedor del pozo negro empezó a elevarse desde el sótano.

Robert tosió y se limpió la arenilla de los ojos.

–¿Estás bien?

Asentí, llevándome una mano al corazón acelerado.

Tras abrir la puerta del sótano, Robert echó un vistazo escalera abajo y se apresuró a retroceder para eludir la nube de polvo que se elevaba.

–Tendremos que dejar que se pose antes de echar una ojeada.

Después de bordear el agujero abierto en el suelo, salimos al jardín.

Entre toses, me sacudí el yeso del pelo.

–¡Oh, no! –Me tapé la boca con la mano–. ¡Mira el herbario!

Robert me siguió cuando corrí hacia el trozo de tierra en el que había trabajado durante tanto tiempo para retirar los escombros y trazar ordenados senderos con los ladrillos rescatados. Las plantas que había cultivado, el pequeño seto de romero, los senderos... todo había desaparecido en un hoyo de unos tres metros de profundidad.

–¡Se ha hundido en el sótano! –exclamó Robert.

–¡Mis conservas! Me pasé horas preparando mermelada para tener hasta el final del invierno y ahora están enterradas. –Aquello me desbordó, y unas lágrimas de rabia empezaron a brotar de mis ojos. Lancé una piedra al hoyo de un puntapié–. ¡Odio a Hackett! –prorrumpí–. ¿Ofrece esta casa unas garantías mínimas para poder entrar sin que peligren nuestras vidas?

Robert palideció.

–Quédate aquí –ordenó. Volvió a entrar.

Me desplomé en el banco del jardín y me enjugué los ojos. Los rayos oblicuos del sol vespertino iluminaban los ladrillos amarillos, y casi se me partió el corazón al pensar que la casa, pese a parecer la encarnación de mis sueños, era tan defectuosa.

Robert, con el pelo cubierto de polvo de yeso, salió por la puerta de atrás con un ladrillo en cada mano. Los acercó a la pared exterior y los examinó.

–¡Que Dios nos asista! –susurró–. Maundrell tenía razón.

–¿Sobre qué?

Conmocionado, se volvió hacia mí.

–¿Quieres dejarme en paz por una vez? –Arrojó los ladrillos por encima de la tapia y se alejó hasta el extremo del jardín, donde se paseó de un lado a otro.

Hirviendo de ira contenida, tardé dos horas en limpiar aquel caos. Luego preparé una cena frugal a base de caldo y pan, que comimos en silencio en el comedor. Mientras recogía los platos, sonaron unos aldabonazos.

Cuando abrí la puerta, encontré en el umbral a Ben Perkins, que retorcía el sombrero entre las manos.

–No sabía si venir o no –dijo.

–¿Es por Nell? –De pronto preocupada, me pregunté si estaría enferma.

–No, no es eso. De hecho... –Una amplia sonrisa iluminó su rostro–. Está muy bien. Esperamos un feliz acontecimiento.

–¡Qué buena noticia! –Sentí una punzada de envidia, pero, desde luego, en nuestras presentes circunstancias, era una suerte que yo no estuviera embarazada.

–¿Vuestro marido está en casa? –La inquietud volvió a asomar a su semblante.

Llamé a Robert desde el pie de la escalera, y él bajó del comedor para reunirse con nosotros en el vestíbulo.

–No sabía si venir o no –repitió Ben–. Es solo que hoy ha llegado algo a mis oídos y he pensado...

–¿Qué? –preguntó Robert con tono descortés.

–Hoy he entregado una carretada de piedra de Portland en un solar de Lombard Street. Nell me ha dicho que antes vivíais allí. Es un buen sitio, y ahora que la ciudad empieza a crecer otra vez, es una zona de primera. Yo ya sabía que Hackett había vendido unos terrenos allí a otro constructor...

–¿El solar de la antigua casa Finche?

Ben asintió.

–Mientras descargaba la carreta he entablado conversación con el capataz y, como hacía buen día, nos hemos ido a la taberna a tomarnos nuestra empanada y una jarra de cerveza. Me ha contado que el nuevo propietario del solar pagó quince chelines el pie.

–¡Quince chelines! –Robert se tambaleó ligeramente y apoyó la mano en la pared para no caerse–. ¿Quince chelines el pie? ¡No puede ser!

Ben se encogió de hombros.

–Eso es lo que me ha dicho el capataz. Se maravillaba por cómo han subido los precios en esa zona en las últimas semanas. Es por lo cerca que está de la principal ruta de salida de la ciudad hacia el este.

–¡Quince chelines! –Robert se estremeció y de pronto le brilló la cara de sudor–. Hackett me pagó cuatro peniques el pie por el solar. ¡Cuatro miserables peniques de nada! –Dio un puñetazo a la pared–. ¡Ese hijo de mala madre!

–¡Robert! –Le toqué el brazo, pero él me apartó la mano.

–¡Hackett me mintió! Dijo que el solar nunca valdría más de cuatro peniques el pie. Aunque me hubiese pagado solo un chelín el pie, habría podido saldar las deudas de mis padres. Colérico, deambuló por el vestíbulo pateando las paredes mientras Ben y yo nos mirábamos horrorizados.

–Os advertí que Hackett era un tramposo –dijo Ben.

–Desde luego, no hemos tardado en averiguarlo –comenté con voz apagada.

–Mejor será que me vaya. Nell estará preguntándose por dónde ando. –Se dirigió discretamente hacia la puerta y se marchó.

Robert, mesándose los cabellos y asestando puñetazos a las paredes, maldecía una y otra vez a Hackett y sus descendientes.

Me quedé encogida en el rincón del vestíbulo hasta que desahogó su ira y se dejó caer al pie de la escalera.

Finalmente me vio y dejó escapar un trémulo suspiro.

–¿Cómo ha sido capaz, Kate? ¿Es que ese hombre no conoce la decencia? Sabía que nuestro solar era lo único que me quedaba para sacar a mi padre de la cárcel de deudores.

–Supongo que el terreno no valía tanto cuando él te lo compró. –Me senté en la escalera a su lado.

–Yo debería haber supuesto que el valor aumentaría cuando la ciudad volviese a crecer. ¿Cómo he podido ser tan imbécil?

Me tentó con la vaga promesa de convertirme en socio, pero ahora sé que ese día no llegará. A no ser que yo adopte su pasión por el enriquecimiento mediante engaños e intrigas, y he descubierto que no tengo estómago para eso.

–Gracias a Dios. –Suspiré. Era tal la congoja que se traslucía en su rostro que sentí una profunda compasión por él–. Estás agotado, Robert. Ven, vamos a la cama.

Por la mañana, Robert despertó y se desperezó. Con un bostezo, se incorporó y se rascó el pecho.

–Prepárame un café –dijo–. Tan cargado como quieras, para infundirme valor. A pesar de lo menuda que eres y esa voz tan suave tuya, eres mucho más valiente que yo. Te plantaste ante Hackett desde el principio, y ahora yo debo hacer lo mismo.

–Es posible –dije. Sin la continua amenaza de la vara de abedul de la tía Mercy para mantenerme a raya, me constaba que alguna vez había incurrido en comportamientos temerariamente impulsivos con Hackett–. Lo sensato sería que no te enemistases con él, Robert. Nos echará de esta casa. ¿No deberías buscar otro trabajo antes de enfrentarte a él?

–No soy el hombre que quiero ser si agacho la cabeza ante cada uno de sus deseos. Hablaré con él, de hombre a hombre, esta misma mañana.

–¿Qué le dirás? –pregunté, inquieta.

–En primer lugar le pediré la mensualidad que me debe, y luego le recordaré que me aseguró que nuestro solar nunca valdría más de cuatro peniques el pie. Le exigiré que destine parte de sus beneficios a saldar las deudas de mi padre.

Permanecí callada por un momento.

–No me gusta la idea de que te enfrentes a él.

–Debo recuperar la dignidad –explicó–. Y eso no será posible si sigo trabajando para Hackett. Luego le pediré a Maundrell que me admita en mi antiguo empleo.

–¡Pero discutiste con él! –¿Cómo se le ocurría a Robert algo así? Maundrell nunca volvería a darle trabajo.

173

Robert se encogió de hombros.

–Si es necesario, nos marcharemos de Londres y buscaré trabajo en otra ciudad.

–Pero...

Vi un brillo acerado de determinación en los ojos y supe que, dijera lo que dijera, no serviría de nada.

Más tarde esa mañana, apesadumbrada, vagué por la ciudad preguntándome continuamente cómo se desarrollaría el encuentro entre Robert y Hackett. En vista del aplomo con el que me había hablado, estaba segura de que llegaría a casa temprano, despedido sin referencias. Y en ese caso nos quedaríamos también sin techo.

Pensando que tal vez dispondríamos de poco tiempo, dediqué la tarde a recorrer las calles en busca de alojamiento. Pocas horas después estaba agotada y abatida. Las habitaciones que podíamos pagar estaban infestadas de ratas o eran muy húmedas, y cualquier cosa medio aceptable sería demasiado cara.

Sumida en el desaliento, regresé a Ironmonger's Lane.

Robert no estaba, así que, por entretenerme en algo, preparé una tarta de manzana para la cena.

Más tarde, un estofado de cordero hervía a fuego lento y a su lado se mantenía caliente la tarta de manzana dorada, resplandeciente de azúcar. Me senté a la mesa para cortar una col, atenta en todo momento a la llave de Robert en la cerradura.

La luz empezó a declinar. Subí arriba una vela de sebo, protegiendo la parpadeante llama con la mano hasta llegar al comedor, y la usé para encender la hermosa vela de nardo. Estaba todo listo.

Sentada junto a la ventana del salón con *Sombra* a mi lado, contemplé la calle mientras oscurecía, en espera de que Robert apareciese. Una suave brisa entraba por la ventana abierta y movía el aire, trayendo consigo un leve olor a polvo de ladrillo y cemento húmedo, muy distinto del olor de la antigua ciudad.

Antes de que el Gran Incendio arrasara Londres, el aire era denso como la sopa. Tenía su propio aroma, un olor que cambiaba a diario, pero siempre se percibía el hedor subyacente de las verduras podridas, las cloacas, el sebo, la bosta de caballo, el humo del carbón y el sudor de mil cuerpos.

Ahora que los albañiles se habían marchado, apenas se oía nada, salvo los aullidos de un zorro y el rumor ocasional de las ruedas de las carretas. La ciudad antigua nunca dormía, y ahora ese silencio me ponía los nervios a flor de piel. No se veían luces en las casas que se alzaban en la oscuridad a medio construir. Resultaba extraño, y un poco intimidador, saber que me hallaba sola en esa parte de la ciudad. Ese páramo silencioso dormía en espera de que la gente volviera a instalarse allí y le insuflara vida una vez más. Sentí un estremecimiento y cerré la ventana.

El reloj de la repisa de la chimenea marcaba los segundos lentamente. La preocupación dio paso a la irritación. Robert sabía que estaría contando los minutos, inquieta por el resultado de su conversación con Hackett.

Sombra gemía y arañaba la puerta con la pata, y bajé para dejarlo salir al jardín. Olfateó el contorno del cráter formado sobre el sótano mientras yo me estremecía en la brisa e imaginaba a Robert en la cervecería, sumido en un estupor etílico.

El estofado de cordero se había pegado al fondo de la cazuela. Ya sin apetito, y en un súbito arranque de mal humor, lo eché al plato de *Sombra*. Molesta y preocupada en igual medida, me fui a la cama.

Capítulo 18

Desperté de un sueño inquieto cuando la primera luz del alba penetró a través de los postigos. Había tenido otra vez mi antigua pesadilla, lo que me llevó a revivir el terror de la infancia a quedarme encerrada en el gélido sótano de la tía Mercy, en aquella oscuridad asfixiante, sin más compañía que la de las ratas escurridizas. Me quedé mirando el techo por un momento y de repente me volví para deslizar la mano por el colchón en el lado de la cama de Robert. La sábana estaba fría y la almohada tersa. Descalza, en camisón, bajé corriendo y abrí todas las puertas a mi paso.

—¡Robert! —Oí el eco de mi voz cuando atravesé el vestíbulo a todo correr.

Sombra, trotando a mi lado, meneaba la cola alocadamente como si jugáramos.

No tardé mucho en llegar a la conclusión de que no encontraría a Robert ni en la casa ni en el jardín. Mientras desayunaba pan rancio mojado en café, intenté convencerme de que él pronto aparecería, avergonzado. En mi estado de ansiedad, me entraron náuseas y aparté la taza a la vez que me planteaba qué hacer. Afrontando el hecho de que no me quedaría más remedio que visitar a Hackett, exhalé un suspiro.

Tras cerrar la puerta de la calle con firmeza, antes de que me abandonara el valor, me puse en marcha con paso enérgico camino de Holborn.

Nat Hogg abrió la puerta de la oficina de Hackett y me miró con los ojos entornados.

176

–¿Qué queréis?

–Me gustaría ver al señor Hackett –contesté.

Hogg se chupeteó los dientes amarillentos.

–No está.

Desconcertada, estudié el semblante de Hogg en un esfuerzo para determinar si me mentía.

–¿Dónde está?

Hogg se encogió de hombros.

–Por ahí.

Apretando los dientes ante su insolencia, dije:

–Debo hablar con él por un asunto urgente.

–¿Conque un asunto urgente, eh? Pues bien, está en Rochester Court, a un paso de Fetter Lane.

Cuando Hogg hizo ademán de cerrar la puerta, planté el pie en la rendija.

–¿Habéis visto hoy a mi marido?

Hogg enarcó las pobladas cejas.

–¿Es que se os ha perdido? Vaya descuido el vuestro. –Se echó a reír, un sonido tan chirriante como el roce de un clavo en un cristal, y me volví y me alejé apresuradamente.

El solar en construcción de Rochester Court bullía de actividad. A un lado de la plaza se alzaban seis casas prácticamente acabadas y, al otro, el foso abierto de unos cimientos. Grandes pilas de arena y cemento salpicaban el solar junto a un bosque de tablones de tejado. En el aire palpitaba el sonido de los martillos y las sierras y hombres en mangas de camisa se enjugaban la frente mientras subían y bajaban por escaleras de mano. Por la atención que dedicaban a sus obligaciones, deduje que el señor Hackett rondaba por allí.

Indecisa, me quedé al margen de toda esa actividad hasta que alcancé a ver a Hackett, que examinaba unos dibujos colocados en un caballete de madera. Recogiéndome la falda, avancé con cuidado por el suelo desigual, sembrado de ladrillos y restos de madera. Me detuve al borde de los cimientos y eché un vistazo al interior del hoyo, sintiendo el calor del sol en la coronilla. Ya habían levantado tabiques con ladrillos de aspecto poco sólido, que dividían los sótanos en espacios de almacenamiento independientes, listos para servir de sostén a los suelos que se construirían encima. Al parecer, Hackett había aprendido de su error en Ironmonger's Lane, porque el foso era muy profundo. Al mirar hacia abajo, sentí vértigo.

–Señora Finche.

Ahogué una exclamación al notar que una mano me agarraba el brazo. Por un momento aterrador perdí el equilibrio y me tambaleé al borde del hoyo. Se me revolvió el estómago y noté un sudor frío en los antebrazos cuando traspasé el punto sin retorno, pero entonces esa mano me ciñó el brazo con la fuerza de una tenaza y tiró de mí para devolverme a lugar seguro.

–¡Cuidado! –previno Hackett con expresión ceñuda–. Podríais haberos caído.

–Solo estaba... –Tragué saliva y me llevé una mano al pecho mientras intentaba acompasar la respiración.

–¿Qué hacéis aquí? ¿Vuestro marido sigue indispuesto?

–¿Indispuesto? ¿Lo habéis visto? –Lo tenía demasiado cerca y arrugué la nariz, asqueada por su olor a sudor rancio.

–Hoy no.

–¡Ah! Creía que... –Me interrumpí, ahora seriamente preocupada–. Pero ¿ayer lo visteis?

–Me dijo que estaba contrayendo unas fiebres, pero sospeché que fingía. Fue un verdadero engorro para mí –Hackett se encogió de hombros–. Aunque la verdad es que estaba pálido como una sábana, y desde luego no habría sido de utilidad a nadie.

–Anoche no volvió a casa.

–¿Ah, no?

Una punzada de temor me indujo a hablar con aspereza.

–¿Dónde está, pues?

–Andaba bajo de ánimo, pero eso no es excusa para eludir las obligaciones, y personalmente no lo veo nada bien. –Hackett me agarró del codo otra vez con su mano caliente y sudorosa y me alejó con firmeza de la construcción.

–Señor Hackett, ¿me informaréis si os enteráis de su paradero?

Movió la cabeza en un parco gesto de asentimiento.

–Y cuando vuelva a casa, decidle que venga corriendo al trabajo. Hay encargos y cuentas que necesitan su atención. Los encargos perdidos cuestan dinero, y aquí no hay sitio para haraganes. –Después de soltarme, añadió–: Ah, señora Finche, os aconsejo encarecidamente que no volváis a visitar ninguna de mis obras. Es muy peligroso.

Me froté el codo. Tendría moretones al día siguiente.

Hackett se agachó a recoger un trozo de madera del suelo polvoriento. Sobresalía un largo clavo, y tocó la afilada punta con la yema del pulgar carnoso a la vez que me recorría lentamente con la mirada, deteniéndose al llegar a los pechos.

–Como he dicho, este no es lugar para una dama. Nunca se sabe qué accidentes podrían ocurriros. Sería una verdadera lástima que tropezarais y os hirierais ese bonito rostro vuestro, ¿no os parece?

Algo en su tono de voz y en la penetrante expresión de sus ojos oscuros me asustó.

–Seguiré buscando a mi marido –dije, notando que el color me subía a las mejillas–. Y os agradecería que me mandarais un mensaje si os enterarais de algo.

Arrojó el trozo de madera, y me encogí al verlo pasar cerca de mi mejilla, destellando el clavo bajo la luz del sol.

–Buen día tengáis, señora.

Con el pensamiento acelerado, observé a Hackett alejarse a zancadas. ¿Había estado a punto de caer en los cimientos, o Hackett me había hecho perder el equilibrio a modo de advertencia? En sus palabras aparentemente atentas se traslucía una amenaza implícita que me causaba desazón. ¿Y dónde se habría metido Robert? No estaba enfermo cuando se separó de mí, sino solo angustiado ante la perspectiva de enfrentarse a Hackett. Pensé que quizá el valor le había flaqueado en el último momento, pero lo cierto era que se había marchado de casa con el brillo de la determinación en los ojos. Se me formó en la boca del estómago una horrible sensación de vacío.

Vacilante, me detuve en Fetter Lane para decidir qué dirección tomar. No tenía la menor idea de dónde buscar a Robert, y de pronto me sentí sola y asustada. Pero entonces me acordé de Jane, y me encaminé hacia Covent Garden tan deprisa como me permitieron las faldas.

El aire era ya muy bochornoso, y llegué al portal de la Casa del Perfume sin aliento y acalorada.

—¿Está en casa la señora Harte? —pregunté cuando Jacob Samuels abrió la puerta y entré en el vestíbulo fresco y perfumado.

—La señora está indispuesta —contestó.

—¡Ah! —exclamé, consternada.

—He recibido instrucciones de no molestarla. —De manera ostensible, Jacob esperó a que me marchara.

—Por favor, decidle que he venido y que espero que se recupere pronto —dije con voz apagada.

De pronto se abrió la puerta del Salón del Perfume.

—¿Es la señora Finche? —preguntó Gabriel Harte.

—He venido a ver a Jane —dije—, pero acabo de enterarme de que está indispuesta.

—Otra de sus molestas migrañas. Pero, por favor, quedaos y tomad un refrigerio.

Me animé al pensar en que disfrutaría de su compañía durante un rato.

—No quisiera interrumpiros en vuestro trabajo.

—Nada más lejos. —Sonrió—. Además, Toby se llevaría una decepción si no os ve. Nos sentaremos en el jardín a disfrutar del sol ahora que todavía podemos. No nos daremos cuenta y el invierno se nos habrá echado encima. Jacob, ¿puedes preparar una mesa en el cenador para nosotros?

—Muy bien, señor.

Jacob se alejó por el pasillo hacia la cocina, y Gabriel Harte me ofreció el brazo y me condujo al jardín.

—Señor Harte, estoy muy preocupada —admití. Me detuve cuando unas repentinas lágrimas amenazaron con cerrarme la garganta—. Anoche Robert no volvió a casa.

–¿Tiene por costumbre ausentarse toda la noche?

–¡En absoluto! He visitado al señor Hackett, y me ha dicho que ayer por la mañana Robert se sintió mal y se marchó a casa. Pero no llegó.

–¿A vos os dio la impresión de que vuestro marido estaba enfermo?

El sereno interrogatorio de Gabriel Harte aplacó un poco mi nerviosismo.

–Estaba preocupado por un asunto en particular, y pareció aliviado al tomar la decisión de planteárselo abiertamente al señor Hackett.

–¿Y ha mencionado el señor Hackett si vuestro marido sacó ese tema?

–No. Pero creo que si lo hubiesen abordado, el señor Hackett se habría enfadado. –Una imagen del señor Hackett tocando el clavo oxidado con el pulgar cruzó mi mente y me estremecí. En ese momento oí unas rápidas pisadas en la grava, y Toby vino corriendo hacia nosotros.

–¡Señora Finche! ¿Me habéis traído una manzana?

–¡Toby! –reprendió Gabriel Harte con voz severa.

–Os pido una disculpa, señora Finche –dijo Toby con una alegre sonrisa–. Se supone que no debo pedir cosas.

–La próxima vez que te vea, te traeré una manzana.

Jacob instaló la mesa pequeña con un mantel de encaje y trajo tazas azules y blancas para Toby y para mí y un vaso de cerveza para su señor. Había una tarta de manzana y canela, y Toby no tardó en acomodarse a la mesa con una servilleta almidonada alrededor del cuello y un plato de tarta ante sí.

–Y ahora, señorito Toby, no vayáis a mancharos el calzón limpio con las migas grasientas de la tarta –advirtió Jacob.

Lo miré, sorprendida por el tono afectuoso con que habló al niño.

–Gracias, Jacob –dijo Gabriel Harte.

El criado hizo una pequeña reverencia y volvió a la casa.

–¡Jacob es un perfeccionista! Prueba de ello es la consistencia del encaje almidonado de mis camisas. ¡Vamos, que tiene aterrorizadas a las lavanderas! –El señor Harte sonrió–. En cuanto a vuestro marido, ¿podría haber pasado la noche en casa de algún amigo?

–Robert está tan avergonzado por la situación de sus padres que no conserva ningún amigo de los que tenía antes del incendio.

–¿Podría haber ido a ver a sus padres, pues?

Vacilé.

–A Robert le afecta mucho verlos en un sitio así y rara vez los visita. De momento, no quiero preocuparlos. Pero mañana, si aún no he tenido noticias, iré a verlos.

–¿Le falta aún mucho a vuestro marido para liquidar las deudas?

–Ahorramos todo lo posible. Robert trabaja con ahínco y yo acepto encargos de costura...

–¿Encargos de costura? ¿Tan mal están las cosas? –Parecía horrorizado–. Espero que Robert Finche sepa lo afortunado que es de teneros por esposa.

Mirándome los dedos, me conté los pinchazos de las agujas.

–Hago lo que puedo, pero no es más que una gota en el océano. Creíamos que cuando Robert encontrara comprador para el solar de la familia Finche en Lombard Street, sería posible saldar las deudas. Pero Robert calculó mal la evolución del mercado y vendió al señor Hackett demasiado pronto. El precio acordado no alcanzó ni remotamente para liquidar las deudas de su padre. Y anteayer descubrimos que el señor Hackett había vendido el terreno a otro comprador por quince chelines el pie. –Tragué saliva al recordar la angustia de Robert–. Hackett se lo había comprado a Robert por cuatro peniques el pie.

Gabriel Harte respiró hondo y se le cayó el trozo de tarta.

–Antes Robert estaba totalmente deslumbrado por el señor Hackett, pero ahora desde luego se le han desprendido las vendas de los ojos. En retrospectiva, Robert calculó mal. –Suspiré–. Fue una operación comercial astuta por parte del señor

Hackett, pero no creo que se haya comportado como un caballero.

–¿Su marido podría pedirle que aportara parte del beneficio para saldar las deudas de vuestro suegro?

–Precisamente esa era su intención.

–Entiendo. –Gabriel Harte tamborileó en la mesa con los dedos.

–Los principales acreedores ya han cobrado. –Esbocé una triste sonrisa–. La suma restante no es excesiva, pero tardaría toda una vida si pretendiera pagarla cosiendo enaguas. –Alcé la vista cuando una nube tapó el sol–. Lo que me preocupa es que Robert se marchó muy decidido a enfrentarse con Hackett, pero por lo visto no llegó a hablar del asunto con él. –Suspiré–. Me cuesta decirlo, pero temo que Robert se acobardara y fuera a ahogar sus penas.

–¿Lo hace a menudo?

Titubeé.

–De vez en cuando busca refugio en la taberna si tiene la sensación de que la vida no lo trata bien, pero siempre vuelve a casa por la noche, y nunca bebe hasta perder el conocimiento.

Gabriel Harte frunció el entrecejo.

–Vaya enigma, ¿no? Mandaré a Jacob a hacer discretas indagaciones en las tabernas para ver si hay noticia del paradero de vuestro marido. Trabajaremos en colaboración para encontrarlo.

Me proporcionó gran consuelo oírlo usar la primera persona del plural, porque así me sentí menos sola. Una repentina ráfaga de brisa agitó el mantel y, al alzar la vista, vi que el cielo había adquirido un amenazador color gris violáceo.

–Tengo que irme –dije–. Me temo que no tardará en llover. ¿Transmitiréis mi afecto a Jane y mi deseo de que se mejore?

–Por supuesto. –Me ofreció el brazo y me condujo de nuevo hacia la casa. En el camino advertí su leve aroma a bálsamo de limón y ropa blanca recién planchada y pensé en lo refinado que era en comparación con Hackett.

Jacob apareció entre las sombras perfumadas del vestíbulo y, en silencio, abrió la puerta.

Gabriel Harte me estrechó la mano, pero en ese preciso momento tronó y un segundo después destelló un relámpago.

—Volved a entrar y esperad a que pase la tormenta —propuso.

—Preferiría marcharme ya —repuse—. Por si Robert ha vuelto.

—En ese caso... —Dirigiendo la voz hacia el vestíbulo, dijo—: Jacob, haz venir el coche para que lleve a la señora Finche sana y salva a su casa.

—No quisiera causaros molestias.

—¡Tonterías! Los caballos necesitan ejercicio y el cochero ha estado ocioso desde que Jane enfermó.

—¿Lleva ya un tiempo enferma, pues? —pregunté.

—Lamento decir que está así de manera intermitente desde hace uno o dos años.

En ese momento cayeron las primeras gotas gruesas, y mientras aguardábamos en el umbral de la puerta, la lluvia arreció, azotando ruidosamente el suelo. Poco después el coche se detuvo ante la casa.

—Muchas gracias por vuestra amabilidad, señor Harte —dije.

—Os acompañaré.

—No es necesario, de verdad.

—Moriré de curiosidad si me quedo aquí sin saber si vuestro marido ha vuelto o no —dijo—. ¿Corremos hasta el coche?

Lo agarré del brazo y corrimos atropelladamente. Las gotas rebotaban en el suelo y me salpicaban la falda. Nos apresuramos a cerrar la puerta del coche al subir y nos dejamos caer en el cómodo asiento tapizado. La lluvia repiqueteaba en el techo mientras el coche avanzaba.

—Me pregunto si el cochero ve por dónde vamos —dije, a la vez que me apartaba el pelo empapado de las mejillas y los hombros y me sacudía las gotas de lluvia de la falda.

El aguacero cesó tan repentinamente como había empezado justo cuando doblábamos en Ironmonger's Lane, donde el polvo se había convertido en barro resbaladizo y traicionero.

–Entraré un momento –dijo Gabriel Harte–. Tal vez vuestro marido ya os esté esperando.

Abrí la puerta, pero en cuanto entré, supe por la quietud del aire que Robert no había regresado. El señor Harte esperó en el salón mientras yo subía al piso de arriba para asegurarme. *Sombra* me siguió de cerca cuando volví al salón con el estómago revuelto a causa de los nervios.

–No está –anuncié.

Sombra inspeccionó el calzón del señor Harte, olfateándolo a conciencia antes de acomodarse a sus pies.

–Lamento oírlo –dijo con voz grave. Acarició las orejas sedosas de *Sombra* mientras reflexionaba–. Tal vez queráis venir a instalaros en casa. No me gusta la idea de que os quedéis aquí sola.

–¡Sois muy amable! –De buena gana habría aceptado, temerosa ante la posibilidad de pasar otra noche sola en esa casa–. Pero no puedo dejar aquí a *Sombra*.

Sonrió cuando *Sombra* le tocó la mano con el hocico.

–Traedlo.

–Pero ¿y si Robert vuelve a casa?

Gabriel Harte se levantó.

–Tenéis razón, claro. Enviad un mensaje cuando sepáis algo. Y venid a vernos en cualquier momento si necesitáis compañía.

Noté su mano caliente cuando estrechó la mía y lamenté verlo marcharse.

Capítulo 19

La noche fue larga y exacerbó mi angustia. Entré en un inquieto estado de duermevela, del que despertaba al menor sonido: los arañazos de un ratón en el revestimiento de madera, el traqueteo de los postigos agitados por el viento y el lastimero ululato de un búho. La casa crujía, y temí que toda ella se hundiera en el sótano.

Cuando salió el sol, me reprendí por esos miedos nocturnos y fui a sentarme otra vez junto a la ventana del salón. Los solares en obras despertaron y pronto el aire se llenó de los habituales ruidos diurnos: los silbatos, el martilleo y las sierras. Las carretas cargadas con material de construcción desfilaban por Ironmonger's Lane y los albañiles se gritaban entre ellos de una obra a otra, por lo que la calle se veía muy distinta del lugar temiblemente solitario que era durante las largas y oscuras horas de la noche.

Cosí todo el día junto a la ventana del salón, y mi enojo con Robert fue en aumento.

Más tarde, cuando los albañiles de las obras recogían sus herramientas y sus voces se alejaban, el enojo dio paso otra vez al temor. Aun si Robert había buscado refugio en una taberna, a esas alturas ya debería haberse recuperado, ¿o no? Una llovizna empezó a salpicar los cristales. Pronto llegaría la hora de encender otra vez el farolillo del porche, pero me pesaban de tal modo los brazos y las piernas a causa del agotamiento que no podía moverme. Bostecé.

Me despertó un sexto sentido. Agucé la vista a través de la lluvia y el crepúsculo gris y atisbé un movimiento. Con el corazón acelerado, abrí la ventana y me incliné sobre el alféizar al ver a un hombre muy embozado dirigirse hacia la casa bajo la lluvia torrencial. Reconfortada, agité los brazos y grité el nombre de Robert antes de salir corriendo a la calle con lágrimas de alivio en las mejillas.

La intensa lluvia enseguida me empapó el pelo y los hombros mientras corría por la calle embarrada, entre resbalones y traspiés, indiferente al fango que me salpicaba la falda. De pronto paré en seco. No era Robert. Había dos hombres, envueltos en gruesas capas: uno, muy alto, tenía la mano apoyada en el hombro del otro, que era muy bajo.

Gabriel Harte se detuvo ante mí, y en cuanto vi su rostro supe que había pasado algo grave. Se quitó el sombrero y lo sostuvo ante el pecho con el semblante serio.

–Debemos entrar para refugiarnos de la lluvia, señora Finche.

De pronto el miedo me impidió preguntar qué había ocurrido.

Jacob Samuels, eludiendo mi mirada interrogativa, dio un paso al frente y nos agarró del brazo, a los dos, a mí y a Gabriel Harte.

Sin resistirme, me dejé guiar de regreso a casa.

La puerta de la calle seguía abierta de par en par, tal como yo la había dejado, y el suelo de madera estaba mojado. En un absurdo arranque de irritación, pensé que tendría que encerarlo otra vez.

Jacob cerró la puerta y con ello ahogó el golpeteo de la lluvia.

Olí la lana mojada de las capas de los dos hombres, que se mezclaba con el apagado perfume a rosa de la olla podrida colocada en el baúl del vestíbulo, y esperé a que alguien hablara.

–¿Podemos pasar al salón, señora Finche? –preguntó Gabriel Harte a la vez que se quitaba la capa.

Advertí que llevaba una casaca de sobrio color gris en lugar de su habitual verde mar o azul zafiro. Temblorosa, me pregunté si era un augurio. En silencio, los guié.

Las enaguas de Dolly estaban distribuidas en tres pilas –a medio hacer, acabadas y por empezar–, y comencé a amontonarlas desordenadamente, disculpándome una y otra vez mientras recogía, para retrasar el momento en que tuviera que enterarme de lo ocurrido.

–No os toméis tantas molestias, por favor, señora Finche –dijo Gabriel Harte con una media sonrisa–. Os olvidáis de que no veo.

Dejé las enaguas en la silla y esperé. El pulso me resonaba de tal modo en los oídos que me pregunté si él lo oiría.

–Señora Finche, he pedido a Jacob que hiciera averiguaciones sobre el paradero de vuestro marido.

–¿Lo habéis encontrado? –Ya no podía esperar más. Necesitaba saberlo de inmediato.

–Pues sí –respondió Jacob.

–¿Dónde? –Contuve la respiración.

–Está... –Jacob se interrumpió y miró a su señor.

–Lamento mucho deciros –empezó Gabriel Harte– que fue hallado en la orilla del río, bajo el puente de Londres.

–¿En la orilla? –Una gota de agua helada cayó de mi pelo empapado, me descendió por el cuello y resbaló bajo el corpiño.

–Señora Finche... –continuó Gabriel con voz amable–, vuestro marido se ahogó.

Oí sus palabras, pero tuve que repetírmelas para asimilar el significado. Robert se había ahogado. Ya no volvería a casa, por más que yo esperara junto a la ventana del salón.

–¿Señora Finche?

–¿Dónde está?

–He dado órdenes de que lo lleven a la Casa del Perfume hasta el entierro. Por supuesto, puedo pedir que lo traigan aquí si lo preferís.

Hasta el entierro. De pronto me invadió un frío intenso y me castañetearon los dientes. Me desplomé en una silla. Robert estaba muerto. En algún lugar, muy lejos, oí la voz de Gabriel Harte, que pedía a Jacob que fuera a recoger la petaca que llevaba en su capa. Alguien me frotó los dedos, y empecé a recuperar la sensibilidad con un hormigueo. Poco después noté que estaba envuelta en una capa húmeda, pero el calor no detuvo el atroz temblor que sacudía mi cuerpo.

El rostro de Gabriel Harte se cernía cerca del mío.

–Señora Finche, bebed esto.

Sentí en la mejilla un dedo que trazaba una línea hasta mi boca y el contacto frío del metal en los labios. Obedientemente, abrí la boca y tomé un sorbo; luego tragué, un río de fuego. Tosí y escupí a la par que el calor se propagaba por mi estómago. Cabeceé y respiré hondo.

–Mi marido se ha ahogado, Gabriel –dije.

De pronto me encontré abrazada a él, con la cabeza apoyada en su ancho pecho, y él me daba palmadas en la espalda. Olía a ropa perfumada con lavanda y a tibia piel masculina.

Jacob Samuels tosió, y respiré hondo y me aparté de su señor.

–Disculpad –dije mientras rebuscaba un pañuelo en el bolsillo–. Yo ya sospechaba que a Robert le había ocurrido algo terrible, pero anhelada, contra toda esperanza, que no fuera eso.

–Ojalá no tuviera que ser yo el portador de tan aciaga noticia. ¿Tenéis alguna amistad a quien poder avisar para que os haga compañía esta noche?

–No tengo amistades, aparte de Jane y vos. –Con un sollozo, sentí el repentino deseo de que ella estuviera conmigo en ese momento.

–Por desgracia, Jane se ha ido unos días con Toby a la casa de su tía en Epsom.

–¡Dios mío! –Entrelacé las manos ante el pecho–. Tendré que comunicar la noticia a sus padres.

–Debéis ir a verlos por la mañana –aconsejó Gabriel Harte–. Y yo haré una visita a Hackett para convencerlo de que salde las deudas de vuestro suegro. Es lo mínimo que puede hacer. Y así podréis sacarlo de ese lugar.

–No creo que Hackett os escuche, no si ha de costarle dinero. Y mi marido ya no le sirve de nada. –Me enjugué los ojos–. Pero ¿por qué estaba Robert en el río?

Jacob se encogió de hombros.

–El Támesis ha crecido después de las lluvias. Debajo del puente, donde el cauce se estrecha entre los muelles, las aguas se arremolinan con peligrosas turbulencias. Puede que resbalara.

–Pero ¿qué hacía allí? –Por más que me esforcé en entenderlo, fue como si únicamente tuviera lana en la cabeza–. ¿Qué razón podía tener para ir al río?

–¿No estaría cruzando el puente para ir a Lambeth a ver a sus padres? –sugirió Jacob–. La escalera pública resbala y es muy traicionera.

–Pero la corriente lo habría arrastrado en dirección contraria. –Me froté la frente, que me dolía solo de pensar en ello.

–¿Puedo sugeriros que ahora descanséis? –dijo Gabriel Harte–. Esta noche no podemos hacer nada más. He traído un poco de jarabe de adormidera de Jane para ayudaros a conciliar el sueño.

Cerré los ojos imaginando el placer de dormir una noche entera sin despertar. Gabriel Harte tenía razón: esa noche ya no podía hacerse nada.

–Jacob comprobará que todas las ventanas y puertas están bien cerradas y os calentaremos un poco de leche.

Jacob echó una cucharada de jarabe de adormidera en la leche, y cuando acabé de bebérmela, los dos se pusieron en pie.

–Echad el cerrojo a la puerta de la calle cuando salgamos y acostaos enseguida –dijo el señor Harte.

En el vestíbulo tendió la mano hacia mis dedos y, con sus labios cálidos, me rozó el dorso de la mano.

Me aferré a él por un momento.

–Habéis sido muy amable –murmuré.

Jacob lo agarró por la manga y lo guio por la escalinata.

Cerré la puerta cuando salieron y me apoyé en ella. A continuación, sumida en un estado de agotamiento, me fui a la cama.

Me despertó un martilleo que sonaba cerca de mi cabeza. Sobresaltada, me incorporé en la cama y parpadeé ante la intensa luz del sol. Tenía la cabeza espesa y no pensaba con claridad. Varios mazazos y unos silbidos atravesaron la fina pared que daba a la casa contigua. Los albañiles habían madrugado. Di un gran bostezo y apoyé los pies en el suelo.

Cuando sentí el contacto del entarimado, me acordé de todo. Un escalofrío nació en la base de mi espalda y, con un cosquilleo, me ascendió por la columna hasta la coronilla. Robert estaba muerto. Dejé escapar un breve gemido de aflicción y, llevándome los dedos a la boca, me levanté en el acto. Permanecí inmóvil mientras revivía los sucesos de la noche anterior. Recordé que esa mañana debía ir a ver a los padres de Robert para comunicarles que su hijo había muerto.

Tenía la sensación de que se había posado en mi pecho una pesada carga que no me dejaba respirar ni dar un solo paso. Poco a poco me acerqué al aguamanil y me mojé la cara.

En el suelo, *Sombra* se estiró y luego se sentó, mirándome con cara de expectación. Me agaché para acariciarle la cabeza y de pronto me postré de rodillas y, abrazándolo, hundí la cara en su cuello. Me soportó por un momento antes de zafarse de mí con delicadeza e ir a esperar junto a la puerta.

Levanté la tapa del cofre y saqué lentamente el corpiño y la falda de lana verde. Tendría que comprar ropa de luto. Por alguna razón me costó mucho vestirme y manipulé con dedos torpes las cintas y los botones. Me senté en el borde de la cama para calzarme las medias y me pregunté por qué no me sentía impulsada a arrojarme sobre las sábanas revueltas en un delirio de llanto y lamentaciones.

Tras acercarme la almohada de Robert a la cara, olfateé el hilo fresco y arrugué la nariz al percibir el olor a humedad de su pelo. Me preocupaba un poco no sentir mayor aflicción, pero me atenazaba un aturdimiento inexplicable.

Sombra tocó la puerta con la pata y lo seguí escalera abajo. Al pasar ante el salón, eché un vistazo al reloj de la repisa de la chimenea y me sorprendió ver que pasaba de las doce del mediodía. El jarabe de adormidera de Gabriel Harte debía de tener un efecto muy potente. No debía retrasarme. Tras echar el cerrojo, me encaminé hacia Lambeth.

Vi a la señora Finche nada más entrar en el patio. Acurrucada en un banco, llevaba la cabeza cubierta con un mantón para protegerse del viento húmedo, como una mendiga. Tenía un fardo a los pies.

–Te esperaba, Katherine –dijo.

Vacilante, busqué las palabras adecuadas para darle la noticia de la muerte de su hijo, pero no las encontré. Tras sentarme a su lado, le agarré la mano fría.

–Se ha ido, Katherine.

–¿Quién os lo ha dicho?

Apartó la vista del suelo y me miró con los ojos inyectados en sangre a causa del llanto.

–Estaba con él en sus últimos momentos. Tosía tanto que no podía respirar, y de pronto vi que se había ido.

La miré horrorizada. No hablaba de su hijo, sino de su marido. John Finche había muerto. En silencio, la estreché contra mi pecho y la mecí, ahora incapaz de imaginar siquiera cómo encontrar el valor para comunicarle que también su hijo había muerto.

Al cabo de un rato, exhaló un trémulo suspiro y se recostó en la pared.

–Mis dos hijos me han abandonado –se lamentó–. Pensaba que podrías convencer a Robert para que viniese a visitarnos más a menudo, y ahora nunca volverá a ver a su padre.

–Señora Finche, no he podido convencerlo. –Respiré hondo; más valía hacer de tripas corazón y acabar cuanto antes–. Lo que me trae hoy aquí es un asunto cruel y debéis ser muy valiente.

Me miró y advertí su boca arrugada y temblorosa.

–¿Qué ocurre, Katherine?

–Robert ha tenido un accidente. Anoche vino a verme el señor Harte para decirme que Robert había resbalado y se había caído al río y... –Titubeé y continué–: Se ahogó.

La señora Finche fijó en mí una mirada de incomprensión. Al cabo de un momento dijo:

–¿Mi adorado hijo? ¿Se ahogó?

Asentí, al borde del llanto e incapaz de hablar.

–Han enterrado a mi John hoy al amanecer en el campo santo de la cárcel –susurró–. Y ya ves tú, no hace ni una hora Dobbs ha venido a decirme que un caballero ha saldado todas las deudas de John. Si John no hubiera muerto hoy, habría salido en libertad. Ay, Kate, ¿cómo voy a soportar esto? –La señora Finche se echó a llorar entonces como si fuese a partírsele el corazón.

Gabriel Harte, fiel a su palabra, había convencido a Hackett de que liquidara las deudas del señor Finche con los beneficios de la venta del solar. Con amargura, pensé que ni Robert ni su padre habían vivido tiempo suficiente para saberlo.

Al final, la señora Finche se enjugó los ojos.

–Ahora vuestro marido está ya libre de todas sus tribulaciones –musité–. Ya no hay nada que os obligue a quedaros aquí, así que os llevaré a casa conmigo.

–Pero ahora debemos enterrar a mi Robert. –La señora Finche recogió el pequeño fardo que contenía sus posesiones–. ¿Me llevarás junto a él?

Poco después Dobbs abrió la puerta exterior.

La señora Finche asomó la cabeza temerosamente por la abertura.

–Creía que no volvería a ver lo que hay detrás de estas paredes –dijo.

Dobbs abrió la puerta de par en par.

–Ya podéis salir, señora mía. –Sonrió–. Y no hagáis nada que vuelva a traeros aquí.

Con la señora Finche agarrada de mi brazo, cruzamos el río y seguimos hasta Long Acre. Se encogía y me apretaba aún más cada vez que pasaba un coche o voceaba su género un vendedor ambulante.

–¡Cuánto ruido, Katherine! ¿Volveré a acostumbrarme al bullicio de la ciudad?

–¡Claro que sí! De todos modos, en la casa de Ironmonger's Lane hay mucho menos ruido que aquí.

Pero ¿cuánto tiempo nos permitiría Hackett quedarnos en la casa? Aparté la idea de mi cabeza porque era demasiado aterradora para planteármela en ese momento.

Por fin llegamos a la Casa del Perfume, y Jacob nos hizo pasar al salón, donde nos dijo que esperásemos mientras iba a por su señor.

La señora Finche miró las paredes revestidas de seda y las colgaduras bordadas de las ventanas, las molduras de yeso que decoraban el techo y la recargada araña de luces. Se negó a sentarse en las hermosas butacas tapizadas de damasco.

–Katherine, qué vergüenza –susurró–. ¡Fíjate en esta ropa mugrienta y andrajosa que llevo! Y necesito lavarme. La suciedad se me ha incrustado hasta en los dedos.

Le apreté la mano.

–Querida señora Finche, el señor Harte no puede ver vuestros harapos.

Suspiró.

–Me había olvidado.

Unos pasos medidos recorrieron el pasillo y la puerta del salón se abrió.

–Hoy es un día muy triste –dijo el señor Harte, y nos tendió las manos a las dos–. He sabido que también el pobre señor Finche ha quedado libre de las cuitas terrenales. Pero ahora querréis ver a vuestro hijo, imagino.

La señora Finche dejó escapar un sollozo.

El señor Harte nos llevó a una pequeña habitación contigua al vestíbulo. Las cortinas estaban corridas, pero había velas aromáticas en candelabros a ambos lados del ataúd, que descansaba sobre unos caballetes. Nos aguardaban dos sillas.

Quedamente, Gabriel Harte se retiró para dejarnos a solas con los restos mortales de Robert.

Nos acercamos de puntillas y contemplamos su rostro ceroso, frío y remoto como los de las efigies de mármol que yo había visto en San Pablo. Tenía bien peinado el cabello oscuro y lo cubría una mortaja de delicado hilo, dispuesta en pequeños pliegues y orlada de encaje. Esperé el dolor que sin duda debía sobrevenirme, pero solo sentí lástima por él, por una vida truncada tan prematura y trágicamente, y pena por no haber alcanzado la felicidad en nuestro matrimonio.

La señora Finche tomó aire y tendió un dedo para tocar un hematoma oscuro en su sien.

—Debió de golpearse la cabeza al caer al río —susurré.

La señora Finche le acarició la mejilla.

—Se le ve en paz.

Permanecimos en silencio, con la cabeza gacha, mientras rezábamos por su alma.

En mi pecho la pesadumbre se mezclaba con la ira. Había anhelado amar a Robert, pero la oportunidad de que creciera el afecto entre nosotros nos había sido arrebatada. De pronto rompí a llorar, lentas lágrimas resbalaron desde mis ojos y cayeron gota a gota de mi barbilla, llevándose todas mis esperanzas de tener un marido afectuoso y un hogar en el que resonaran las risas de nuestros hijos.

Finalmente la señora Finche exhaló un profundo suspiro, se inclinó y besó la frente de Robert.

También yo besé la frente fría de Robert por última vez, y lo dejamos allí.

Capítulo 20

Compré prendas de luto a buen precio para la señora Finche y para mí en uno de los puestos de ropa usada de Dolly Smethwicke, y después de arreglarlas para ajustarlas a nuestra talla, consideré que ofreceríamos una imagen digna para presentar nuestros respetos a Robert en el funeral. Gabriel Harte se ocupó de organizarlo todo y pagó el entierro, lo cual fue todo un gesto por su parte.

La tarde del funeral, aparte de la señora Finche y de mí, eran pocos los asistentes reunidos en el cementerio de Todos los Santos: Gabriel Harte, Jacob, Matthew Lunt, Nell y Ben Perkins, y el señor Hackett. Jane seguía en Epsom, ya que Toby y ella habían contraído un fuerte resfriado y aún no estaban en condiciones de viajar. El pelo, agitado por una brisa racheada, me azotaba las mejillas, y me veía obligada a pugnar con la falda para que no se me levantase y dejase a la vista la enagua. Hackett, con los ojos entornados, no me quitó ojo en ningún momento. Me ponía la carne de gallina.

Unas hojas de color canela caían de la enorme haya situada en el límite del cementerio y se arremolinaban en torno a nuestros pies, recordándome a las hojas sueltas de libros quemados que flotaron en la ciudad durante días después del Gran Incendio. La pobre señora Finche lloraba en silencio a mi lado, con un pañuelo empapado en la mano, mientras yo me reprendía por no sentir más que agotamiento. Perdida en una nebulosa de pensamientos, me miraba fijamente los pies y procuraba permanecer ajena a Hackett.

El viento se llevaba las palabras que leía el pastor, y Gabriel Harte tuvo que tocarme el brazo con el codo para captar mi atención cuando llegó el momento de esparcir un puñado de tierra sobre el féretro de Robert. En el acto olvidé las miradas de Hackett cuando la señora Finche, sollozando, se echó a mis brazos.

Después del entierro, volvimos a la casa de Ironmonger's Lane para tomar un sencillo refrigerio a base de fiambres, pan y queso.

–Ya hablaremos vos y yo –dijo Hackett, arrinconándome mientras se llenaba el plato de jamón y queso en cantidad suficiente para alimentarnos a la señora Finche y a mí durante una semana.

Le lancé una mirada inquisitiva con toda la audacia de que pude hacer acopio. La verdad era que había dormido poco la noche anterior, consumida por el desasosiego que me causaba mi situación con la casa ahora que Robert ya no trabajaba para Hackett. Era incapaz de imaginar cómo mantenerme, y mantener también a la señora Finche. Descartaba la idea de volver con la tía Mercy, demasiado horrenda para planteármela siquiera.

Pero en ese momento Gabriel Harte se acercó a nosotros y me rescató formulando una serie de preguntas sobre sus inversiones financieras en los proyectos de Hackett.

Uno a uno, los invitados empezaron a marcharse. Al despedirse, Ben Perkins, incómodo, dio vueltas a su sombrero entre las manos y lanzó miradas vacilantes a Hackett, mientras Nell, ya muy voluminosa por el embarazo, me estrechaba entre sus brazos y me obligaba a prometerle que iría a verla cuando naciese el niño.

Di la mano a Gabriel Harte y le expresé mi más sentido agradecimiento. De repente, deseé que no se fuese. Su presencia fuerte y silenciosa me reconfortaba.

–Venid a vernos cuando regrese Jane –propuso.

Solo quedaba Hackett, y esperé a que también él se marchara, para que la señora Finche y yo pudiéramos seguir con nuestro duelo en privado.

Frágil con su indumentaria de viuda, la señora Finche miró a Hackett con los ojos anegados en lágrimas.

–Mi hijo os tenía en muy alta estima –dijo con serena dignidad –, y os estoy agradecida por haber comprado la casa en ruinas de la familia Finche para que Robert pagara parte de las deudas. Katherine me ha dicho que, más recientemente, fuisteis el benefactor que saldó el resto de las deudas. Nunca encontraré palabras para agradecéroslo.

Hackett me lanzó una mirada desde debajo de sus pobladas cejas negras.

–¿Saldar vuestras deudas? –Frunció el entrecejo y después sonrió–. Ojalá vuestra nuera mostrara la misma gratitud que vos.

La señora Finche se sonrojó un poco y yo apreté los dientes para contener un repentino arrebato de ira. Sí él hubiese cubierto las deudas del señor Finche en el momento en que obtuvo los extraordinarios beneficios de la transacción, el pobre señor Finche quizá habría podido salvarse.

–Se os ve agotada, señora –dijo Hackett–. ¿Puedo sugeriros que os retiréis a vuestra alcoba a descansar? Tengo un asunto que tratar con vuestra nuera.

–No tengo secretos para la madre de mi marido –prorrumpí, temerosa de quedarme a solas con él.

–Es posible –respondió él–. Aun así, no deseamos cansar a vuestra suegra, ¿verdad?

Se plantó entre nosotras, inflexible como un monolito.

La señora Finche me miró y, de mala gana, asentí.

Cuando ella se marchó, Hackett se sentó pesadamente, y la silla emitió alarmantes crujidos bajo su mole. Empezaba a estar sobrado de carnes, pensé.

–¿Cuál es ese asunto? –pregunté, sin sentarme. Al menos así nuestros ojos quedaban a la misma altura.

Me miró lentamente de arriba abajo con sus ojos oscuros.

–Estáis demasiado delgada –dijo–. Me gusta que mis mujeres tengan más carne en los huesos.

Atónita ante tal impertinencia, di un paso atrás.

–Pero la viudez os sienta bien –prosiguió Hackett–. Con el negro, esos ojos de color avellana relucen más que nunca.

–Tengo los ojos enrojecidos de llorar por mi marido –dije.

En su rostro se desplegó gradualmente una sonrisa y quedaron a la vista sus dientes manchados de tabaco.

–¡No me vengáis con mohines de mojigata, señora! –Se inclinó hacia delante y entornó los ojos–. Yo os conozco –susurró–. O mucho me equivoco, o bajo ese corpiño tan ajustado arde un vivo fuego.

Negándome a apartar la vista ante su mirada desafiante, callé, pero me latía el pulso desenfrenadamente en la garganta.

De pronto, se dio una palmada en el enorme muslo, y me sobresalté.

–¡Vamos al grano, pues! Esta casa. –Levantó las manos con las palmas hacia arriba–. Mi casa, para ser más exactos.

Con las entrañas retorcidas por el miedo, tragué saliva.

Se recostó, cruzó las piernas y se sujetó con los gruesos dedos el tobillo apoyado en la rodilla. Se le había adherido al talón un trozo de bosta de caballo, y fijé en eso la mirada mientras el corazón me resonaba como un tambor.

–Esta es una casa excelente, ¿no creéis? –comentó.

–Salvo por el sótano, quizá –respondí con toda la frialdad posible–, que se ha desmoronado, llevándose consigo el suelo de la cocina.

Enarcó una ceja.

–¡Ah, sí! Finche me mencionó algo al respecto. En cualquier caso, ese es un problema menor que mis hombres pueden resolver en un santiamén. De hecho, mañana mismo los pondré a trabajar en eso.

–Y ya de paso ¿podrían arreglar algunas de las grietas de las paredes? –Esbocé una dulce sonrisa–. Y la escalera tiembla cada vez que subo y bajo. ¿Podría ser señal esa grieta tan ancha como mi dedo que recorre el hueco de la escalera de que también esta va a hundirse en el sótano de un momento a otro? Por otro lado, hay una hendidura especialmente fea que baja por la fachada, y me preocupa que todo ese ángulo de la casa se desplome.

Hackett me miró con expresión ceñuda.

–¿O acaso sea mejor que mande a mis trabajadores cuando hayáis liado los bártulos?

El silencio entre nosotros se hizo tan denso que podría haberse cortado con un cuchillo. Fijé la mirada en el suelo para que no viera el miedo en mis ojos. Una de las cosas que había descubierto sobre Hackett era que le gustaba que yo mostrara cierto genio, pero no demasiado.

Sonriente, Hackett se puso en pie y se acercó a mí más de la cuenta.

Conteniendo la respiración, me resistí a echar atrás la cabeza para no verle la cara.

–¿Ahora os falla el valor? El hecho es que he encontrado un comprador para esta casa y le he dicho que puede disponer de ella en cuanto os marchéis.

Tenía la boca tan seca que me costó hablar.

–Me pregunto si vuestro comprador la ha visto por dentro. –Hice un gran esfuerzo para mantener la voz firme; aun así, me tembló–. ¿La querrá todavía cuando vea lo deficiente que es la construcción?

–Ha visto la casa de al lado, que está casi acabada, y ha quedado satisfecho. Además, no tiene previsto vivir en ella, solo la quiere para alquilarla. –Hackett me agarró de la barbilla con sus dedos húmedos y calientes y me obligó a mirarlo–. Como veréis, pues, aunque me considero un hombre caritativo, lo lógico es que me deshaga de esta casa, y más si presenta los problemas que mencionáis, ahora que tengo una oferta sobre la mesa.

Me zafé de él. Tenía los pies y las manos helados y a duras penas conseguí disimular mi temblor.

–En ese caso –dije–, si vais a abandonarnos a nuestra merced a mi suegra y a mí, espero que al menos me entreguéis el sueldo que se debía a mi marido por su último mes de trabajo.

–Mi querida señora –respondió Hackett con mirada risueña–. Entregué a Finche su sueldo la otra mañana antes de que saliera de mi oficina. Joseph Gogg dará fe de ello. –Con una carcajada, echó atrás la cabeza, y vi el vello oscuro de su cuello.

Me invadió una oleada de ira.

–¡No! ¡Eso no es verdad! No llevaba dinero en los bolsillos cuando lo sacaron del agua.

Extendió las manos, regodeándose todavía en mi aflicción.

–¿Es culpa mía si ese marido gemebundo vuestro se bebió el sueldo de un mes antes de tirarse al río? He sido más generoso con vos de lo que pensáis. Si hubiese revelado al pastor de Todos los Santos que se quitó la vida, ¿creéis que se os habría permitido enterrarlo en tierra consagrada?

–¡Embustero! –Una marea roja se alzó ante mí y, sin poder contenerme, empecé a golpearle el pecho con los puños–. ¡Robert jamás se habría quitado la vida, y vos lo sabéis!

Hackett me agarró por la cintura con su brazo de hierro y me levantó en volandas.

–¡Basta ya, zorra!

–¡Soltadme! –Lancé un puntapié que lo alcanzó en la rodilla.

Me sacudió como un terrier a una rata y me dejó caer al suelo, ya sin el menor asomo de sonrisa en los ojos.

–¡Y ahora escuchadme!

Permanecí inmóvil, agitado mi pecho de miedo e indignación.

Le brillaban los ojos.

–Sois aún más fiera de lo que imaginaba. ¡Arde ahí un fuego oculto, eso sin duda! Como he dicho, tengo una propuesta que haceros.

Me atenazó el terror ante la perspectiva de que la señora Finche y yo tuviéramos que vivir sin dinero y sin un techo bajo el que cobijarnos. Temblorosa, con la esperanza de que quedara una escapatoria, aguardé.

–Quizá me deje convencer y acceda a que vos y la vieja os quedéis. Con ciertas condiciones.

Dejé escapar un suspiro de alivio y me erguí tanto como me permitió mi metro cincuenta de altura.

–¿Y cuáles serían esas condiciones?

De pronto me agarró por el pelo y, enrollándoselo firmemente en torno a la mano, acercó mi cara a la suya. El aliento le apestaba a tabaco y queso.

En ese momento supe cuáles serían las condiciones.

–¡No! –exclamé, retorciéndome de terror bajo su mano.

–No os precipitéis –dijo, y se relamió–. Soy un hombre razonable. Podéis optar por quedaros aquí, en esta excelente casa, si lo deseáis. –Sonrió–. Vamos, incluso podría reparar el sótano para vos. Y si me complacéis como es debido... –bajó los dedos lentamente por mi garganta y los posó en mi pecho agitado–, os compraré un vestido rojo de seda y cintas para el pelo. Sí, desde luego que sí –susurró, exhalando en mi mejilla su aliento caliente y espeso–, disfrutaré domando a esta fierecilla.

–¡Soltadme!

Volvió a tirarme del pelo y grité; se me saltaron las lágrimas de dolor.

–O podéis salir y ganaros la vida en las calles. –Se encogió de hombros–. Por supuesto, cabe la posibilidad de que contraigáis el mal francés o aparezcáis en un callejón degollada. –Se encogió otra vez de hombros–. Pero la decisión es vuestra, querida.

–¡Jamás! –repetí, pero me flaqueó la voz y temblé de miedo.

–Os diré qué haremos. Generoso como soy, os concederé siete días para tomar una decisión. Venid a mi oficina dentro de una semana a esta hora y comunicadme si deseáis quedaros en esta casa como querida mía.

Volvió a retorcerme el pelo y, acto seguido, apretó sus labios gruesos contra los míos en un húmedo beso e introdujo entre mis dientes su viscosa lengua como una anguila.

Con una arcada, forcejeé inútilmente para desprenderme de él.

De repente me soltó el pelo y me apartó de un empujón.

–Hasta el próximo jueves –dijo–. Creedme, para entonces estaréis rogándome que os lleve a la cama.

Tambaleante, me alejé de él y me desplomé en el asiento de la ventana.

Se oyó cerrarse ruidosamente la puerta de la calle.

Estaba restregándome la boca con la falda cuando se abrió la puerta del salón y entró la señora Finche.

—Se ha ido –dijo.

Temblando, fijé la vista en el suelo, tan avergonzada que fui incapaz de mirarla a los ojos.

Vacilante, me tocó el hombro.

—Estaba escuchando detrás de la puerta.

—Ahora ya sabéis, pues, la clase de hombre que es –dije con amargura.

—No lo comprendo. –Cabeceó–. Robert sentía un gran respeto por el señor Hackett. Y este le prometió asociarse con él.

—Tal vez lo habría hecho si Robert se hubiera prestado a adoptar las prácticas corruptas de Hackett.

—Pero ¿no fue así? –La señora Finche me miró con expresión suplicante.

—No –contesté.

—¿Qué vamos a hacer? –susurró–. ¿Adónde iremos?

No tenía una respuesta.

La señora Finche hundió la cara entre las manos.

—Estoy muy cansada, Katherine,

—Acostaos, pues. Y ya pensaré yo cómo salir de esta.

Ella asintió.

—Eres buena chica. Seguro que encuentras una solución.

Cuando abandonó el salón, me quedé hecha un ovillo en el asiento de la ventana y lloré.

Capítulo 21

Octubre de 1668

A la mañana siguiente el aire era frío pero lucía el sol. Mientras caminaba a buen paso con los hatos de enaguas en los brazos, me convencí de que el plan que había ideado durante la noche, tomando como inspiración el Salón del Perfume de Gabriel Harte, resolvería nuestras dificultades actuales.

Cuando llamé a la puerta, Dolly atendió con su habitual acritud.

–Ah, eres tú.

Apartándola, entré en el taller, donde las huérfanas cosían hacendosas. Dejé los hatos de enaguas en la mesa, levantando una nube de polvo de algodón y hebras.

Renqueante, Dolly me siguió y desenvolvió los líos. Luego sacó las enaguas una por una y las sostuvo al trasluz ante la ventana en busca de manchas de sangre o costuras torcidas que le proporcionaran una justificación para no pagarme la suma prometida.

–A estas alturas ya conoces de sobra mi trabajo, Dolly –dije–. Esta tanda ha quedado tan perfecta como la anterior.

–Es posible. –A regañadientes, se revolvió en el bolsillo y sacó un puñado de monedas.

Las conté.

–Falta un penique –dije, y estiré la palma de la mano.

Dolly soltó una risotada y volvió a palparse el bolsillo.

–Eres más lista de lo que pareces, ¿eh? A pesar de esas ínfulas que te das.

–Precisamente de eso quería hablarte –dije–. Quiero hacerte una propuesta.

Dolly enarcó una ceja y esperó.

Vi que las huérfanas me observaban boquiabiertas, con las agujas detenidas a media puntada.

Dolly les lanzó una mirada severa, y ellas volvieron a agachar la cabeza y enfrascarse en su labor.

–Puede que tengas ya un próspero negocio con tus puestos de enaguas y prendas usadas –dije–, pero podría irte mejor.

–En cuanto a puestos de mercado, tú no puedes enseñarme nada que yo no sepa.

–Quizá no. Pero podrías ampliar el negocio en una línea distinta.

Alzó la cabeza en un altivo gesto de suspicacia.

–¿Qué te ronda por la cabeza?

–Seamos sinceras, Dolly. No eres lo que se dice una gran señora, ¿verdad que no?

–¡Descarada!

–En cambio, yo sí soy una señora –proseguí–, y mi propuesta es la siguiente. Deberías montar una tiendecita discreta donde vender la ropa usada de mejor calidad que encuentres. Tiene que ser una tienda decorada con buen gusto. Muchas señoras no comprarían ni por asomo un vestido en un puesto del mercado, pero no pueden permitirse acudir a una modista. Yo aconsejaría a las clientas y les arreglaría la ropa para adaptarla a su talla, y tal vez podría hacer una enagua a juego o adornar un sombrero para completar el conjunto. Podría servirse el té en tazas delicadas y las señoras tendrían un entorno agradable donde reunirse con sus amigas para cotillear y a la vez mirarían tu género. Te sorprendería el éxito que podría tener un sitio así.

Dolly cruzó los brazos sobre su amplio pecho y taconeó en el suelo.

–Podría salir bien –admitió a regañadientes–. ¿Y tú qué sacarías?

–Una habitación para mí y mi suegra encima de la tienda y el cincuenta por ciento de las ganancias.

–No me hagas reír. ¡El cincuenta por ciento!

Me mantuve firme.

–No puedes hacerlo sin mí, Dolly.

–Me lo pensaré –contestó–. Pero con eso no quiero decir que vaya a aceptar. Y tal vez te ceda el veinte por ciento de las ganancias.

–No me basta –respondí.

Se encogió de hombros.

–Los locales están caros, y más con habitaciones en el piso de arriba. Y ahora, dime, ¿vas a llevarte más enaguas o no?

Me marché del tugurio de Dolly como si volviera a llevar sobre los hombros una pesada carga. Estaba convencida de que le gustaría mi idea meticulosamente concebida. Era viernes, y solo me quedaban seis días para encontrar un lugar donde vivir y un medio de vida.

Cuando llegué a casa, la señora Finche seguía en la cama, tapada hasta la barbilla, y el cabello gris y sin vida le caía sobre los hombros. Alzó la vista y me miró con expresión interrogativa.

De pronto deseé retirarme a rastras a mi habitación y meterme bajo las mantas.

–Dolly ha dicho que se lo pensará –dije–. No tiene sentido meterle prisa, porque se cerraría en banda.

–¿Robert no tenía ahorros? –preguntó la señora Finche.

–Al final de cada semana dedicábamos todo lo que ahorrábamos a pagar las deudas de vuestro marido. Los acreedores no nos molestaban demasiado si iban recibiendo algo con regularidad, por poco que fuera.

La señora Finche exhaló un suspiro.

–Tu vida no ha sido en absoluto lo que esperabas cuando te casaste con Robert, ¿verdad?

–No tiene sentido pensar en cómo podrían haber sido las cosas –contesté–. Tenemos dinero suficiente para comer durante un par de semanas, si no nos excedemos, pero no nos alcanza para el alquiler de una habitación.

–¿Katherine? –La señora Finche tiró de mi falda con los ojos muy abiertos y expresión temerosa–. Ya no tengo amigos.

En cualquier caso, me da tal vergüenza haber estado en la cárcel que no me atrevo a ponerme a merced de nadie. Así que he estado pensando. ¿No tendrá razón el señor Hackett?

Contuve la respiración.

–¿Qué queréis decir?

–Hackett tiene todo el derecho a recuperar su casa y ninguna obligación de cuidar de nosotras. Si haces lo que te pide...

Ahogué una exclamación de pura incredulidad.

–¿Me pedís que yo, la viuda de vuestro hijo, sea la querida de ese hombre?

–La viuda indigente de mi hijo.

–Haré cualquier cosa menos eso; incluso estoy dispuesta a trabajar de criada si es necesario.

–¿Y quién iba a darte un puesto en su casa? –Unas manchas de vivo color rosado asomaron a sus mejillas–. Eres demasiado refinada para entrar al servicio de nadie. Ninguna dama te querrá como doncella por temor a que su marido, en un momento de lascivia, te eche el ojo, y ninguna cocinera te aceptará como fregona porque le dará reparo pedirte que friegues el suelo.

–¡Pero trabajaré con ahínco en lo que sea! Soy honrada y...

–No tienes referencias, Katherine. –Su tono no admitía discusión–. Yo nunca, jamás, habría admitido a una criada sin referencias. –Me rodeó la cintura con los brazos–. Mientras complazcas a Hackett, él cuidará de ti. Si haces un pequeño esfuerzo, podrás engatusarlo para que te compre ropa buena y te regale joyas. Las joyas son ideales, porque puedes venderlas cuando se canse de ti.

–¡Cómo os atrevéis! –Tal era mi asombro que no pude evitar levantar la voz.

La señora Finche endureció su expresión.

–He visto un aspecto de la vida que tú no conoces –dijo–. En la cárcel de deudores, las chicas que no eran agraciadas o no estaban dispuestas a complacer morían de hambre. Las que eran más, digamos, adaptables, sobrevivían. Kate, se acerca el invierno. Cuando el señor Hackett nos eche y tengamos que buscar refugio bajo un puente, probablemente no tardaré en morir de frío. Tú durarás un poco más, pero al final el hambre te obligará a vender tu cuerpo en un callejón apoyada contra una pared.

–¡Jamás!

–Querida... –Esbozó una tensa sonrisa, gélida y compasiva–. Hasta que hayas experimentado el hambre, el frío y la desesperación como yo, no sabrás lo que puedes llegar a hacer. Te lo aviso: harás lo que sea necesario para sobrevivir.

Fijé la mirada en ella, muda de estupefacción.

Con labios trémulos, la señora Finche me tendió la mano.

–Yo no te juzgaré, hija mía, por ser la querida de Hackett. Y así ganaremos tiempo. Puedes seguir buscando otro medio de vida. De hecho, te conviene hacerlo, porque con el tiempo él, inevitablemente, se buscará una querida más joven o más bonita. Esa clase de hombres disfrutan con la emoción de la cacería, pero luego enseguida se aburren. Debes ahorrar cuanto puedas, y así, cuando te abandone, podrás instalarte en otra ciudad como respetable viuda.

Con un estremecimiento, recordé la boca caliente de Hackett y su lengua húmeda cuando la metió en mi boca por la fuerza. Tenía que encontrar otra salida. Debía hacerlo.

Esa noche, en la cama, intentando hallar una solución, di vueltas y más vueltas al asunto en la cabeza. Si Jane no hubiese estado en Epsom, habría podido pedirle que me acogiera, pero incluso eso sería una medida provisional. Si Dolly no aceptaba mi propuesta, el único camino a largo plazo sería encontrar un puesto de criada en una casa.

En los días siguientes la desesperación me llevó a rondar por los mercados y abordar a cualquier criado dispuesto a hablar conmigo para preguntarle si su señora tenía alguna plaza libre. Siguiendo las indicaciones de dos posibles contactos, me hice ilusiones que posteriormente se truncaron.

Cuando volví a casa, humillada, de la segunda entrevista, encontré a una joven ante mi puerta.

–¿Puedo ayudaros en algo? –pregunté.

–No lo sé. –Vestía con sencillez, de negro, y de su sombrero, muy sobrio, asomaba un anodino pelo castaño.

Miré sus ojos grises y percibí en sus facciones algo familiar.

–Disculpad –dije–, ¿nos conocemos?

–No, pero ¿es posible que seáis Katherine?

–¡Sí!

Me tendió la mano.

–Entonces soy vuestra cuñada, Sarah.

Me llevé una mano a la boca.

–¿Sarah? ¿La hermana de Robert?

Asintió.

–Después del Gran Incendio busqué a mi familia por toda la ciudad, pero no encontré el menor rastro. Y de pronto vuestras cartas llegaron todas juntas. Resulta que nos habíamos trasladado a otra parroquia, y no recibí vuestras cartas hasta que vino a visitarnos el nuevo titular del cargo hace unos días.

Le agarré las manos.

–Sarah, no sabes cuánto me alegro de verte. Y lo mucho que siento haber sido portadora de tan tristes nuevas sobre tu padre y tu hermano.

–Me quedé conmocionada –dijo–, pero como llevaba tanto tiempo sin saber nada, pensé que todos debían de haber perecido en el incendio.

–Creo que no me equivoco si digo que si bien tu padre no fue consumido por las llamas, su vida terminó entonces. Y tu pobre madre ha sobrellevado las experiencias más horrendas en la cárcel de deudores cuidando de él. Se negó a abandonarlo incluso cuando le ofrecimos un hogar.

Sarah me dio un apretón en la mano.

–Y ahora el pobre Robert también se ha ido.

–Pero entremos y vayamos a ver a tu madre.

–¿Me perdonará por no haber venido antes?

–Ella te quiere, Sarah, al margen de lo que pasara antes entre vosotras. Pero lamentablemente la encontrarás cambiada.

La hice pasar al salón y le pedí que esperara.

La señora Finche yacía en su cama, con la mirada fija en el techo. Se incorporó cuando abrí la puerta.

—Katherine, ¿has encontrado empleo?

Negué con la cabeza. Prefería no hablar de mi más reciente bochorno.

—Pero tenéis visita.

—¿Visita? ¿Quién es?

—Alguien a quien no habéis visto en mucho tiempo.

—¿La señora Spalding? ¿O quizá la señora Buckley?

—No —contesté—. Venid. —Le tendí la mano para ayudarla a levantarse.

Bajamos por la escalera y la conduje al salón.

—¡Madre! —Sarah se puso en pie tan rápidamente que volcó la silla hacia atrás—. Madre, ¿de verdad eres tú?

La señora Finche se paró en seco.

—¿Sarah? —preguntó con voz trémula y quebrada.

Y entonces, con lágrimas en los ojos, se fundieron en un abrazo a la vez que, entre exclamaciones, se acariciaban la cara y el pelo, como si ninguna de las dos creyera que la otra era real.

—Lo siento mucho —decía entre sollozos la señora Finche con la cara en el hombro de su hija.

—Me precipité al ofenderme —admitió Sarah entre sollozos.

Dejé allí a madre e hija para que se reconciliaran y al cabo de un rato volví al salón y las encontré agarradas de la mano, deshaciéndose en sonrisas.

—¡Fíjate, Katherine! ¡Tengo nueve nietos! Y Sarah ha venido a llevarme a casa con ella.

—Me alegro mucho por vos.

La señora Finche rehuyó mi mirada que rebosaba esperanza.

—Lo siento mucho, Katherine. Mi madre me ha explicado que debes abandonar esta casa mañana, pero yo no puedo ayudarte —dijo Sarah con expresión pesarosa—. El beneficio eclesiástico de Edmund solo nos concede una casita humilde y, francamente, no tenemos espacio. Los dos niños más pequeños ya duermen en nuestra alcoba con nosotros y ahora que mi madre vendrá a vivir a casa, tres compartirán una cama con ella, y los otros cuatro tendrán un colchón en el salón.

—Lo entiendo —dije con la esperanza de que el terror y la decepción que sentía no se translucieran en mi semblante—. Además, para mí será más fácil encontrar un empleo si estoy sola.

Sarah me miró con expresión de alivio.

—Haremos averiguaciones por si hay algún empleo para ti en alguna de las grandes casas de la zona —ofreció—. Y si hay suerte, te avisaremos para que vengas.

Pero entonces ya será demasiado tarde para salvarme de Hackett, pensé, y sentí frías oleadas de terror. Solo faltaba un día para tomar la irrevocable decisión.

—Nos iremos en el coche de las cuatro desde el Three Tuns —anunció Sarah—, pero antes quiero presentar mis respetos a las tumbas de mi padre y mi hermano.

—Tu padre yace bajo el patio de la cárcel de Lambeth —informó la señora Finche—, pero vayamos a Todos los Santos y pronunciemos una oración por él junto a la tumba de nuestro querido Robert.

En cuestión de minutos la señora Finche tenía sus escasas pertenencias reunidas en un fardo. Incómodas, nos quedamos inmóviles por un momento en el vestíbulo.

—Katherine, nunca podré agradecerte lo que has hecho por nuestra familia —dijo la señora Finche, y me besó en la mejilla—. Y recuerda —me susurró al oído—, nunca te lo echaré en cara si te sometes a los deseos del señor Hackett.

—Te avisaremos en cuanto podamos —repitió Sarah.

De pie en el portal, las observé mientras se alejaban por la calle y desaparecían de mi vida.

Capítulo 22

El jueves por la mañana desperté al amanecer, bañada en un sudor frío, después de la habitual pesadilla en que me veía encerrada en el sótano, donde criaturas correteaban en la oscuridad y la tía Mercy esperaba fuera con su vara de abedul y palabras de desdén. Incluso la perspectiva de volver a esa horripilante prisión, sin el colchón de mi dote para protegerme de su amargura y crueldad, se me antojaba inconcebible. Había escapado de ese horror una vez y nada me obligaría a volver. Convertirme en querida de Hackett era preferible a eso. Al menos solo tendría que soportarlo durante unas horas ingratas cada semana.

Cerré los ojos y apreté los párpados, negándome a reconocer durante el mayor tiempo posible que había llegado el fatídico día en que tendría que presentarme en la oficina de Hackett. *Sombra,* hecho un ovillo, descansaba a los pies de la cama, y le acaricié la cabeza cuando me miró con ojos somnolientos meneando el rabo.

—Mi último día de libertad, *Sombra.*

Me representaba un esfuerzo levantarme de la cama, pero de pronto monté en cólera. Maldita sea, si tenía que sucumbir a lo inevitable, lo haría con estilo. Aparté las sábanas, me lavé y me apliqué Jardín de Verano en las muñecas y el cuello. Luego saqué mi hermoso vestido de seda de color topacio y me encorseté lo más ceñida que pude. La falda de seda susurraba en torno a mis tobillos cuando dejé salir a *Sombra* a la calle y me puse en marcha de camino a la casa de Dolly.

Al verme con mis mejores galas, un leve amago de sorpresa asomó a los ojos porcinos de Dolly.

–He venido para saber si has pensado en mi oferta –dije tan altivamente como pude–, antes de aceptar otra propuesta de negocio alternativa que me han hecho.

–¿Quién? No será Nan Tuttle, ¿verdad?

–Como bien comprenderás, mis planes son confidenciales, Dolly. Y tienes que tomar ya una decisión: el tiempo se ha agotado. Quiero oír tu respuesta definitiva ya, si no te importa –dije con tono cortante.

Dolly se volvió y dio un pescozón a una de las huérfanas.

–No te he dado permiso para que te quedes ahí papando moscas, ¿eh?

Taconeé con un pie en mi mejor imitación de la tía Mercy cuando esperaba que yo reconociera uno de mis pecados.

–¡Ya, Dolly, si no te importa!

–Demasiado riesgo.

–En absoluto. Nadie más ofrece ese servicio.

Dolly suspiró.

–Hay una pequeña tienda desocupada en Pye Corner.

–¿Y?

–Una habitación arriba y el veinte por ciento de las ganancias.

–Te dije que eso no bastaba. –Me recogí la falda y me di media vuelta para dirigirme a la puerta.

Dolly volvió a la carga, rauda como el rayo.

–El veinticinco por ciento, pues.

Seguí adelante.

–El treinta.

Me volví.

–El cuarenta.

Dolly contrajo el rostro como si le hubiera sobrevenido un dolor extremo.

Alisándome la fresca seda de la falda, esperé con el semblante sereno pero el pulso acelerado.

–El treinta y cinco por ciento, pues. Última oferta –dijo Dolly, casi llorando.

Solté un suspiro.

–El treinta y siete y medio por ciento, y trato hecho.

–¡Eres una bruja, que conste!

–¿Estamos de acuerdo, pues?

Un gesto de asentimiento casi imperceptible.

–Bien –dije, y mi alivio fue tal que a punto estuve de desmayarme–. Y da gracias de que sepa negociar, porque así tendrás la seguridad de que siempre llegaré al mejor acuerdo posible con nuestras clientas.

–¡Más te vale!

Pasé por alto el comentario.

–Vendré a verte esta tarde para inspeccionar el nuevo local. Asegúrate, por favor, de que todo esté preparado para la llegada de mis muebles.

–No te quitaré el ojo de encima –murmuró Dolly con tono amenazador–. ¡Y cuidadito, porque voy a querer ver las cuentas a menudo!

Me detuve en la puerta y la miré con las cejas enarcadas.

–¿Ah, sí? Ahora me entero de que sabes leer, Dolly.

Girando sobre los talones, salí muy ufana por la puerta, atravesé rauda el patio y me alejé tranquilamente. Solo cuando tuve la certeza de que Dolly ya no me veía, me recogí la falda y entré en un callejón brincando y riendo de alivio.

A mis espaldas, un perro ladró y, al volverme, vi que *Sombra* me seguía. Me detuve para darle unas palmadas en la cabeza y reanudé la marcha. En un arranque de energía, elaboré mentalmente una lista de todo aquello que tendría que hacer, pero antes debía avisar a Ben Perkins para pedirle que me ayudara a recoger mis pertenencias y trasladarlas a la tienda de Pye Corner. Reí veladamente al pensar que Hackett, al ver que yo no me presentaba en su oficina, iría a buscarme para rogarme que fuese su querida y se encontraría aquella casa ruinosa suya totalmente vacía.

Así y todo, mi euforia decayó cuando recordé de pronto que si bien me había salvado de los indescriptibles abrazos de Hackett, trabajaría para una jefa caprichosa y viviría de un ingreso irregular encima de una tienda en una parte de la ciudad no muy recomendable. Maldije a Hackett entre dientes. Si no me hubiese escamoteado la última mensualidad de Robert, mi situación sería mucho más holgada. No había vuelta de hoja: tendría que armarme de valor y abordar de nuevo a Hackett para exigirle el pago de la deuda.

Primero fui a ver a Nell. Ben había ido a hacer una entrega, pero pronto volvería.

–Te dejaré mi llave –dije–. Ben puede empezar a cargar los muebles, y yo no tardaré en llegar.

Cuando salí de allí, *Sombra* seguía esperándome, y me alegré de tenerlo trotando a mi lado. Como la oficina de Hackett estaba cerca, no hubo tiempo para que me flaqueara el valor. Con el estremecimiento causado por el viento frío de octubre, respiré hondo y llamé a la puerta.

Me dejó pasar un escribiente, poco más que un niño, y dijo que anunciaría mi llegada al señor Hackett.

Aguardé en la antesala sentada en una silla dura con las manos firmemente entrelazadas sobre el regazo, escuchando el rasgueo de la pluma del escribiente mientras consignaba partidas en su libro de contabilidad. De vez en cuando la voz de Hackett se elevaba y retumbaba tras la puerta de su despacho, y yo me enderezaba, tensándoseme los músculos, presta a ponerme en pie.

Pasada más de media hora, la puerta se abrió bruscamente y salieron dos hombres. Hackett llevaba una peluca rizada de color negro azabache y vestía una casaca de satén de un vivo color amarillo ranúnculo, tirante en torno al vientre. Rodeaba con el brazo el hombro de su acompañante, y una nube de humo de tabaco flotaba en torno a ellos. Reconocí al segundo hombre: era el magistrado Charles Clifton.

–Iremos a Rochester Court la semana que viene –dijo Hackett con voz atronadora, rebosante de cordialidad–, y podréis elegir la casa que más os guste para vuestra hija, Clifton. Luego os llevaré a cenar al Folly.

–¿El Folly?

—Seguro que habéis oído hablar del establecimiento: esa fonda que está en una barcaza frente a Somerset House. Pero dejad en casa a vuestra esposa. Atienden allí las mozas más complacientes que he visto. —Se tocó la nariz y movió la cabeza en un elocuente gesto de asentimiento.

Clifton soltó una carcajada y dio una palmada a Hackett en el hombro.

En ese momento Hackett me vio.

—Señora Finche —dijo arrastrando las palabras—. Os esperaba. —Se volvió hacia su escribiente—. Puedes irte a casa, porque tengo unos asuntos que tratar.

—Sí, señor.

—Y ve a decirle a Hogg que se haga cargo de la oficina. Estaré ocupado con esta dama durante un rato.

El muchacho salió corriendo.

Hackett me lanzó una mirada lasciva y me indicó que pasara a su despacho.

De mala gana, lo seguí.

El humo de tabaco flotaba en el aire como una niebla, impregnado de un nauseabundo olor a ron y sudor arraigado. Dirigí una mirada anhelante a la ventana bien cerrada.

—Vaya, ya habéis abandonado el luto y os habéis engalanado para venir a verme —dijo Hackett, mirándome con los párpados entornados—. Y como veis, yo me he encargado una casaca nueva para la ocasión.

Cogió uno de los bucles que me caían sobre el hombro y lo frotó entre los dedos.

—¿Y qué ocasión es esa? —pregunté a la vez que retrocedía un paso.

—Mmm. No sé si esperar hasta la noche o si poseeros ahora mismo, aquí en mi mesa.

Con horror y repulsión, me quedé estupefacta.

Hackett apartó un tintero y una pluma en su amplio escritorio, cogió una botella de ron y sirvió generosas dosis en los dos vasos que había al lado. Empujó uno hacia mí y vi con repugnancia la pegajosa mancha dejada en el borde por el usuario anterior.

–¡Bebed! –No era una petición.

–No he venido aquí a beber con vos –dije con tono gélido, deseosa de ir al grano.

Me miró con expresión ceñuda.

–Beberéis conmigo si yo lo ordeno.

–He venido a buscar el sueldo de mi marido.

Tensó los labios en un gesto de irritación.

–Ya os dije que se lo llevó él. Además, me ocuparé yo directamente de las cuentas de vuestra casa. –Levantó las palmas de las manos y sonrió–. En fin, no podréis decir que no soy generoso, ¿eh? Y quizá, si me complacéis... –recorrió mi cuerpo de arriba abajo con su mirada calenturienta–, mañana os compraré unas fruslerías la mar de bonitas. Un lazo de cintas o algo así. ¿Qué os parece?

Apreté los labios para no reírme pensando en la noticia que estaba a punto de darle y que borraría de su boca esa sonrisa de autocomplacencia.

–Debéis saber que no tengo la menor intención de ser vuestra querida.

La sonrisa de Hackett se apagó.

–Como he dicho, he venido aquí solo a recoger el sueldo que le debíais a mi marido. Si, como decís, es verdad que sois tan generoso, sin duda no le negaréis eso a su viuda.

Enmudeció por un momento, y sus mejillas enrojecieron de ira.

–Habéis encontrado otro protector, ¿eh? –Empleó un tono desagradable, y sin querer me estremecí.

–¡Nada más lejos! –exclamé–. Tengo la intención de abrirme paso en la vida por mí misma. Podéis recuperar vuestra casa esta tarde cuando haya retirado los muebles.

–¡No necesitaréis muebles cuando volváis al arroyo! –Se acercó tanto a mí que su aliento a tabaco me agitó un mechón de pelo que me caía ante la mejilla–. Sospecho que no habéis reflexionado sobre el asunto detenidamente, querida.

–Al contrario, señor Hackett. Os aseguro que he reflexionado muy detenidamente. –Los latidos de mi corazón eran como los golpes de un mazo contra un yunque, y lamenté mi decisión de ir a verlo–. Quiero el dinero que se me debe, si no os importa. ¡Ahora!

–¿No tenéis protector? –Me miraba con expresión de incredulidad–. Explicaos, aunque solo sea para satisfacer mi curiosidad.

–Mis planes no os atañen, dado que no volveré a veros jamás.

–¡Mujerzuela ingrata! –Acercó su rostro al mío–. ¡He sido de una generosidad extrema con vos, y así me lo pagáis!

–¡Generosidad! –El calor de la ira ascendió por mi cuello–. ¿Os negáis a saldar vuestras deudas y luego me intimidáis para que sea vuestra querida? ¡Antes preferiría la muerte!

–¡Bien la mereceríais! –Los espumarajos de su boca me salpicaron la cara–. ¿Es que no tenéis idea del honor que os confiero? Soy un hombre de gran influencia y buena posición en esta ciudad. Os conviene más venir voluntariamente a mi lecho que levantaros la falda en un callejón ante cualquier fulano que os ofrezca un penique.

Tendí la mano hacia él, pero enseguida, al ver lo mucho que me temblaba, la escondí tras la espalda.

–Dadme lo que me debéis o...

–¿O qué? –me interrumpió Hackett con sorna.

Al ver su expresión de desdén, monté en cólera.

–¡Dadme lo que me debéis en el acto! –exigí, de pronto temeraria. ¡Por nada del mundo ese hombre iba a salirse con la suya!–. O contaré a vuestros inversores que sois un estafador y un embustero que se aprovecha de aquellos más débiles que vos. Y también que vuestros ladrillos son peligrosos, y vuestras deplorables casas están tan mal construidas que son inhabitables. –A esas alturas, hablaba ya a voz en cuello, con los puños cerrados a los costados.

–¿Qué sabéis vos de esos ladrillos? –Agarrándome por los hombros, me sacudió de tal modo que me castañetearon los dientes.

La furia creció de nuevo en mi pecho. Eché atrás el pie y le asesté una patada en la espinilla con todas mis fuerzas.

Hackett bramó y lanzó contra mí su enorme puño, que me alcanzó en la mejilla como un mazazo.

Me tambaleé y, en mi sorpresa, casi me desvanecí.

–¡Ahora ya no sois tan valiente, eh, bruja! –Me agarró por la cintura, me levantó en volandas y me tendió de espaldas sobre el escritorio–. ¡Os poseeré ahora y nunca lo olvidaréis!

Casi antes de que me diera cuenta de lo que ocurría, él ya me había roto la frágil seda del corpiño.

Ahogué una exclamación e intenté cubrir mi desnudez, pero me inmovilizó las muñecas por encima de la cabeza y, acercando su enorme boca a mis pechos, chupeteó y mordió mientras yo forcejeaba. Grité, y me cubrió la cabeza con mis faldas. Revolviéndome y pataleando, procuré apartar de mi cara la asfixiante tela de seda y encaje mientras él hurgaba con las manos entre mis muslos para obligarme a separarlos.

Aterrorizada, conseguí descubrirme la cara y vi que Hackett se cernía sobre mí, enrojecido y sudoroso, desabotonándose el calzón con una mano y sujetándome sin esfuerzo con la otra.

–Es inútil que os resistáis –dijo–, así que mejor será que lo disfrutéis. Yo desde luego así lo haré. –Le brillaban los ojos de lujuria–. A decir verdad, me gusta la lucha; le añadirá pimienta a nuestro apareamiento. –Se echó a reír–. ¡Pimienta! ¡Una especia para la mujercita del mercader de especias! –Se desabrochó el último botón del calzón, y su monstruosa verga quedó libre–. ¿Qué os parece? –Esbozó una sonrisa burlona–. Creedme, pronto me suplicaréis más.

Volví a gritar, e intenté levantar las rodillas y apartarme, pero él me lo impidió. Noté las embestidas de su miembro, duro y caliente, contra el interior del muslo, y se me formó un nudo en la garganta de asco e incredulidad al tomar conciencia de que no podía escapar de él.

Volviendo la cabeza a uno y otro lado, volqué un vaso de ron. En ese momento vi el tintero. Lo agarré y arrojé el contenido al rostro de Hackett.

Gruñó y se enderezó. La tinta chorreaba de su cara y su vulgar casaca amarilla. Sacudió la cabeza y me salpicó la cara y los pechos con las gotas negras que despidió su peluca.

–¡Zorra! Me habéis estropeado la casaca nueva.

Vi un brillo asesino en sus ojos y supe con gélida certeza que mi siguiente aliento podía ser el último. En pleno frenesí, busqué algo a tientas en el escritorio con los dedos hasta que por fin di con algo frío: un cortaplumas.

Hackett me rodeó el cuello con las manos.

No lo dudé. Alzando el puño, le hundí la hoja en el hombro.

Bramó, pero no por eso dejó de apretarme el cuello.

Sin aire, desenterré la hoja de su carne y volví a clavarla. Una y otra vez. La presión en mi garganta fue en aumento. No podía respirar y me zumbaban los oídos. Dejando caer el cortaplumas, pugné enloquecida por retirar de mi cuello los dedos de Hackett, le arañé la cara e intenté arrancarle los ojos con una desesperación surgida del terror ciego. El dolor me martilleaba en la garganta y la lengua hinchada asomaba entre mis labios. Los latidos de mi corazón reverberaban en mis oídos.

Pero de pronto se adueñó de mí una extraña calma, y todo movimiento pasó a ser un esfuerzo excesivo. No podía hacer nada para evitar mi destino. Solo deseaba dormir plácidamente, renunciando ya a toda lucha. Dejé de forcejear con los dedos de Hackett a la vez que aumentaba la presión en mi cuello. Miré su rostro enrojecido y sudoroso, las venas violáceas hinchadas en su frente, y me invadió una repentina tristeza al pensar que esa desagradable imagen sería lo último que viera antes de morir. A continuación vi unas manchas ante mis ojos, luego la oscuridad y después la nada.

Capítulo 23

Recobré el conocimiento gradualmente. Reinaba una oscuridad absoluta. Sentía un dolor palpitante en la garganta. Tenía la cara contra algo duro que olía a polvo arraigado. Me dolía todo el cuerpo. ¿Me hallaba otra vez encerrada en el sótano de la tía Mercy? Poco a poco los recuerdos volvieron a mi cabeza. El rostro feo de Hackett muy cerca del mío, sus ojos encendidos de lujuria. El desgarrón de la seda cuando me rompió el corpiño. Su boca en mis pechos. Emití un leve sonido quejumbroso y levanté la cabeza. Me traspasó un intenso dolor en la garganta hinchada y ahogué una exclamación.

Muy despacio, intenté incorporarme y me di un golpe en la cabeza, quedando medio sentada, encogida. No disponía de espacio para estirar las piernas. Me consumía una sed atroz y tenía la boca seca como el esparto. Me eché hacia atrás hasta notar algo duro en contacto con la columna; alargué los brazos a los lados en aquel espacio negro como boca de lobo y toqué con los dedos trémulos una superficie lisa. La palpé y se me clavaron astillas en las palmas. Al tantear por encima de mí, volví a percibir una textura de tablas de madera separadas por estrechas rendijas. A mis espaldas, la superficie era fría y lisa, como una pared.

Cuando se me acostumbró la vista a la oscuridad, advertí finas líneas de luz gris que formaban un amplio cuadrado. Toqué la madera que tenía ante mí, primero con cuidado, pero después, al ver que se desplazaba ligeramente ante la presión de mi mano, con mayor firmeza. ¿Una puerta? Empujé con más fuerza, pero no se abrió. Una puerta cerrada con llave.

De pronto caí en la cuenta: estaba encerrada en un armario. Con los ojos muy abiertos y la mirada fija en la oscuridad, sentí que el pánico recorría mi cuerpo como una ola gélida. Al instante me vi transportada a las numerosas ocasiones en que la tía Mercy me encerraba en la carbonera y me dejaba allí, sollozando, aterida y asustada, durante horas y horas. Pero esto era peor. Y me esperaba algo más que una azotaina con una vara de abedul si Hackett descubría que aún estaba viva.

Contuve el impulso de gritar y aporrear la puerta. Olía a papel viejo y polvoriento, a moho y a humo de tabaco. Cada vez que tomaba aire, era como si tragara cristal triturado. No sé cuánto tiempo permanecí allí sentada intentando contener el pánico a la vez que el corazón me martilleaba en el pecho y la sangre zumbaba en mis oídos. Espontáneamente, pensé por un momento en Gabriel Harte, encerrado en su eterno mundo de oscuridad, y me pregunté si alguna vez él había experimentado el mismo terror que yo sentía en ese instante.

Entonces oí un ruido. Voces. Tensando todos los músculos, agucé el oído.

En algún lugar sonó un portazo. Se acercaron unas sonoras pisadas, y Hackett llamó a voz en cuello:

–¡Nat!

Poco después contestó otra voz, más aguda y nasal.

–¡Ya voy!

Me quedé petrificada. Las voces se aproximaban.

Bajo mi cuerpo temblaron las tablas del suelo. Tenía la respiración acelerada y superficial.

–¿Has traído el coche hasta la puerta de la calle, Nat? –preguntó Hackett.

–Igual que la última vez. Esto empieza a convertirse en costumbre para vos, ¿no creéis?

–No me ha quedado más remedio. Sabía lo de los ladrillos. Ahogamos a ese pusilánime de Finche demasiado tarde, y ya se lo había contado a su mujercita.

En mi asombro, ahogué una exclamación. ¡Hackett había asesinado a Robert!

De pronto la puerta del armario se sacudió. Siguió el chasquido de una llave al girar en la cerradura.

Sin pérdida de tiempo, volví a acurrucarme en el suelo cara abajo.

La puerta se abrió con un chirrido y entreví la luz vacilante de una vela a través de mis párpados entornados.

–Lástima. Era bonita. –Hackett me tocó la cadera con el pie–. No he podido beneficiármela antes de la diñara.

–Yo no me dejaría disuadir por eso –dijo Nat con sorna–. Aún estáis a tiempo.

Noté que me levantaba las faldas y tuve que apretar los dientes para no dar un respingo cuando recorrió mi muslo con sus manos encallecidas.

–Basta ya, Nat. Resolvamos este asunto cuanto antes.

Unas manos me sujetaron por las axilas y me sacaron sin miramientos del armario. Me llegó el aliento acre de Hackett y mantuve el cuerpo totalmente inerte.

Boca arriba, necesité hasta la última pizca de autocontrol para no cubrirme los pechos desnudos con las manos.

–Todavía no está rígida –observó Nat, alegremente–. De hecho, aún está caliente. –Ahuecó las manos en torno a mis pechos; luego me levantó la muñeca y tomó aire con una vehemente inhalación–. ¡Tiene pulso! Jefe, ¿no decíais que la había diñado?

La peluca de Hackett me rozó la mejilla.

–¿Respira? –preguntó Nat.

–No por mucho tiempo –respondió Hackett–. Cógela por los tobillos.

Aterrorizada, mantuve los ojos bien cerrados y permanecí inerte mientras, en volandas, me sacaban del armario y me acarreaban a través de la antesala. Me golpeé la cabeza contra el marco de la puerta y a duras penas logré contener un grito.

Después noté una corriente de aire frío, el sonido del tráfico rodado en los adoquines y el olor a sudor de caballo.

–Espera –musitó Hackett.

Me dejaron caer en el suelo como un saco de harina. Unas pisadas pasaron de largo y se desvanecieron a lo lejos. Parecía ser de noche, porque no penetraba ni un asomo de luz a través de mis párpados cerrados.

–¡Ahora! –ordenó Hackett.

Hogg, agarrándome de nuevo por los tobillos, me levantó del suelo, y la enagua volvió a dejar al descubierto mis rodillas. Al contacto del aire nocturno, se me puso carne de gallina en las piernas. Los dos hombres me arrojaron sin contemplaciones al coche que esperaba, donde caí con las faldas revueltas y la cara comprimida contra el asiento de cuero. El brazo me quedó incómodamente atrapado bajo el cuerpo, pero no me atreví a cambiar de posición. Hacerme la muerta era mi única esperanza de supervivencia.

–¿Iréis aquí dentro con ella? –preguntó Hogg a la vez que me levantaba las faldas–. ¿No aprovecharéis esta última oportunidad de examinar las delicias secretas de Su Excelencia? –preguntó.

Me estremecí, imaginando la sonrisa ladina en su rostro de comadreja.

–¡Estoy seguro de que la he visto moverse! –exclamó Hackett–. ¿Está despertando?

–¿No deberíamos liquidarla ahora?

–No me arriesgaré a un alboroto. ¡Dame tu cinturón!

Al cabo de un momento tenía los brazos detrás de la espalda, y un cinturón, todavía caliente por el contacto con la piel de Hogg, me ceñía la parte superior de los brazos.

–Me quedaré con ella –dijo Hackett–. Lleva tú las riendas, pero no hagas nada que pueda llamar la atención.

La puerta del coche se cerró con un chasquido y los caballos tiraron con una repentina sacudida antes de ponerse en marcha a un paso exagerado. Hackett golpeó la ventana con la palma de la mano y maldijo entre dientes. Yo caí del asiento y fui a parar al suelo con un ruido sordo.

El coche botó y se zarandeó sobre los adoquines y socavones de la calle, y a cada vaivén sentía una nueva punzada de dolor atroz en la garganta palpitante.

Hackett volvió a maldecir y golpeó el techo del coche hasta que este de pronto aminoró la marcha, y volví a rodar por el suelo. Tenía la boca seca y la lengua hinchada. Me quedé lo más quieta posible, imaginando que bebía agua fresca, que las gotas resbalaban por mi garganta reseca como lluvia por el cristal de una ventana.

Al cabo de un momento el coche volvió a cobrar velocidad. Mientras traqueteaba por la calle como una exhalación, yo pensaba en el pobre Robert, en su forcejeo al ver que Hackett y Hogg intentaban ahogarlo. Esperé que su muerte hubiese sido rápida y no hubiese sufrido demasiado.

No sé durante cuánto tiempo sobrellevé esas violentas sacudidas: cada segundo de suplicio se me antojaba una eternidad. Se me acababa el tiempo para planear una huida, pero el miedo y la sed me paralizaban la mente. Me costaba pensar con claridad. Lo único que sabía era que el coche circulaba demasiado deprisa para correr el riesgo de lanzarme por la puerta.

Al cabo de un rato, oí que Hackett abría la ventana y que el asiento chirriaba cuando se asomó a mirar. En el aire frío flotaba un hedor que reconocí: el tufo del barro, la podredumbre, la brea y un asomo de pescado. Oí el movimiento impetuoso del agua y supuse que estábamos cerca del río. Gradualmente, el coche aminoró la velocidad y al final se detuvo.

Sentí un cosquilleo en la piel a causa del miedo. Tendría que actuar de un momento a otro o estaría perdida para siempre, como Robert. El coche se balanceó cuando Nat Hogg saltó del pescante.

Hackett abrió la puerta y se apeó de un brinco.

—¡Por los clavos de Cristo, Nat! —exclamó—. ¿A qué demonios jugabas, pedazo de idiota?

Oí un bofetón y la exclamación de Hogg, agraviado.

—Iba zarandeándome ahí dentro como un saco de carbón y me duele el hombro a rabiar. Me sangra otra vez. ¿No te he dicho que no llamaras la atención?

Sus voces resonaron en la noche como si estuviésemos en un edificio grande, pero cerca se oía el rápido paso del agua.

–En la oscuridad no nos veía nadie –protestó Hogg–. No tengo muchas oportunidades de conducir un buen coche.

Muy, muy despacio, coloqué el codo bajo el pecho y apuntalé el pie contra el costado del coche, lista para impulsarme hacia arriba. Se me aceleró la respiración. Si al menos se apartaran del coche durante uno o dos minutos para proseguir con su altercado, quizá yo podría huir al amparo de la oscuridad.

–Más te vale aprender a obedecer órdenes, Nathaniel Hogg, o...

Me estremecí al oír el tono amenazador de Hackett y, con cuidado, encogí las rodillas, preparándome para darme la vuelta y levantarme de un salto.

–¿O qué, Hackett? Sé muchas cosas de vos que interesarían al magistrado.

–Si sigues por ese camino, acabarás ahogado bajo el puente de Londres, como Finche y su mujer. Ahora cierra el pico y ayúdame a cargar con ella.

Temblando de miedo, comprendí que se proponían tirarme al río. El puente de Londres era conocido por las peligrosas aguas cuyo cauce se estrechaba entre los muelles. Las probabilidades de sobrevivir eran escasas.

–Si la encuentran, ¿no resultará sospechoso que se haya ahogado en el mismo sitio que Finche? –preguntó Nat.

–Al contrario. Pensarán que la pobre viuda se quitó la vida exactamente en el mismo sitio que su maridito. –Hackett se echó a reír–. Haré correr la voz de que ella no pudo soportar la vergüenza al enterarse de que él se mató después de sorprenderlo yo falseando las cuentas y entablando tratos turbios con ladrillos de mala calidad.

–¡Bien pensado!

Presa de una furia repentina, me representó un verdadero esfuerzo no insultar a Hackett por difamar el buen nombre de Robert. Con el corazón acelerado, miré por la estrecha rendija de la puerta del coche. Estábamos justo debajo del puente, y Hackett y Hogg permanecían en la oscuridad. El olor a moho y humedad impregnaba el aire. Con cautela, me puse en cuclillas, lista para echarme a correr.

Pero ya era demasiado tarde.

Hackett se volvió y me vio abrir lentamente la puerta del coche.

—¡Vaya! ¡Mira quién se ha despertado!

Salí a trompicones del coche, ya a sabiendas de que no tenía la menor posibilidad pero decidida a no irme a la tumba sin luchar. Eché a correr, con el pelo agitado por el viento, resbalé y me tambaleé en el suelo lodoso.

No llegué muy lejos. Tropecé y caí de bruces, incapaz de protegerme del golpe porque aún tenía las manos inmovilizadas. Me quedé sin aire, y no pude gritar cuando Hackett me puso en pie con sus grandes manos y me cruzó la cara de un revés.

—Me estáis dando muchos problemas, señora Finche —dijo—. Y no toleraré ninguno más. —Me agarró por el pelo y me llevó a rastras hacia donde estaba Nat Hogg—. Acabemos con esto, Nat, y luego podremos irnos a cenar al King's Arms.

Sujeta por el pelo como me tenía, tiraba de mí, obligándome a enderezarme bruscamente cada vez que tropezaba. Nuestros pasos resonaron cuando nos hallamos de nuevo bajo el puente y el sonido de las rápidas aguas aumentó en intensidad.

En mi desesperación forcejeé para zafarme, pero me dio un brutal tirón de pelo y se me saltaron las lágrimas.

—¡Ahora desátala, deprisa! —Me obligó a volverme y me hundió la cara en la piedra limosa del puente.

La humedad fría traspasaba la fina seda de mi vestido y empecé a temblar descontroladamente. Sentí en la parte superior de los brazos el tirón de unos dedos ásperos y quedé libre. Gimoteé cuando la sangre circuló de nuevo por mis dedos dolorosamente. Medio a rastras, medio en volandas, Nat Hogg y Hackett me llevaron hacia el cauce.

Bajo los arcos, la presurosa corriente era ensordecedora, y el agua me salpicaba la cara y me mojaba la falda.

—¡No lo hagáis! —supliqué—. ¡Por favor, no lo hagáis! —Mi voz era poco más que un graznido. La incredulidad se apoderó de mí. Sin duda mi vida no podía acabar así, ahogada como un gatito no deseado.

–¿Sabéis qué sois? –preguntó Hackett, acercando su cara a la mía–. Una mujercita ingrata, eso sois. Vos sois la culpable de esto. Habríais podido ser mi querida, y todo habría ido a las mil maravillas.

Sin darme tiempo a volver la cabeza, cubrió mi boca con la suya y, agarrándome el pecho, introdujo su lengua resbaladiza entre mis dientes. Me resistí en vano. Al final, cerré los dientes en torno a su lengua y se la mordí con tal fuerza que sentí su sangre caliente correr por mi garganta.

Gritando de rabia, Hackett me apartó de un empujón.

–¡Zorra! –Me golpeó la cabeza contra el pilar del puente. Aturdida, me flaquearon las rodillas.

En algún lugar empezó a ladrar un perro descontroladamente.

Luego me agarró, y de pronto me vi en el aire. Chillé al caer en el agua estruendosa y enseguida me quedé sin aire. Cuando me hundí bajo el agua, me envolvió una negrura gélida que ahogó mi alarido. El ruido ensordecedor de las rápidas aguas del río se acalló. Conmocionada, intenté lanzar una exclamación y me atraganté con el agua lodosa. De repente, logré sacar la cabeza del agua y me llené los pulmones de aire.

Me vi zarandeada y arrastrada cauce abajo por los rápidos, incapaz de pensar o actuar más allá del instinto natural de supervivencia que me inducía a tomar aire cada vez que conseguía asomar la boca por encima del agua. Atenazada por el frío, mis extremidades se convirtieron en piedra. Súbitamente, recibí un violento golpe en la cabeza. Detrás de mis ojos estalló un dolor, al rojo vivo. Y de pronto el mundo se sumió en la negrura.

Capítulo 24

Voces, murmullos. Oscuridad. La luz amarilla de una vela chisporroteaba en la corriente de aire. Punzadas de dolor en la cabeza y la garganta. Un paño húmedo me tocaba los labios resecos.

Somnolencia.

La luz del sol iluminaba tenuemente una pared encalada, titilando y trenzándose en una danza de una lentitud fascinante. En algún lugar lejano se oía el canto de los ángeles, y sus voces dulces se elevaban y apagaban. Un dolor, insoportable de tan intenso, me oprimía la cabeza y latía al compás de mi pulso.

El sueño me venció de nuevo.

Tañía la campana de una iglesia, lenta y sonora. La luz del día, que penetraba por los postigos entreabiertos, dibujaba franjas en la pared encalada. Una mano fría me tocó la frente con delicadeza.

–¿Mamá? –Tenía la voz ronca y no me salía por falta de uso; me dolían la garganta y la cabeza.

–Bebed esto –dijo una voz grave y melodiosa.

Tomé un sorbo de aquella bebida espesa como el jarabe pero agria, con un regusto amargo a hierbas.

Y luego volví a dormirme.

Fuertes campanadas reverberaron en mi cabeza. Cerré firmemente los ojos ante la luz y me tapé los oídos con las manos para apagar el clamor. Por fin cesó el ruido.

Abrí los ojos. La habitación era pequeña y blanca. En la cama me cubría una sábana blanca. Una ventana con barrotes en lo alto de una pared blanca y una puerta cerrada en la otra. Nada más. Por lo que recordaba, nunca había estado en esa habitación.

Bajé la vista hacia la enagua desconocida que llevaba puesta. Pensamientos desasosegados se arremolinaron, fantasmagóricamente, en mi cabeza dolorida, pero no logré atraparlos. ¿No debería estar en otro sitio? Me dolía la garganta y tenía sed. Al tiempo que me lamía los labios agrietados, me incorporé lentamente con cuidado y luego, sin prisa, desplacé las piernas hacia el borde de la cama.

Entonces oí de nuevo el canto. Voces femeninas, flotando nítidas y dulces en la brisa que entraba por la ventana. Me llevé las manos a las sienes para frotármelas y encontré un vendaje. Hice una mueca por el intenso dolor que me causó esa ligera presión con los dedos.

Tenía que recordar algo.

Me puse en pie y me sobrevino tal mareo que me desplomé de nuevo en la cama. Respirando hondo, esperé a que el vahído pasara antes de intentarlo de nuevo. Vacilante, me dirigí hacia la puerta, y cada paso de mis pies descalzos resonó en mis oídos. La puerta estaba cerrada y, torpemente, manipulé el pestillo hasta que se abrió con un chasquido.

Fuera, había un claustro con arcadas en torno a un pequeño jardín. Salí al suelo embaldosado y sentí en las plantas de los pies la humedad fría y áspera. Me estremecí y crucé los brazos para protegerme del viento frío. Miré a ambos lados del claustro, pero no había nadie. Embotada, permanecí inmóvil. Aparte del chillido lastimero de una gaviota que volaba en círculo y el leve murmullo del agua, reinaba el silencio.

Setos bajos bordeaban el jardín. Senderos de grava formaban una cruz, en cuya intersección había un pequeño estanque con una fuente. Con paso inseguro, recorrí el sendero de puntillas y me senté en el borde del estanque a contemplar el agua verdosa.

Mi reflejo trémulo me devolvió la mirada y, con actitud interrogativa, alcé la mano para tocarme el vendaje que envolvía mi cabeza. ¿Cómo había acabado yo allí? Me corroía la angustia, pero no recordaba aquello que había olvidado. El chorro de la fuente propagaba ondas en la superficie del agua, disolviendo y reconstruyendo el reflejo de mi cara. Me incliné un poco más. Si al menos pudiera ver bien mi cara, quizá recordase quién era.

Tendí la mano hacia mi gemela en el agua, y cuando mis dedos se hundieron en las profundidades verdes, el tamborileo de la fuente pareció intensificarse. Paralizada, intenté resistirme a mi creciente pánico a la vez que pugnaba con recuerdos fugaces.

De pronto, me vino a la memoria el ruido del agua impetuosa en la negrura de la noche, y mi terror al hundirme bajo la superficie del río, y cómo, impotente, me vi arrastrada por la corriente turbulenta. Me acordé de la falta de aire en los pulmones y de mis gritos al sentir que me ahogaba y del atroz golpe en la cabeza. Y luego nada.

El agua estaba tan fría que me dolió la mano. La retiré inmediatamente del estanque y me la llevé al calor del pecho. ¿Dónde estaba? Miré desesperada alrededor con la respiración acelerada a causa del miedo.

Un movimiento captó mi atención y vi una silueta menuda, vestida de blanco, caminar a toda prisa bajo la arcada, ondeando su hábito al viento por detrás de ella. Una monja. Confusa, me encogí, pero ya era tarde para esconderme, porque me había visto.

–¿Qué hacéis aquí fuera? –Su rostro arrugado delataba preocupación–. No me he pasado una semana atendiéndoos a las puertas de la muerte para que ahora cojáis un resfriado aquí sentada en camisón, con este frío. –La sonrisa de la monja desmentía el tono de reprensión. Me tomó de la mano húmeda–. ¡Entrad ahora mismo! ¡Fijaos, os habéis mojado el camisón! Y con este viento cortante...

Dejé que me llevara de vuelta a la pequeña habitación y me metiera en la cama.

–Soy la hermana Assumpta –dijo–. Voy a buscar un ladrillo caliente a la cocina. Tenéis los pies como carámbanos. ¡Ahora quedaos aquí! –Me lanzó una mirada severa con sus chispeantes ojos azules y, tras volverse con un vuelo del hábito, salió apresuradamente.

Temblorosa, volví a tocarme la sien. Si al menos no sintiera un dolor tan abominable en la cabeza, quizá recordara lo sucedido. Me recosté en las almohadas con los ojos cerrados e intenté concentrarme.

Al cabo de unos minutos, la hermana Assumpta regresó y colocó un ladrillo caliente envuelto en lana bajo mis pies y un chal de muselina en torno a mi cuello y mis hombros.

–Hermana Assumpta... –Me llevé una mano a la garganta, porque me dolía hablar–. ¿Cómo he venido a parar aquí?

–Esperaba que eso pudierais aclarármelo vos. Con la marea baja, os encontraron inconsciente en el barro cerca de la escalera Falcon, con una herida en la cabeza. Un aguador que pasaba os vio y os trajo aquí.

Arrugué el entrecejo a la vez que desfilaban por mi cabeza imágenes terroríficas.

–Estaba bajo el puente. Olía a moho y el ruido de la corriente era ensordecedor...

–La marea debía de estar alta en ese momento.

Unas voces reverberaron en mi cabeza. «¿Sabéis qué sois? Una mujercita ingrata, eso sois. Vos sois la culpable de esto. Habríais podido ser mi querida...» Y entonces me acordé de los carnosos labios de Hackett sobre mi boca y de su lengua...

–¡Fue Hackett! –susurré, tirando de la sábana y cubriéndome hasta la barbilla–. Hackett me arrojó al río.

La hermana Assumpta tomó aire en una repentina bocanada.

–¿Alguien os arrojó al río? ¿Estáis segura? Habéis recibido un fuerte golpe en la cabeza, querida.

–Intentó estrangularme.

Al rostro de la hermana Assumpta asomó una expresión de sorpresa e incredulidad. Me tocó la frente.

–Ahora dormíos y mañana todo estará en orden.

Presa del pánico, aparté la sábana.

–Debo irme antes de que venga a por mí.

La hermana Assumpta, con firmeza, me obligó a quedarme en la cama.

–Aquí estáis totalmente a salvo. ¿Puedo mandar a alguien a avisar a vuestra familia?

Cerré los ojos y me recosté en la almohada. ¿A quién podía yo avisar? No a la tía Mercy, eso desde luego.

–No tengo familia. –Las lágrimas escaparon entre mis párpados–. Mi marido ha muerto. Se ahogó bajo el puente de Londres.

–¡Ah! Ya entiendo. Pero si vos os ahogarais, condenaríais vuestra alma y a él no le serviría de nada.

–Pero sí yo no...

–¡Ahora callad! Bebed esto y ya hablaremos mañana. ¿No tenéis alguna amistad que pueda ayudaros?

Acercó una taza a mis labios y no tuve más remedio que beber de nuevo aquella poción amarga. En medio del torbellino de pensamientos, me acordé de Jane.

–Tengo una amiga –musité a la vez que una sensación de aturdimiento empezaba a penetrar hasta mis huesos–. Jane Harte. –Me costaba hablar–. La Casa del Perfume –susurré al mismo tiempo que me sumergía en un vacío oscuro y arremolinado.

Fue el aroma de la flor de azahar lo que me despertó. El perfume flotaba en el aire, incitando mis sentidos a medida que salía de las profundidades de aquel sueño efecto de los narcóticos. Parpadeé y abrí los ojos.

Jane Harte se inclinó sobre mí con arrugas de preocupación en la tez pálida.

–¡Gracias a Dios! –exclamó–. Creíamos que no despertarías nunca. Temía que la hermana Assumpta te hubiera dado demasiado jarabe de adormidera.

Noté la boca seca como el esparto.

–Jane –murmuré. Ahora ya reconocía el aroma a flor de azahar, que era su perfume especial.

Me acarició la mejilla con un dedo.

–Tranquila. Estamos aquí Gabriel y yo, los dos. ¡Pobre Kate! ¡Ojalá me hubieras contado lo desesperada que estabas!

Empezó a despejárseme la cabeza y, al volverme, vi a Gabriel Harte al otro lado de la cama. Me quedé inmóvil mientras, uno tras otro, los recuerdos se agolparon de nuevo en mi mente.

–Kate, ¿no podrías haber confiado en mí? –preguntó Jane.

–Estabas en Epsom. Además, me daba vergüenza –dije.

–¿Vergüenza por sentirte apenada a causa de la muerte de tu marido?

Dolorida, negué con la cabeza.

–Fue Hackett... –Tenía aún la voz ronca.

–No lo entiendo –dijo el señor Harte.

–Me dio una semana para abandonar su casa. La alternativa era... –No podía mirarlo.

–Era ¿qué?

–Ser su querida.

Jane ahogó una exclamación y su marido juró entre dientes.

–Aun así –dijo ella–, intentar suicidarte...

–¡Yo no intenté suicidarme!

–Ben Perkins vino a la Casa del Perfume a buscaros –explicó el señor Harte–. Dijo que no os había encontrado en la tienda de Pye Corner.

Jane me cogió la mano.

–Kate, ¿cómo pudiste imaginar que podrías vivir encima de esa tiendecita espantosa de Pye Corner?

–Porque era una alternativa mejor que instalarme en la cama de Hackett, como él proponía –contesté con encono.

Jane se estremeció.

–Fui a ver a Hackett cuando desaparecisteis, y me contó que os había dado dinero y ofrecido la oportunidad de vivir en su casa sin pagar el alquiler –explicó el señor Harte–. Dijo que estabais muy abatida desde que vuestro marido se ahogó, y que en vuestra desesperación hablasteis de seguir sus pasos.

–¡Hackett es un miserable embustero! –Con el pecho agitado de indignación, me esforcé por incorporarme–. Lo oí admitir que había asesinado a Robert cuando él se disponía a desacreditarlo. Y luego intentó violarme, y cuando yo le clavé un cortaplumas en el hombro, me estranguló y me metió en un armario. Luego me lanzó a los rápidos.

Jane me miró con semblante inexpresivo.

–Ya veo –dijo por fin–. Kate, querida, te has dado un golpe tremendo en la cabeza. ¿No estarás confusa?

–No me crees –dije con rotundidad. Aparté el mantón de muselina y me descubrí el cuello.

Jane ahogó un grito.

–Veo que estás llena de magulladuras –dijo–, pero podrían ser el resultado de tu caída al río.

–Pero no lo son –repliqué–. ¡Créeme, Hackett asesinó a Robert! –¿Qué más podía decir para que ella viera la verdad?–. ¡¿Por qué nadie me cree?! –exclamé.

–Yo sí la creo, señora Finche –afirmó el señor Harte.

–Gracias –respondí, y suspiré de alivio. En ese momento podría haberle besado. Gabriel Harte tenía fe en mí.

Tendió la mano y la apoyó en mi muñeca.

–Es evidente que no podéis quedaros aquí, pero debéis descansar y recuperaros. Jane, creo que la mejor solución es llevarnos a casa a la señora Finche durante un tiempo. ¿No te parece?

–Eso mismo estaba yo pensando –contestó Jane.

Casi sollocé de alivio. Mis amigos me ayudarían y no estaba sola.

La hermana Assumpta me trajo un hato de ropa y se llevó a Jane y Gabriel Harte de la habitación mientras yo me vestía. El hábito de lana de color crema era pesado y raspaba un poco, pero proporcionaba una grata sensación de abrigo. Me calcé las sandalias que la hermana Assumpta me había dejado y salí.

El sol asomaba ligeramente entre las nubes en movimiento. Me sentía tan ligera como un vilano de cardo y me pregunté si se me llevaría el viento.

–¿No me digas que has decidido tomar el hábito? –preguntó Jane con una sonrisa. Se volvió hacia su marido–. Kate va vestida de monja, Gabriel. Pero es demasiado guapa para ser monja.

Gabriel Harte me tendió una mano.

–¿Vamos?

–Pero ¿y si salgo de aquí y Hackett me ve? –En un arrebato de miedo, me aferré a la muñeca de Gabriel Harte–. Si me ve...

–Hemos traído el coche –dijo Gabriel Harte con tono tranquilizador. Me acarició el dorso de la mano con el pulgar y su voz serena aplacó mi repentino pánico–. En el trayecto mantendremos las persianas bajadas para que nadie os vea.

–Pero si se entera de que al final no me ahogué...

–En Santa Inés nadie hablará de esto, porque somos una orden de clausura y hemos hecho voto de silencio –intervino la hermana Assumpta.

–Pero vos no guardáis silencio.

La hermana Assumpta sonrió.

–Dios me ha asignado otras funciones aparte de la oración. Soy el contacto con el mundo exterior, y así mis hermanas pueden concentrarse en sus devociones. Quedaos tranquila, no hablaré de vuestra estancia aquí con nadie.

La hermana Assumpta nos acompañó hasta la verja del convento, y mientras descorría el cerrojo, se oyeron unos alegres ladridos. Un perro corrió hacia nosotros meneando la cola.

–¡Es *Sombra!*

–¿Conocéis a esta criatura? –preguntó la hermana Assumpta–. Es de lo más persistente. Por más que le dijera que se marchara, siempre volvía a esperar frente a la verja.

–Me esperaba a mí –dije mientras *Sombra* gemía de placer.

–Nos lo llevaremos a casa –anunció Gabriel Harte. Me ofreció el brazo y lo acepté con mucho gusto.

Di las gracias a la hermana Assumpta por sus cuidados, y acto seguido nos encontrábamos de nuevo en el mundo exterior.

Capítulo 25

Llegamos a la Casa del Perfume sin percances; aun así, cuando Jane me ayudó a acostarme, en una bonita alcoba que daba a la calle, casi me desmayé de agotamiento.

–Debes dormir todo lo que te plazca.

–¿Y si Hackett...?

Jane levantó la mano.

–Nadie te molestará. Tampoco yo me encuentro muy bien, y he dado instrucciones a Jacob de que no permita entrar a nadie.

–¿Y *Sombra?*

–Le prepararán un lecho junto al fuego en la cocina.

Con voz amable pero firme, me prohibió plantear más preguntas y yo, como solo deseaba hundirme en las mullidas almohadas, no protesté.

–Eres muy considerada conmigo –musité, incapaz de resistirme por más tiempo a la atracción de la almohada de plumas.

–Ahora descansa –dijo Jane, y corrió las cortinas del dosel.

Antes de que cerrara la puerta, yo ya me había dormido.

Grité cuando Hackett me rompió el corpiño y me agarró los pechos con sus manos calientes. Con los labios reluciendo, carnosos y rojos, se abalanzaba sobre mí y el áspero pelo de su peluca me rozaba la piel desnuda.

–¡*Kate!*

Hackett me sacudía por los hombros y volví a gritar con los ojos firmemente cerrados.

238

–¡*Kate*!

Me castañeteaban los dientes mientras él me sacudía. De pronto abrí los ojos y encontré a Jane inclinada junto a mí.

–Kate, tenías una pesadilla. No podía despertarte y estaba preocupada.

Tragué saliva a la vez que los latidos galopantes de mi corazón empezaban a acompasarse.

–Estaba soñando con Hackett.

–¡No está aquí, Kate!

Lentamente, me incorporé y agarré la sábana con dedos trémulos.

–Solo ha sido un sueño. –Jane dejó una falda y un corpiño en la cama–. Te he traído algo más apropiado que ponerte, y cuando estés vestida, Toby vendrá a verte. Lo ha estado pidiendo. –Vaciló–. Le he dicho que resbalaste en el río y te diste un golpe en la cabeza. No quería asustarlo.

–Claro. –En ese momento me fijé en que Jane tenía el rostro contraído y tenso–. Pero he sido egoísta y he estado demasiado absorta por mis propios miedos. ¿Aún te duele la cabeza, Jane?

Se encogió de hombros.

–Esperaba que las aguas de Epsom me aliviaran, pero últimamente el dolor no remite.

–¿Has ido a la botica?

Jane esbozó una parca sonrisa.

–El boticario casi me considera una hija, de tan a menudo como lo visito. Cuando me duele mucho, nada me sirve, excepto el jugo de adormidera, pero me provoca unos sueños espantosos y después estoy muy apática.

–¿Tu médico sabe cuál es la causa del dolor?

–Un desequilibrio de los humores, dice. ¡Pero dejemos eso! He estado ensayando una nueva pieza musical en mi clavicémbalo. ¿Te gustaría oírla?

–Me encantaría.

–Pues ven a mi salita cuando estés lista.

Mientras me ponía la falda y el corpiño negros y sencillos que Jane me había prestado, lamenté la pérdida de mi precioso vestido de seda de color topacio. La hermana Assumpta debió de cortar lo que quedaba para quitármelo mientras yo estaba inconsciente. Nunca volvería a tener un vestido tan exquisito. Pero en ese momento, recordando la lujuria en los ojos de Hackett mientras rompía la fina seda del corpiño, me estremecí. La ropa negra sin adornos nunca atraería esa clase de atención en un hombre y me alegré de ello.

Cuando estábamos ya sentadas en la salita de Jane, la criada, Ann, nos trajo el té. Toby entró corriendo para reunirse con nosotras con su alegre parloteo. Jane interpretó una hermosa pieza en su clavicémbalo, pero debía reconocerse que no tenía dotes naturales para la música.

Jane se rio al confundir las notas una vez más.

–Gabriel es un músico mucho más consumado que yo, y tiene tal paciencia conmigo que me saca de quicio –dijo con un tono un poco crispado–. Ya nunca me acompaña, porque siempre acabamos en discordia.

Jugamos con Toby una partida de palitos chinos, y el tiempo transcurrió muy gratamente sin que yo cavilara más de la cuenta acerca de las dobleces de Hackett.

Después de la cena, una comida sencilla servida en un comedor acogedor pero anticuado, Jane se llevó a Toby y nos dejó solos a Gabriel Harte y a mí.

–¿Ya os habéis recuperado lo suficiente para hablar de cómo proceder en cuanto al asunto del señor Hackett? –preguntó él.

–Estoy mucho mejor, gracias a vos y a mi querida Jane.

Tomó un sorbo de vino y advertí que la luz bruñía las angulosas líneas de sus pómulos y su mandíbula.

–Contadme la historia completa otra vez, desde el principio –dijo.

Cuando terminé el relato, el señor Harte exhaló un suspiro.

–Por desgracia, he llegado a la conclusión de que no podemos hacer gran cosa.

Lo miré, consternada.

–Pero bien debemos denunciar ante el alguacil las fechorías de Hackett, ¿no?

–El alguacil no podrá actuar sin pruebas de la conducta de Hackett.

–¡Pero tengo todas estas magulladuras en el cuello!

–Jane tiene razón. Podríais haberos herido al caer al río. –Gabriel abrió las manos–. Sería vuestra palabra contra la de Hackett.

–¿Y yo no soy más que una mujer que quizá se tiró al río para ahogarse después de la trágica muerte de su marido –dije con amargura–, mientras que Hackett es un hombre influyente con contactos importantes?

Desesperada, hundí la cabeza entre las manos.

–Me temo que así es. Pero, entretanto, veré qué puede hacerse para conseguir pruebas de las atrocidades de Hackett. Indagaré.

–Gracias –dije.

–A propósito, vino Ben Perkins mientras dormíais para preguntar por vuestro paradero. Está muy preocupado por vuestra desaparición, y su esposa ha expresado con insistencia que vos nunca os «quitaríais de en medio». Decidí no decirle que os había encontrado.

–Pero ¿por qué?

–Hackett piensa que habéis muerto, y no quiero sacarlo de su engaño por el momento. Si la noticia de vuestro milagroso retorno a la vida llegara a sus oídos, me sería imposible garantizar vuestra seguridad.

–¡Pobre Nell!

–Es por vuestra propia protección, señora Finche. He acordado con Ben que guardaremos vuestros muebles y enseres, y Jane recuperará vuestras pertenencias personales para que podáis utilizarlas.

Me froté la frente y suspiré pensando en la ímproba tarea de llevar a Hackett ante la justicia.

–Hay otra cosa –añadí lentamente–. No os he contado lo de los ladrillos.

–¿Los ladrillos? –Los ojos verdes de Gabriel permanecían fijos en mi rostro, mirándome sin verme.

–El antiguo jefe de Robert, Elias Maundrell, vino a casa y discutieron. Se levantaron la voz y oí decir algo al señor Maundrell sobre unos ladrillos peligrosos. Le rogó ayuda a Robert y le dijo que nunca podría vivir con la conciencia tranquila si...

–Si ¿qué?

Me encogí de hombros.

–No lo sé. Pero fue después de mencionar yo los ladrillos cuando Hackett perdió la razón por completo e intentó asesinarme.

Suspiré, consumida de preocupación.

Gabriel, juntando las yemas de los dedos, formó una pirámide con las manos mientras meditaba al respecto.

–Creo que debo ir a ver al señor Maundrell y averiguar qué tiene que decir sobre el asunto. Y vos debéis descansar. Os noto agotada.

–Lo estoy –respondí.

Cuando se marchó, subí a acostarme. Oí carcajadas procedentes del rellano, donde encontré a dos pequeñas figuras luchando a muerte con espadas de madera.

Jacob Samuels se había quitado la casaca de impecable corte y se había arremangado la camisa de volantes. Llevaba zapatos de tacón con lustrosas hebillas de latón y lengüetas rojas, y pensé que sería todo un dandi de no ser por su corta estatura y su joroba.

Jacob advirtió mi presencia y se apresuró a quitarse el parche negro del ojo y dejar caer la espada a un lado.

Toby se volvió hacia mí con la respiración entrecortada por la risa y la cara encendida de excitación.

–Jacob es un pirata y yo soy sir Francis Drake. Estoy impidiéndole robar el oro de la reina.

–¡Qué emocionante!

Toby hendió el aire con su espada.

–¡Adelante, pues, Jake, el del corazón negro! –exclamó.

Jacob, inquieto, desplazó el peso del cuerpo de un pie a otro.

–Tengo obligaciones que atender, señorito Toby.

–Por favor, no es mi deseo estropearos el juego –dije.

–Bueno...

–¡Por favor, Jacob! –suplicó Toby.

Jacob recogió la espada.

–Cinco minutos, pues. ¡Ya! –Levantó la espada, y yo los observé desde mi puesto en la escalera, jaleándolos a cada estocada y cada quite mientras el niño rubísimo y el jorobado moreno lidiaban vigorosamente, sin parar de gruñir y provocarse.

Al final, Jacob dejó que Toby arrancara la espada de su mano y lo inmovilizara contra la pared.

–¡Ahora os mataré! –exclamó Toby, exultante.

Los dejé con su juego y me fui a la habitación de invitados, donde me desprendí de los zapatos prestados y me aovillé en la cama. El juego de Toby y Jacob me había distraído de mis tribulaciones por unos momentos, pero de pronto estas regresaron con toda su fuerza. Por bondadosos que fuesen mis amigos, no podía quedarme indefinidamente en su casa, y debía encontrar un medio de vida muy pronto. La tensa franja de dolor en torno a mi cabeza aumentó a la par que mi desasosiego.

Extenuada, bostecé. Gabriel, puesto que pensaba ya en él por su nombre de pila más que como «señor Harte», había dado crédito a mi versión de los hechos, pese a que yo carecía de prueba alguna de los crímenes de Hackett. Recordé la expresión de concentración en su rostro mientras me escuchaba. Fue una experiencia inusitada para mí, al menos desde que quedé huérfana, advertir que otra persona demostraba verdadera preocupación por mi bienestar.

Desperté más tarde al oír que llamaban suavemente a la puerta.

Ann, muy pulcra con su cofia y su mandil almidonados, entró y me saludó con una reverencia. Me entregó el pequeño cofre de viaje que yo había llenado antes de abandonar la casa de Ironmonger's Lane. Lo abrí y saqué el peine, el cepillo de dientes y el frasco de perfume Jardín de Verano. Derramé unas lágrimas ante estos recuerdos de una vida ya extinta.

La cena estaba servida cuando me senté junto a Jane.

–Kate, Gabriel y yo queremos hacerte una propuesta –anunció Jane una vez recogidos los platos.

–¿Qué propuesta?

–La niñera de Toby nos ha dejado. He visto lo buena que eres con él, y él te tiene mucha simpatía. Me harías un gran servicio si quisieras ser su acompañante. Ya no es un bebé, y no necesita niñera, pero si lo vigilaras para que no haga travesuras y lo ayudaras con sus estudios, me harías muy feliz. Y también yo disfrutaría de tu compañía.

–Estaríamos los dos encantados de que considerarais la Casa del Perfume vuestro hogar –añadió Gabriel. El timbre vibrante de su voz era amable y cálido.

–Por descontado, el puesto iría acompañado del correspondiente salario –aclaró Jane.

Sentí que un gran peso abandonaba mis hombros y un apretado nudo de miedo se deshacía en algún lugar de mi estómago.

–Es muy amable por vuestra parte –contesté–, y nada me gustaría más.

Capítulo 26

En los siguientes días remitió el dolor de cabeza y se diluyeron las molestas magulladuras del cuello, que pasaron de color morado a amarillo. Aunque por las noches aterradoras pesadillas perturbaban todavía mi sueño, nunca dejaba de dar gracias por el hecho de que mi futuro inmediato estuviera resuelto.

Toby era un niño encantador, rebosante de energía y picardía, y me mantenía tan ocupada con su alegre parloteo y su carácter afectuoso que podía olvidar mis penas. Incluso *Sombra* se adaptó a la casa como si siempre hubiese vivido allí, entablando especial amistad con la señora Jenks, cocinera y ama de llaves. El perro, mediante el hábil recurso de las expresiones lastimeras, pronto la aleccionó para que le diera trocitos de jamón y sabrosos huesos, obsequios que recompensaba con un meneo de cola y miradas de adoración.

Una tarde Gabriel salió en su coche y, cuando volvió, me pidió que acudiera al Salón del Perfume. Estaba paseándose de un lado a otro por la alfombra aterciopelada cuando yo me senté y aspiré el delicioso aroma floral de la estancia.

–He ido a ver a Elias Maundrell –anunció–. Y me ha contado una historia muy inquietante.

Entrelacé las manos sobre el regazo y observé su andar inquieto.

245

–Maundrell me ha contado que se enfadó con Hackett porque este anuló un pedido de ladrillos. Por lo visto, Hackett había abierto su propia fábrica de ladrillos.

–Los oí discutir al respecto –confirmé.

–Maundrell no pudo vender los ladrillos de buena calidad acumulados en su propia fábrica porque de pronto el mercado se vio inundado de ladrillos baratos. –Gabriel dejó de pasearse y se sentó delante de mí–. En su desesperación, el pobre hombre visitó la fábrica de ladrillos de Hackett en St Giles in the Field, pero descubrió que la habían vaciado y abandonado.

–¿Eran los ladrillos de Hackett los que habían inundado el mercado?

–No es tan sencillo. Maundrell pasó por la taberna más cercana a la fábrica. Allí entabló conversación con un hombre que dijo que Hackett había producido una gran cantidad de ladrillos en muy poco tiempo. No había contratado mano de obra local, con experiencia, sino a una caterva de vagabundos, ineptos para esa tarea.

–Cuesta imaginar a Hackett como filántropo.

Los labios de Gabriel se curvaron en una sonrisa irónica.

–Naturalmente, los echó a todos en cuanto pusieron a secar los ladrillos.

–Pero Hackett ahorró dinero.

–Indudablemente. Y un día, sin más ni más, Hackett cerró la fábrica y los ladrillos desaparecieron. Maundrell no se lo explicaba, y volvió a la fábrica de Hackett al amparo de la oscuridad y se llevó un ladrillo que había quedado allí.

–¿Y eso con qué fin?

–Según sus propias palabras, se le erizó el vello de la nuca al coger el ladrillo y darse cuenta de que allí algo fallaba. A la mañana siguiente lo examinó a la luz del día y constató su sospecha: era de un amarillo más sucio que los habituales ladrillos de Londres. Lleva mucho tiempo en el oficio y, horrorizado, empezó a temerse que, en la fabricación del ladrillo, se había utilizado arcilla de una parte del río que, según le decía siempre su padre, no era apta para eso. Y efectivamente cuando

Maundrell hizo presión en la superficie, el ladrillo se desmenuzó.

–¡Eso podría causar una catástrofe! Pero está claro que Hackett cerró la fábrica en cuanto supo que sus ladrillos no eran seguros, ¿no?

Gabriel se encogió de hombros.

–Habría perdido a los inversores si estos hubieran pensado que utilizaba ladrillos de mala calidad. Pero luego llegó a oídos de Maundrell el rumor de que en las tabernas podían comprarse ladrillos a precio de ganga si uno conocía a las personas indicadas. Después de hacer unas discretas indagaciones, constató que esos ladrillos procedían de la fábrica de Hackett.

Contuve el aliento al pensar en la gran cantidad de obras que se llevaban a cabo en la ciudad y comprendí las peligrosas consecuencias del descubrimiento.

–Hogg –dije–. Tiene que haber sido Hogg. Pero estoy convencida de que fue Hackett quien lo utilizó para el trabajo sucio.

–Coincido con vos. Era poco lo que Maundrell podía hacer, pero entonces se desmoronó una casa en Canning Street. Era obra de un constructor de buena reputación, pero Maundrell sospechó que la causa podían ser los ladrillos de Hackett. Fue al solar y, en efecto, los ladrillos eran como el de la fábrica de Hackett. Temeroso de enfrentarse directamente a Hackett, fue a Ironmonger's Lane para solicitar el apoyo de vuestro marido.

–Y Robert lo echó a la calle –dije con tono sombrío–. Pero sin duda Hackett se arruinará en cuanto sus inversores sepan lo de los ladrillos, ¿no? ¿Cuándo irá Maundrell a ver al alguacil, pues? –Estaba eufórica. Tal vez muy pronto, en cuanto Hackett fuera llevado ante la justicia, podría salir de mi escondite y el mundo sabría qué clase de hombre era ese en realidad.

Gabriel se frotó la nariz con los dedos.

–Ahí está el problema. Maundrell le tiene pánico a Hackett.

–Y con razón –comenté, pesarosa.

–Nadie ha visto al propio Hackett vender los ladrillos en las tabernas. Estoy intentando convencer a Maundrell para que

247

hable con el alguacil, pero sigue temiendo las consecuencias. Así y todo, le he ofrecido mi coche para que viaje a Bath y busque refugio allí, en casa de su hermana, hasta que prendan a Hackett. Dejaré a Maundrell un tiempo para reflexionar e iré a verlo otra vez.

–Señor Harte –dije–, no sabéis lo mucho que os agradezco vuestro apoyo. Me hierve la sangre cuando pienso en la posibilidad de que Hackett escape de la justicia y siga arruinando vidas.

–En eso estamos totalmente de acuerdo, señora Finche.

Conforme pasaban los días, empecé a valorar cada vez más la amistad de Jane, y me entristeció descubrir que su salud era incluso más frágil de lo que yo creía. Casi nunca se quejaba, pero yo advertía su sufrimiento por sus ojeras y la palidez de sus mejillas. Con frecuencia se levantaba tarde por las mañanas, a veces ya después del almuerzo, y entendí por qué una madre tan abnegada necesitaba una acompañante para su hijo y, esporádicamente, una enfermera para ella.

Una tarde estábamos sentadas en su salita, enfrascadas en nuestros bordados, y Toby ordenaba por colores las madejas de seda.

–¿Aún te duele mucho la pérdida de tu marido? –preguntó. Di otra puntada al contorno de una rosa mientras pensaba la respuesta.

–El matrimonio entre Robert y yo fue convenido por sus padres y mi tía Mercy –respondí con cautela–. No fue por amor. Aunque... –Dejé la labor en el regazo–. Aunque de joven soñaba con el amor, para mí era mucho más importante escapar de mi tía. En cuanto mi unión con Robert quedó pactada, confié en que con el tiempo nos encariñaríamos mutuamente. Si no hubiese sido por el incendio, tal vez... –Suspiré.

–Pero te quedaste a su lado después del incendio.

–No tenía más familia que la tía Mercy, y ella se había alegrado de deshacerse de mí. Volver a su casa era impensable.

Además, deseaba con desesperación tener pronto un hijo y mi propia casa. Eso me habría compensado las carencias de nuestro matrimonio. La verdad es que Robert y yo no éramos una pareja ideal.

—El matrimonio a menudo es un acuerdo tácito, ¿no? —dijo Jane—. En mi caso, mi padre conocía al tío de Gabriel, que quería que su pupilo se casara y le proporcionara un heredero. Es para mí un alivio haber cumplido mi parte del trato, ya que he dado a Gabriel el hijo que necesitaba. A cambio, tengo una casa cómoda y una posición en la vida que nunca imaginé. Nos tratamos de una manera civilizada y él no me causa la menor molestia. Me deja hacer lo que me plazca, que es llevar una vida tranquila con mi hijo.

Me pregunté si eso explicaba por qué no se veía el menor rastro de la presencia de Gabriel en la alcoba de Jane, ni un solo zapato, camisa o gorro de dormir que pudiera indicar visitas regulares por su parte.

—No muchas mujeres estarían dispuestas a casarse con un ciego; yo, en cambio... —Se mordió el labio—. Jane la feúcha, me llamaban mis hermanas. Y era verdad.

—Yo no te veo feúcha —dije, conmovida por su expresión de melancolía.

—Y Gabriel nunca verá lo irregulares que son mis facciones.

—Para mí, la amabilidad, la fortaleza interior y un ánimo estable son las cualidades más importantes en un marido —dije, recordando que debía andarme con pies de plomo cuando Robert caía en uno de sus frecuentes estados de mal humor: mi marido para los buenos momentos.

—Gabriel es buena persona, eso sin duda. Hace tiempo que renuncié a toda idea romántica pueril. Nuestro matrimonio no es más que un acuerdo de conveniencia, y me conformo con eso, porque ni siquiera preveía casarme. Pero mi amor por Toby es superior a cualquier otro afecto y me da toda la alegría que podría desear.

De pronto la puerta se abrió y me libró de tener que responder a eso.

–¿Puedo entrar? –preguntó Gabriel. Vestía una casaca azul oscuro con botones de plata y se le veía muy elegante. Esperaba que no hubiese oído nuestra conversación.

Toby corrió a abrazar las rodillas de su padre.

–Toby, *Sombra* te buscaba. ¿Por qué no vas a por él?

–Abrígate bien, Toby –ordenó Jane–. No quiero que cojas unas fiebres.

La puerta se cerró a sus espaldas y sus piececillos resonaron en la escalera.

Gabriel se sentó y cruzó las largas piernas. Advertí que las lengüetas de sus zapatos con hebillas de latón eran de color escarlata: un calzado idéntico al de Jacob pero más grande.

–Tengo una carta para vos, señora Finche –dijo.

–Debe de ser de mi suegra. –La abrí y la leí: había recibido mi nota y se alegraba de que yo tuviera un hogar, porque no había conseguido encontrarme empleo. Una vez más pensé en la suerte que había tenido de conocer a Jane y Gabriel Harte.

–He estado pensando mucho en cómo preservar vuestra seguridad, señora Finche –dijo Gabriel–, y se me ha ocurrido una idea. Oí hablar de una mujer a la que sacaron del río. Joven, de cabello negro, y nadie ha reclamado el cadáver de la pobre desdichada. He pensado que quizá fuese buena idea mencionárselo a Hackett para disipar cualquier temor que pueda albergar de que no os hayáis ahogado.

Con un estremecimiento, imaginé a la pobre muchacha a quien nadie quería ni reclamaba. Su vida había terminado, pero podía ayudarme a mí a empezar una nueva.

–Eso pondría fin a cualquier incertidumbre que aún pueda quedarle –dije.

–Así pues, he ido a ver a Hackett y le he dicho que, en respuesta a su temor de que vos hubieseis seguido los pasos de vuestro marido, hice indagaciones y descubrí que una mujer cuya descripción coincidía con la vuestra se había ahogado en el río.

–¿Y qué ha dicho? –preguntó Jane.

–Lo he notado curiosamente aliviado. Tanto es así que cuando le he propuesto que compartiéramos los gastos del entierro de la pobre señora Finche, ha accedido. Ha dicho que lamentaba haber pensado que la señora Finche dramatizaba cuando lloró en su hombro inconsolablemente y amenazó con tirarse al río.

–¡Cómo odio a ese hombre! –La rabia ardió en mi pecho–. Cuando pienso en cómo me trató, me hierve la sangre.

–El funeral se celebrará pasado mañana.

Gabriel se marchó a su laboratorio y me asomé por la ventana, preguntándome por la identidad de la mujer ahogada. Con un escalofrío, pensé en mi buena fortuna.

Después, esa misma tarde, fui al salón a buscar el mantón de Jane. Cuando pasé ante la puerta del Salón del Perfume, Gabriel me llamó.

–¿Sois vos, señora Finche?

Me detuve.

–Sí.

Él se hallaba en el umbral de la puerta, sonriente.

–He reconocido vuestros rápidos pasos –dijo–. He pensado que tal vez os interesaría conocer mi última fórmula para perfumar guantes.

Lo seguí al laboratorio, iluminado solo por la vacilante luz del fuego. Las cortinas de las ventanas estaban bien cerradas, y en la penumbra vi a Jacob, que, vestido con un sencillo delantal, lavaba frascos en una pila de agua. Llevaba a cabo quedamente su tarea, y no se dignó reconocer mi presencia.

Cubrían las paredes sólidos estantes de roble con hileras de frascos de cristal y, debajo, armarios y cajones. Un banco de trabajo con superficie de mármol dominaba el centro del laboratorio y en él había varias herramientas, incluidos un mortero y una gran mano de almirez y un objeto de cobre de forma extraña.

–¿Qué es eso? –pregunté–. Parece una cafetera enorme con una sartén tapada encima. –Recorrí con el dedo el largo tubo que descendía del objeto hasta una vasija.

251

–Es un alambique para destilar los aceites de las flores. –Se acercó al banco de trabajo y, ágilmente, deslizó las manos por el mármol hasta encontrar una placa de pórfido cóncava. Sobre la piedra se alzaba un pequeño montón de una sustancia oscura y untuosa. Gabriel impregnó en ella un fragmento de esponja y se aplicó una pizca en el dorso de la mano. Dándomela a oler, preguntó:

–¿Qué opináis de esto?

Me incliné hacia delante y olisqueé. Despedía un cálido olor a tierra, polvoriento y dulce; aun así, no habría sabido decir si me gustaba.

–¿Y bien? ¿Qué oléis?

–No estoy muy segura. –Volví a olfatear.

–Cerrad los ojos y decidme qué acude a vuestra mente. ¡Pero, eso sí, sed sincera!

–Cuero, una brida de caballo después de un largo paseo, sudado y acalorado. Clavo. –Por un instante recordé el perfume ahumado de los barriles de clavo y nuez moscada ardiendo en el almacén de los Finche–. Un paseo por el bosque –dije–, las hojas caídas removidas con los pies y el olor a setas enterradas en el mantillo.

–¡Muy bien! –exclamó Gabriel–. Seguid.

Obedientemente, me incliné sobre su mano.

–¡Chocolate!

–Me preguntaba si lo notaríais. ¿Qué más?

–Algo afrutado. –Cerré los ojos y apreté los párpados en actitud de concentración–. ¡Ya lo sé! –dije con tono triunfal–. Peras. El olor agridulce de una pera madura al sol, recién cogida del vergel.

–¿Aún os desagrada el perfume?

–Sí. ¡No! –Lo inhalé de nuevo y, de fondo, percibí la peculiar fragancia de Gabriel, el aroma de la piel limpia y cálida lavada con jabón de Castilla. Se me pasó por la cabeza la idea de que el perfume olía a coito. Sentí calor en las mejillas a la vez que reprimía ese pensamiento–. Es curioso. Al principio no sabía si me gustaba, pero quiero, necesito, seguir oliéndolo.

Gabriel se echó a reír.

—A Jane le disgusta profundamente este olor, pero ¿verdad que es seductor?

También él lo había notado, pues.

—¿Qué le habéis puesto?

—Almizcle, aceite de Bems y clavo en polvo entre otras cosas. Pero tal vez deba añadir esencia de rosa o jazmín para adaptarlo mejor al gusto de una dama. En cualquier caso, recomiendo lavar los guantes con agua de rosas, tenderlos a secar y luego aplicar la mezcla en el cuero mediante fricción. Cuando los guantes se calientan al contacto con la piel, desprenden el perfume.

—Qué pena que no tenga guantes. —En ese momento recordé que cuando Gabriel me llamó yo me disponía a hacer un recado—. Se me ha pasado el tiempo volando. Jane me ha mandado a por su mantón hace media hora.

—Una cosa más antes de iros.

—¿Sí, señor Harte?

—No me he olvidado de Maundrell. Volveré a visitarlo e intentaré convencerlo para que me acompañe a ver al alguacil.

—Nunca seré realmente libre mientras Hackett siga impune —dije.

—Eso lo entiendo.

Ya casi había oscurecido del todo y solo el resplandor del fuego iluminaba la estancia.

—¿Enciendo las velas para que Jacob vea lo que hace? —pregunté.

—Siempre trabajamos en penumbra —respondió Gabriel—. A mí tanto me da, ya que solo distingo formas imprecisas, y muchos de los aceites perfumados y esencias se estropean a la luz del sol. Jacob ha aprendido a trabajar con poca luz.

—¿Algo veis, pues? —Me sonrojé intensamente, preguntándome si alguna vez él me había visto fijar la mirada en su cara mientras me hablaba.

—En realidad, no. Es como mirar por el ojo de una cerradura de una puerta negra con una cortina vaporosa al otro lado.

Qué triste debía de ser para él no haber visto nunca los rostros de su mujer y su hijo.

–Tengo que irme –dije–. Jane estará esperándome.

Cerré la puerta del laboratorio al salir y corrí en busca del mantón de Jane.

Al cabo de dos días, Jane se puso su capa de terciopelo negro y esperó en el vestíbulo con Gabriel hasta que Jem, el cochero, acercó el carruaje a la puerta de la calle.

Gabriel vestía la casaca y los calzones negros que se había puesto para asistir al funeral de Robert y su ceñuda expresión era más negra aún.

–Es lamentable –dijo– que tengamos que pasar por esta pantomima para garantizar vuestra seguridad. Al menos la pobre muchacha que vamos a enterrar descansará debidamente.

Llegó el carruaje y me quedé observándolo por la ventana hasta que desapareció llevando a mis amigos a mi funeral. Apoyé la frente en el cristal, pero el vidrio no estaba tan frío como mi corazón.

Pasados dos días, cuando bajaba, Gabriel me llamó.

–¿Sois tan amable de venir al salón, señora Finche? –me pidió con semblante sombrío.

–¿Qué ocurre? –pregunté en cuanto se cerró la puerta.

–He ido a casa del señor Maundrell –dijo–. Ayer por la mañana, cuando su ama de llaves llegó del mercado, vio a un hombre salir a todo correr de la casa. Lamento deciros que, al entrar, encontró al señor Maundrell colgado por el cuello de una viga. Había indicios de forcejeo, y ya estaba muerto.

Horrorizada ante la noticia, me desplomé en una silla. No sentía el menor aprecio por ese viejo, pero no merecía morir asesinado.

–Eso tiene que ser obra de Hackett –dije.

–Me temo que los miedos de Maundrell estaban justificados. –Gabriel suspiró–. En todo caso, ya poco podemos hacer. Acudiré al alguacil, pero sin Maundrell mis palabras serán solo un testimonio de oídas. Podría ser que investigaran a Hackett pero, para seros sincero, lo dudo.

–¡Pero Hackett debe rendir cuentas ante la justicia! –La frustración y la rabia bullían en mi pecho.

–Procuraré reunirme con Hackett más a menudo para hablar de mis inversiones e intentar sorprenderlo con la guardia baja. –Una sonrisa irónica se formó en los labios de Gabriel–. No imagináis lo propensa que es la gente a revelar sus pensamientos a un ciego por la poca consideración que les merece.

–¡Debéis tener cuidado! –dije, temiendo de pronto por él.

–Conociendo ya lo que Hackett es capaz de hacer, estoy prevenido.

Octubre dio paso a noviembre y, conforme el año tocaba a su fin, observé con inquietud la delicada salud de Jane. A menudo tenía el rostro pálido y contraído, y yo sabía que volvía a agudizársele el dolor. La causa de mi preocupación era que, según sospechaba, ella recurría a la pócima de adormidera todas las noches.

Un día, mientras Jane descansaba y Toby, sentado a su pupitre, copiaba las letras de un modelo, yo, de pie junto a la ventana de su cuarto de juegos, concebía planes descabellados e inútiles para llevar a Hackett ante la justicia. Gabriel había ido a ver al alguacil, pero, tal como él temía, sin pruebas sólidas, el alguacil se había negado a atender cualquier sospecha acerca de las fechorías de Hackett.

La puerta se abrió y sonreí al ver a Gabriel. Venía a menudo al cuarto de juegos para hablar con nosotros.

–Toby está esforzándose mucho con las letras –informé.

–Me alegra oír que eres un alumno aplicado –comentó, y alborotó el pelo a su hijo–. Señora Finche, he venido a decirle que hoy Jacob y yo hemos ido a visitar Rochester Court con Hackett.

—¿Habéis averiguado algo? —pregunté con avidez.

Negó con la cabeza.

—Hackett no nos ha dejado examinar todo el edificio. Ha dicho que las escaleras definitivas no están aún acabadas y es peligroso subir y bajar por las de mano.

Encorvé los hombros.

—Pero os he traído un obsequio, señora Finche. —Hundió la mano en el bolsillo.

—¿Para mí?

En sus labios se dibujó una sonrisa cuando tendió el paquete.

Al desenvolverlo, vi un par de guantes de cabritilla negros de exquisita factura con puntadas decorativas en los puños. Cuando me calcé uno en la mano, exhaló una vaharada de perfume.

—¡Qué maravilla! —exclamé.

—He impregnado la piel con mi última fórmula, pero he añadido un poco de esencia de rosas para endulzar el aroma y acomodarlo mejor al gusto de una dama.

—Son preciosos, y la fragancia... —Me los llevé al rostro y aspiré con los ojos cerrados.

—Me alegro de que os gusten.

—Gracias, señor Harte. Los guardaré como un tesoro.

—¿Y qué planes tenéis Toby y vos para hoy?

—La señora Finche va a enseñarme a hacer barquitos de papel —dijo Toby.

Gabriel sonrió.

—Recuerdo que, cuando era pequeño, jugaba con barquitos de papel en la rambla de Fleet.

—¿Podemos llevar nuestros barquitos a la rambla de Fleet? —preguntó Toby—. ¿Por favor?

—Tengo que hacer una entrega de dos frascos de Rosa de Arabia en Wood Street —dijo Gabriel—, así que tal vez podamos dar un rodeo. Estoy esperando a que Jacob vuelva de la botica para guiarme. Está acatarrado y tiene fiebre.

–¿No podríamos ir nosotros en su lugar? –propuse. De repente la perspectiva de dar un paseo al aire libre resultaba tentadora. El miedo a Hackett me había inducido a recluirme permanentemente en la Casa del Perfume, pero ahora que él estaba convencido de que yo había muerto, sin duda no corría ya peligro, siempre y cuando Gabriel me acompañara.

–¿Nos encontramos, pues, en el vestíbulo en cuanto acabéis de hacer vuestros barquitos?

Toby dio un vehemente abrazo a su padre, y yo los observé con una sonrisa mientras Gabriel lo besaba y lo lanzaba al aire.

Capítulo 27

Toby y yo esperábamos en el vestíbulo cuando Jacob llegó de la botica. Tenía enrojecida su enorme nariz y los ojos llorosos por el catarro.

–La señora Finche y yo vamos a salir con mi padre –informó Toby, dándose importancia–. Vamos a ayudarlo a hacer una entrega en Wood Street.

–¡Pero siempre acompaño yo a vuestro padre en las entregas! –Jacob me lanzó una mirada misteriosamente malévola, pero antes de que yo pudiera hablar, oímos los pasos de Gabriel.

Me calcé los guantes nuevos, notando la caricia de aquella piel sedosa y el perfume embriagador que despedían. Jane me había prestado su capa de terciopelo, y me puse la capucha para ocultar mi rostro. Tal vez Hackett me daba por muerta y enterrada, pero no estaba dispuesta a correr riesgos absurdos. Sentía una intensa emoción ante la perspectiva de salir, unida a cierta inquietud ante la posibilidad de que Hackett rondara también por las calles.

Gabriel llevaba el bastón de empuñadura de plata en una mano y una pequeña caja atada con una cinta y colgada de un dedo en la otra.

–Tenemos que hacer una entrega en Wood Street, ¿verdad, señor? –preguntó Jacob.

–Hoy tú no vienes, Jacob –contestó Gabriel–. Será mejor que te quedes aquí bien abrigado.

–Pero...

–¡Insisto!

Gabriel me ofreció el brazo.

–Señora Finche, ¿nos vamos?

Un destello asomó a los ojos de Jacob, pero de pronto soltó un estornudo explosivo. Enlacé mi brazo con el de Gabriel, deseosa de iniciar nuestra excursión.

Me escocían las mejillas a causa del aire gélido, pero, a pesar del frío de noviembre, el sol lucía y me invadía una maravillosa sensación de bienestar.

Gabriel hacía oscilar el largo bastón de un lado a otro ante nosotros mientras atajábamos hacia Covent Garden y Bow Street y luego avanzábamos por el Strand, un hervidero de vendedores ambulantes, carretas y carruajes. Toby brincaba por delante de nosotros, con *Sombra* a su lado. Me sorprendía el aplomo con que Gabriel se desenvolvía en las calles y no pude por menos que comentarlo.

–El tío Silas me enseñó la importancia de ser independiente.

–¿Siempre vivisteis con él? –Me eché a trotar en un intento de seguirle el paso a Gabriel, que avanzaba a largas zancadas.

–Ni mucho menos. Mi madre murió cuando yo era pequeño, pero mi padre volvió a casarse.

–¡Toby! –llamé–. ¡No te adelantes mucho!

–¡De acuerdo! –respondió, levantando la voz por encima del hombro.

–¿Sentíais aprecio por vuestra madrastra?

Gabriel dejó escapar un suspiro.

–El matrimonio de mi padre fue una especie de confuso apaño, y al cabo de no mucho tiempo ella se fugó con un tahúr amigo de mi padre. Para él, creo, fue un alivio, porque, aficionado como era al vino y a las mujeres, no le atraía sentar la cabeza. Yo no era la clase de hijo que él se esperaba, un niño tan serio e interesado en los libros. Y poco después de dejar atrás la infancia, empezó a fallarme la vista.

–Debió de ser terrible para vos.

–Creía que se me acababa el mundo. Mi padre vio en mi inminente ceguera una prueba más de su decepción conmigo y me mandó a vivir con su hermano ciego. Que el ciego guíe al ciego, así fue cómo lo describió.

–¡Qué crueldad! –Sentí crecer la indignación en mi pecho. Me dolía imaginar al niño solitario que había sido Gabriel. Me asaltó un repentino sentimiento de afinidad con él, ya que entendía muy bien lo aterrador que era para un niño no ser amado.

–Fue lo mejor que podía ocurrirme –contestó Gabriel–. Al final, mi tío fue para mí un padre como no lo había sido mi verdadero padre. En cuanto dejé de despotricar y quejarme por la injusticia de que Dios me hubiera infligido unas circunstancias tan penosas, desarrollé una estrecha amistad con el tío Silas.

–¿Y él os ayudó a aceptar vuestra ceguera?

–Me enseñó a abrir mis otros sentidos y aprovecharlos plenamente; aprendí a oír los susurros de las enaguas de seda cuando una dama elige sus velas perfumadas, a percibir el olor de un gato cuando pasa sigilosamente y a sentir la textura arenosa del azúcar molido en un bizcocho recién hecho. Antes nunca me habría fijado en esas cosas. Y, claro está, el tío Silas me enseñó todo lo que sé sobre la elaboración de perfumes. –Aflojando la marcha, me sujetó el brazo con firmeza al pasar un jinete al trote.

Mientras escuchaba su relato, sentía en el costado el calor que irradiaba su cadera y la cabeza me daba vueltas por el perfume de los guantes impregnado en el aire que respiraba. Por el júbilo de estar al aire libre en compañía tan grata, la euforia me corría por las venas.

–El tío Silas se formó como perfumista en París y allí amasó su fortuna. Cuando le falló la vista por completo, volvió a Londres. Compró una de las casas construidas no hacía mucho en Long Acre por el duque de Bedford y así nació la Casa del Perfume. Y yo, como heredero suyo, he podido continuar y desarrollar su labor. –Sonrió–. Me encantaría que Toby siguiera con el negocio.

–¿La pérdida de la vista no fue, pues, una desgracia tan atroz como podría haber sido?

–Ni mucho menos. Solo que... –Suspiró–. Ojalá pudiera ver la cara de mi hijo.

–¿Os mirasteis alguna vez en el espejo de niño? –pregunté–. Si os acordáis de vuestro rostro, tendréis el retrato de Toby.

Sonrió.

–Pero me complace decir que Toby es un niño más feliz de lo que fui yo.

–Porque sus padres lo quieren, y él lo sabe y se siente seguro.

–Y ahora os tiene también a vos –añadió Gabriel–. Es un niño afortunado.

No encontré palabras para responder a eso.

Llegamos a Fleet Street y, no mucho después, al lugar que marcaba el límite del Gran Incendio.

–Ahora me tendréis que guiar –dijo Gabriel, y se agarró firmemente de mi brazo–. En la nueva ciudad no me oriento.

–Es extraño –comenté–. Si vuelvo la vista atrás, Fleet Street y el Strand, Essex House, Arundel House y Chancery Lane, todo ello parece igual que siempre. Pero por este otro lado –me volví–, veo el nuevo tramo de Fleet Street y Ludgate Hill y los escombros de San Pablo.

–Yo aún veo la ciudad tal como era en mi cabeza –dijo Gabriel a la vez que cerraba los ojos.

Al cabo de un rato llegamos a la rambla, y Gabriel esperó mientras Toby, *Sombra* y yo corríamos por la orilla viendo mecerse nuestras naves de papel corriente abajo en el agua salobre. Mi barquito se quedó atrapado entre una maraña de juncos, y Toby dio saltos de alegría al ver que ganaba la carrera.

–Iré a buscar vuestro barquito –se ofreció. Bajó con dificultad por el terraplén y resbaló en el barro maloliente.

Lanzó un chillido, y yo me abalancé al frente y lo agarré del abrigo antes de que cayera al agua. Lo llevé a rastras hasta un lugar seguro y lo estreché contra mi pecho. El olor a suciedad del agua me recordó mi horrible experiencia bajo el puente de Londres.

–¿Ha pasado algo? –preguntó Gabriel alzando la voz.

–Toby ha resbalado, pero ya lo tengo a salvo –contesté. El pelo del niño, ligero como vilanos de cardo, me acarició la mejilla mientras permanecía aferrado a mí, y un repentino amor por él invadió mi corazón–. Tu madre nunca me lo perdonaría si hubiese permitido que te cayeras –dije con el corazón acelerado mientras le sacudía el barro del calzón.

Pasó un carromato tirado por un enorme percherón y levantó una nube de polvo. El olor a caballo permaneció en el aire aún largo rato cuando el chacoloteo de los cascos quedó ahogado por el roce de las palas y el vocerío y los silbidos de los hombres que trabajaban en una obra cercana.

–La ciudad vuelve a despertar –comentó Gabriel–. Dentro de poco habrá tanto ajetreo como antes.

–San Pablo está a nuestra derecha –dije, echando un vistazo a las ruinas–, y nos acercamos a Cheapside.

–¿Y Wood Street es la tercera a la izquierda? Aún conservo mi propio plano en la cabeza, pero antes me guiaban las campanas de las iglesias, los gritos procedentes de los puestos del mercado o el olor de la tinta de las imprentas en los alrededores de San Pablo. Todos esos pequeños recordatorios de mi ubicación han cambiado.

Me entristeció su expresión de desánimo.

–En ese caso debemos venir a menudo para rehacer vuestro plano de olores y sonidos y ayudaros a volver a orientaros.

–Tardé muchos años en aprender a caminar con seguridad por la ciudad. –Hablaba en voz baja, y percibí un tono de desaliento.

–No será tan difícil como la primera vez –dije, consciente de pronto de que la pérdida de Gabriel a causa del incendio era, en diversos sentidos, mucho mayor que la mía–. Toby y yo os acompañaremos con gusto.

–Me encantaría.

–No sé si también le encantaría a Jacob –comenté, recordando los celos que traslucía su mirada cuando nos marchamos sin él–. Le gusta teneros para él solo.

Gabriel esbozó una sonrisa irónica.

–Jacob es mi criado leal y de confianza, pero a veces su atenta devoción resulta un poco opresiva. ¡Vamos, hasta me elige la ropa!

–Siempre vestís con tal elegancia, luciendo exquisitas telas y texturas que complementan a la perfección vuestro color de pelo y de tez, que daba por supuesto que era Jane quien os ayudaba a seleccionar vuestro vestuario.

Negó con la cabeza.

–A Jane la moda le trae sin cuidado, pero Jacob se toma como una cuestión de orgullo permitir que yo salga de casa si no voy a la última moda. Él personalmente tiene mucho interés en esas cosas. –Sonrió–. No me atrevería a defraudar las grandes expectativas que tiene puestas en mí.

–¿Hace mucho que es criado vuestro?

–Trece años. Él contaba solo catorce cuando lo encontré. Su padre era orfebre y creía que la espalda contrahecha de Jacob se debía al hecho de que su madre era gentil. –Gabriel hablaba con voz tensa–. Sé cómo se siente uno cuando lo rechaza su padre por algo de lo que no es culpable, y por eso me lo llevé a casa conmigo.

Otro desamparado, como yo y *Sombra,* pensé.

Nos detuvimos en la esquina de Wood Street para dejar paso a un carruaje, y vi que eran ya muchas las casas terminadas.

Gabriel se detuvo y aguzó el oído.

–Hay niños jugando –dijo–, y huelo pan en el horno... –Olfateó el aire–. Cerdo asado. Es bueno saber que hay familias que insuflan nueva vida a la ciudad. Kate... –Se mordió el labio–. Señora Finche, decidme cómo son las casas para que pueda representármelas.

Me sonrojé por su desliz, pero me complació que pensara en mí como Kate.

–Son casas de ladrillo de cuatro plantas, con magníficos ventanales y sin voladizos.

Gabriel movió la cabeza en un gesto de asentimiento.

–El estilo se atiene a la Ley de Reconstrucción a fin de reducir la amenaza de que el fuego pase de una casa a otra. Eso me recuerda que ya es hora de que haga una visita a la obra de nuestro amigo Hackett en Rochester Court para que me informe de sus avances.

–Me estremezco con solo oír su nombre –comenté–. ¿Cuántas familias sufrirán por vivir en sus casas mal construidas?

–Yo, sin ir más lejos, no pienso aceptar una calidad deficiente en la construcción –declaró Gabriel–. No cuando están en juego las vidas de las personas y mis inversiones. Jacob me acompañará y será mis ojos. Al menor indicio de malas prácticas, me pondré en contacto con los otros inversores de Hackett.

–Señor Harte, ¿qué casa visitáis hoy?

–Es la novena a la derecha.

–Entonces debemos cruzar por aquí. Está al lado de un solar.

Llamé a *Sombra* y cogí a Toby de la mano para cruzar la calle.

–Esperaremos mientras entregáis vuestro paquete –dije–. Tenéis la puerta justo enfrente y hay dos peldaños. –Deseé guiarlo yo misma hasta la puerta, pero supe que no me lo permitiría.

Con cuidado, Gabriel hizo oscilar el bastón ante sí hasta localizar el primer escalón. Al cabo de un momento, una criada abrió la puerta y él entró.

Toby y yo, ateridos de frío, esperamos en el límite del descampado. Toby se abrazó a mí en busca de calor, y yo, sonriéndole, le acaricié el pelo. De pronto *Sombra* levantó las orejas. Emitió un profundo gruñido gutural y salió disparado por el solar detrás de un gato.

–¡*Sombra*! –llamé, pero, absorto en la persecución, no atendió mi orden.

Toby me soltó la mano y corrió en pos de él.

Tras exhalar un suspiro, los seguí. El terreno, lleno de hondonadas y socavones, estaba salpicado de pedruscos y vigas calcinadas. Mientras avanzaba a trompicones, las faldas se me prendían en las zarzas y los zapatos se me ensuciaban de polvo arenoso.

El gato había desaparecido, pero *Sombra* corría en círculos ladrando de excitación y Toby intentaba darle alcance.

Finalmente atrapé a Toby y llamé a *Sombra*.

–Debemos volver –dije–. Tu padre se preocupará.

–Pero si ya viene a buscarnos –advirtió Toby, y señaló hacia la calle.

Gabriel avanzaba con paso vacilante por el escabroso terreno, tanteando el camino con el bastón.

Sombra fue a recibirlo. Después de recorrer la mitad de la distancia, se detuvo, eligió una ruta distinta hacia Gabriel y se paró a su lado.

Gabriel se agachó y le dio unas palmadas en la cabeza antes de volver a ponerse en marcha hacia nosotros.

Al cabo de un momento, *Sombra* empezó a actuar de manera extraña. Se sentó delante de Gabriel, y cada vez que este intentaba apartarlo de un empujón o circundarlo, *Sombra* le cortaba el paso.

–¿Qué le pasa a este condenado perro? –exclamó Gabriel mientras nos acercábamos–. Me he orientado por el sonido de vuestras voces, pero *Sombra* no me deja seguir adelante.

Me dirigí a toda prisa hacia él con Toby fuertemente cogido de mi mano. De repente, a pocos metros, paré en seco.

–¡Cuidado, Toby! –Avancé otro par de pasos y examiné el terreno–. ¡Quedaos donde estáis, señor Harte! ¡No os mováis!

–¿Qué pasa?

Contemplé el profundo hoyo en el suelo.

–Hay un pozo sin tapar justo delante de vos. *Sombra* pretendía evitar que os cayerais en él.

Gabriel ahogó una maldición.

Toby echó una piedra al pozo, y me estremecí cuando la oí caer en las profundidades del agua.

Con cuidado, rodeé el peligro con Toby y sujeté a Gabriel del brazo firmemente. Cerré los ojos por un momento al imaginarlo quebrantado y sangrante al fondo del pozo.

–Estáis temblando –observó Gabriel.

–*Sombra* es muy listo, ¿verdad? –dijo Toby.

–Un ejemplar único en la especie canina –convino su padre–. Pero quizá en el futuro deberíamos llevarlo atado. No queremos que lo atropelle un coche si se escapa, ¿a que no?

Toby se agachó y rodeó el cuello de *Sombra* con los brazos. Como para dar mayor peso al comentario de Gabriel, en ese momento apareció un carruaje bamboleante a una velocidad temeraria en medio de un atronador ruido de cascos, los caballos con la testa al frente. Fue entonces cuando se me ocurrió un nuevo método para ayudar a Gabriel a recuperar su independencia.

–Volvamos ya a casa, no vayamos a morirnos de frío –propuso Gabriel, y me ofreció el brazo.

Con Toby bien cogido de la mano, fui describiendo lo que veía. Gabriel contaba nuestros pasos y jugaba a ello con Toby, mientras yo bullía de agitación pensando en las ventajas y desventajas de mi insólita idea.

Capítulo 28

Al día siguiente Jane guardó cama y mandó a Jacob en busca del médico. Estuvieron encerrados en su alcoba durante casi una hora. Yo esperé en mi habitación, al otro lado del pasillo, con la puerta entreabierta, mirando a Toby y Jacob, que jugaban a soldados abajo en el jardín. Oí a Jane lanzar un grito de angustia, y llevándome la mano al corazón, me volví. Tras cruzar sigilosamente el pasillo, me detuve ante su puerta, pensando en llamar para ver si necesitaba algo. Pero oí al médico hablarle con tono tranquilizador y me retiré a mi habitación.

En cuanto el médico se marchó, fui a verla.

—Me ha parecido oír que llamabas —dije, viendo que se tiraba nerviosamente del cuello del camisón con los dedos.

—No era nada —contestó, y eludió mi mirada.

—Jane, ¿puedo hacer algo por ti?

—Nadie puede hacer nada. —Le temblaban los labios—. Tengo que pensar...

Miré sus ojos enrojecidos, pero me abstuve de seguir interrogándola.

—Kate, necesito estar a solas un rato. A pesar de la escarcha, luce el sol y hace un día magnífico —dijo con una sonrisa vacilante—. ¿Por qué no lleváis Gabriel y tú a Toby a dar una vuelta por el parque de St James?

Harta de mi encierro, no hizo falta que insistiera. Bajé por la escalera a toda prisa y me detuve en el vestíbulo con olor a rosas. Tenía la mano en alto, dispuesta a llamar a la puerta del

Salón del Perfume, cuando oí un murmullo de voces femeninas y agudas risas intercaladas. Vacilé. Gabriel estaba atendiendo a unas clientas, y no podía interrumpirlo para pedirle que nos acompañara a dar un paseo por el parque.

Toby llamó desde el piso de arriba.

–¿Nos vamos ya, señora Finche? –Me miraba por encima de la balaustrada con tal expresión de impaciencia en su pequeño rostro que no soporté la idea de defraudarlo. Al fin y al cabo, razoné, no corría ningún riesgo porque nos dirigiríamos hacia el oeste, en tanto que Hackett tenía la oficina en Holborn y sus casas en construcción se hallaban en el este.

Poco después me cubrí la cara con la capucha de la capa, por si acaso, y Toby, *Sombra* y yo nos pusimos en marcha.

Pasadas unas dos horas, tonificada por el aire frío y estimulante, entramos atropelladamente en el vestíbulo en medio de un ruidoso parloteo. Toby y *Sombra,* que gruñía, jugaban al tira y afloja con mi bufanda, y yo, riéndome, intentaba impedir que la dejaran hecha jirones.

La puerta del Salón del Perfume se abrió y apareció Gabriel.

–Con semejante alboroto, he pensado que debían de estar llegando los franceses para asesinarnos en nuestras camas –comentó.

–¡*Sombra* es muy travieso! ¡No me da la bufanda de la señora Finche! –exclamó Toby.

Gabriel se detuvo junto a *Sombra* y apoyó una mano en sus cuartos traseros.

–¡Sentado, *Sombra*! –dijo con voz firme.

Sombra se sentó.

–¡Suelta!

A regañadientes, *Sombra* soltó la bufanda que sujetaba con los dientes sobre los zapatos inmaculadamente abrillantados de Gabriel.

Gabriel la recogió y me la entregó con una exagerada reverencia. Sus manos cálidas rozaron por un instante las mías, heladas, y sentí un hormigueo aún mayor.

–Desprendéis un exquisito olor a escarcha y aire fresco –dijo.

–Gracias, amable caballero –contesté con una genuflexión.

Toby, dejando escapar un chillido de júbilo, se abrazó a las rodillas de su padre.

–¿Qué es todo este jaleo? –preguntó desde el piso de arriba una voz trémula.

Al volver la cabeza, vi a Jane, todavía en camisón, aferrada con mano temblorosa al poste de la balaustrada, su pelo desgreñado sobre los hombros.

–Disculpa si te hemos molestado con nuestro jolgorio –dije, preocupada de pronto por la tonalidad cenicienta de su rostro.

–¿Es mucho pedir que se me permita descansar sin que me molesten? Un poco de consideración no estaría de más, Kate.

Me quedé mirándola, atónita. Jane nunca antes me había hablado con esa aspereza.

–Lo siento mucho –farfullé–. Me llevaré a Toby a comer a la cocina y lo mantendré ocupado mientras tú descansas.

–¡No! Toby vendrá a hacerme compañía después del almuerzo. Esta tarde no te necesitaremos. –Me habló con la misma frialdad que si yo fuese una sirvienta que la había disgustado.

–Muy bien. –¿Debía llamarla «señora Harte»? Al fin y al cabo, a pesar de que siempre me había tratado como a una amiga, ¿quién era yo, si no la niñera de su hijo? Confusa y entristecida, cogí a Toby de la mano–. ¿Vamos a por tu comida, jovencito?

El niño lanzó miradas de incertidumbre, primero a su madre y luego a su padre, que permaneció impasible.

Tiré con delicadeza de la mano de Toby.

–Vamos ya –dije–. Dentro de un ratito estarás con tu madre.

Cuando Toby acabó de comer, me aseguré de que tenía la cara y las manos limpias; luego escribí las primeras letras del alfabeto en su pizarra.

–Hoy tu madre está cansada, así que debes quedarte callado junto a ella y practicar las letras –dije a la vez que le entregaba la pizarra.

Asintió, mirándome con una expresión de inquietud en los ojos verdes, y deslizó su mano en la mía.

Subimos a la alcoba de Jane y llamé a la puerta. Esperamos hasta que nos invitó a entrar con su débil voz.

Jane estaba recostada en unas cuantas almohadas con el pelo enmarañado. Vi que tenía los ojos hinchados de llorar.

–¿Quieres que te haga un masaje en las sienes con aceite de lavanda? –pregunté, muy preocupada por ella.

–No. Y esta tarde no te necesitaré. –No me miró pero tendió los brazos hacia su hijo–. Toby, cariño, ven a sentarte en la cama conmigo.

Toby me lanzó una mirada, y yo lo animé con un gesto de asentimiento, procurando no exteriorizar mi desazón por el tono quejumbroso de su voz.

Toby se acercó despacio a su madre, y yo cerré la puerta cuidadosamente al salir con la sensación de haberme tragado una piedra.

Sin Toby, no sabía qué hacer y, con tanto tiempo por delante, no podía por menos que dar vueltas a las desconsideradas palabras de Jane. ¿Y si se volvía contra mí para siempre? La Casa del Perfume se había convertido en mi refugio, y si Jane me echaba, ¿qué sería de mí? Sentada en mi alcoba, acortaba el dobladillo de una falda negra que ella me había dado unos días antes. Estaba ya muy harta de llevar luto, pero esa tarde el negro se acomodaba a mi ánimo.

Al cabo de un rato, fui en busca de la señora Jenks y la encontré sentada a la mesa de la cocina, de charla con Ann, que zurcía una pila de ropa.

–¿Estorbaría si hiciera una tarta? –pregunté.

–¡Qué va, por Dios! –La señora Jenks me sonrió y unas arrugas se dibujaron en las comisuras de sus ojos–. Ya hemos recogido los platos de la comida y no hemos empezado aún con la cena. –Apoyándose en la mesa, se levantó y se alisó el delantal blanco y almidonado que cubría su cuerpo orondo–. Permitidme que os enseñe dónde está todo. ¡Quién iba a decir que una refinada dama como vos prepararía una tarta!

En la cocina hacía una temperatura agradable y se estaba a gusto. Mientras amasaba pan de jengibre en un extremo de la mesa, las dos mujeres charlaban, recordándome la cocina de mi infancia, el único lugar seguro en casa de la tía Mercy. Mientras se hacía el pan de jengibre, me senté en la mecedora junto a la lumbre, escuchando la cháchara de cocina y procurando hacer caso omiso de la triste sensación de vacío que sentía en el estómago. ¿Qué había hecho yo para molestar tanto a Jane?

El fragante aroma a jengibre flotaba en la cocina, y cuando dejé el pan de jengibre a enfriar en el trébede, la señora Jenks hincó con delicadeza un dedo regordete.

–A mí esto me parece un trabajo bien hecho –dictaminó–. En cuanto lo huela, el señorito Toby se presentará aquí en menos que canta un gallo.

Ann, tan pulcra como siempre con su cofia limpia, cerró los ojos y olfateó los efluvios que se elevaban del pan.

–Huele igual que el pan de jengibre de mi madre.

El pan apenas se había enfriado cuando oí las ruidosas pisadas de Toby por el pasillo.

La señora Jenks me dirigió un gesto.

–¿Qué os he dicho?

Al cabo de dos minutos, Toby estaba sentado a la mesa con una sonrisa mientras yo cortaba el pan de jengibre.

–¿Tu madre se siente mejor? –pregunté.

Se encogió de hombros.

–A veces me aprieta demasiado cuando me abraza –dijo con la boca llena de pan.

No me pareció bien preguntarle si ella le había dicho la razón de su enfado conmigo y no pude darle más vueltas al asunto porque apareció Gabriel.

–Percibo un aroma delicioso en el aire –dijo–. ¿Es pan de jengibre?

–La señora Finche lo ha preparado especialmente para mí, papá –prorrumpió Toby.

–¿Os apetece un trozo, señor Harte? –pregunté.

–Posiblemente dos. –Sonrió.

A Toby se le cayeron unas migas y *Sombra* se abalanzó sobre ellas como una flecha para lamerlas.

–Cualquiera diría que ese perro pasa hambre –comentó la señora Jenks– en lugar de llevar una vida regalada en mi cocina. ¡Vaya si es listo! Lástima que no podamos encontrarle una utilidad.

–Un pan de jengibre delicioso, señora Finche –dijo Gabriel a la vez que se relamía–. Ahora siempre me acordaré de vos cuando perciba aroma a jengibre y nuez moscada. Toby, ¿por qué no le llevas un trozo a tu madre?

Le di las gracias a la señora Jenks por dejarme usar su cocina y salí con Gabriel al pasillo, donde esperé con él mientras Toby, llevando con cuidado el pan de jengibre, subía por la escalera y entraba en la alcoba de su madre.

En cuanto se cerró la puerta, Gabriel dijo:

–No os enfadéis con Jane, por favor.

–No estoy enfadada –respondí–. Solo desconcertada. ¿Qué he hecho yo para disgustarla tanto?

–Creo que os ha hablado con aspereza a causa del dolor.

–Pero tiene dolores a menudo y nunca me había tratado con brusquedad.

–Tal vez hoy esté peor que de costumbre. –Suspiró–. Percibo el malestar en su voz, y cuanto más le pregunto qué puedo hacer para ayudarla, más distancia pone entre nosotros. Cada vez es mayor mi impresión de que no tenemos nada en común, excepto Toby, e incluso eso... –Su voz se apagó gradualmente.

–Lamento oírlo. –Si Jane se negaba a hablar del asunto con su marido, quizá yo no debía preocuparme tanto por ser blanco de su irritación.

A la mañana siguiente me detuve en la puerta del comedor cuando vi a Jane sentada a la mesa del desayuno con Gabriel y Toby.

Al levantar la vista, me vio vacilar en el umbral de la puerta. Tenía profundas ojeras y las mejillas blancas como el papel, pero habló con voz serena.

–Pasa, Kate.

Di los buenos días a Gabriel, devolví la sonrisa a Toby y ocupé mi sitio habitual.

–¿Estás un poco mejor? –me atreví a preguntar.

Ella asintió, sin llegar a mirarme a los ojos.

–Hoy Jacob se llevará a Toby a dar su paseo. ¿Me harás compañía un rato?

–Será un placer –contesté.

La escarcha había dibujado delicadas flores de encaje en el interior de las ventanas de la salita de Jane mientras, acurrucadas en torno al fuego, intentábamos calentarnos.

Jane dejó el bordado, una meticulosa labor en apagados tonos verdes, azules y rosa.

–¿Kate? –dijo–. Ayer estuve desconsiderada contigo sin motivo alguno.

Esperé, sin saber muy bien qué responder.

–Sentía tal desánimo que cuando os vi a Toby y a ti entrar después de vuestro paseo, tan sonrojados y exultantes de salud, deseé con toda mi alma ser yo, no tú, quien se riera con Toby y Gabriel –explicó–. No resisto que Toby pueda pensar que no lo quiero porque ya no nos divertimos juntos. Sentí celos y rabia, pero no debería haberte hablado de esa manera.

–Siento que eso te molestara –dije con cautela–. Pero nadie podrá ocupar nunca tu lugar en el corazón de Toby.

–Quizá no.

Tenía tal expresión de angustia que olvidé mi propia desdicha.

–Jane, de verdad, no pretendo apropiarme del afecto de tu hijo.

–Pero sí le quieres, ¿no es así? Lo veo en tus ojos.

Asentí.

–Sabes lo mucho que deseaba un hijo. La muerte de Robert y mis circunstancias actuales me lo han negado. Es difícil aceptarlo... –Se me quebró la voz y tragué saliva antes de poder seguir–. Me cuesta aceptar que nunca tendré mis propios hijos. He llegado a querer a Toby, y creo que él me devuelve ese afecto. Pero tú, incuestionablemente, eres su querida madre. A lo máximo que yo puedo aspirar –dije con tono sombrío– es a que se me considere una tía honoraria.

Jane tendió el brazo, me cogió la mano y se la llevó a la mejilla pálida.

–Toby no podría desear una tía mejor que tú, Kate.

–¿No deberías pedir la opinión de otro médico acerca de tus jaquecas?

Fijó la mirada por un momento en las flores de escarcha en el cristal de la ventana.

–No son solo las jaquecas –respondió–. Creo que quizá estas se deban al miedo que siento. Me acuerdo de mi querida hermana, Eleanor, y me preocupo...

–Pero tú no eres Eleanor –dije–. Procura no preocuparte y quizá así desaparezcan las jaquecas. Y te prometo que... –le di un apretón a su mano fría– mi única intención es ayudarte a cuidar de Toby y hacerle feliz hasta que tú te recuperes.

–Gracias, Kate. Significa más para mí de lo que imaginas que te ocupes de él por mí con tanto afecto incluso cuando yo no estoy con él. Quiero que se sienta siempre seguro. –Suspiró y se recostó en la butaca con los ojos cerrados. La tensión empezó a disiparse en su cara y al final, tras un ligero temblor de párpados, la venció el sueño. Su mano se relajó en la mía.

Escuché su respiración mientras dormía y me dio pena.

Después, esa misma tarde, cuando pasaba por el vestíbulo, oí la voz grave de Gabriel mezclarse con los tonos más agudos de un grupo de visitantes femeninas en el Salón del Perfume. Me detuve a escuchar y de pronto la puerta se abrió y retrocedí.

Jacob y yo nos miramos por un momento y alcancé a ver nuestros reflejos en el espejo colgado encima de la repisa de la chimenea: yo con una mano ante el pecho y la boca abierta en actitud de sorpresa; Jacob con su larga nariz y una expresión de recelo en los ojos brillantes y negros. Me cerró la puerta en la cara. Con las mejillas encendidas de vergüenza, fui a buscar a *Sombra* y me lo llevé a la caballeriza.

Jem, el mozo, barría el patio, y me miró con curiosidad cuando me acerqué.

–Buenas tardes, Jem –dije–. Me pregunto si podrías ayudarme.

Jem apoyó las manos en la escoba y escuchó atentamente mientras le explicaba lo que quería. Cuando terminé, se rascó la cabeza.

–Bueno, supongo que puedo hacerlo –dijo–. Aunque eso sí, nunca he oído nada semejante. –Lanzó una mirada de incertidumbre a *Sombra,* que olfateaba la pila de estiércol. De pronto se dibujó una sonrisa en su rostro curtido–. Veré qué puedo hacer, señora. Venid a verme mañana por la tarde.

–Gracias, eso haré. ¡No digas una sola palabra a nadie!

Mientras colgaba mi capa en el vestíbulo, oí la voz aguda e infantil de Toby procedente del Salón del Perfume. Las visitas debían de haberse ido. Vacilante, abrí la puerta y seguí el sonido de las risas de mi joven pupilo hacia el laboratorio. En la tenue luz, por el hueco de la puerta entreabierta, vi a Toby de pie en un taburete ante el banco de trabajo junto a su padre. Tenían delante un despliegue de frascos y tarros.

–¿Os molesta que esté aquí Toby mientras trabajáis? –pregunté.

–En absoluto –contestó Gabriel.

–Estoy aprendiendo los distintos olores –explicó Toby–. Papá, a ver si ella adivina el último.

–Cerrad los ojos, señora Finche –indicó Gabriel con voz risueña.

–¿Los tenéis cerrados? –preguntó Toby.

–Ya estoy abriendo el frasco –anunció Gabriel.

Olfateé y a continuación sonreí al percibir un olor de ropa blanca limpia y calurosos días veraniegos.

–Esta es fácil; es lavanda –dije. Por un momento me pregunté qué debía de sentir uno en la situación de Gabriel, ciego pero sacando el máximo provecho a todos los demás sentidos. Me habría gustado saber si él olía y oía cosas que a mí se me pasaban por alto.

–Toby, quiero que aprendas distintos aromas –dijo Gabriel–. Para crear un buen perfume, debes recurrir a la memoria. Imagina el olor de la lluvia en verano al caer en un camino polvoriento, o el de la flor del manzano bajo el sol de primavera, o quizá la fragancia de las manzanas almacenadas en un espacio seco y polvoriento. Todos esos olores pueden utilizarse para inspirar un nuevo perfume, pero necesitas saber cuál usar en tu repertorio de aromas. Ahora he aquí uno dedicado especialmente a la señora Finche. ¡Cerrad los ojos!

Oí cómo descorchaba un tarro y acto seguido percibí un ligero movimiento en el aire cuando acercó el recipiente a mi nariz.

–Es una especia –dije, captando de nuevo una fragancia intensamente aromática. Me invadió una repentina tristeza, solo por un momento, al recordar el olor acre de las especias quemadas en el almacén de los Finche–. ¿Es cardamomo?

–¡Correcto! –respondió Gabriel–. Ahora huélelo tú, Toby.

Advertí la ternura en el semblante de Gabriel cuando habló a su hijo y un profundo dolor me traspasó el corazón al pensar que yo nunca tendría uno. Di gracias por que Toby gozaba de la seguridad de un padre que lo quería.

–Ya está bien por hoy –dijo Gabriel–. Si hueles demasiadas cosas distintas, no las recordarás.

–Me voy a buscar a *Sombra* –anunció Toby, y se bajó atropelladamente del taburete.

Cerró de un portazo, pero yo sentí una curiosa renuencia a seguirlo.

Gabriel volvió a tapar el tarro de cardamomo molido con el corcho.

–Supongo que nunca es demasiado temprano para formarlo por si... –Dispuso los frascos y los tarros en una ordenada hilera y los recorrió rápidamente con sus largos dedos para identificarlos–. No sé si perderá la vista –dijo–, pero quiero que entienda que si eso ocurriera, podría disfrutar igualmente de una vida rica y satisfactoria. –Mantenía el semblante impasible, pero asomaba a su voz un ligerísimo atisbo de temblor.

Tragué saliva cuando un dolor afilado como una espina traspasó mi corazón.

–No sabía que...

–El tío Silas se quedó ciego de joven. Yo tenía catorce años. Y un primo de mi abuelo padeció el mismo mal, así que no podemos dar por sentado que Toby se libre.

–Ya veo. –Caí en la cuenta de la ironía de mi comentario y me mordí el labio.

–Procuro que contar los pasos forme parte de nuestra vida cotidiana, y le enseñaré a reconocer a las personas por sus voces, pisadas y olor natural. Así, si ocurriera lo peor, tendrá ya realizada parte de su adiestramiento.

–En ese caso, me aseguraré de que continúo con vuestra buena labor. También yo lo convertiré en juego.

Una sonrisa iluminó el rostro de Gabriel.

–Sabía que lo entenderíais. Jane... –Suspiró–. Es una esposa abnegada, pero le horroriza la posibilidad de que nuestro precioso hijo padezca mi dolencia y se niega a hablar conmigo de esa posibilidad futura.

Me dolió que, particularmente en ese asunto, Jane y él no coincidieran.

–Traedme a Toby otra vez mañana, ¿queréis? Proseguiremos con nuestra lección.

–Esperaremos ese momento con impaciencia –respondí.

Crucé el laboratorio y me detuve en la puerta, desde donde vi a Gabriel volver a colocar sin prisa los frascos y los tarros en su sitio en los estantes. Un haz de luz oblicuo entraba por los postigos entornados e iluminaba su cara, perfilando la firme línea de la mandíbula y la boca sensible. Yo apreciaba mucho a Jane y a Gabriel, pero me daba pena que, pese al hijo al que los dos amaban y la vida acomodada que llevaban, no encontraran alegría y consuelo el uno en el otro. En silencio, cerré la puerta a mis espaldas.

Al día siguiente, en el desayuno, Gabriel anunció que tenía previsto visitar al señor Hackett en su oficina.

Mientras desmigaba el pan, sentí tal desasosiego que se me revolvió el estómago.

Cuando Gabriel se fue, Jane se retiró a su salita, dejando a Toby conmigo para que lo entretuviera.

–Tengo un secreto –dije.

–¿Qué es? –preguntó Toby con los ojos muy abiertos en una expresión de curiosidad.

–Ve a buscar a *Sombra* y te lo enseñaré.

Al cabo de un momento Toby y yo cruzábamos el jardín de camino a la caballeriza seguidos por *Sombra*.

Cuando llegamos allí, Jem almohazaba a una de las yeguas zainas. Dejó el paño y se irguió para recibirnos.

–¡Buenos días, Jem! ¿Has conseguido lo que te pedí? –pregunté.

Asintió con la cabeza y entró en la caballeriza.

–¿Qué es? –susurró Toby.

–Espera y verás.

Jem regresó con un arnés de cuero. Con un silbido, llamó a *Sombra,* que trotó alegre hacia él y se sentó pacientemente mientras le ponía el arnés.

–¿*Sombra* va a tirar de un carro? –preguntó Toby.

Negué con la cabeza y esperé a que la última correa estuviera abrochada y bien ajustada.

–Listos, señora –anunció Jem. Cogió dos varas de madera, cada una de unos cuatro palmos, las prendió por un extremo a los lados del arnés y las unió por el otro extremo mediante una pieza transversal que formaba un asa.

Agarré el asa y, con señas, indiqué a *Sombra* que avanzara.

–¡Mira, Toby! –dije–. Cuando *Sombra* previno a tu padre de que había un pozo abierto en aquel solar, se me ocurrió que si era posible obligarlo a caminar justo por delante de tu padre, podría alertarlo sobre cualquier peligro que surgiera en las calles. Así, recorrer la ciudad sería mucho menos arriesgado para él.

–Pero ¿no se escapará *Sombra*?

–Por eso necesita el arnés. Y habrá que adiestrarlo para que no persiga a los gatos.

–¿Puedo adiestrarlo yo? –Ilusionado, levantó hacia mí el rostro.

–Claro. –Yo había pensado que no existía el menor riesgo en ir en dirección oeste hasta el parque a diario sin la protección de Gabriel–. Lo llevaremos a pasear con el arnés cada mañana. Pediré a la señora Jenks trocitos de queso o carne para premiarlo cuando se porte bien.

–¡Siempre se porta bien!

–Casi siempre. Pero no se lo cuentes a tu padre por si se lleva una decepción. Quiero asegurarme de que *Sombra* hace lo que se le exige.

Toby movió la cabeza en un solemne gesto de asentimiento.

–¿Podemos sacarlo ahora, pues?

Bajamos por Long Acre y recorrimos St Martin's Lane hacia el parque de St James. A veces *Sombra* tiraba del arnés, se tendía en el suelo o intentaba desviarse hasta que yo lo animaba con un trocito de queso y una cantidad desmedida de elogios para que siguiera adelante a paso uniforme. Se rascó vigorosamente el arnés con la pata trasera una o dos veces, pero me sorprendió que lo aceptara con tanta facilidad.

Cuando llegamos al parque, desenganché el asa de madera, retiré el arnés y dejé que Toby y *Sombra* dieran rienda suelta a su brío durante un rato.

Con las mejillas sonrojadas y los ojos radiantes, Toby se acercó al trote mientras *Sombra* corría en círculo alrededor de él.

—¿Volvemos a ponerle el arnés a *Sombra?*

—¿Puedo hacerlo yo?

Ayudé a Toby a ponerle el arnés al perro y nos dirigimos tranquilamente a la puerta del parque. Cerré los ojos como si estuviese ciega y me dejé guiar por *Sombra,* complacida al ver que se desviaba, tirando de mí, para circundar un tronco caído.

—Para adiestrarlo bien, aún tenemos mucho trabajo por delante, pero hemos empezado con buen pie. ¿No te parece, Toby?

Él asintió vigorosamente.

—Mañana volveremos a sacarlo. Pero, recuerda, ¡es un secreto!

Esa misma tarde Jane salió en el coche con Toby, y yo, sentada ante la ventana del cuarto de juegos remendando camisolas, vi de pronto a un hombre a lomos de un caballo negro que avanzaba resueltamente al trote por la calle. El corazón me latió con fuerza cuando, horrorizada, reconocí a Hackett, que venía de visita a la Casa del Perfume. Presa del pánico, me aparté de la ventana. ¿Se había enterado de que yo vivía allí?

Me acerqué con sigilo al rellano para escuchar. Abajo en el vestíbulo, Gabriel invitó a Hackett a pasar al Salón del Perfume y, a partir de ese momento, ya solo oí el murmullo reverberante de sus voces.

Temblorosa, me descalcé y bajé de puntillas por la escalera. Me aposté detrás de la puerta entreabierta para mirar por la rendija.

—Como estáis contemplando la posibilidad de invertir en mi obra de Cornhill, he venido a hablaros antes de que os lleguen ciertos rumores —explicó Hackett.

—¿Rumores? —preguntó Gabriel.

–Rumores maliciosos que podrían arruinar mi buen nombre. Robert Finche me defraudó profundamente –continuó Hackett con un cabeceo–. Yo lo traté bien, mucho más de lo que me imponía mi deber cristiano, y he descubierto que me lo devolvió estafándome y robándome.

–¿Qué os lleva a pensar eso? –preguntó Gabriel.

–Hace un tiempo me vi obligado a cerrar la fábrica de ladrillos porque descubrí que la arcilla no era estable. Inmediatamente di órdenes a Finche de que se tiraran al río todos los ladrillos.

–Una solución onerosa.

–¡Me costó una auténtica fortuna! –El entarimado temblaba a cada pisada de Hackett, que deambulaba por la estancia–. Ya imaginaréis, pues, mi indignación y mi disgusto cuando me llegaron quejas de que los ladrillos se desmenuzan, con lo que las casas se desmoronan. Según parece, Finche y su antiguo jefe, Elias Maundrell, vendieron los ladrillos defectuosos en tabernas y callejones a precios de saldo y se embolsaron las ganancias.

Me llevé una mano a la boca para ahogar una exclamación. ¡Cómo osaba empañar el buen nombre de Robert con semejante mentira!

–¿Cómo sabéis que fueron Finche y Maundrell? –preguntó Gabriel.

–¿Quién iba a ser, si no? Finche quería a toda costa pagar las deudas de su padre, y yo ya había descubierto que andaba falseando las cuentas. Maundrell, por su parte, me la tenía jurada –respondió Hackett.

–¿Ahora tendréis que indemnizar a los constructores que compraron vuestros ladrillos deficientes, supongo?

Hackett resopló.

–¡Yo no tuve nada que ver con eso! Mi única culpa fue acoger al hijo de un comerciante arruinado. Tal vez debería haber previsto que Finche sería tramposo y corrupto, pero, en cualquier caso, ese hombre me traicionó gravemente –dijo aparentemente ofendido–. Ni siquiera puedo denunciar a Maundrell. Se ahorcó el otro día; por la vergüenza, supongo.

–Es un asunto vergonzoso, desde luego –coincidió Gabriel.

–¡Sabía que lo entenderíais! –Hackett exhaló un profundo suspiro–. Mejor será que siga mi camino. Tengo que poner al corriente a todos mis inversores sobre las fechorías de Finche y Maundrell.

De puntillas, me alejé a toda prisa de la puerta y me escondí en el salón.

–Menos mal que la pequeña señora Finche, antes de ahogarse, no se enteró de que su marido era un hombre pérfido –comentó Hackett con su voz atronadora en medio del eco de sus sonoras pisadas en el vestíbulo.

–Sí, ciertamente –dijo Gabriel con tono cortante.

–En cualquier caso, me gustaría invitaros a cenar en el Folly un día de estos para hablar de nuestra próxima empresa juntos. Allí atienden mozas muy complacientes y sirven buen vino. –Hackett estrechó la mano a Gabriel–. Buen día tengáis, Harte.

Se oyó el portazo, y salí del salón.

Gabriel permanecía en el vestíbulo con una expresión de desagrado en el semblante.

–Lo he oído –dije.

–¡Qué individuo tan despreciable!

–Espero que muera aplastado en una de sus propias casas –dije con el pecho agitado en mi indignación.

–He estado muy tentado de decirle que sé la verdad, pero, por el momento, más vale no gastar pólvora en salvas. En todo caso, me mantendré cerca de él y averiguaré lo que pueda. –Gabriel esbozó una breve sonrisa–. Mientras tanto, tendré que buscar una excusa para rechazar su invitación a cenar en el Folly.

Capítulo 29

—La madera de cedro se utiliza en la elaboración de perfumes desde tiempos inmemoriales –dijo Gabriel. Frotó una gota de aceite de cedro en la muñeca de Toby y luego me echó un poco en el dorso de la mano.

Escuché el esmero con que explicaba su oficio a Toby y me deleité en el contacto de sus largos dedos mientras me extendía delicadamente por la piel el aceite, que despedía una fragancia resinosa. ¿Habría sido Robert tan paciente con un hijo nuestro? No me lo imaginaba.

—El cedro se emplea con mayor frecuencia en perfumes masculinos o se añade en pequeñas cantidades a los de mujer para evitar que queden empalagosos.

Mientras hablaba, levanté la vista y vi a Jacob detrás de él, observando la escena con una expresión vigilante en los ojos. Sonrojada, me apresuré a retirar la mano.

—Y ahora –prosiguió Gabriel– vamos a preparar agua de Hungría para perfumar pañuelos. Deslizó el dedo por los estantes hasta que encontró un frasco, que dejó en el banco de trabajo, cerca de un recipiente con alcohol destilado.

—Esencia de romero –dijo.

Repitiendo el proceso, cogió esencia de piel de limón, esencia de melisa, esencia de flor de azahar y espíritu de rosa.

Gabriel me dio un vaso graduado de cristal.

—Señora Finche, ¿puede ayudar a Toby a llenarlo?

Retiré el tapón del frasco de líquido verdoso e inmediatamente un intenso aroma a romero saturó el aire.

–Para producir veinticuatro onzas de esencia de romero se requiere el equivalente a una pesa de cien en hojas de romero –explicó Gabriel.

Toby midió los ingredientes, uno por uno, y los decantó en el recipiente de alcohol, con la lengua entre los dientes en actitud de concentración.

–Ahora revuélvelo todo muy despacio, Toby. ¿Notas ese olor tan tonificante?

–Recuerdo que mi madre se ponía agua de Hungría –comenté–. Era un olor a limpio y fresco.

–Esta fórmula tiene cien años, pero sigue gozando de gran aceptación –prosiguió Gabriel–. Señora Finche, ¿podéis echar el perfume a cucharadas en los frascos?

Poco después teníamos ante nosotros en el banco de trabajo una hilera de elegantes frascos, todos con tapones de corcho, sellados con cera y adornados con cintas de seda.

–Toby, ¿quieres obsequiar con uno de los frascos a tu madre? –preguntó Gabriel–. Dile que es un regalo especial, porque es el primer perfume que has hecho tú.

–¿Este, el de la cinta rosa?

Gabriel sonrió.

–Cómo no. Y quedaos también vos uno, señora Finche, por favor.

Con una sonrisa de placer, elegí un frasco que tenía una cinta blanca.

Jacob empezó a trajinar resueltamente. Recogió el recipiente y la cuchara para lavarlos y me apartó con el codo mientras limpiaba el banco de trabajo.

–Voy a llevar a Toby con su madre –anunció–. Gracias por la lección.

Gabriel me dirigió una breve reverencia.

–Sois una discípula encantadora.

Cogí a Toby de la mano y salimos del laboratorio.

Jane, sentada en su salita, tenía los ojos cerrados, pero nos recibió con una débil sonrisa.

–¡Mira qué he hecho para ti! –exclamó Toby con manifiesta satisfacción–. Algún día seré perfumero, como papá.

La sonrisa de Jane se apagó, solo un poco.

–¡Qué maravilla! –exclamó–. Agua de Hungría, precisamente lo que necesito para aliviarme la jaqueca.

–El señor Harte ha estado enseñándonos a reconocer los distintos aromas –expliqué.

–Eso está muy bien, pero son muchas las profesiones a las que podría dedicarse Toby, si es que realmente decide ejercer un oficio –dijo Jane, irritada–. Con nuestra posición económica, no es necesario que se gane la vida trabajando. Tiene por delante tiempo de sobra para decidir qué le interesa.

–Claro –murmuré.

–¿No te gusta mi regalo, mamá? –preguntó Toby, alicaído.

–¡Cómo no va a gustarme, cariño! Ven a darme un beso. –Arrepentida, Jane abrazó con vehemencia a Toby–. Y el frasco es muy bonito, con mi cinta rosa preferida. ¿Puedes ir corriendo a buscar un pañuelo a mi arcón para que la pruebe?

Toby se marchó a toda prisa, y Jane suspiró.

–No pretendía dejarme llevar por el mal genio. Es solo que Gabriel se niega a entender mis sentimientos.

–El señor Harte me dijo que existe la posibilidad de que Toby...

–¡No hables de eso! –Jane se llevó las manos a los oídos–. Nunca lo perdonaré por no dejar claro antes de casarnos que todo hijo nuestro podía quedarse ciego. ¡Me engañó! –Exhaló otro suspiro–. Y mientras Toby crece, lo observo a todas horas, sin dejar de preguntarme qué pasará.

–Puede que eso no ocurra nunca –dije–. Pero si se diera el caso, es mejor que...

–Soy su madre y no necesito tu intromisión, Kate. Yo decidiré cómo educarlo, y ya he dicho que no quiero hablar del tema. –Me lanzó una mirada colérica.

–Disculpa, Jane. –Me mordí la lengua, pero me enojé mucho con ella. ¿Acaso no veía que negarse a aceptar la posibilidad de que Toby perdiera la vista podía complicarle las cosas? Pobre Gabriel; con razón tenían problemas cuando Jane se comportaba de manera tan intratable.

Permanecimos en un silencio incómodo hasta que oímos a Toby correr por el pasillo y lo vimos irrumpir en la salita.

Jane abrió el frasco de perfume, echó un poco en el pañuelo y se lo acercó a la nariz.

–¡Muy bien! –exclamó–. Bien puedo afirmar que esta es el agua de Hungría más dulce que he olido en mi vida. –Acercó a Toby a sus rodillas y lo colmó de besos.

–Jane, si no me necesitas –dije–, voy a salir al jardín a respirar aire fresco antes de que anochezca.

Jane, apoyando la barbilla en lo alto de la cabeza de Toby, me despidió con la mano.

–No, no te necesitamos para nada –respondió.

Deteniéndome por un instante en la puerta, observé la imagen de Toby con los brazos alrededor del cuello de su madre mientras ella le acariciaba la mejilla. Advertí tal expresión de amor puro en el semblante de Jane que contuve la respiración.

Ella me miró con hostilidad en los ojos y luego me dio la espalda. Dolida, me retiré sin pronunciar palabra.

Me ceñí la capucha de la capa en torno al rostro mientras avanzaba apresuradamente por Long Acre, sin una idea clara de adónde iba.

Con el hormigueo del frío en las mejillas, apreté el paso para desahogar el desasosiego y la amargura que tanto me alteraban. ¿Acaso Jane seguía sin comprender que yo no pretendía robarle el afecto de Toby? ¿Podía en uno de sus cambios de humor pedirme que me marchara de la Casa del Perfume? La ira, la aflicción y el miedo bullían dentro de mí mientras, avanzando a toda prisa, me abría paso a empujones entre el gentío que regresaba a casa antes de oscurecer.

Por fin, me detuve a recobrar el aliento allí donde terminaba Fleet Street y vino hacia mí un aroma a castañas asadas. Varias personas, dispuestas en corrillo, se calentaban las manos en torno al brasero situado ante la cafetería Temple Exchange y me sumé a ellas. Mientras esperaba mi turno para pagar por un cucurucho que contenía media docena de castañas y escuchaba las conversaciones afables en torno a mí, leí un cartel pegado a la fachada de la cafetería.

Tenéis ante vuestros ojos la última casa que ardió en la ciudad. La primera de la ciudad en ser restaurada: que este sea un hecho propicio y señal de buena suerte tanto para la ciudad como para la casa, sobre todo para quienes construyen con buenos auspicios. Elizabeth Moore, propietaria del edificio, y Thomas Tuckey, inquilino, 1667.

Para pelar las castañas calientes, me quité los guantes perfumados que Gabriel me había regalado, y flotó en el aire su cálido aroma a tierra. Al amparo de la pared, pensé que a partir de ese día cada vez que comiera castañas asadas recordaría su reconfortante aroma mezclado con el intenso perfume de mis guantes.

Para cuando acabé de comerme las castañas, mi desazón se había disipado lo suficiente para regresar a la Casa del Perfume. Tomé por Fetter Lane, cuyo primer tramo quedó destruido al volarse todas las casas, los talleres y las posadas, para abrir un cortafuegos en el límite occidental del incendio. Ahora, surgían edificaciones nuevas para sustituirlos.

Una cuadrilla de trabajadores, con sus picos y palas al hombro, salió de un estrecho callejón, y fue entonces cuando caí en la cuenta de que el callejón era el atajo a través de Rochester Court, donde estaba el solar en construcción de Hackett, hasta Chancery Lane y Lincoln's Inn Fields.

Había huido de la Casa del Perfume irreflexivamente, y ahora me hallaba peligrosamente cerca de la oficina de Hackett. Me detuve en la esquina del callejón, sin atreverme a cruzar Rochester Court. Si no tomaba el atajo, tendría que pasar por delante de la oficina de Hackett o dar un rodeo mucho mayor. Echando una ojeada al cielo cada vez más oscuro, me inquietó la posibilidad de no llegar a casa antes del anochecer. Pero los trabajadores que salían de Rochester Court iban a sus casas, razoné, y seguramente Hackett no estaría en la obra al final de la jornada. Desplazando el peso del cuerpo de un pie al otro por el frío, decidí arriesgarme a tomar por el atajo.

El callejón estaba a oscuras ahora que el sol empezaba a ponerse y lo recorrí apresuradamente hasta llegar al espacio abierto de Rochester Court. Las seis casas de tres plantas a un lado de la plaza se cernían sobre mí y proyectaban sombras oscuras en el suelo. Pese a que parecían ya listas para habitarse, no resplandecía ni una sola luz en ninguna de ellas.

La obra de mampostería de las casas de enfrente parecía acabada, pero, en el ocaso, los vanos abiertos de puertas y ventanas, aún sin cristal, se veían tan negros como los dientes de una vieja bruja. Cuando eché atrás la cabeza para contemplar los tablones que revestían el armazón de los tejados, la capucha se me deslizó y cayó sobre los hombros. En la plaza reinaba un silencio inquietante ahora que los trabajadores se habían ido y me pregunté por un momento si todavía rondarían por allí la pobre mujer y los niños que habían muerto atrapados en la casa en llamas.

De pie en la penumbra, me armé de valor para detenerme un momento y recorrer con la mirada el solar en busca de algo sospechoso. Cerca había una gran pila de ladrillos, y los examiné con los ojos entornados en la creciente oscuridad a la vez que deslizaba el dedo por sus superficies rugosas. Decepcionada, advertí que, por lo que podía ver, eran los habituales ladrillos amarillos de Londres, no los manufacturados en la fábrica de Hackett.

Aterida de frío, me acordé de Hackett cuando, allí a mi lado, probó la punta afilada de un clavo en la base del pulgar. Había sido un disparate por mi parte correr hacia esa parte de la ciudad sin la protección de Gabriel.

Las sombras se alargaban a medida que el sol se escondía detrás de los tejados. No quería estar en ese lugar fantasmagórico cuando llegara la noche. Vacilante, empecé a cruzar la plaza silenciosa hacia el callejón que llevaba a Chancery Lane. Los crujidos de la arena y la grava bajo mis pies reverberaban sonoramente. De pronto oí un leve sonido a mis espaldas y paré en seco.

Lentamente, volví la cabeza. Con los músculos tensos, miré a uno y otro lado, pero la plaza parecía desierta. Por completo inmóvil, escuché con atención, pero solo oí un zumbido en mis oídos, el murmullo lejano del tráfico rodado y el reclamo lastimero y arrastrado de un trapero. Di otro paso vacilante y ahogué una exclamación al oír unas rápidas pisadas a mis espaldas.

¿Sería Hackett? Muerta de miedo, eché a correr. Volando mis pies sobre el suelo, avancé a toda marcha hacia el callejón. Un hombre levantó la voz, y eso me incitó a apretar aún más el paso. El corazón me latía a tal velocidad que temí que me estallara. Casi había llegado al callejón cuando las pisadas que resonaban detrás de mí se acercaron tanto que oí el jadeo de mi perseguidor. Lancé un chillido cuando me agarró por la capa y me la medio arrancó de los hombros. Volvió a levantar la voz y, aflojándome los lazos, me desprendí de la capa.

Tenía el callejón ante mí, y aceleré en dirección a la entrada, perdiendo el zapato en una pila de arena. Cuando me abalancé hacia la boca del callejón, otro hombre se plantó justo delante de mí. Sumida en un terror irracional, grité y me agité entre sus brazos, que me tenían firmemente aferrada. Mientras pugnaba y pateaba para liberarme, otro par de brazos me sujetaron por detrás y me hundieron la cara contra el abrigo de mi agresor. Sin dejar de forcejear, percibí un penetrante olor a sudor cuando rocé con la mejilla la lana áspera.

–¡Señora Finche!

Gradualmente, mis gritos se convirtieron en un gimoteo y dejé de resistirme.

–¡Señora Finche!

Alcé la vista para mirar a mi atacante desconocido. Un lado de su cara, herido y sangrante a causa de mis arañazos, presentaba también unas cicatrices amoratadas.

–¡Chis! –dijo–. No os haré daño.

–¿Señora Finche?

Volví la cabeza y vi que era Ben Perkins quien me había inmovilizado los brazos desde atrás.

–¡Ben! ¡Oh, Ben, pensaba que eras Hackett!

Capté el destello de su sonrisa en la penumbra.

–¡No tengáis miedo! –dijo–. Aunque he pensado que me había ido ya de este mundo cuando os he visto. –Sostenía con mano trémula el zapato que yo había perdido–. ¡Creía haber visto un fantasma! Tengo la sensación de que no han pasado más de dos minutos desde que Nell y yo lloramos en vuestro funeral.

El otro hombre me soltó lentamente.

–Yo soy Dick Plumridge. Perdonad que os haya asustado, señora. –Esbozó una media sonrisa vacilante y se le arrugó la parte cubierta de cicatrices de la cara. Debió de haber sido un hombre agraciado en otro tiempo.

–¿Y qué hacéis vos aquí, Ben? –pregunté mientras me calzaba.

–Eso mismo podría preguntaros yo. –Echó un vistazo alrededor y se subió el cuello del abrigo para protegerse del viento–. Este lugar me pone los pelos de punta. ¿Vamos a hablar a otro sitio más acogedor?

Flanqueada por ambos hombres, caminamos en silencio. Dick Plumridge avanzaba despacio, porque padecía una severa cojera, pero al final llegamos a una taberna en Queen Street. El ambiente viciado y caluroso y las ruidosas voces que nos recibieron cuando Ben abrió la puerta fueron para mí un grato regreso a la normalidad después del siniestro silencio de Rochester Court.

El tabernero nos trajo cerveza con especias; a continuación, retiró un atizador al rojo vivo del fuego y lo introdujo en el líquido espumoso, que chisporroteó y crepitó. Al cabo de un momento, yo tenía las manos en torno a una jarra de cerveza humeante.

–Y ahora, pues, señora –dijo Ben–, explicadme, si sois tan amable, la razón por la que habéis permitido que mi Nell se durmiera llorando noche tras noche porque no os habéis dignado informarnos de que estabais viva.

–Pensé que era más seguro que todos pensaran que había muerto.

–Ya suponía yo que sería algo así. –Ben se rascó la cabeza–. Me pasé días buscándoos; sí, como lo oís. Sabía que algo no encajaba. Nell sostenía que nunca os habríais quitado la vida por ese marido vuestro.

Preferí pasar por alto la opinión expresada por Nell acerca de mi matrimonio.

–Hackett intentó matarme. Me tiró al río bajo el puente de Londres.

–¡Hijo de la gran madre! –Ben hizo una mueca–. Disculpad. Sabía que ese hombre no se traía nada bueno entre manos, pero no encontramos el menor rastro de vos.

–Estuve a punto de ahogarme, pero alguien me encontró y me llevó a un convento. Y cuando recuperé la memoria y me acordé de quién era y de lo sucedido, mandé avisar a Jane Harte.

Ben asintió.

–Una buena mujer, esa. Pero ojalá nos lo hubierais dicho a Nell y a mí.

–El señor Harte pensó que era mejor que no lo supierais. Le preocupaba que hicierais preguntas y os pusierais en peligro. Mientras que vosotros solo sospechabais de Hackett, yo tenía constancia de que era un asesino. También mató a Robert.

Ben tomó aire con un silbido.

–Así que el señor Harte organizó un funeral por una pobre chica ahogada para que Hackett se convenciera de que yo estaba muerta y no corriera peligro.

Dick Plumridge apartó la vista de su cerveza con el rostro contraído.

–Ahorcarlo, arrastrarlo y descuartizarlo no sería castigo suficiente para ese.

–Dick y yo nos conocemos desde hace mucho tiempo –dijo Ben–. Dick antes vivía en Rochester Court. Los demás inquilinos aceptaron el dinero de Hackett y se marcharon, pero Dick y su familia se negaron a abandonar su casa. Así que Hackett

291

le prendió fuego. Murieron la mujer de Dick y cuatro de sus hijos.

Me llevé la mano a la boca.

—¿Seguro que fue Hackett?

—Lo vi –contestó Dick–. Él y ese mequetrefe, Nat Hogg, arrancaron los postigos de la planta baja mientras dormíamos y lanzaron trementina y teas. Pero cuando el fuego se apagó, llevándose a mi Lizzie y cuatro criaturas, yo no estaba en condiciones para hablar del tema.

—Dick sufrió graves quemaduras por salvar a dos de los niños –aclaró Ben.

—Ahora nadie me da trabajo. –Una lágrima resbaló por el rostro maltrecho de Dick–. Y cuando lo conté, nadie me hizo caso porque no tenía pruebas. Hackett es un hombre muy poderoso, con amigos en puestos importantes. Me arrebató la vida y ya nunca la recuperaré –dijo con la cabeza gacha y los hombros trémulos. Alzó la vista y me miró–. Pero pienso vengar a Lizzie y a mis hijos.

—Por eso estábamos esta noche en el solar –explicó Ben–. Ya sabéis lo que pienso de los métodos de construcción de Hackett y esperaba encontrar pruebas. Aunque no podamos demostrar que es un asesino, podríamos desacreditarlo ante los inversores. ¡O sea, hacerle daño en el bolsillo!

—Estoy segura de que Hackett asesinó a Robert por los ladrillos –dije.

—¿Los ladrillos? –Ben frunció el entrecejo.

Le conté lo que había averiguado Gabriel por medio de Elias Maundrell.

—Pero ahora el señor Maundrell también ha muerto, y no podemos demostrar nada.

—Tengo que irme –anunció Dick–. Mi madre debe de estar acostando a los pequeños.

—Y yo he estado fuera de casa mucho más tiempo del que debería –dije.

Ben se levantó.

—Os acompañaré a casa.

Me alegré de tener a Ben a mi lado mientras avanzábamos apresuradamente en la oscuridad. De noche las calles no eran lugar para una mujer desprotegida, frecuentadas como estaban por grupos errantes de jóvenes borrachos, mendigos y rameras.

Cuando llegamos a la Casa del Perfume, Ben me acompañó a través del patio de la caballeriza para poder entrar por la cocina sin molestar a la familia.

–Os avisaré si Dick y yo nos enteramos de algo –prometió Ben.

–Gracias por acompañarme a casa.

Ben sonrió en la oscuridad.

–Es lo mínimo que podía hacer después de daros un susto de muerte.

Entré con sigilo en la cocina y cerré la puerta con cuidado a mis espaldas.

La señora Jenks salió de la despensa con un cuenco de huevos y casi se le cayó al suelo cuando me vio.

–¡Dios misericordioso! ¿Dónde habéis estado?

–He ido a dar un paseo.

–¿Un paseo? ¿A estas horas de la noche? Mejor será que subáis a ver a los señores de inmediato. Están en el salón.

La puerta del salón estaba entornada y la luz se desparramaba por el vestíbulo en penumbra. Oí voces airadas en el interior y llamé a la puerta tímidamente.

El fuego ardía con llama viva en la chimenea, y Jane, sentada a un lado, lloraba y se cubría la cara con un pañuelo al tiempo que Gabriel, de pie y con las piernas separadas, se calentaba la espalda al amor de la lumbre.

–La señora Jenks me ha dicho que queríais verme –dije.

–¿Dónde habéis estado? –preguntó Gabriel con voz atronadora, y di un respingo.

–He ido a dar un paseo –contesté.

–¡Hace dos horas que ha oscurecido! Pensábamos que, como mínimo, unos maleantes os habían asaltado y dado por muerta, o más probablemente que Hackett os había encontrado.

–No. Yo...

Gabriel se acercó a mí y me cogió por la muñeca.

–¡Venid aquí! –Cerniéndose sobre mí, me olisqueó el pelo–. ¡Dios santo! ¡Habéis estado en una cervecería! Huelo el olor a humo en vuestro pelo y a cerveza en vuestro aliento. Mientras nosotros estábamos aquí muertos de preocupación, ¿vos pasabais la velada en una cervecería? –dijo con tono de incredulidad.

–Sí. ¡No! No ha sido así.

Gabriel tenía las mejillas sonrojadas y los hermosos labios apretados en una fina línea.

–Ninguna mujer decente entra en una cervecería sin compañía. Decidme, pues, con qué hombre habéis pasado la velada. ¿Dónde lo habéis conocido? ¿En uno de vuestros paseos con mi inocente hijo a remolque?

Lo miré fijamente. Ese arranque de ira parecía fruto de los celos.

–He estado con Ben Perkins –contesté–. He ido a Rochester Court...

Gabriel se quedó muy quieto.

–¿Qué ha pasado? –preguntó Jane. Con semblante tenso, hizo un rebujo con el pañuelo–. ¿Ha sido culpa mía? Sé que he dicho que no te necesitaba, pero me refería solo...

–Me he alejado más de lo que pretendía –expliqué–, y al volver decidí atajar por Rochester Court.

–¿Cómo habéis podido ser tan insensata? –preguntó Gabriel–. ¿Y si Hackett os hubiera sorprendido? Os habría partido el cuello sin pensárselo siquiera.

–Como se hacía de noche y los trabajadores ya se habían marchado, pensé que no corría peligro.

–¡Pero Hackett habría podido estar allí fácilmente! –Gabriel tenía los nudillos blancos por lo mucho que apretaba los puños.

–Pero no estaba. No había nadie en el solar, y vaya un lugar extraño e inquietante en el crepúsculo... De pronto he oído un ruido y, para mi vergüenza, debo decir que he salido corriendo.

Veréis, me he acordado de la familia de la que me habló Jane, aquella que vivía allí antes de que ardiera la casa. En el incendio murieron una mujer y sus hijos.

–¿Y has creído que había fantasmas en la casa? –preguntó Jane, estremeciéndose.

–No eran fantasmas en absoluto, claro, pero me he llevado un susto tremendo cuando Ben y su amigo, Dick Plumridge, me han atrapado en el callejón. Dick es el padre de los cuatro niños que murieron al arder la casa.

Jane ahogó una exclamación.

–Dick vio a Nat Hogg y Hackett provocar el incendio. Él sufrió graves heridas pero, del mismo modo que yo no tengo pruebas de que Hackett mató a Robert, Dick no tiene pruebas de que quemó la casa.

–Debéis prometerme que nunca, jamás, volveréis a arriesgar vuestra seguridad de esa manera –instó Gabriel.

Jane, inexpresiva, lanzó una mirada a su marido.

–Opino que Gabriel tiene razón, Kate –dijo lentamente–, y mejor será que no vuelvas a salir a menos que él te acompañe.

–Una idea excelente –convino Gabriel.

–Kate, ¿puedes ir a ver si Toby todavía está despierto? –pidió Jane–. Ha llorado porque no estabas con él a la hora de acostarse.

Al llegar a la puerta, me volví.

–Siento que os hayáis preocupado por mí –me disculpé.

–No sabéis el alivio que es para nosotros que hayáis regresado sana y salva –dijo Gabriel–. Temíamos por vos.

Jane permaneció callada, con la mirada fija en sus manos cruzadas sobre el regazo.

Al subir, encontré a Toby dormido boca arriba con un brazo extendido a un lado y los deditos contraídos sobre la palma de la mano como los pétalos de una rosa.

Me senté con cuidado en el borde de la cama y le aparté de la frente los sedosos mechones de pelo con delicadeza, abrumada por la ternura que me inspiraba.

Murmuró y abrió los ojos con un parpadeo.

–¿Señora Finche?

–Aquí estoy, Toby.

–¡No habéis venido a darme las buenas noches!

–He venido en cuanto he podido.

–¿Ahora me contaréis un cuento?

–Ya es muy tarde, cariño. Pero mañana, para compensarte, te contaré dos cuentos. ¡Ahora cierra los ojos!

Puso su mano cálida en la mía y me incliné para besarle la suave mejilla. Él sonrió, suspiró y, en dos inhalaciones, se durmió.

Capítulo 30

A la mañana siguiente Jane desayunó en la cama.

–He venido a ver si necesitas algo –dije.

Jane se hallaba recostada en las almohadas, con el desayuno intacto.

–¿Me puedes peinar, Kate? Esta mañana me duelen los brazos al levantarlos.

Con delicadeza, le desenmarañé el pelo.

–Ayer Gabriel se puso como loco cuando se enteró de que habías salido poco antes de oscurecer –dijo–. Nunca lo había visto en tal estado de agitación.

–No era mi intención preocupar a nadie –contesté.

–Se enfadó conmigo, y no le faltaba razón: es verdad que te traté con desconsideración. –Me miró con los ojos empañados–. Admito que aún te tengo celos por lo mucho que Toby te quiere. Pero deseo lo mejor para mi hijo por encima de todas las cosas. Y eso a veces no coincide con lo que quiero para mí.

Llamaron a la puerta, y entraron Gabriel y Toby.

Jane tendió los brazos a Toby, y este corrió hacia ella.

–Buenos días, Jane –dijo Gabriel–. Y también a vos, señora Finche.

–Gabriel, ¿no crees que ya va siendo hora de que le apees el tratamiento y la llames Kate? –preguntó Jane–. Y Kate, siendo como eres mi más íntima amiga y ya parte de la familia, considero que es apropiado que os habléis de tú.

Lancé una mirada a Gabriel y vi que se dibujaba una sonrisa en sus labios.

–Estoy de acuerdo –convino Gabriel–. Y a ti Toby, ¿qué te parecería tener una tía Kate en lugar de una señora Finche?

Toby me miró con expresión ceñuda desde la seguridad del abrazo de su madre.

–¿Os vais a marchar, señora Finche? –Se aferró a su madre con una expresión de temor en los ojos–. ¡No quiero que se vaya!

–No, no. –Jane sonrió–. Pero puedes llamarla tía Kate.

–¿Puede quedarse?

–¡Claro que sí! Ahora ve a dar un beso a tu tía Kate.

Tendí los brazos y él se bajó del regazo de su madre y se acercó a darme un beso en la mejilla.

–Bien, pues, asunto zanjado. –Jane se recostó en las almohadas otra vez–. Gabriel, estoy cansada. ¿Podrías acompañar tú a Kate y Toby en su paseo?

–Será un placer.

–Esta tarde ven a contarme cómo ha ido el día, Toby. –Cerró los ojos.

–Sí, mamá.

Salí de la alcoba tras Gabriel y Toby, pero cuando me volví para cerrar la puerta, vi que Jane lloraba. Vacilé, sin saber si acercarme a ella, pero alzó la vista y me vio en la puerta.

Se enjugó los ojos y esbozó una trémula sonrisa.

–¡Vete! –dijo–. Nos veremos después.

Abajo, abrigué bien a Toby y me aseguré de que se ponía la bufanda.

–Creo que ha llegado el momento de que revelemos a tu padre nuestro pequeño secreto, ¿no te parece, Toby?

Él contestó con un vigoroso gesto de asentimiento.

Gabriel sonrió.

–¿Y cuál es ese secreto?

–Aún tendrás que esperar un poco. Toby, ¿puedes llamar a *Sombra*?

Cuando Toby se iba ya a todo correr, levanté la voz para recordarle:

–¡Y no te olvides de contar los pasos!

Gabriel y yo nos dirigimos más tranquilamente hacia la caballeriza a través del jardín.

–¿Ya te has recuperado del susto de anoche? –preguntó Gabriel.

–Totalmente, pero no quiero volver a pasar por Rochester Court –contesté–. Ese lugar tiene algo de escalofriante. ¿Crees que me dejo llevar por fantasías cuando me pregunto si se oyen allí los ecos de la familia asesinada?

–¿Quién sabe? Pero espero que te haya servido de lección para no andar rondando por ahí de noche tú sola. –Gabriel se detuvo y se volvió de cara a mí–. Kate, no sabes lo mucho que me preocupé al enterarme de que no habías vuelto a casa.

Su expresión de inquietud me enterneció.

–Jane me ha dicho que te enfadaste con ella.

Se frotó un lado de la nariz.

–Tal vez no se lo mereciera. Pero te trató con desconsideración. Y no pude soportarlo.

Titubeé.

–Jane es mi querida amiga, pero ya sabes que está muy baja de ánimo de un tiempo a esta parte. Le preocupaba que yo intentara usurpar su lugar en el afecto de Toby.

Gabriel alargó el brazo y buscó mi mano a tientas.

–Kate, has enriquecido la vida de Toby con tu presencia. –Se llevó mi mano a los labios–. Y la mía.

Mantuvo la boca en el dorso de mi mano más tiempo de lo necesario, y un inesperado estremecimiento de deseo me recorrió el brazo. En ese momento *Sombra* se acercó brincando, seguido por Toby. Gabriel me soltó la mano.

–Tía Kate, ¿se lo decimos a papá ahora? ¿Por favor?

–Ve corriendo a pedirle a Jem que lo prepare todo. –Aún sentía el roce de los labios de Gabriel en mi mano y un latido desacompasado en la garganta–. Tenemos que darnos prisa, antes de que Toby reviente de excitación.

Gabriel y yo nos dirigimos en silencio hacia la caballeriza, tan cerca el uno del otro que su brazo rozaba el mío. Me pregunté si también él sentía las vibraciones en el aire entre nosotros o si todo eran imaginaciones mías.

Jem ya había abrochado el arnés de *Sombra,* y Toby, en su impaciencia, brincaba de un pie a otro.

—Hemos creado un arnés para *Sombra* –dije.

—¿Con la idea de que tire de un carrito para Toby? –preguntó Gabriel.

—¡No, no, es para ti! –aclaró Toby.

Desconcertado, Gabriel esperó.

—Déjame enseñártelo –dije.

Con resuelta naturalidad, lo cogí de la mano y se la guié hasta la cabeza de *Sombra.*

—Ahora sigue a tientas el cuello de *Sombra* hasta que notes el arnés. ¡Así!

—¿Y esto qué es? –preguntó con el entrecejo un poco arrugado.

—Es un asa. Levántala.

—¿Así?

—Perfecto. Ya hemos empezado a adiestrar a *Sombra,* pero todavía queda trabajo por delante. Veamos si obedece, ¿quieres? Tienes que indicarle con la mano que se ponga en marcha. –Volví a coger la mano derecha de Gabriel y se la coloqué, con la palma hacia abajo, junto al muslo–. Ahora levanta la mano hasta la cintura por delante de ti y dale la orden: ¡Adelante!

Gabriel así lo hizo, y Toby lanzó un grito de satisfacción cuando *Sombra* se puso en pie y avanzó.

—Lo hemos estado adiestrando, papá –dijo Toby–. Andará delante de ti e impedirá que caigas en hoyos o tropieces. Hemos estado practicando con los ojos cerrados.

—¡Qué idea tan ingeniosa! –exclamó Gabriel–. Y el asa del arnés mantiene a *Sombra* a la distancia exacta ante mí para que yo no tropiece con él.

—Sé lo importante que es para ti ir de un lado a otro de la ciudad por tu cuenta –dije–. Te acompañaremos y te ayudaremos a trazar el plano de la nueva ciudad en tu cabeza, pero después podrás ir tú solo con *Sombra.*

Nos adentramos con paso enérgico en el centro de la ciudad. Subimos por Ludgate Hill, dejamos atrás las ruinas de San Pablo y luego seguimos por la ruta que habíamos tomado previamente hasta Wood Street. Yo permanecía atenta en todo momento a la posibilidad de que apareciera Hackett, dando gracias por su considerable estatura, que lo hacía más visible. Me había asustado cuando se presentó en la Casa del Perfume de manera tan imprevista, y me estremecí al pensar en lo confiada que había sido al salir sola de casa.

De vez en cuando Gabriel paraba y decía a *Sombra* que se sentara mientras él palpaba una pared con los dedos o escuchaba las voces de un tendero que anunciaba su género. Toby, entretanto, ayudaba a llevar la cuenta de los pasos entre distintos puntos de referencia, y me dije que cualquiera que nos viese a los tres juntos pensaría que éramos una familia.

Finalmente regresamos a la Casa del Perfume.

–Tengo un zumbido en la cabeza –dijo Gabriel–. Voy a sentarme tranquilamente un rato e intentar recordar lo que he aprendido hoy.

–Pero ¿te ha gustado nuestra sorpresa, papá?

–No se me ocurre nada mejor, Toby. –Gabriel estrechó a su hijo con fuerza entre los brazos.

–Se le ocurrió a la tía Kate –dijo Toby.

–Y yo te estoy sinceramente agradecido, Kate –dijo Gabriel en un susurro–. Llevará su tiempo que *Sombra* esté debidamente adiestrado y que yo aprenda a orientarme, pero ya intuyo que llegará ese día. No sabes lo que esto significa para mí.

–Me alegro mucho por ti –dije–. ¿Y ahora no te parece que *Sombra* merece un sabroso premio? ¿Vamos a ver si la señora Jenks tiene algo especial para él?

Navidad y Año Nuevo llegaron y pasaron, pero la salud de Jane no mejoraba: estaba cada vez más pálida y delgada. Me preocupaba que, buscando consuelo en el estado de inconsciencia, tomara con demasiada frecuencia el somnífero que Jacob traía con regularidad de la botica.

—¿Tampoco hoy baja Jane a cenar? –preguntó Gabriel una noche cuando yo había acostado ya a Toby.

—Está descansando –contesté.

—En ese caso, ¿me leerás un poco más de *Annus Mirabilis* después de la cena?

Poco a poco, habíamos entrado en una familiaridad cómoda, y yo esperaba con ilusión a lo largo del día nuestras veladas a solas. Esos momentos me producían una profunda sensación de paz y me era posible aislarme del mundo exterior mientras hablábamos de los sucesos del día o nos reíamos de alguna ocurrencia de Toby.

Después de cenar, Gabriel escuchaba atentamente con una media sonrisa dibujada en el semblante mientras yo le leía. Esta grata compañía, sentados los dos a ambos lados de la chimenea, era la representación misma de cómo en su día esperaba yo que fuera mi vida de casada.

—Hoy he visitado de nuevo a Hackett. –Gabriel sonrió–. Me divierte crearle falsas expectativas hablando de supuestas inversiones que acaso desee hacer. He visitado ya varias obras suyas, pero Jacob no ha visto ningún motivo de queja aparte de alguna que otra chapuza. –Suspiró–. He hablado discretamente con otros inversores pero, a excepción de unas vigas de grosor insuficiente y ciertas protestas sobre la mala calidad de los ladrillos, circunstancia sobre la que Hackett niega toda responsabilidad, no parece haber nada indebido.

—Me hierve la sangre con la sola idea de que sigue sin rendir cuentas ante la justicia. –Cogí una de las camisas de Toby para remendarla–. Hoy he recibido una carta de mi suegra. Pobre, me temo que sus nietos la agotan.

—¿Nunca te escribe tu tía Mercy? –preguntó Gabriel con curiosidad.

—Ya te he hablado del sufrimiento que me causó cuando era niña. No nos hemos vuelto a tratar desde que me casé con

Robert –expliqué–. Estaba impaciente por quitárseme de encima y le trae sin cuidado si estoy viva o muerta.

–Es una vieja triste y amargada. Debería darte pena.

–Aún tengo pesadillas en las que estoy encerrada en el sótano. –Me estremecí–. Solo pensar en ella me da miedo. No quiero verla nunca más.

Gabriel tendió el brazo hacia mí y buscó mi mano.

–Pero ya no eres una niña y ahora tienes una vida nueva, en la que se te valora –dijo.

Cerró la mano en torno a la mía por un momento y deseé que pudiéramos sentarnos junto al fuego cada velada, los dos cogidos de la mano, en armonía. Esa noche me acosté con los guantes perfumados de Gabriel estrechados contra el pecho y dormí sin las pesadillas que tan a menudo me atormentaban.

Gabriel, Jacob y Toby habían salido en el coche a visitar a un proveedor de Hampstead, dejándonos a Jane y a mí disfrutar de una plácida mañana con nuestros bordados.

Jane volvió a suspirar y se frotó las sienes.

–¿Te duele la cabeza? –pregunté.

Asintió.

–Espero que Jacob no tarde mucho en volver. Tengo que pedirle que vaya a buscar mi medicina a la botica.

Al cabo de una hora, Jane tenía el rostro ceniciento a causa del dolor y había renunciado ya a fingir que trabajaba en su bordado. Eché un vistazo al reloj y calculé que los otros podían tardar un par de horas en regresar, más si paraban a comer en una taberna. Me levanté.

–Iré yo a buscar tu medicina –anuncié.

–Pero tú no debes salir sin Gabriel –objetó Jane.

–No puedo quedarme aquí de brazos cruzados viéndote sufrir.

–No debería dejarte ir –dijo Jane, conteniendo las lágrimas–, pero, Kate, ¡es que me duele tanto...!

–Procuraré no acercarme a la oficina de Hackett en Holborn y volveré de inmediato.

Con la cabeza gacha, caminé apresuradamente hasta la botica. Guardé el frasco de la medicina en la canasta y me puse de nuevo en marcha, muy preocupada por Jane en todo momento. ¿Acaso no era hora de llamar a otro médico? Tenía que poder hacerse algo para ayudarla a recobrar la salud.

Fue mientras pasaba por Chancery Lane cuando lo vi.

Hackett hablaba con dos hombres en la esquina. Al reconocer su silueta, salí repentinamente de mis cavilaciones. En ese preciso instante él alzó la vista en dirección hacia donde yo me hallaba. Al principio no se fijó en mí, y pensé por un instante que no había reparado en mi presencia, pero de pronto se quedó inmóvil y se volvió para fijar la mirada en mí.

Huí a toda prisa. Corriendo como el viento, esquivé a transeúntes y caballos, pisé charcos, resbalé en el barro, avancé en medio del eco de mis pisadas en los adoquines. Miré por encima del hombro y gemí al ver su mole avanzar pesadamente hacia mí. Espoleada por el terror, ondeando la capa a mis espaldas, me desvié precipitadamente hacia una calle adyacente. Cuando atajé por Great Queen Street, se me erizó el vello de la nuca al imaginar sus manos tendidas hacia mí para agarrarme.

Una vendedora voceaba sus naranjas en la esquina de Drury Lane, y cuando llegué a su altura, dio un paso al frente y chocamos. Lanzó un grito colérico cuando sus naranjas rebotaron en el barro y rodaron en todas direcciones. Una pandilla de granujillas callejeros se abatió como una turbamulta vociferante para apropiarse del botín.

Alcancé a ver a Hackett bramar a los pilluelos y asestar golpes de puño y de pie mientras se abría paso entre la masa en movimiento.

Indiferente a una punzada de dolor en el costado, seguí a la carrera por Long Acre. Al llegar a la Casa del Perfume, me agarré al poste de la verja, giré y corrí hasta la puerta de la cocina. Subí atropelladamente e irrumpí en la salita de Jane.

–¿Qué pasa? –preguntó.

–Hackett –contesté con voz ahogada–. Me ha visto. –Casi antes de que las palabras salieran de mi boca, oímos que aporreaban la puerta de entrada.

–Me matará –dije.

Jane se puso en pie.

–¡Quítate la capa y dame la canasta! –Agarró la capa, se la puso y se subió la capucha–. ¡Quédate aquí!

Salí sigilosamente al pasillo y me quedé lo más cerca posible de lo alto de la escalera sin que me viesen desde abajo.

Jane atravesó el vestíbulo a toda prisa, y cuando abrió la puerta, Hackett entró por la fuerza.

–¿Dónde está? –bramó.

–¿Cómo decís? –preguntó Jane con frialdad, y se echó atrás la capucha.

Me acerqué a la balaustrada de la galería y escruté el vestíbulo.

–¿Señora Harte? –dijo Hackett con incertidumbre.

–Como bien podéis ver.

–¿Dónde está la señora Finche?

–Señor Hackett, bien sabéis que la señora Finche ya no está entre nosotros.

–¡Pero si acabo de verla!

–Os habéis confundido –afirmó Jane.

Hackett frunció el entrecejo y la miró con los ojos entornados.

Jane suspiró.

–Señor Hackett, no ha sido la señora Finche quien ha huido de vos. No veo bien y no os he reconocido. Me habéis asustado y me he echado a correr. He pensado que erais un cortabolsas que pretendía robarme.

–¡Pero yo he visto a la señora Finche!

–Imposible –contestó Jane–. ¿Olvidáis que asistimos a su entierro? La pobre mujer se tiró al río, desbordada por el dolor tras la muerte de su marido. ¡Pero si nos lo dijisteis vos mismo! Habéis imaginado que la veíais, es evidente. Permitidme ahora que os ofrezca una manzanilla para tranquilizaros.

Hackett negó con la cabeza.

–Estaba seguro...

–En ese caso, si sois tan amable, tengo asuntos que atender.

Al cabo de un momento oí el portazo.

Jane se dejó caer en el primer peldaño de la escalera y bajé como una exhalación a reunirme con ella.

Pese a temblarle las manos cuando retiró el tapón de su frasco de medicina, le brillaban los ojos y tenía las mejillas encendidas.

–Estaba decidida a impedir que te encontrara –dijo, y tomó un sorbo–. Me ha cerrado la puerta en las narices. ¿Te lo puedes creer? Además de ser un asesino, ese hombre no tiene modales.

Me reí, y Jane unió su risa a la mía, encontrando ambas así una manera de desahogar el miedo.

Se oyeron unos pasos en el pasillo de la cocina, y Gabriel entró en el vestíbulo.

–¿Cuál es la causa de tanto regocijo? –preguntó, perplejo.

–No te has encontrado con Hackett por muy poco. Me ha perseguido –expliqué–. Pero Jane me ha salvado. ¡Y le ha ofrecido una manzanilla! –prorrumpí en risas de nuevo.

–¡Hackett! Eso no es motivo de risa –dijo Gabriel.

Tomé aire con una trémula aspiración.

–No. Estaba aterrorizada.

Gabriel se agarró al poste de arranque de la balaustrada y sus nudillos se tiñeron de blanco.

–Podría haberte matado. ¿No te prohibí salir sola precisamente por esa razón?

–He ido a buscar la medicina de Jane.

–¡Pues no vuelvas a hacerlo! –Gabriel cruzó el vestíbulo a grandes zancadas y entró en el Salón del Perfume y cerró de un portazo.

Me mordí el labio y miré al suelo. La ira de Gabriel había sido tan profunda que me pregunté si a Jane le habría parecido impropia. Yo ya era consciente de que, a ojos de los demás, Gabriel y yo pasábamos mucho tiempo juntos a solas. Jane tendría todo el derecho a sentir celos a causa de la preocupación de su marido por mí.

Jane enarcó las cejas ante el estallido de Gabriel.

–Está enfadado solo porque ha temido por ti. –Me tendió la mano–. ¿Vamos a seguir con nuestros bordados? Creo que ya hemos tenido bastantes emociones por hoy, ¿no te parece?

Al cabo de unos días, cuando leía a Jane, que se hallaba recostada, pálida como el papel, en la cama de día de la salita, Gabriel abrió de pronto la puerta.

–Una de mis clientas me ha dicho que mañana por la noche hay una actuación musical en un salón privado de la taberna George en Whitefriars –anunció con una expresión esperanzada–. John Bannister tocará el violín, y nos han prometido una cantante italiana y un concierto para clavicémbalo y laúd.

Jane guardó silencio por un momento.

–En estos momentos no soportaría el ruido y la charla de los asistentes –respondió.

A Gabriel se le demudó el rostro, y también yo, admito, sentí decepción.

Jane me miró a mí y luego otra vez a Gabriel.

–Pero ¿por qué no llevas a Kate? –sugirió.

La noche del día siguiente Gabriel y yo subimos por la escalera al salón situado encima de la taberna George y allí encontramos a unas cuantas personas ya reunidas. Ocupamos nuestros asientos y escuchamos mientras los músicos afinaban sus instrumentos.

–He pasado todo el día deseando que llegara este momento –comentó Gabriel–. Desde que la salud de Jane se ha deteriorado, rara vez asistimos a fiestas y echo de menos la música.

También yo había esperado esa salida con placer y no se me ocurría ningún otro sitio donde hubiera preferido estar. Nos hallábamos tan cerca el uno del otro que sentí el calor de

Gabriel contra mi costado y olí el aroma a limpio del bálsamo de limón que perfumaba su ropa blanca.

Empezó la actuación y escuché embelesada mientras la voz de la contralto italiana llenaba el salón. No entendía el italiano, pero, fuera cual fuese el significado de aquellas palabras, intensificaron mis emociones y se me saltaron las lágrimas. Cuando la cantante se postró en una reverencia al final del aria, los aplausos fueron ensordecedores.

—¿No ha sido maravilloso, Gabriel? —susurré.

Gabriel entrelazó su brazo con el mío. La cabeza me dio vueltas por estar tan cerca de él.

John Bannister, el director de la orquesta de cámara real compuesta por veinticuatro violines, interpretó un solo, y observé a Gabriel mientras, cautivado, lo escuchaba con los ojos cerrados. Cerré los míos y pensé que, en ese momento de placer producido por la música, Gabriel no era más inválido que ningún otro hombre. Tal vez esa era una de las razones por las que le gustaba tanto.

Al final de la pieza, dejó escapar un suspiro.

—Dudo que mi oído musical mejore algún día —musitó—.Es un suplicio tomar conciencia de que, por mucho que ensaye, nunca alcanzaré tal maestría.

Cuando el sonido del clavicémbalo y el laúd inundaron el salón, Gabriel se meció ligeramente al compás de la música, absorto en su cadencia. Mientras lo miraba, un gran anhelo se adueñó de mi corazón. Lo admiraba por su valor ante grandes adversidades, por su integridad y su fortaleza, pero era muy consciente de que había empezado a sentir por él mucho más que eso.

Después, en el camino de regreso a casa, Gabriel suspiró.

—Una música tan sublime como esa tiene la capacidad de transportarme a otro lugar —dijo—. Un mundo distinto donde podríamos llevar una vida distinta, más satisfactoria, sin hacer daño a quienes queremos.

También yo ansié un mundo así, pero no me atreví a contestar.

Después de eso ya apenas hablamos. Por mi parte, me abrumó una sensación de melancolía al pensar que esa velada tan especial pronto terminaría.

Cuando el coche se detuvo frente a la Casa del Perfume, Gabriel se llevó mis manos a los labios.

–Gracias por el placer de tu compañía esta noche –dijo, y sonrió bajo la plateada luz de la luna.

–Un momento maravilloso fuera del tiempo –respondí.

Asintió y me soltó la mano lentamente.

–Desearía que esta velada no acabara, pero supongo que debemos entrar.

No había ninguna posibilidad, claro, pero no podía seguir negándome a aceptar el hecho de que me había enamorado de Gabriel Harte.

Capítulo 31

El desencuentro surgió de la nada. Al día siguiente, Jane, Toby y yo estábamos en el salón. En mi cabeza resonaba aún la música de la velada anterior, y no dejaba de recordar el semblante de Gabriel mientras escuchaba, fascinado. Me atenazaba la sensación agridulce de haber tomado conciencia de que estaba enamorada del marido de Jane y no tenía más opción que esconder esa conciencia culpable en los recovecos más profundos de mi corazón.

Jane, sumida en la melancolía, con el bordado intacto sobre las rodillas, contemplaba por la ventana el jardín cubierto de escarcha. De vez en cuando suspiraba y se frotaba el pecho.

Observándola, me pregunté si estaba indigesta. Mientras tanto, me ocupaba alargando las mangas de una camisa de Toby.

–Qué deprisa creces, Toby –comenté–. Sospecho que serás tan alto como tu padre.

Toby se puso en pie e hinchó el pecho.

–Y tengo las piernas largas como mi padre. ¡Mira! –Atravesó la estancia con enormes zancadas–. ¡Fíjate! Solo diez pasos en esta dirección y seis en la otra. –Cerró los ojos y extendió los brazos al frente–. Y tres pasos hasta la puerta.

Jane apartó la vista de la ventana y miró a Toby con expresión ceñuda.

–¿Por qué cuentas los pasos? –preguntó.

–Porque papá siempre me pide que los cuente con él cuando paseamos.

–Ya veo. –Jane dejó la labor–. Quédate aquí con la tía Kate. –Sin una palabra más, abandonó el salón.

Al cabo de un momento, oí fuertes voces al otro extremo del vestíbulo. Toby, tendido en el suelo, se entretenía con su arquitectura, así que fui a mirar por el hueco de la puerta entreabierta. La voz aguda de Jane llegaba claramente desde el Salón del Perfume.

–¡No permitiré que enseñes a mi hijo a ser ciego!

Gabriel, con su tono más grave, contestó algo que no oí.

–No quiero que me des explicaciones, Gabriel. ¡Ya te he dicho innumerables veces que no pienso aceptarlo!

Una mano tiró de mi falda.

–¿Tía Kate? ¿Por qué grita mamá?

Le cogí la mano y cerré la puerta con firmeza.

–¿Construimos una casa con tus piezas?

Parloteando sin cesar, lo distraje de la discusión, que continuaba en el Salón del Perfume.

De pronto, sonó un portazo y se oyeron unos pasos ligeros a través del vestíbulo y escalera arriba.

Me mordí el labio, sin saber si debía ir a ver a Jane o a Gabriel, pero al final decidí que sería mejor dejarlo correr. Los apreciaba a los dos, pero en ese asunto me pareció mejor no entrometerme. Opté, pues, por llevar a Toby al calor y la seguridad de la cocina, y preparamos juntos un bizcocho de canela y pasas.

Después, cuando se enfrió, corté un trozo y lo subí para que Toby se lo diera a su madre. Llamé suavemente a la puerta, y ella nos invitó a pasar.

En la habitación reinaba el caos. Las puertas del armario estaban abiertas y había vestidos y enaguas desperdigados por el suelo en un revuelo de seda e hilo. El arcón tenía la tapa levantada y en la alfombra se veía un reguero de medias y camisones.

Jane se hallaba ante su baúl de viaje, abierto sobre la cama. Círculos de vivo color rojo teñían sus mejillas y tenía el pelo alborotado.

–Te hemos preparado un bizcocho, mamá –dijo Toby, ajeno a aquel desorden.

Ella lo subió a su regazo y, con vehemencia, le acarició el cabello y le besó las mejillas.

–¿Has perdido algo, Jane? –pregunté–. ¿Puedo ayudarte?

–Mañana me voy de visita a casa de mi tía Tabitha –respondió–. Y tomaré otra vez las aguas en Epsom. –Abrazó a Toby con tal fuerza que el niño chilló–. Y tú me acompañarás, Toby. Nos lo pasaremos en grande, tú y yo.

–Pero, Jane, ¿te conviene viajar estando tan indispuesta? –pregunté–. ¿Voy yo también?

–Me acompañará Jacob. Quiero enseñar a Toby todos los sitios preferidos de su tía Eleanor y míos cuando éramos pequeñas. Pondremos flores en su tumba.

Entendí que Jane deseara pasar un tiempo con su hijo sin mi presencia y el corazón se me aceleró ante la perspectiva de quedarme unos días a solas con Gabriel.

–Toby, lleva a tu padre un trozo de este delicioso bizcocho, ¿quieres? –En cuanto el niño salió de la habitación, Jane encorvó los hombros y desapareció su alegre sonrisa–. Kate, estoy muy cansada. ¿Me ayudas a llenar el baúl?

Empecé a recoger la ropa arrugada y a plegarla en ordenadas pilas ante la mirada de Jane, que permanecía tumbada en la cama.

–¿Kate? Cuidarás de Gabriel por mí en nuestra ausencia, ¿verdad?

Aparté la mirada del baúl de viaje y vi que Jane me observaba atentamente.

–Está furioso conmigo –dijo–. Pero se niega a comprender lo mucho que me enfado y me asusto cuando sigue comportándose como si Toby fuera a quedarse ciego con toda seguridad. Eso es tentar al destino, ¡y yo me niego a aceptarlo! –Hablaba con voz aguda y alterada–. Ni siquiera podemos hablar del asunto con calma. Pero él tiene un gran concepto de ti y puedes apaciguarlo. ¿Lo harás por mí?

–Si puedo... –respondí, sin saber muy bien qué decir.

–La verdad es que, hoy por hoy, Gabriel y yo tenemos tan poco en común que ya no podemos ayudarnos mutuamente.

Desconcertada ante tal confesión, plegué un camisón con sumo cuidado y lo coloqué en el baúl.

–Gabriel siempre habla de ti con mucho afecto –dije por fin.

–Pero no puedo ser la esposa que necesita o quiere. Kate, tu compañía lo reconforta, y debes ocupar mi lugar. ¿Lo entiendes? –Mantenía sus ojos grises fijos en mí con semblante serio.

Sentí el calor que me subía a la garganta. ¿Qué quiso decir? ¿Sin duda no lo que yo creía que insinuaba?

–Le haré compañía mientras tú no estés –dije–. Es gratificante ver lo rápido que aprende a orientarse por las calles de la ciudad nueva.

Cerró los ojos.

–De momento ya he hecho todo lo que podía –musitó.

–Ya he acabado aquí –dije–. Voy a preparar las cosas de Toby.

Jane asintió.

–Sé que puedo contar contigo. –Abrió los ojos y me agarró de la muñeca, apretándome con una fuerza sorprendente–. Porque sí puedo contar contigo, ¿verdad?

Le sostuve la mirada durante un largo momento.

–Por supuesto –contesté, sin saber muy bien a qué estaba accediendo.

En silencio, salí de la alcoba.

A la mañana siguiente, después del desayuno, Jem trajo el coche ante la casa y cargó el baúl.

Toby brincaba en círculo en torno a mí, impaciente por emprender el viaje a la vez que Jacob me miraba con inquina.

–Debes obedecer a tu madre –recordó Gabriel a Toby.

–Sí, papá.

–Echaré de menos tu ayuda, Jacob –dijo Gabriel.

–Me preocupa dejaros solo. No sé cómo os las arreglaréis sin mí –respondió Jacob–, pero la señora ha insistido en que la acompañe. No entiendo por qué no se lleva a la señora Finche. –Exhaló un profundo suspiro, y la melancolía y el abatimiento se traslucieron claramente en su semblante–. Os he preparado la ropa para los próximos siete días, y supongo que puede confiarse en la señora Finche para que os ayude a mantener en orden el laboratorio –prosiguió, y me lanzó una mirada recelosa.

Arriba se abrió una puerta, y Jane bajó, muy pálida pero elegantemente vestida con una capa roja de terciopelo guarnecida de piel.

–¿Estás listo, Toby?

–Te estoy esperando.

La sonrisa de Jane contradecía la expresión trágica de sus ojos.

–En ese caso emprenderemos inmediatamente nuestra aventura. Adiós, Kate. –Me dio un beso en la mejilla y me susurró al oído–: Recordarás lo que te dije, ¿verdad?

Me soltó, y Gabriel tendió la mano hacia su mujer pero ella no la aceptó.

–Nos veremos dentro de una semana, Gabriel –dijo.

Él apartó la mano con una sonrisa fija en el rostro.

–Dale recuerdos a tu tía Tabitha –dijo con tono excesivamente formal.

Gabriel y yo nos quedamos en la escalinata, temblando a causa del viento frío que soplaba.

Ya en el estribo del coche, Jane se volvió.

–¿Gabriel?

Él dio un paso al frente.

–¿Sí, querida?

–Ahora que Kate se ha convertido en una parte tan importante de esta familia, ¿no te parece que ya es hora de que crees un perfume para ella?

La sonrisa cauta de Gabriel se heló en su rostro.

Jane me miró y le tembló un poco el labio inferior.

–Debería ser un perfume con un profundo significado, ¿no te parece? –A continuación entró en el coche, y Jem cerró la puerta.

Al cabo de un momento, Jem hizo restallar el látigo y el coche se puso en movimiento.

Jane apretó la palma de la mano contra la ventanilla, y nos miramos hasta que el coche abandonó el camino de acceso y salió a la calle.

En cuanto se marcharon, Gabriel se retiró al Salón del Perfume sin apenas pronunciar palabra salvo para decir que estaba muy ocupado y no podía dar nuestro habitual paseo por la ciudad.

Como disponía de tiempo libre, pregunté a la señora Jenks si podía prescindir de Ann para que me acompañara a hacer unas compras.

Ann, con los ojos muy abiertos de puro entusiasmo por la salida, trotó a mi lado sin dejar de parlotear. En cuanto llegamos a la Nueva Lonja, en el Strand, recreamos la vista en los selectos géneros expuestos por los guanteros y merceros, maravilladas ante la variedad de medias y chales de seda. No obstante, el motivo de la salida era visitar al pañero.

Con firme determinación, porque seguía de luto, deseché las telas de vistosos colores y exquisitos estampados, y le pedí que me mostrara qué tenía en negro. Había ahorrado mi sueldo, y me di el gusto de elegir una lana sedosa y delicada de suave lustre. Sucumbiendo a la tentación, escogí un poco de tafetán negro para hacer una enagua, porque me encantaba su susurro.

Ya en la seguridad de la casa, cuando atravesaba el vestíbulo, oí a Gabriel tocar el violín tras la puerta cerrada. La música era tan virulenta y desesperada que apenas pude imaginar el dolor que debía de sentir.

Poniéndome manos a la obra en mi alcoba, corté y cosí la tela. Era una lástima que Gabriel no pudiera ver mi vestido nuevo, me dije. Mientras cosía, reviví la conversación con Jane en un esfuerzo por entender qué había querido decir. Por fuerza, yo debía de haber malinterpretado la intención de sus palabras, ¿o no? Y después me quedé atónita ante su última sugerencia, justo antes de marcharse: que Gabriel elaborara un perfume único para mí. Era evidente que a Gabriel lo había alterado la idea.

Al caer la noche, Ann entró para encender las velas y decirme que la cena estaba lista.

–¿Qué te parece? –pregunté, con el corpiño en alto para enseñárselo.

–¡A qué velocidad trabajáis, señora Finche! Y la hechura es excelente –comentó a la par que acariciaba la suave lana.

Gabriel se encontraba ya en el comedor cuando ocupé mi asiento de costumbre. La conversación fue forzada y formal. En lugar de disfrutar de ese precioso tiempo a solas con Gabriel, se respiraba entre nosotros un ambiente incómodo debido a la extraña conducta de Jane antes de irse.

Cuando acabamos la cena a base de fiambres y encurtidos, eché atrás la silla.

–¿Kate?

–Sí –dije, expectante. Aguardé con la esperanza de que me pidiera que le hiciera compañía durante la velada. ¿Acaso tocaría el violín para mí?

–¿Puedes ayudarme en el Salón del Perfume mañana por la tarde? –preguntó Gabriel–. Espero la visita de lady Dorchester y sus amigas.

–Sí, claro –musité, decepcionada.

–Buenas noches, pues.

Regresé a mi alcoba arrastrando los pies dispuesta a pasar una larga y solitaria velada con mis labores. Finalmente dejé el vestido, me puse el camisón y me acosté. Al meter la mano debajo de la almohada, encontré en su sitio de siempre los guantes perfumados que Gabriel me había regalado.

El fuego había quedado reducido a ascuas, y allí tendida, contemplé las cenizas desintegrarse mientras, con los guantes aferrados contra el pecho, me dejaba envolver por aquella fragancia cálida y sensual, hasta que me venció el sueño.

A la mañana siguiente Gabriel, de un humor menos lúgubre, me pidió que lo acompañara al centro de la ciudad, porque tenía una entrega pendiente en Cheapside. Colocó el arnés a *Sombra* sin ayuda y se negó a ofrecerme el brazo. Eché de menos la sensación de proximidad entre nosotros mientras caminábamos, pero esta privación era insignificante en comparación con el placer de ver sus progresos.

Después de la entrega, lo guie por Wood Street y luego por Aldersgate. Al pasar por Pye Corner, paré en seco.

–¿Qué ocurre? –preguntó Gabriel.

–Es la tienda de ropa de segunda mano que iba a regentar yo para Dolly Smethwicke –dije a la vez que escrutaba a través del escaparate–. Dentro hay una muchacha cosiendo. Dolly debió de encontrar a alguien para sustituirme. Ha sido una gran suerte que Jane y tú me rescatarais de esta tienducha oscura, donde habría tenido que dejarme la piel de los dedos haciendo arreglos en ropa desechada por otras personas.

–Yo, por mi parte, apenas me puedo creer que haya recobrado la capacidad de moverme por las calles de la ciudad sin más ayuda que la de un perro callejero –dijo Gabriel.

Su rostro se iluminó de júbilo, y tuve que contenerme para no abrazarlo.

–Querida Kate, no sabes lo agradecido que te estoy –añadió.

Volvimos a la Casa del Perfume, rebosantes de buen humor y superadas ya las iniciales horas de incomodidad entre nosotros.

E sa tarde hice pasar a lady Dorchester al Salón del Perfume.

Lady Dorchester era una anciana de piel arrugada, pintarrajeada con blanco de plomo y adornada con lunares negros postizos. Sus dos amigas, de edad similar, también lucían lunares y colorete y vestían a la última moda. Me divirtió ver el grupo de ancianas que se atusaban el pelo y pestañeaban ante Gabriel cuando él las recibió, pese a que no las veía.

–Señor Harte, supongo que es mucho pedir que me creéis un perfume exclusivo, ¿me equivoco? –preguntó lady Dorchester con tono imperioso–. Si os dignarais atender mi petición, haríais muy feliz a una anciana.

–Lamento decir que ya rara vez creo perfumes exclusivos.

–¿Ni siquiera para mí? –dijo de manera aduladora lady Dorchester.

–Ni siquiera para la reina de Saba, milady –respondió Gabriel con una sonrisa–. Aun así, por la alta consideración en que os tengo, os permitiré ser la primera en probar Canción de la India, que se produce en cantidades muy reducidas. Es un perfume floral muy elaborado con un toque de pachuli, idóneo para una dama de gran cultura y discernimiento como vos. –Cogió un pequeño frasco de la mesa con espejo, lo destapó y echó una gota de perfume en la muñeca de la anciana.

Ella lo olfateó.

–¡Divino! –exclamó.

Sus amigas se apiñaron alrededor y lo declararon «exótico» y «delicioso».

–¿Y soy la primera en probarlo? –preguntó ella.

–No lo dudéis.

–¿Cuántos frascos tenéis?

–Solo diez.

–Pues me los llevo todos –dijo en tono triunfal–. Así solo yo podré ponerme este perfume.

Envolví los diez frascos, junto con las velas, las bolsitas aromatizadas, las aguas para pañuelos, las pomadas y los jabones que las señoras habían elegido, y el grupo se marchó majestuosamente, rebosante de buen humor.

–Una tarde provechosa –dijo Gabriel.

–Pensaba que ya no hacías perfumes exclusivos. Está claro que vendiendo a lady Dorchester todas tus existencias de Canción de la India, el perfume es exclusivo para ella, ¿no crees?

–Existe una gran diferencia entre ser la única persona que usa un perfume y tener un perfume elaborado especialmente para ti, que refleje tu singularidad y tu belleza interior. Un perfume así no puede crearse sin un verdadero conocimiento de la persona que lo recibe. Y debe crearse con pasión.

–Ya entiendo.

–Kate, me preguntaba...

–¿Sí?

–Esta noche después de la cena, ¿te importaría seguir leyéndome el poema de Dryden?

En mi rostro se desplegó una amplia sonrisa.

–Será un placer.

A la mañana siguiente, Gabriel se encerró en su laboratorio y sentí decepción cuando dijo que no necesitaba mi ayuda. Sin embargo, seguí cosiendo y avancé mucho. Ya casi había terminado el corpiño, la falda y la enagua nuevos.

Esa noche nos sentamos en el salón. Con la mirada fija en el fuego, me resistía a pensar en el inminente regreso de Jane, Toby y Jacob. Durante los últimos días había vivido en un mundo aislado de la realidad, deleitándome en el hecho de ser la única compañía de Gabriel.

–Esta semana se me está pasando muy deprisa –comentó él en un eco de mis melancólicos pensamientos.

–Pero espero con ilusión volver a oír la alegre cháchara de Toby –dije.

–Sí –convino Gabriel con una sonrisa.

Ninguno de los dos mencionó a Jane.

Se oía el tictac del reloj, y bostecé.

–Hora de acostarse –anunció Gabriel.

Apagué el fuego y nos retiramos al piso de arriba. Nos detuvimos frente a la puerta de mi alcoba.

–Buenas noches, Gabriel.

–Buenas noches.

Allí inmóvil, lo observé alejarse apresuradamente por el pasillo a la vez que el calor del anhelo se extendía por mis mejillas.

Esa noche no pude conciliar el sueño. Ahuequé a golpes la almohada en un vano intento de hacerla más cómoda; al final la tiré al suelo en un arranque de mal genio. Imaginé el rostro de Jane, y la vergüenza me abrasó el pecho por sentir el hondo deseo que me inspiraba su marido.

Finalmente me adormilé, pero desperté más tarde al oír unos pasos sigilosos detenerse ante mi puerta. Supe que tenía que ser Gabriel. Contuve la respiración, pero, al cabo de un momento, las pisadas siguieron adelante por el pasillo.

A la mañana siguiente se me pegaron las sábanas y no aparecí a la hora del desayuno.

Para entonces Gabriel ya se había enclaustrado en su laboratorio y no salió hasta la hora de cenar. Bostezando y desperezándose, dijo:

–No me había dado cuenta de lo tarde que es. He estado absorto en la creación de un nuevo perfume. Es tal mi euforia y me abstraigo tanto en la experiencia olfativa que pierdo la noción del tiempo.

–¿Es una fórmula para sustituir Canción de la India?

–Tengo en mente algo mucho más interesante. Desde hace un tiempo quiero crear un perfume único para ti.

Me quedé muy quieta, sin encontrar palabras para expresar mis confusos sentimientos.

–¿Kate? –Titubeó–. ¿Eso te gustaría?

–¿A qué mujer no le gustaría? –Indecisa, me retorcí los dedos–. Pero Jane... no quisiera que...

Gabriel tensó los labios en una fina línea.

–Lo sugirió ella misma, y no tengo la menor reserva a ese respecto. Mañana proseguiré con mis experimentos para crear un perfume digno de ti. Buenas noches, Kate. –Acto seguido subió a su alcoba.

Por mi parte, el deseo de dormir se había esfumado, sustituido por una efervescente excitación, teñida de desasosiego.

Capítulo 32

Al día siguiente Gabriel se quedó en su laboratorio, pero yo tuve la impresión de que su presencia palpitaba en toda la casa.

Para cuando oscureció, yo había terminado ya de coser el vestido nuevo. Ponerme una prenda propia, en lugar de una prestada, me causó un excitante placer. Llevaba la falda un poco recogida a ambos lados para que quedara a la vista la enagua de tafetán, que emitía un grato susurro cuando andaba. Gabriel no podía ver lo bien que me quedaba, pero me constaba que oiría el suave frufrú de la enagua.

A la hora de la cena, cuando llegué al comedor, me detuve en la puerta al ver que Gabriel me esperaba.

Se puso en pie y me apartó la silla de la mesa. Por un instante me rozó el hombro con la mano cuando me senté, y al sentir su contacto me estremecí.

–Debes de estar cansado –observé–, después de todo un día encerrado en el laboratorio.

–Con el entusiasmo de trabajar en tu perfume, me he olvidado del tiempo –contestó–. Quizá después de la cena quieras venir a darme tu opinión.

–Nada me gustaría más.

Los dos comimos frugalmente, y en cuanto acabamos, nos dirigimos al laboratorio.

La habitación estaba a oscuras, iluminada solo por el resplandor del fuego. Aspiré el tenue aroma de los vestigios de un millar de perfumes creados allí en el transcurso de los años, presentes aún en el aire. Gabriel encendió una vela en atención a mí, y vi varios frascos, botellas y recipientes bien ordenados en el banco de trabajo.

–La idea del perfume que deseo crear para ti es compleja –empezó Gabriel–, como lo eres tú. He probado diversas variaciones pero aún falta algo. Y luego, claro, debe ser de tu gusto particular.

–Siempre me han gustado los aromas florales –señalé–. Me encantó Jardín de Verano.

–Y se acomodaba bien a tu fragancia natural, pero este otro debe reflejar ciertos aspectos de tu individualidad. Así que, añadiremos tuberosa y muguete, sí, pero también jazmín para reflejar tu dulzura; sin embargo, debe incluir también un aspecto sorprendente, más oscuro, más animal. Aunque eres menuda, no tienes miedo a nada, así que compensaremos la delicadeza de las esencias florales a base de sándalo y las fijaremos con almizcle. Si no me equivoco, te gusta el olor almizclado de tus guantes perfumados, ¿no es así?

–Como ya sabes, al principio no estaba muy segura, pero ahora me encanta. –No podía decirle que dormía con los guantes debajo de la almohada cada noche para que me envolviera su aroma embriagador.

Gabriel sonrió.

–Los aromas son como la pintura –comentó–. Cuando mezclas dos colores, por ejemplo el amarillo y el azul, da como resultado el verde. Pero son posibles infinitas tonalidades, desde el verde más claro de una hoja nueva hasta el verde azulado más oscuro de una hoja de abeto, según las proporciones. Mi propósito es mezclar esas esencias de manera que encontremos la combinación perfecta para ti.

Deslizó las manos por el banco de trabajo y encontró el primer frasco. Tras destaparlo, lo decantó contra un pequeño paño blanco, que a continuación me tendió.

Lo olfateé a modo de tanteo.

–¿Jazmín y tuberosa?

–Y muguete. Agradable pero demasiado sencillo para ti. –Cogió el siguiente frasco–. Esta es la misma mezcla de aromas florales, pero con almizcle y sándalo.

Cogí el trozo de tela que me ofrecía y sentí el roce de sus dedos en los míos. Aspiré la fragancia.

–Este no es tan dulce –dije–. Huele más a madera, y el perfume es más denso.

–Pero ¿te decepciona? –Sonrió–. Lo oigo en tu voz. Pero no te preocupes, todavía no hemos terminado. –Cogió otro frasco–. Esto es la misma mezcla, más ciertos ingredientes. A ver si detectas cuáles son.

–¡Ah, especias! –exclamé. El perfume me recordó al instante el olor del almacén de los Finche–. Jengibre, nuez moscada ¿y...?

–Clavo. ¿Quizá un poco más de jengibre? Pero aún falta algo. ¿Puedo cogerte la muñeca?

–Sí, claro –respondí, desconcertada pero deseosa de que me tocara.

Buscó a tientas mi mano y me volvió la palma hacia arriba.

–Necesito oler tu piel –dijo, y acercó mi mano a la nariz–. ¿Me permites? –Aspiró hondo y luego inhaló otra vez, ahora con más suavidad. A continuación, aproximó la boca al interior de mi muñeca y probó la piel suave con la punta de la lengua.

Ahogué una exclamación y me estremecí. Fue un placer tan repentino que casi me dolió.

Volvió a lamerme la muñeca, y yo, sintiendo que me flojeaban las rodillas, apoyé la otra mano en el banco de trabajo. Con los ojos cerrados y la boca entreabierta, percibí un sinfín de sensaciones que se expandieron en ondas por mis venas hasta llegar a lo más hondo de mi pelvis con doloroso calor. Noté su aliento cálido mientras olfateaba y saboreaba mi piel una y otra vez, su roce suave como una pluma. Ascendió poco a poco por mi antebrazo y hundió por fin la nariz en el pliegue de mi codo.

Después de una eternidad, se irguió. Tragó saliva antes de hablar con voz vacilante.

–Vainilla y almendras, lechoso y dulce como la inocencia de un niño. Y luego clavo y ámbar gris para la sensualidad subyacente. Lo extraordinario es el contraste inesperado. Estoy decidido a capturar e intensificar el exquisito aroma de tu piel.

Tenía todavía el pulso acelerado y no me atreví a hablar.

–Kate, ¿te quedarás aquí mientras trabajo?

Aparté la mano del banco y me acerqué a la chimenea, acompañada del sonido del tafetán, que susurraba como el viento entre los árboles. Me desplomé junto al fuego, lánguida de deseo.

Gabriel se quitó la casaca y vi que el resplandor del fuego bruñía el vello rubio de sus antebrazos cuando se arremangó. Se movía con naturalidad entre el banco de trabajo y los estantes de frascos y tarros, acariciaba lentamente los recipientes con sus dedos esbeltos, los contaba en la hilera hasta llegar al que quería.

–Utilizaré el ámbar gris –anunció–. Es uno de los ingredientes menos comunes y más preciados que se utilizan en perfumería.

Sentí una llamarada de placer por el hecho de que Gabriel me considerara digna de utilizar una sustancia tan costosa para mi perfume.

–¿Qué es el ámbar gris?

–Procede del mar. A algunas personas el olor les resulta desagradable, pero cuando se combina con otras fragancias, pierde su propio aroma y amplifica otros olores. Es lo que más se acerca en la naturaleza al aroma natural de una piel femenina, y añade algo indefinible y adictivo. Cuando se lo pone una mujer, se caracteriza por su efecto embriagador en los sentidos de un hombre.

En el calor y la penumbra de la habitación, empezaron a pesarme los párpados mientras permanecía atenta a todos sus movimientos. De vez en cuando percibía un atisbo de tuberosa o vainilla en el aire. Me descalcé y acerqué los dedos de los pies a la chimenea para calentármelos junto a las brasas; luego me recogí la enagua sedosa por encima de las rodillas. Me invadió una curiosa sensación de disipación al exponer las piernas al calor del fuego en presencia de Gabriel, consciente de que él no veía mi desnudez.

El reloj del vestíbulo dio las once, y Gabriel seguía vertiendo y removiendo y olfateando la fórmula. Con un amplio bostezo, cerré los ojos.

Debí de adormilarme, porque cuando desperté, el fuego había quedado reducido a ascuas sobre un lecho de ceniza gris. Estiré los brazos y volví a bostezar.

–Ah, estás despierta, por fin –dijo Gabriel con voz risueña. Sentado en el sillón al otro lado de la chimenea, tenía las largas piernas extendidas al frente y los lazos del cuello de la camisa sueltos.

Advertí el vislumbre de pecho desnudo, preguntándome qué se sentiría al tocar la piel en ese punto con los labios, lamer la curva de su cuello... Me apresuré a cubrirme las rodillas con la enagua para alejar de mí esos pensamientos.

–Debo de haberme dormido –dije.

–Tu perfume está listo para que lo pruebes.

Me erguí en el asiento. De pronto temí llevarme una decepción.

–¡Ven! –Se levantó y me tendió la mano.

Deslicé mi mano en la suya y, guiada por él, salí del laboratorio y entré en el Salón del Perfume.

–¡Oh! –exclamé en un susurro.

El fuego, avivado, despedía un alegre resplandor y los postigos cerrados nos aislaban de la noche. Las velas parpadeaban en los apliques de las paredes; las llamas de un candelabro de seis brazos rielaban en el suelo y en el espejo que cubría la mesa colocada en el centro de la estancia; en todo el perímetro ardían pequeñas candelas.

–¡Qué bonito!

Gabriel apartó una de las sillas de respaldo alto de la mesa y me senté. Abrió la puerta del armario de los perfumes y sacó un frasco alto de cristal con un elegante cuello alargado y un tapón de cristal en forma de pera. Después de dejarlo en la mesa del espejo, se sentó muy cerca de mí.

Miré el claro líquido ambarino que contenía el frasco y tendí un dedo para tocar el cristal curvo y frío, que resplandecía a la luz de las velas.

–Casi me da miedo que lo pruebes –dijo. Se inclinó hacia delante–. Kate, ¿me prometes que serás sincera? Si no te gusta, cambiaré la fórmula. No soportaría la idea de que te pusieras un perfume que no te avivara los sentidos.

–En ese caso, te prometo que te diré la verdad.

–Bien. Quizá no sepas de inmediato qué sensación te produce. A menudo el éxito de un perfume reside en la manera en que se funde con la piel. –Extrajo lentamente el tapón del frasco–. Permíteme que te lo aplique en los puntos del pulso. –Decantó el frasco contra sus dedos índice y corazón–. Acerca la muñeca.

Tendí la mano, con la palma hacia arriba, y él acarició el interior de mi muñeca con el perfume.

–¡Espera! –dijo cuando hice ademán de llevarme el antebrazo a la nariz–. Acércame la otra mano.

Con delicadeza, extendió el líquido ambarino por la otra muñeca y la fragancia de la tuberosa flotó hacia mí. Se echó una pizca más de perfume en los dedos y recorrió con ellos el interior de uno de mis antebrazos hasta llegar al cálido hueco de la sangría; luego hizo lo mismo con el otro brazo, impregnando mi piel acariciadoramente con el perfume.

–Ya –dijo.

Agaché la cabeza hacia mis muñecas y aspiré. Súbitamente asaltó mis sentidos una explosión de feminidad. Aquel era el olor del consuelo ofrecido por los brazos de mi madre y de la expectación del contacto de un amante. Me recordó el olor a tierra de la sangre menstrual y el aroma del cuello de un recién nacido. Picante y cálido, contenía notas de cremosa vainilla y tuberosa, más el dulzor del muguete después de la lluvia y un toque de pimienta.

–Oh, sí –dije en un susurro.

–La fragancia cambiará a medida que se caliente en contacto con tu piel –explicó Gabriel–. ¡Acércate! –Tenía cerrados los ojos verdes cuando aspiró el perfume y su voz ronca me hizo temblar de anhelo–. Las notas de salida pronto se evaporarán, y entonces percibirás las notas medias. –Palpó mi pelo y deslizó los dedos por la línea de mi mandíbula–. Te pondré un poco detrás de las orejas y en el cuello.

Cerré los ojos y me balanceé un poco cuando me acarició la garganta con los dedos. Incliné la cabeza a un lado para permitir que me rozara el cuello con las yemas de los dedos hasta que sus manos llegaron a mi pelo.

–Qué suave –susurró, y besó la curva entre mi cuello y mi hombro.

Temblé, pero había perdido la voluntad, o el deseo, de protestar.

Me desprendió las horquillas, y el cabello suelto cayó y formó una sedosa cortina sobre mis hombros. Ladeando el frasco, volvió a humedecerse los dedos, que luego posó en el valle entre mis pechos.

Un estremecimiento me recorrió los hombros. Derritiéndome de deseo, me acerqué un poco a él.

Lo oí expulsar el aire de los pulmones súbitamente y acto seguido se enrolló mi pelo en torno a los dedos y aproximó mi cara a la suya. Bajó la cabeza hacia la mía, y nos quedamos inmóviles durante una eternidad, nuestros labios a no más de dos dedos de distancia, la caricia de su aliento en mi mejilla.

El toque picante del perfume se intensificó al fundirse con mi piel y pasaron a primer plano las exóticas fragancias del sándalo, el clavo y el jengibre, embriagadoras y pasionales. Dejé que el perfume me invadiera, me envolviera en su abrazo y penetrara en todos los poros de mi cuerpo.

Temblorosa, acerqué la mano a su cuello y toqué su piel. Espontáneamente, introduje los dedos bajo los lazos flojos de su camisa y le acaricié el pecho.

Emitiendo un leve sonido, apretó los labios contra mi mejilla.

Con un suspiro, giré la cabeza y nuestros labios se unieron, al principio con delicadeza, en un tanteo, pero cada vez con mayor presión. La punta de su lengua entró en mi boca, saboreó y exploró con suavidad, hasta que en mi mundo solo quedaban él y un remolino de oscuridad y la fusión de nuestras bocas. El calor aumentó dentro de mí, y me licué de deseo por él, languideciendo y abriéndome, anhelando su contacto.

Me estrechó vehementemente contra su pecho, y sentí la dureza de su miembro a través del calzón cuando me apreté contra su entrepierna. Cerró las manos en torno a mis nalgas, y deseé rodearle la cintura con las piernas y atraerlo hacia lo más hondo de mí.

Al final se retiró, su respiración desacompasada.

–Kate... –dijo, y en su voz se advirtió un tono interrogativo.

–Sí –contesté, sin titubear ni por un segundo, consciente solo de que él era mi alma gemela, y el destino así lo quería.

Me cogió en brazos como si yo no pesara más que un vilano de cardo y me llevó ante el fuego, donde me dejó con cuidado en la sedosa alfombra.

Cuando se arrodilló ante mí, tendí los brazos hacia él, cogí su cara entre mis manos y le besé los párpados.

–¡Ven a mí! –susurré, y deslicé las manos bajo su camisa y le acaricié la piel tersa del abdomen.

Al cabo de un momento, me desataba las cintas y me despojaba del corpiño y la enagua, a la vez que cubría de besos mi rostro vuelto hacia él.

Le quité la camisa por encima de la cabeza y, torpemente, manipulé los cierres de su calzón. A continuación retozamos juntos, piel con piel, sobre la alfombra, iluminada nuestra desnudez por el resplandor del fuego. Sus besos recorrieron mis hombros y mis pechos desnudos, y arqueé la espalda cuando su boca llegó a mi pezón.

Contuve la respiración cuando deslizó la mano por mis piernas, rozándome el interior del muslo, hasta hallar mi rincón secreto, donde se adentró en las profundidades húmedas y calientes y me acarició con delicadeza hasta que estuve al borde del desmayo.

Musitaba palabras afectuosas, y su boca, después de besar la piel perfumada de mi cuello y mis pechos, tenía un sabor dulce, al que subyacía un tono silvestre a almizcle.

Dejé escapar un grito ahogado cuando empezaron a formarse en mi pelvis las ondas de una sensación palpitante.

—¡Gabriel! —exclamé, y le cogí la cabeza para atraer su boca hacia la mía.

Se echó de espaldas, me colocó encima de él, de modo que quedé a horcajadas sobre su cuerpo, y me tocó otra vez ahí hasta que empecé a respirar entrecortadamente y a temblar cada vez más.

Entonces me levantó las caderas y volvió a bajarme hasta que sentí su dureza caliente deslizarse dentro de mí. Mientras yo gemía suavemente, me agarró las muñecas y me moví sobre él rozándole el pecho con los senos.

Con los ojos cerrados, me hallaba perdida en nuestro mundo de sensaciones privado y perfumado cuando la marea de temblor creció dentro de mí. El tiempo perdió todo significado. Avancé en la cresta de la ola hasta que ya no pude seguir adelante y me vi arrojada contra la orilla en una enfebrecida explosión de pasión que no pude negar. Eché atrás la cabeza y lancé un grito triunfal.

Poco después Gabriel alcanzó su propio alivio con un suspiro.

Me desplomé y apoyé la cabeza en su pecho, donde oí los rápidos latidos de su corazón, un eco de los míos. Saciados, yacimos allí, entrelazados, nuestros brazos y piernas cada vez más pesados, evaporándose de nuestras pieles desnudas al calor del fuego el sudor y aquel aroma a almizcle y especias.

Mientras Gabriel me acariciaba el pelo, habló con voz ronca.

—No sabes cuánto lo he deseado. Es posible, creo, que haya concebido este perfume tanto para ti como para mí. Hasta ahora solo había sido capaz de percibir el levísimo e hipnótico asomo de tu fragancia natural, pero ahora mis sentidos se ahogan en ti.

Plegó la camisa para improvisar una almohada y tiró de mi enagua de tafetán a modo de susurrante manta para taparnos.

Con la mente vacía de todo pensamiento, me acurruqué contra Gabriel, apoyando la cabeza en el hueco de su hombro, y él me rodeó con el brazo y lo dejó por debajo de mi pecho.

En el vestíbulo, el reloj dio las cuatro.

Bostezando, cerré los ojos. Pronto oí acompasarse la respiración de Gabriel y, poco después, me dormí.

Capítulo 33

Tenía los brazos y las piernas entumecidos y fríos, y tendí la mano para coger la manta y taparme, pero no la encontré. Abrí los ojos con un parpadeo y recorrí con la mirada aquella estancia poco familiar. Los contornos de la ventana, con los postigos cerrados, se dibujaban en la luz gélida del amanecer.

Al moverme, mi piel despidió una vaharada de perfume, colmado del olor almizclado del sexo, la tuberosa y el jazmín. Volví la cabeza y vi el agraciado perfil de Gabriel, que yacía en el suelo junto a mí, sumido en un profundo sueño, con la mano apoyada en mi cadera desnuda. Ofrecía un aspecto curiosamente vulnerable, y mi corazón rebosó amor por él.

Y de pronto me acordé. Evoqué sus labios en mis pechos, mis hombros, mi cuello, colmándome de besos ardientes.

¿Qué habíamos hecho? Sentí desprecio de mí misma, y un escalofrío me recorrió la espalda. Gabriel era el marido de mi mejor amiga. ¿Cómo habíamos podido traicionarla de esa manera?

Conteniendo la respiración, le retiré la mano de mi cadera y me aparté sigilosamente. Temblando de manera descontrolada, recogí mi ropa, me alejé hasta un rincón de la estancia y me vestí atropelladamente. Había perdido las horquillas y los rizos me caían en una maraña de pelo por la espalda. Tenía manchada y arrugada la enagua de tafetán.

Dejé la ropa de Gabriel junto a él para que la encontrase al despertar. De nuevo me invadió una oleada de ternura

331

y deseé despertarlo con un beso. Resistiéndome a la tentación, retrocedí. Lo ocurrido no debía volver a suceder nunca, nunca más.

Me acerqué de puntillas a la puerta, entreabrí y eché un vistazo al vestíbulo, temerosa de tropezarme con Ann en ese estado de desaliño. Para alivio mío, no había allí nadie y huí escalera arriba.

Tras entrar en mi alcoba, cerré la puerta y me apoyé en ella con temblores y náuseas. Apresuradamente me desnudé otra vez, eché agua del aguamanil en la palangana y me remojé la cara. A continuación, me lavé toda yo, restregándome con el paño y el agua helada hasta que se me enrojeció la piel para eliminar todo vestigio almizclado de nuestra traición.

Temblorosa, me vestí con la ropa que me había regalado Jane. Había llegado a la Casa del Perfume sin nada. Ella me había acogido bajo su techo con los brazos abiertos, incluso me había dado la ropa que ahora llevaba, y yo había profanado nuestra amistad. Me miré en el espejo; la boca amoratada y el bochornoso sarpullido allí donde el asomo de barba de Gabriel me había raspado el rostro, y no sentí más que desprecio por mí misma.

¿Me había seducido Gabriel, o a la inversa? ¿O acaso el perfume nos había seducido a ambos? Lo que Gabriel y yo habíamos compartido era extraordinario, y yo sabía que nunca más sentiría una pasión tan profunda por nadie. Entonces lloré, por el vislumbre de éxtasis que acababa de experimentar con mi amor prohibido, consciente de que nunca más debía yacer entre sus brazos.

Al final se me agotaron las lágrimas, pero el lancinante dolor de la desdicha y la culpabilidad alojado en mi pecho casi me asfixiaba. Cuando Jane se marchó, tuve la impresión de que, al sugerir a Gabriel que creara un perfume único para mí, estaba animándolo a albergar sentimientos más hondos por mí. Pero sin duda debí de haberla malinterpretado, imaginando que era eso a lo que se refería porque era precisamente lo que yo deseaba. Lo sucedido no tenía justificación.

Ahora mi única alternativa era marcharme de la Casa del Perfume, pero ¿cómo iba a irme si no tenía recursos con qué valerme? ¿Y cómo iba a soportar alejarme del pequeño Toby?

Me quedé todo el día en mi habitación, demasiado afligida y avergonzada para aparecer ante Gabriel, atormentada pensando dónde podría ir y cómo me las arreglaría. Y en todo momento una parte secreta y vil de mí esperaba que Gabriel acudiera en mi busca, para decirme que me amaba y que encontraríamos la manera de estar juntos. Naturalmente, yo le diría que eso era imposible, pero necesitaba, necesitaba con desesperación, oírle decir que me amaba. Al ver que no venía, afloró en mi corazón un profundo dolor.

Cuando Ann llamó a mi puerta, pretexté que tenía jaqueca.

–Hoy el señor también está indispuesto –dijo ella–. Espero que no hayáis contraído unas fiebres.

Al día siguiente también eludí a Gabriel, y por la tarde regresaron Jane y los demás.

Primero oí la voz entusiasta de Toby y el rápido resonar de sus pasos escalera arriba. Irrumpió en mi habitación y se lanzó a mis brazos.

–¡Hola, tía Kate! ¿Me has echado de menos? La tía Tabitha tiene un gato, *Tom,* que atrapó un ratón y lo dejó en la cocina –contó mientras me cubría la mejilla de besos húmedos.

Lo abracé y hundí la cara en su pelo rubio para que no viera mi desdicha. Con el tiempo había llegado a quererlo tanto que sería un tormento separarme de él.

–¿Estás llorando? –preguntó, y me miró con los ojos verdes de su padre.

Le pellizqué la mejilla y me obligué a sonreír.

–Te he echado de menos –contesté, llena de pavor ante la perspectiva de enfrentarme a Jane.

Jane y Gabriel ya estaban en el vestíbulo cuando Toby y yo bajamos. Me flaqueaban las piernas. Me sorprendió ver la extrema palidez del rostro de Jane y sus oscuras ojeras.

–Espero que hayas disfrutado de tu estancia en casa de tu tía –dije, incapaz de posar la vista en Gabriel. Jane tenía la mirada fija en mí, y me agaché a acariciarle el pelo a Toby con la esperanza de que ella no advirtiera mi estado de agitación.

–Viajar siempre es agotador –contestó–. ¿Puedes entretener un rato a Toby mientras descanso? Después, en la cena, espero que me pongas al corriente de tus asuntos.

Aliviada por no tener que seguir presenciando el reencuentro entre Jane y Gabriel, apremié a Toby y *Sombra* para llevármelos a dar un paseo.

Contemplando al niño y al perro correr alegremente por el parque en su felicidad sin complicaciones, tuve que contener las lágrimas. Toby, en gran medida como su padre, me había robado el corazón, pero mi amor ilícito por Gabriel me había arruinado la dignidad. El precio de eso era privarme del júbilo de formar parte de la vida de su hijo.

Esa noche, después de acostar a Toby, me reuní de mala gana con Jane y Gabriel para la cena.

–Cuéntame qué ha pasado durante mi ausencia –dijo Jane.

–Nada digno de mención –respondí.

Gabriel volvió la cabeza hacia mí, suspendida su mano a medio llevarse un pedazo de pan a la boca.

–Hicimos una incursión por la ciudad –dije mientras me servía una pequeña ración de pollo asado en el plato, a sabiendas de que sería incapaz de comerlo–. Gabriel y *Sombra* están haciendo grandes progresos.

–*Sombra* me ha cambiado la vida de una manera asombrosa –explicó Gabriel–. La idea de aprender a orientarme en la ciudad reconstruida me intimidaba y a veces me desesperaba. Pero ahora, gracias a la inventiva de Kate, puedo imaginar el día en que vuelva a ser independiente.

–Toby me atosigaba a todas horas en casa de la tía Tabitha –prosiguió Jane–, preguntándome cada dos por tres cuándo volveríamos a ver a su tía Kate.

–Pero ha debido de pasárselo en grande visitando todos los sitios que frecuentabas en la infancia, ¿no?

Jane asintió.

–Pusimos campanillas de invierno en la tumba de Eleanor y conté a Toby algunas de nuestras travesuras de la niñez, que le hicieron mucha gracia. –Me entregó una bandeja de zanahorias con mantequilla–. Y dime, Gabriel, ¿has avanzado mucho en la elaboración de un perfume especial para Kate?

–He trabajado en varias ideas distintas...

–Pero yo soy difícil de complacer, y no me han gustado las muestras –lo interrumpí. Deseaba herirlo con mis pullas, para borrar aquella insípida expresión de su rostro. Me dolía ver que en apariencia no sufría tanto como yo.

Jane enarcó las cejas.

–Esperaba que...

–La verdad, Jane, no necesito ese perfume. Me gusta la sencillez y la frescura del agua de Hungría que hizo Toby tanto como lo que más.

–La mayoría de las mujeres darían un ojo por que Gabriel Harte creara un perfume especial para ellas.

–Pero, claro está, Kate no es como la mayoría de las mujeres –dijo Gabriel con una sonrisa parca y tensa.

Agaché la cabeza sobre el plato por miedo a que Jane advirtiera la vergüenza en mis ojos.

–Desde luego que no –convino Jane. Apartó su plato bruscamente, con la cena casi intacta–. Kate, ¿serías tan amable de ayudarme a acostarme?

Salí del comedor tras ella sin pronunciar palabra.

Arriba, ayudé a Jane a desatarse el corpiño, le plegué las faldas y las enaguas y las guardé en el arcón.

En camisón, se sentó en el borde de la cama con los brazos cruzados ante el pecho, desfallecida de agotamiento.

Me sorprendió ver lo mucho que había adelgazado.

–¿Has tomado las aguas en Epsom? –pregunté.

Hizo una mueca.

–Toby tiene toda la razón: saben fatal. Y como no me hacían ningún bien, prescindí de ellas enseguida.

Le retiré las horquillas del cabello rubio y, pasándole el peine, le deshice los nudos con delicadeza.

–Kate –dijo–. Dime que no has discutido con Gabriel en mi ausencia.

–Ni mucho menos –contesté.

–Os he notado muy tensos durante la conversación.

–Te lo prometo, no hemos discutido.

Dejó escapar un suspiro.

–¿Puedes hacerme una friega en las sienes con aceite de lavanda? –musitó.

Poco después se metió en la cama y la tapé hasta la barbilla.

–¿No tienes frío? –pregunté.

De pronto unas lágrimas le brillaron en los ojos.

–Me tratas muy bien, mi buena y leal amiga.

Remetí la sábana con cuidado bajo el colchón, asaltada de nuevo por la repulsión de mí misma.

Me cogió de la muñeca.

–¡No sé qué haríamos Toby y yo sin ti! Prométeme que no nos abandonarás, ¿quieres, Kate?

–Mi único deseo es veros a todos sanos y felices –dije, incapaz de prometerle una cosa así.

Aferrada aún a mi muñeca, escrutó mi rostro.

Con una radiante sonrisa, dije:

–¿Quieres que mida la dosis de tu pócima para dormir?

Relajó la mano con que me sujetaba y asintió.

–¿E irás a darle un beso a Toby por mí?

–Siempre lo hago. –Apagué la vela de un soplido.

Toby ya estaba dormido, sonrosado y dorado todo él como el retrato de un querubín. Le aparté el pelo de la frente y me agaché para darle un beso. Nada debía causar daño a ese niño inocente, juré. Pero ¿qué hago? ¿Debo marcharme de la Casa del Perfume llevándome conmigo la mancha del pecado? ¿O debo quedarme y sufrir el martirio de amar a un hombre y a un niño que nunca serán míos? Tal sufrimiento sería un castigo justo por mis actos.

Mientras cruzaba el vestíbulo, seguía pugnando con mis confusos pensamientos cuando se abrió la puerta del Salón del Perfume.

Gabriel se hallaba en el umbral.

–Un momento, por favor –dijo.

–No me parece que...

Gabriel abrió la puerta de par en par y, con un gesto, me indicó que entrara.

–No podemos hacer ver que no ha pasado nada –dijo, y cerró la puerta a nuestras espaldas.

Lancé una mirada a la tupida alfombra extendida ante la chimenea y recordé nuestros cuerpos desnudos, allí entrelazados, en la culminación de la pasión amorosa.

–Nunca debemos hablar de eso –dije al borde del llanto–. Nunca jamás.

–Pero ¿cómo vamos a olvidarlo?

–Fue un hechizo causado por la alquimia del perfume que creaste. Debemos destruirlo –dije–; de lo contrario, destruiremos a Jane y a Toby. –Pasé a su lado y entré en el laboratorio. Recorrí los estantes con la mirada, en busca de aquel característico frasco, pero no estaba allí. Enloquecida, abrí bruscamente todos los armarios.

–¡Kate!

Gabriel sacó la llave del bolsillo y me la tendió.

Se la arrebaté, corrí hasta el armario empotrado con cerradura y abrí la puerta con un forcejeo. Allí estaba el elegante frasco de cuello alargado y tapón en forma de pera.

–Mañana saldré y me desharé de él –anuncié.

Gabriel permaneció en silencio, y aguardé con la esperanza de que intentara hacerme entrar en razón, de que me dijera que me amaba. Pero de pronto se apartó, y abandoné la estancia llevándome el frasco con el mismo cuidado que si contuviese veneno.

El traqueteo de los postigos sacudidos por el viento me despertó en plena noche. Las brasas de la chimenea me proporcionaron luz suficiente para llegar hasta la ventana, asomarme bajo la lluvia torrencial y cerrar el postigo que batía.

Temblorosa, avivé el fuego. El frasco de perfume estaba en el tocador, y el resplandor ambarino de su contenido destellaba seductoramente a la luz de las llamas. Recorrí con los dedos el cristal fresco hasta detenerlos en el tapón. Incapaz de resistirme, destapé lentamente el frasco. Capté un levísimo aroma de tuberosa y jazmín, con un toque de clavo. Esperaba que el perfume me abrumara con su sensualidad, y experimenté un peculiar sentimiento de alivio al comprobar que eso no ocurría. Tendí un dedo al frente para mojarlo en el líquido ambarino y vacilé. La poderosa magia del perfume se había liberado cuando este entró en contacto con mi piel caliente. Agarré el tapón, volví a introducirlo en el primoroso frasco y me acosté de nuevo como si me persiguieran los perros del infierno.

A la mañana siguiente me puse la capa y metí el frasco en la canasta antes de salir de la Casa del Perfume. Ya apenas me preocupaba que Hackett me viera, y avancé presurosamente por las calles firme en mi propósito.

Por efecto de la lluvia de la noche anterior, el agua corría por los albañales llevándose los excrementos de los animales y otros desechos. La rambla de Fleet bajaba con más ímpetu que de costumbre y, deteniéndome en la orilla, saqué el frasco de la canasta. El poder de ese perfume de sensual belleza me había seducido con falsas promesas, pero en la fría luz del día supe lo traicionero que era. Había creído que Gabriel me amaba, pero ahora entendía que lo que sentía por mí era simple lujuria. Sin pararme a pensar, destapé el frasco y vacié el contenido en el río. Dudé por un momento si debía o no devolver el exquisito frasco a Gabriel. Gabriel, el único hombre al que yo amaría, pero que nunca me había dicho que me amaba. Entre sollozos, lancé el frasco, que trazó un arco por encima del terraplén. Lo vi mecerse en la superficie de la rambla y llenarse luego de agua inmunda. Al cabo de un momento, se hundió.

Me ceñí la capucha de la capa en torno al rostro y regresé rápidamente a la Casa del Perfume.

Capítulo 34

Abril de 1669

Hackett volvió a alterarme el sueño, a acosarme en mis pesadillas. Yo corría por oscuros callejones y oía resonar sus pisadas a mis espaldas; me ocultaba bajo puentes sombríos y pugnaba para no ahogarme arrastrada por una gélida corriente dando bandazos en la negrura de la noche al son de las crueles risas de Hackett. En cada ocasión despertaba con el corazón acelerado, empapada en sudor y temblorosa.

No mucho después empezó a atormentarme otra pesadilla, pero esta en mis horas de vigilia, y los malos sueños nocturnos, en comparación, se me antojaron insignificantes. No me venía el período. Al principio, para tranquilizarme, intenté convencerme de que la angustia de las semanas anteriores era la causa de ese retraso en el ritmo natural de mi organismo, pero cuando no menstrué por segundo mes consecutivo, supe que debía afrontar la cruda realidad. Mi única noche de pasión con Gabriel había logrado lo que se me había negado durante mi legítimo matrimonio. Estaba encinta.

Una mañana de abril, sentada lánguidamente en la salita de Jane, miraba por la ventana sumida en la preocupación. El orgullo me impedía anunciar a Gabriel que esperaba un hijo suyo. Él no me amaba, pero ya me había tratado con gran generosidad. No se lo pagaría pidiéndole más. No me quedaba más remedio que marcharme de la Casa del Perfume. Pero ¿cómo iba a irme? Incluso si encontraba colocación como criada, me echarían a la calle en cuanto se pusiera de manifiesto mi estado. De nada serviría acudir a la señora Finche, porque ya sabía que allí no había sitio para mí, y menos ahora que pronto tendría un hijo que cuidar. Mi única opción era la tía Mercy, y empecé a temblar ante la sola idea de suplicarle ayuda. Atenazada por el miedo, no sabía por dónde tomar.

–¿Qué pasa, Kate? –preguntó Jane.

–Duermo mal –admití–. Da la impresión de que, en cuanto cierro los ojos, Hackett está esperándome.

–¿Por eso de un tiempo a esta parte no pareces la de siempre? –Me libré de contestar porque en ese momento se abrió la puerta y apareció Gabriel.

–Hoy tienes muy buen aspecto, Gabriel –comentó Jane.

Lucía una casaca nueva de color verde bosque con botones de plata y hebillas a juego en los zapatos. El color de la casaca realzaba el verde claro de sus ojos, y agaché la cabeza para ocultar la repentina punzada de anhelo que sentí por él.

–He visitado a nuestro amigo Hackett en Rochester Court –anunció–. Las casas están casi terminadas. Hackett se dispone ya a venderlas o alquilarlas y repartir el beneficio. Nos ha llevado a ver los inmuebles, pero ni Jacob ni yo hemos podido observar nada fuera de lo habitual.

–¿Nada? –pregunté, decepcionada.

–No, salvo que los acabados de la obra de carpintería son deficientes.

En cuanto salió y se cerró la puerta, me invadió de nuevo la desesperación y seguí dando vueltas y más vueltas a cómo podía marcharme de la Casa del Perfume. Por fin tomé una decisión.

Más tarde, mientras Jane descansaba y Toby practicaba las letras, escribí una carta. Había llegado el momento de liberarme de la solitaria tortura de estar asiduamente en presencia de Gabriel y verme sumida en la vergüenza por mi duplicidad con Jane, pero el precio que debía pagar era enorme. Escribí a la tía Mercy para pedirle que me acogiera. En mi profunda desdicha, no se me ocurría ninguna otra manera de garantizar la seguridad de mi hijo. Le expliqué que mi marido había muerto y me había dejado en la miseria, omitiendo deliberadamente la fecha del fallecimiento de Robert. Pedí a Ann que llevara la carta a la estafeta de correos y me preparé para anunciar a Gabriel, Toby y Jane que me iría en cuanto recibiera la respuesta de la tía Mercy.

Esa noche soñé que estaba en lo alto de la escalera con la mirada fija en el sótano de la tía Mercy. Abajo, me esperaba en la oscuridad algo monstruoso, de aliento fétido y ojos rojos y resplandecientes como ascuas de carbón. De pronto, sentía el contacto de una mano en la parte baja de la espalda y el posterior empujón; con un grito de terror, caía al frente. Mientras rodaba hacia las profundidades tenebrosas, me deslumbraba un haz de luz que traspasaba la pared del sótano; momentos después el monstruo rugía y se abalanzaba sobre mí enseñando los colmillos.

De repente resonó en mi cabeza la voz de Robert: «Maundrell tenía razón».

Al instante me incorporé en la oscuridad y, temblorosa, encendí torpemente la vela. La vacilante luz me devolvió la cordura, y me paseé por la alcoba en espera de que se me acompasaran los latidos del corazón. Súbitamente, me detuve al caer en la cuenta del significado de algo que había visto en los cimientos de Rochester Court pero que hasta ese momento no había sido capaz de entender. Dejé escapar una risa entrecortada, me senté ante el escritorio y eché mano a la pluma.

«Querido Ben», escribí.

Dos días después, Gabriel, Jane y yo estábamos en el salón después de la cena. Jane dormitaba mientras Gabriel permanecía absorto en sus pensamientos y yo contemplaba las llamas pensando en mi hijo, el hijo de Gabriel, que crecía dentro de mí.

En mi miedo y mi vergüenza, hasta entonces apenas había pensado en el niño, pero ahora, decidido ya un modo de proceder, me permitía un atisbo de felicidad a través del velo de la preocupación. Conociendo el arraigado sentido del deber de la tía Mercy, tenía la certeza de que me acogería, por gravoso que le resultara. Por supuesto, me lo haría pagar amargándome la vida, pero ahora que yo había asumido que no me quedaba otra opción que regresar a su casa, al menos tenía el consuelo de saber que en otoño tendría en brazos a mi anhelado hijo. Me preguntaba si tendría los ojos verdes de Gabriel cuando oí unos aldabonazos.

—Señora Finche —dijo Ann al cabo de un momento—, dos hombres desean veros. Un tal señor Plumridge y un tal señor Perkins.

Me puse en pie con el corazón acelerado.

Dick Plumridge entró cojeando en el salón, seguido de Ben Perkins.

Ben retorcía el sombrero entre sus manos.

—Perdonad que os moleste —dijo.

—¿Habéis recibido mi nota? —pregunté.

Asintió con la cabeza y se dibujó en su rostro una ancha sonrisa.

—¡Teníais razón!

Me dejé caer en el asiento.

—¿Qué pasa? —preguntó Gabriel.

—Anoche entramos en los sótanos de Rochester Court —explicó Ben— en busca de pruebas de la vileza de Hackett.

—¡Y las encontramos! —Una sonrisa triunfal se desplegó en el rostro quemado y cruelmente arrugado del pobre Dick.

—La señora Finche dijo que posiblemente Hackett había usado los ladrillos defectuosos en los sótanos —explicó Ben—. Y allí están, claro como el agua.

—Hay unas grietas enormes en las paredes de los sótanos —informó Dick—. Esas casas se vendrán abajo, es solo cuestión de tiempo.

—¿Por qué no me lo dijiste? —me preguntó Gabriel.

—Le mandé la nota a Ben porque me acordé de un detalle —respondí—, pero no me había dado cuenta de su importancia hasta ahora.

—No lo entiendo —dijo Jane.

–Cuando Robert desapareció, fui a Rochester Court a ver a Hackett. Me sobresaltó cuando yo estaba junto a los cimientos y perdí el equilibrio. Mientras me tambaleaba en el borde del foso, vi que las paredes de los sótanos eran de ladrillos de aspecto poco sólido. En ese momento, preocupada como estaba por Robert, no caí en la cuenta de la trascendencia de ese detalle.

Gabriel soltó una maldición entre dientes.

–Y entonces me acordé de que en Ironmonger's Lane se vino abajo el suelo de la cocina. Robert recuperó unos cuantos ladrillos del sótano y lo oí decir: «¡Maundrell tenía razón!». Lo vi muy afectado, pero no me explicó la razón. Hasta ahora no he entendido que él acababa de darse cuenta de que el sótano se había construido con esos ladrillos. No es de extrañar que las paredes se agrietaran de aquel modo.

–Sospecho que Hackett decidió utilizar los ladrillos defectuosos en lugares donde difícilmente se descubrirían –comentó Gabriel con expresión ceñuda–. Me pregunto si también los ha usado para construir los tabiques de las casas. Una vez enlucidos, nadie se enteraría. Habría sido una operación muy costosa deshacerse de todos los ladrillos de mala calidad en el río, como dijo que había hecho.

–¿Ha usado, pues, conscientemente, ladrillos deficientes en sus obras? –preguntó Jane.

–¡Y eso no puede achacárselo al pobre Robert Finche, ya muerto! –exclamó Ben.

–La cuestión es qué hacemos ahora al respecto –planteó Gabriel.

–Hay otra cosa –dije lentamente–. El día que Hackett me agredió, el magistrado, el señor Clifton, estaba en el despacho de Hackett. Hackett se disponía a llevarlo a Rochester Court para que eligiera la casa donde viviría su hija.

–Pero si existe el riesgo de que los sótanos se desmoronen, ¿no correrá ella un gran peligro? –preguntó Jane.

–Ella, y todas las familias que vivan en Rochester Court. Debemos ir a ver al señor Clifton a primera hora de la mañana –propuso Gabriel.

Al día siguiente Gabriel pidió el coche y partimos hacia el despacho del señor Clifton. Era la primera vez que nos quedábamos a solas más de unos minutos desde la noche en que yacimos abrazados. Tenía una expresión distante, y fue para mí un alivio que no demostrara interés en entablar conversación. Observé su semblante, para grabármelo en la memoria, consciente de que pronto ya no lo vería nunca más.

–¿Kate? –Tendió la mano hacia mí–. No podemos seguir actuando como si no existiéramos el uno para el otro. ¿No podemos ser amigos?

Le miré la mano, y casi me venció el deseo de llevármela a los labios y llenarla de besos.

–¡No! –contesté con aspereza. ¡Amigos! ¿Cómo podía conformarse con la simple amistad después de la noche de pasión que habíamos compartido?

–Como quieras –dijo.

Se me volvió a partir el corazón al ver otra vez en su rostro aquella expresión distante, ya tan familiar.

Llegamos al despacho de Clifton, y Gabriel se apeó del coche y me dio la mano para ayudarme a bajar. Casi se me escapó una exclamación al sentir ese breve contacto, pero me soltó de inmediato.

–Tendrás que guiarme –dijo–, si no te resulta demasiado desagradable.

–No hagas esto más difícil de lo que ya es, Gabriel. –Lo cogí del brazo y lo llevé hacia la puerta, intentando permanecer indiferente al anhelo agridulce que me invadía a causa de su proximidad.

Ya dentro, un escribiente nos acompañó al despacho del señor Clifton.

–¿Qué puedo hacer por vos? –preguntó Clifton–. ¿No os conozco de algo?

–Gabriel Harte, perfumista –respondió Gabriel–. Nos presentaron en la reunión que organizó Standfast-for-Jesus Hackett el año pasado.

–¡Ah! Ya me acuerdo. Mi esposa le compra a usted los perfumes.

–Esta es la señora Finche, viuda de Robert Finche, empleado del señor Hackett en otro tiempo. Tenemos que contarle una historia de asesinatos y engaños.

–¡Qué interesante! –Clifton bostezó y lanzó un vistazo al reloj de la repisa de la chimenea.

–El señor Hackett asesinó a mi marido y trató de matarme a mí –dije, incapaz de morderme la lengua, irritada por su actitud condescendiente.

Las pobladas cejas de Clifton desaparecieron por un momento bajo la peluca.

–¿Ah, sí?

Levanté la barbilla y lo miré a los ojos.

–Pues sí, caballero.

Apretó los labios.

–¿Qué tontería es esa? Conozco al señor Hackett personalmente.

–¡No es ninguna tontería!

–¿Y cuándo decís que ocurrió ese suceso inverosímil, señora? –Soltó una risotada de incredulidad.

–El día que os vi en sus oficinas. Oí que el señor Hackett se proponía llevaros a visitar una de sus casas de Rochester Court e invitaros luego a cenar en el Folly. Os aconsejó que dejarais a vuestra esposa en casa, recuerdo, porque las camareras eran muy complacientes.

Todo rastro de humor se esfumó del rostro de Clifton.

–¿Y por qué he de escuchar estos infundios?

–Porque es la verdad –afirmó Gabriel.

–Conozco bien al señor Hackett –aseguró Clifton con un tono más severo–. Es un hombre muy generoso. Hasta me ofreció una casa en Rochester Court por un alquiler nominal para mi hija, recién enviudada y con cinco hijos.

–Por eso hemos venido hoy aquí –dijo Gabriel.

–Confío en que no imponga a vuestra hija las mismas condiciones que me impuso a mí –añadí.

–¿Condiciones?

–Me exigió que fuera su querida a cambio de mi alojamiento.

–¡Señora, estáis insultando a un hombre que me merece todo el respeto!

En un arranque de mal genio, hablé sin contener mi lengua.

–En ese caso, sois un necio, caballero.

Gabriel me dio un tirón de la manga.

–Señor Clifton, os aseguro que la señora Finche dice la verdad.

–¿Qué relación tenéis con esta mujer? ¿Sois acaso su protector?

–No –contestó–, y estáis insultando a esta dama. No obstante, sí soy copropietario de los inmuebles de Rochester Court. El señor Hackett no me ha consultado ese proyecto de ceder las viviendas por un alquiler reducido. Espero recibir todos los beneficios de mi inversión, y plantearé al señor Hackett preguntas muy concretas acerca de por qué considera necesario acordar con vos ese alquiler nominal cuando me aseguró que para esos inmuebles se obtendrían con toda certeza los alquileres más altos. Me pregunto, caballero, ¿qué desea de vos a cambio?

Clifton se quedó inmóvil.

–Ha llegado a mis oídos –prosiguió Gabriel– que a veces el señor Hackett presta menos atención de la que debería a los requisitos impuestos por la Ley de Reconstrucción. ¿Quizá a él le convenga que el magistrado de la zona haga la vista gorda cuando, por ejemplo, construya sin los permisos debidos? ¿Estáis enterado de que amenazó a los inquilinos de las antiguas viviendas de Rochester Court y finalmente prendió fuego a una de las casas? Una madre y sus hijos murieron en el incendio.

Clifton se hundió en su butaca, y su rostro adquirió una peculiar tonalidad grisácea.

–¿Nos permitiréis ahora que os contemos la historia completa? –preguntó Gabriel–. Deseamos evitar que vuestra hija pase a ser otra de las víctimas de Hackett.

346

Clifton abrió un pequeño armario bajo su mesa y sacó una botella y un vaso con manos trémulas. Se sirvió una generosa cantidad y la apuró de un trago.

—No sé qué creer —dijo Clifton con la cabeza entre las manos al cabo de media hora—. Si Hackett es realmente el monstruo que pintáis, hay que llevarlo ante la justicia. Pero tiene muchos amigos...

—¡Y el mismo número de enemigos! —interrumpí.

—Amigos importantes. —Clifton me miró con expresión ceñuda—. Si yo lo acusara falsamente de alguna fechoría, sería el final para mí. No siento el menor deseo de poner en peligro la vida de mi hija, pero no existen pruebas de que las casas de Rochester Court no sean seguras.

—Debéis verlo con vuestros propios ojos —contestó Gabriel—. Propongo que Ben Perkins os lleve a los sótanos cuando todos los obreros hayan acabado la jornada.

—Los ladrillos defectuosos son de un característico color amarillo sucio —expliqué.

—Haré mis propias indagaciones —dijo Clifton.

—En ese caso sugiero que volvamos a vernos en cuanto las hayáis hecho —dijo Gabriel, y cogió su sombrero—. Y por favor recordad que la seguridad de la señora Finche depende de que no digáis a Hackett que sobrevivió a su agresión.

Al cabo de un rato, ya en el coche, Gabriel dijo:

—No sé si está del todo convencido.

—Si no lo convencemos, puede morir más gente —contesté—. Debemos encontrar la forma de conseguir que nos crea.

—Tiene que oír a Hackett admitir sus crímenes —dijo Gabriel—. Pero es poco probable que eso suceda, ¿no?

En silencio reflexioné sobre el comentario de Gabriel durante el resto del trayecto.

Dos semanas más tarde, sentada en mi alcoba junto a la ventana, me hallaba inmersa en angustiosos pensamientos. No había recibido aún respuesta de la tía Mercy, y mi temor iba en aumento a cada día que pasaba. Al cabo de un mes tendría que soltarme los corpiños y entonces sin duda Jane advertiría mi estado. En cuanto llegara la carta de la tía Mercy, y Dios quisiese que llegara, tendría que marcharme de inmediato si quería mantener oculto mi bochornoso secreto.

Vi un coche acercarse y detenerse delante de la Casa del Perfume. Movida por la curiosidad, miré por la ventana y vi la oronda figura del señor Clifton apearse del carruaje. Poco después oí a Jacob abrir la puerta y a continuación la voz de Clifton en el vestíbulo, que preguntaba por Gabriel.

Corrí escalera abajo y encontré a Clifton a punto de marcharse.

—¡Señor Clifton! —llamé, alzando la voz.

—Señora Finche. —Me saludó con la inclinación de cabeza más parca posible sin llegar a incurrir en la descortesía—. Me han informado de que el señor Harte está ausente.

—¿Hay alguna novedad? —pregunté. Titubeó lo suficiente para permitirme añadir—: Os ruego que me digáis qué habéis descubierto.

Jacob me observó con expresión especulativa cuando entré en el salón detrás de Clifton y cerré la puerta.

—He estado haciendo indagaciones acerca de la casa que se derrumbó —explicó Clifton—. Si bien el asunto de los ladrillos defectuosos ha sido corroborado por varios constructores, todos me han dicho que el señor Hackett fue cruelmente engañado por vuestro marido.

Me invadió una repentina ira.

—Pero ¿es que no os dais cuenta? Hackett ha utilizado a mi marido como chivo expiatorio.

Clifton se encogió de hombros.

—Escuchadme, señor Clifton. No hay tiempo que perder. En breve varias familias se instalarán en Rochester Court y sus vidas correrán peligro por vuestra pasividad. ¿Queréis cargar con sus muertes en vuestra conciencia?

–Deberíais reservar vuestras dotes teatrales para el escenario, señora.

–¿Por qué no vais a inspeccionar los sótanos de Rochester Court? ¿Por favor?

–Por eso he venido a ver al señor Harte. El señor Hackett en persona me ha llevado a verlos.

–¿Y? –pregunté con nerviosismo.

–No hay nada que ver.

–No lo entiendo.

–Son sótanos amplios, provistos de varios espacios de almacenamiento y una cisterna. Los techos son de una altura considerable...

–Pero ¿y las paredes? –lo interrumpí.

–Las paredes están bien enyesadas y enjalbegadas.

Me senté.

–¿No se ven los ladrillos?

–No. Todas las casas están enlucidas y recién decoradas, ya listas para ocuparse.

–O sea, que ha esperado hasta el último momento antes de la venta para cubrir con yeso cualquier grieta –dije. Debería haber imaginado que Hackett buscaría una forma artera de eludir los problemas.

–Si es que existen esas grietas...

El cinismo que traslució la voz de Clifton me enfureció.

–Así pues, ¿estáis dispuesto a poner en peligro las vidas de vuestra hija y vuestros cinco nietos porque os asusta indisponeros con Hackett? Esperaba más de vos. Creo que tendré que hablar con vuestra esposa y vuestra hija.

–¡Eso no!

–Si a vos os preocupa tan poco vuestra familia, es mi deber prevenirlas. –Suspiré. Mi ira ya se desvanecía y daba paso al hastío–. Debo obligar a Hackett a que confiese sus fechorías.

Clifton soltó una risotada.

–¿Y cómo pensáis hacerlo?

–Llevando a Hackett hasta allí e induciéndolo a confesar mediante adulaciones.

–¿Y por qué iba él a prestarse?

–Porque es un hombre de una arrogancia extraordinaria y porque ya tiene razones para sospechar que no me ahogué. No se resistirá a la oportunidad de eliminar la amenaza que representa para él que yo pueda incriminarlo. Si cree que estoy sola, planeará matarme. –Un estremecimiento me recorrió la espalda solo de pensarlo–. Siendo así, le traerá sin cuidado confesar, y yo lo incitaré a jactarse de sus desaguisados. Si os escondéis en algún sitio de la casa donde podáis escucharnos, conoceréis la verdad.

Clifton arrugó la frente.

–Si Hackett es tan peligroso como decís, estaréis expuesta.

–Podéis tener cerca a vuestros alguaciles y llamarlos con un silbato en cuanto hayáis oído su confesión.

–¿Y estáis dispuesta a arriesgar vuestra vida por llevar a Hackett ante la justicia?

–Estoy muerta de miedo –contesté–, pero no me queda más remedio, ¿no os parece?

Urdimos el plan y, cuando Clifton se marchó, fui a mi alcoba a escribir a Hackett. Necesité varios intentos, pero al final quedé satisfecha con la carta. Después de esparcir arena sobre la tinta húmeda, volví a leerla.

Querido señor Hackett:

Puede que os sorprenda recibir esta carta, pero estoy sana y salva, aunque no contenta.

Lamento muy sinceramente no haber aceptado el año pasado vuestro generoso ofrecimiento de ser mi protector. En ese momento no comprendí que conocéis el mundo mucho mejor que yo. Humildemente os pido perdón. Ojalá pudiera hacer retroceder el tiempo, ya que no ansío nada tanto como ser vuestra querida.

Si mañana a las nueve de la noche os reunís conmigo en el número 1 de Rochester Court, me propongo mostraros lo agradecida que estaría si volvierais a ofrecerme esa oportunidad.

Deseo y confío en que así sea,

Katherine Finche

Esperé que mi carta tentara lo suficiente la monumental vanidad de Hackett para atraerlo a Rochester Court. Después de eso ya solo dependería de mí animarlo a jactarse de sus hazañas.

Tras una breve reflexión, escribí una nota a Ben Perkins para pedirle que se reuniera conmigo en el jardín esa noche a fin de solicitarle ayuda en los preparativos necesarios para el día siguiente. A continuación pedí a Ann que entregara ambas misivas.

Pasara lo que pasara, no podía permitir que Gabriel tuviese el menor conocimiento de mis planes, porque me constaba que jamás consentiría que los llevara a cabo.

Capítulo 35

Volví a reunirme con Ben en la puerta de la cocina la tarde del día siguiente.

—Ya está todo organizado —dijo él—. La puerta trasera del número 1 de Rochester Court estará abierta. Clifton se esconderá en la despensa, ya preparado para cuando llegue Hackett a las nueve de la noche.

—Yo llegaré a las nueve menos cuarto —respondí, aturdida por una repentina sensación de miedo.

—Cuando oigáis el silbato de Clifton, corred a la despensa y encerraos dentro. —Ben sonrió—. Entré allí ayer por la noche e instalé un robusto cerrojo en la puerta.

—¿Y los hombres de Clifton estarán fuera?

Ben asintió.

—Dick y yo permaneceremos a cierta distancia de la casa hasta que Hackett haya entrado, pero a partir de ese momento también rondaremos por allí, así que no os preocupéis. Quedaos en la despensa hasta que os avisemos de que ya no hay peligro.

—¿Estamos todos preparados, pues? —Yo me sentía cualquier cosa menos preparada.

—Sois muy valiente, señora Finche. Pocas mujeres harían una cosa así. —Ben me tendió la mano—. Hasta esta noche entonces.

—Hasta esta noche —repetí, y la cabeza me dio vueltas.

A las ocho y media pretexté un dolor de cabeza para no tener que acompañar a Jane y Gabriel al salón. Mientras colocaba una nota en mi almohada, por si el plan fallaba, oí llorar a Toby. Indecisa, me detuve en lo alto de la escalera, pero el llanto del niño me obligó a volver.

Me tendió los brazos, y le enjugué el rostro bañado en lágrimas y lo consolé hasta que olvidó su pesadilla. Cuando volvió a cerrar los ojos, le di un beso en la frente y lo dejé en la cama, consciente de que se me hacía tarde.

Corrí escalera abajo y pasé sigilosamente ante la cocina, donde la señora Jenks y Ann cenaban. *Sombra* apareció a mi lado y acercó el morro húmedo a mi mano, pero lo aparté de un empujón. Tras ponerme la capa y encender el farolillo, salí en silencio por la puerta de atrás.

Anochecía cuando recorrí a toda prisa Long Acre. Pasé por Drury Lane, donde las prostitutas exhibían su género en los portales, a sabiendas de que a cada paso me acercaba a las peligrosas circunstancias que yo misma había concebido.

Cuando corría por el callejón oscuro que llevaba a Rochester Court, oí un ruido a mis espaldas y, presa de un repentino pánico, levanté el farolillo.

Sombra trotaba hacia mí, meneando la cola.

–¡Chico malo! –susurré–. Me has dado un susto de muerte. –Levanté la mano–. ¡Ahora quédate aquí!

Con las orejas en punta, me observó avanzar apresuradamente hacia el final del callejón.

El claro de luna me permitió ver que no había nadie en Rochester Court. Las casas ya estaban acabadas, pero, desprovistas de toda señal de vida, me resultaron curiosamente amenazadoras cuando me hallé frente a ellas. Se me secó la boca y se me revolvió el estómago ante la perspectiva de cruzar aquel espacio abierto. Me pregunté si los hombres de Clifton vigilaban ya entre las sombras. Respiré hondo varias veces y, sin darme tiempo a echarme atrás, salí del callejón y me encaminé hacia la casa.

En la esquina del edificio, me detuve y me asomé a mirar. Unas nubes taparon la luna momentáneamente mientras me dirigía a toda prisa hacia la puerta trasera. La empujé con la punta del dedo y cedió silenciosamente hacia dentro. Tras echar un vistazo por encima del hombro, entré.

Permanecí inmóvil por un momento, pero no oí nada excepto los rápidos latidos de mi corazón. Contando los pasos para aplacar mi nerviosismo, fui hasta la cocina.

–¿Señor Clifton? –susurré.

Se entreabrió la puerta de la despensa e iluminé su rostro con el farolillo.

–Si descubro que me habéis traído aquí para nada, dad por hecho que pagaréis las consecuencias –advirtió–. Esta condenada despensa es minúscula y apesta a ratones.

–¡Chis! –dije.

Oímos el chirrido de una llave en la puerta de la calle.

Apagué el farolillo, la puerta de la despensa se cerró en el acto ante mis narices y me retiré a un rincón de la cocina, temblando como un terremoto.

Se oyeron unos pasos furtivos en el entarimado desnudo del vestíbulo en el piso de arriba.

Había llegado la hora. Estaba a punto de participar en un juego peligroso y debía representar mi papel de manera convincente, o pondría en peligro las vidas de más personas inocentes. Tragué saliva, me erguí tanto como pude y me acerqué al pie de la escalera.

–¿Señor Hackett? –llamé.

Los pasos se detuvieron.

Me obligué a respirar acompasadamente.

–¿Señor Hackett? –llamé otra vez–. Soy Katherine Finche. ¿Estáis ahí?

Apareció una luz vacilante en lo alto de la escalera, y el causante de mis pesadillas surgió de la oscuridad. El farolillo de Hackett proyectó sombras amenazadoras en la pared, y estuve a punto de darme media vuelta y echar a correr.

–Confío en que estéis sola –dijo.

Con una audaz sonrisa, abrí las palmas de las manos.

–Así es, como podéis ver. Y os doy las gracias por la oportunidad de demostraros lo agradecida que estaré si me renováis vuestro anterior ofrecimiento. –Me volví y me alejé de él, mirando por encima del hombro con coquetería.

Oí las potentes pisadas de Hackett bajar por la escalera y se me erizó el vello de la nuca como si sintiera ya su aliento caliente en mi piel desnuda.

Lo esperé en la cocina, sujetándome las manos detrás de la espalda para que no me temblaran.

Cruzó la puerta y se plantó ante mí.

–O sea que sí os vi en la calle aquel día, y los Harte han conspirado contra mí. Nadie toma por tonto a Stanfast-for-Jesus Hackett y queda impune. Pero eso lo dejo para otro momento. ¿Y ahora qué tenéis que decirme, señora?

–Os juzgué mal, señor Hackett –dije.

Tras dejar el farolillo en el suelo, enarcó una ceja.

–Antes de... digamos, desaparecer, no era del todo consciente de hasta qué punto sois un hombre poderoso e influyente. –Retrocedí, apoyé un pie en la pared y eché al frente los pechos, tal como había visto hacer a las rameras.

Hackett recorrió mi cuerpo con la mirada.

–Desde entonces –continué, posando en él una mirada diáfana– he descubierto que no permitís que nada se interponga entre vos y vuestros deseos. Como es el caso, por ejemplo, de Rochester Court. –Apreté los dientes para que no me castañetearan.

–¿Qué sabéis de eso? –Entornó los ojos.

Le sostuve la mirada; no podía perder la compostura en ese momento y debía seguir el juego hasta el final.

–Solo una cosa: que estabais decidido a construir aquí vuestras excelentes casas y un casero reacio a vender el terreno y una familia que se resistió a marcharse fueron aniquilados por la fuerza de vuestro deseo. –Solté una carcajada, grave y gutural–. Sois invencible, señor Hackett.

–En eso sí os doy la razón –coincidió.

–Considero que eso es muy atractivo en un hombre.

Hackett esbozó una sonrisa burlona, y me costó Dios y ayuda disimular mi repulsión. ¡Cielo santo, se lo había creído! ¿Acaso su engreimiento no conocía límites?

–No estaba dispuesto a tolerar que un viejo y un puñado de campesinos se interpusieran entre mis ambiciones y yo –dijo.

–¡Qué divertido debió de ser lanzar las teas encendidas por la ventana mientras dormían! –Contuve la respiración. ¿Me había excedido?

–¡Quemamos a unos cuantos vivos! –A Hackett le brillaban los ojos a la luz del farolillo–. Menudo jaleo se armó, fue como hincar un palo en un hormiguero.

¡Hackett había confesado un asesinato! Me humedecí los labios con la lengua y lo miré con descaro en espera de que Clifton hiciera sonar el silbato.

Silencio.

¿Por qué Clifton no había llamado a sus hombres?

–El poder me excita –dije. Debía conseguir que siguiera hablando hasta que llegara la ayuda.

–Sí, ¿verdad? Siempre he sospechado que ardían fuegos secretos bajo vuestra apariencia dócil.

–Produce cierta emoción, cuando una está totalmente desvalida, sentirse en manos de un hombre fuerte que desea someterla a su voluntad. Mi marido... –Me interrumpí.

–Ah, sí, Robert Finche.

–Aunque en su momento no lo comprendí, me hicisteis un gran favor apartándolo de mi vida. –Lentamente, me desaté los lazos de la capa para exhibir el escote. ¿Me atrevería a inducirlo a confesar también el asesinato de Robert antes de que Clifton diera aviso con su silbato? –No sabéis lo cansada que estaba de su debilidad e ineptitud –dije–. Sobre todo en la alcoba.

–Robert Finche era un lameculos. –Hackett tenía la mirada fija en mis pechos–. ¿Y cómo se le ocurrió pensar que yo saldaría las deudas de su padre? Más tarde me enteré de que las liquidó Harte, y el viejo Finche se lo devolvió estirando la pata aquel mismo día. ¡Qué derroche! –Se rio con sorna–. Tendríais que haber oído a Finche lloriquear y suplicar compasión cuando lo lancé a patadas al río.

–Y fue un golpe maestro cuando, después de su muerte, culpasteis a Robert y Elias Maundrell de la venta de esos ladrillos que se desmenuzaban.

¿Por qué Clifton no había tocado el silbato? Yo tenía la boca seca. ¿Cuánto tiempo podía contener a Hackett antes de que se abalanzara sobre mí?

Hackett sonrió y vi brillar sus carnosos labios.

–También liquidé a ese quejica de Maundrell. ¿Fue astuto por mi parte, verdad, achacar la culpa a los hombres que me amenazaban con delatarme?

–Diabólico –dije. Era tal mi miedo que sentía náuseas. Tenía que salir de allí antes de que me tocara.

Hackett tendió la mano hacia mi pecho y mi valor se vino abajo. Aterrorizada, me desprendí de la capa y se la eché encima, cubriéndole la cabeza y los hombros.

Dejó escapar un bramido de ira, amortiguado por la tela, a la vez que yo daba tres pasos a través de la cocina y tendía mano al pasador de la puerta de la despensa. Tiré pero se resistió a abrirse. Presa del pánico, comprendí que Clifton había echado el cerrojo desde dentro y me privaba de mi refugio. Aporreé la puerta con el puño, pero de reojo vi que Hackett se zafaba de la capa.

Giré sobre los talones, pero ya era tarde.

–¡Ven aquí, putilla! –Hackett me agarró por la muñeca y, doblándome el brazo, me lo inmovilizó detrás de la espalda.

Lancé un alarido al sentir un dolor al rojo vivo que me subía por el brazo como un rastro de plomo incandescente.

–Conque te gusta sentirte desvalida en los brazos de un hombre fuerte, ¿eh? –Me empujó contra la pared e hincó la enorme rodilla entre mis piernas. Percibí su aliento fétido–. Pues estoy a punto de hacerte una mujer muy feliz –susurró.

Me tenía inmovilizada de tal modo que de nada servía forcejear. Alcancé a ver el farolillo arder en el alféizar de la ventana. Si al menos pudiera... De pronto, dejé de resistirme y me abandoné entre sus brazos para poder mirarlo a la cara.

—Besadme —susurré.

Sorprendido, relajó los brazos. Le devolví la mirada con una media sonrisa y cerré los ojos cuando acercó su boca a la mía. Contuve las arcadas cuando su lengua viscosa penetró entre mis dientes.

Me soltó la muñeca y cerró la mano en torno a mi pecho, que amasó y pellizcó. Mi gemido involuntario pareció excitarlo más aún.

A la vez que deslizaba un brazo en torno a su grueso cuello de toro, extendí el otro a mis espaldas, alargando los dedos hacia el farolillo, pero no llegaba por poco. Dejé escapar un suave gemido y, arqueando la espalda como si entrara en éxtasis, me incliné hacia atrás. Él se desplazó conmigo, chupeteando mis labios con los suyos húmedos, mientras yo buscaba a tientas el farolillo con los dedos. Me quemé el pulgar con el metal caliente y di un respingo; lo palpé hasta encontrar el asa. ¡Ya lo tenía! Lo agarré y, trazando un arco con el brazo, se lo estampé a Hackett en la nuca con toda mi fuerza. El farolillo se apagó, y Hackett soltó un quejido y, soltándome el pecho, se desplomó contra mí. Me escabullí de sus brazos a la vez que él caía al suelo.

La oscuridad era absoluta.

Con el pánico burbujeando en mi garganta, extendí los brazos. Tenía que llegar a la puerta trasera. Escruté la negrura con los ojos muy abiertos y, representándome el camino, di un paso vacilante. Conté los pasos, tropecé con el marco de la puerta, giré mínimamente y encontré el pasillo. Una corriente de aire frío me azotó la cara, y cuando la vista se me adaptó a la oscuridad, vi al final del pasillo la puerta trasera abierta, un rectángulo algo más claro. Cobrando ánimos, corrí hacia allí, pero de pronto paré en seco.

Fuera, percibí el resplandor de una luz y un tufo a tabaco. Escudriñé la noche y vi a Nat Hogg. Si me aventuraba a salir, me vería. Eché el cerrojo de la puerta trasera para que Nat no pudiera venir a por mí y abrí las puertas a ambos lados del pasillo. Una daba al cuarto de almacenamiento sin ventana y la otra a un sótano. No me quedaba más remedio: tendría que volver sobre mis pasos hasta donde estaba Hackett y salir por la puerta de la calle.

Hackett jadeaba cuando pasé de puntillas a su lado conteniendo la respiración. De repente, sentí una mano caliente en torno a mi tobillo. Aterrorizada, grité desesperadamente y lancé una patada a bulto. El puntapié dio en el blanco, y Hackett soltó un gruñido. Cuando logré liberar el pie, me arrancó el zapato.

Corrí a ciegas, chocando con las paredes, hasta que me golpeé la mano con el poste de arranque de la escalera. Encontré el primer peldaño y subí los escalones de dos en dos, con la falda recogida por encima de la rodilla. Avanzando a trompicones por el vestíbulo, oí a Hackett maldecir y dar tumbos abajo en la oscuridad. Localicé la puerta de la calle y a tientas di con el picaporte. No giraba. Entre sollozos, aporreé la puerta, pero ya era demasiado tarde; Hackett estaba a mis espaldas.

–No soy tan tonto como para no echar la llave a la puerta –dijo con voz triunfal– Ven aquí, descarada. Al final serás mía.

Me arrimé a la pared, y el aire se movió cuando Hackett pasó a mi lado. Debió de intuir mi presencia, porque cuando me daba media vuelta, cayó sobre mí una lluvia de puñetazos, en la cabeza y los hombros. Me desplomé en el suelo y me cubrí la cabeza con los brazos.

Hackett reía con exultantes carcajadas. Grité mientras soportaba primero las patadas de sus enormes botas y luego los pisotones en los dedos.

Abajo oí un gruñido profundo y reverberante, seguido de una andanada de ladridos. A continuación se acercó el golpeteo furioso de uñas en el entarimado desnudo, y algo peludo me rozó la cara. De pronto *Sombra* gruñía y lanzaba dentelladas al cuerpo y la ropa de Hackett.

Con dolorosa lentitud, avancé a gatas hasta la escalera y, sollozando, me sujeté a la barandilla sin dejar de oír los alaridos de Hackett. Medio a rastras, bajé por la escalera; cada paso un martirio. No me quedaba más remedio que arriesgarme a que me viera Nat Hogg.

Sombra lanzó un agudo gañido. Tras un momento de silencio, Hackett maldijo y empezó a descender pesadamente por la escalera tras mis pasos.

Enfebrecida y tambaleante, me arrastré hasta el cerrojo de la puerta de atrás pero los dedos, rígidos y sangrantes, no me respondieron. Me era imposible abrir. Retrocedí hacia el cuarto de almacenamiento, pero de pronto, mientras oía acercarse las pisadas de Hackett, se me ocurrió una idea. Me quité el zapato que me quedaba y lo sostuve en alto. Cuando calculé que se hallaba a seis u ocho pasos, lo lancé al otro lado del pasillo, hacia la puerta abierta del sótano.

–¡Ya te tengo! –exclamó Hackett con voz suave–. ¡Ven a mí, hermosa mía! Sé que estás ahí abajo.

Conteniendo la respiración, aguardé a que descendiera unos cuantos peldaños y entonces me abalancé hacia el otro lado del pasillo, cerré la puerta del sótano y eché el cerrojo.

Hackett rugió de furia y aporreó la puerta.

Sin pérdida de tiempo, volví a pugnar con el cerrojo de la puerta de atrás, y por fin logré deslizarlo. Entreabrí la puerta y salí sigilosamente.

Capítulo 36

Con la cabeza gacha, me escabullí descalza hasta la esquina del edificio en dirección a la plaza. Cuando no había recorrido más que unos pasos, choqué con una figura oscura que surgió de las sombras. Una mano me tapó la boca y ahogó mi grito.

—¡Chis! —me susurró una voz al oído—. Soy Gabriel.

Casi desmayada de alivio, me desplomé contra su ancho pecho.

Me estrechó con tal fuerza que sentí palpitar las magulladuras de mi cuerpo y dejé escapar una exclamación. Aferrándome a él, me abandoné momentáneamente al placer de estar entre sus brazos y deseé quedarme así para siempre.

Con cautela, retiró la mano de mi boca.

—¿Por qué demonios no me has dicho lo que te proponías? —preguntó con voz sibilante.

—¡Pensaba que eras Nat Hogg! —dije. Me castañeteaban los dientes de manera descontrolada.

Unas voces airadas prorrumpieron en la noche, seguidas por ruido de cristales rotos. Nos dirigimos apresuradamente hacia la fachada delantera del edificio, donde se arremolinaba un grupo de hombres con antorchas y palancas.

Dick Plumridge se acercó corriendo a nosotros y me agarró del brazo.

—¿Dónde está Hackett?

—Lo he encerrado en el sótano.

—¡Entonces ya lo tenemos!

Un clamor de aprobación rasgó el aire, y Dick, cojeando, dio unos pasos al frente y, con un potente grito triunfal, arrojó un ladrillo a una de las ventanas.

Horrorizada, vi que otro hombre lanzaba una antorcha a través del cristal roto y otro lo imitaba.

–¡Gabriel! Están prendiendo fuego a la casa, y Clifton y Hackett siguen dentro.

–¿Clifton está ahí? Como no ha hecho sonar el silbato, sus hombres se han marchado. Hemos supuesto que había decidido no venir.

–Se ha encerrado en la despensa en cuanto ha llegado Hackett, y yo no he tenido donde refugiarme. –Temblorosa, me rodeé con los brazos el vientre magullado y dolorido, temiendo que Hackett hubiera hecho daño al bebé.

–Ese pusilánime...

Di un respingo cuando un ladrillo pasó volando por encima de nuestras cabezas y otra ventana se hizo añicos. Una lluvia de esquirlas de cristal cayó sobre nosotros.

–¡Tenemos que detenerlos, Gabriel!

Gabriel levantó la voz para dirigirse a la multitud:

–¡Eh, ahí dentro hay un hombre inocente!

–¡Inocente! ¿Hackett? –preguntó alguien con voz ronca–. ¡Es un asesino!

–¡La horca es poco para él!

La turba se echó a reír, reverberando las carcajadas en la plaza, y acto seguido se desató el caos. Abalanzándose al frente, los hombres rompieron ventanas y arrojaron antorchas entre gritos y abucheos.

–¡Deteneos! –ordenó Gabriel.

Los hombres, en su sed de sangre, no le hicieron caso. Formaron grupos y, armados con vigas de madera a modo de arietes, se turnaron para embestir las paredes de las casas.

–Han perdido la razón. –Ahogué una exclamación cuando empezaron a brotar llamas de una de las ventanas del piso superior–. *Sombra* está dentro –dije al borde del llanto–. Hackett le ha hecho daño.

–Hackett me trae sin cuidado, pero no podemos permitir que quemen vivos a Clifton o a *Sombra* –contestó Gabriel–. Voy a entrar a por ellos.

–¡Tú no puedes hacer eso!

–Alguien tiene que entrar y, como los hombres de Clifton se han largado, tendré que entrar yo.

–Iré yo.

–¡Eso ni hablar! Ahora oriéntame.

Miré las llamas y el humo que salían por las ventanas de la planta superior.

–¡El piso de arriba se ha incendiado!

Los hombres rugían y arremetían con sus arietes contra las paredes una y otra vez.

Gabriel me sujetó.

–¿Cuántos pasos hay hasta la cocina? ¿Y dónde está la despensa?

Cerré los ojos para concentrarme.

–Desde la puerta trasera, el sótano está a dos pasos a la izquierda. Otros siete pasos, y también a la izquierda está la puerta de la cocina. –Ahogué un grito al oír una nueva acometida del ariete contra la casa.

–¡Sigue! –instó Gabriel.

–Una vez en la cocina, la despensa queda a la derecha, a cuatro pasos, creo. Ten en cuenta que tus zancadas son más largas que las mías.

–¿Y la escalera?

–A cuatro pasos desde la puerta de la cocina en dirección a la parte delantera de la casa, a tu derecha. Catorce escalones. Pero el salón está en llamas. ¿No debería ir yo? Sé dónde está la despensa.

Un ariete traspasó la pared y toda la casa se estremeció de nuevo.

–¡No hay tiempo para discusiones! Además, a oscuras tú eres tan ciega como yo. Cuanto antes deje salir a Clifton y Hackett, tanto mejor. Incluso si Rochester Court no arde, estos hombres derribarán toda la hilera de casas.

–Hackett es peligroso.

–Es poco probable que nos haga daño con tanta gente colérica alrededor, ¿no crees? Pero, además, Ben está al otro lado de la plaza con Jacob, atando a Nat Hogg. ¿Puedes pedirle que traiga a un par de hombres?

–¡Espera aquí!

Me abrí paso a toda prisa entre la multitud vociferante y busqué a Ben en medio de aquel alboroto mientras los hombres, retrocediendo y avanzando en la oscuridad, arremetían contra las casas en llamas, teñidos de color naranja sus rostros coléricos por el resplandor del fuego. Encontré a Ben y a Jacob agachados junto a Nat Hogg, que yacía en el suelo atado de manos y pies.

–¡Estáis a salvo! –exclamó Ben con una sonrisa de alivio–. ¿Habéis encontrado al señor Harte?

–Va a entrar en la casa. Clifton se ha encerrado en la despensa.

Jacob me agarró de la muñeca magullada, e hice una mueca de dolor.

–¿No habréis dejado entrar a mi señor, un ciego, en un edificio en llamas?

–¿Alguna vez habéis logrado disuadirlo de algo que se haya propuesto, Jacob? –Me zafé de él–. Ben, Hackett está encerrado en el sótano. ¿Podéis ir con unos hombres para retenerlo?

–Jacob, quédate con este pedazo de bosta inútil, ¿de acuerdo? –dijo Ben, e hincó la puntera de la bota en Nat.

Nat se retorció, pero estaba tan bien atado y amordazado que solo pudo lanzarnos una mirada virulenta.

Jacob me miró con severidad.

–Si el señor Harte no sale ileso de esta, os consideraré la culpable.

No había tenido tiempo aún de responder cuando Ben atravesaba ya la plaza, y lo seguí.

Los tejados de Rochester Court ardían vivamente, y un escalofrío me recorrió la espalda cuando oí los temibles chasquidos de la madera en llamas. Reviví con espantosa nitidez el horror del Gran Incendio.

Ben llamó a otros tres hombres, y corrimos juntos hacia la parte de atrás del edificio.

Cuando doblamos la esquina, Clifton salía por la puerta trasera de la casa, seguido de una nube de humo. Se paró en seco cuando me vio.

–¡Creía que Hackett os había asesinado! –exclamó, llevándose la mano al pecho.

–Poco ha faltado, y todo porque me habéis negado la posibilidad de refugio –repliqué con tono acre.

Clifton tuvo la decencia de bajar la mirada.

–Habría sido una temeridad ponerme en peligro –dijo.

–¡Vergüenza debería daros! –reprochó uno de los compañeros de Ben.

–Confío en que lo que hayáis oído de mi interpretación sea prueba suficiente para encausar a Hackett por asesinato –dije.

Clifton asintió. Se sobresaltó cuando otra embestida reverberó por todo el edificio, seguida de un estrépito resonante y una estentórea ovación.

–¿Dónde está el señor Harte? –pregunté.

Se oyó otra acometida en la parte delantera del edificio, y a continuación salió otra nube de humo por las ventanas.

–Creía que venía detrás de mí –dijo Clifton.

El miedo se adueñó de mí.

–Debe de haber ido en busca de *Sombra*. –No vacilé; solo sabía que debía encontrarlo. Aparté a Ben de un empujón y crucé la puerta.

El fuego rugía en el piso de arriba y el humo se arremolinaba en el pasillo. Me tapé la nariz y la boca con la falda. No vi a Gabriel, pero llegaban del sótano los gritos y maldiciones ahogados de Hackett.

Tosiendo, subí a tientas por la escalera hacia el resplandor de las llamas. Sentí la corriente de aire, que entraba por las ventanas rotas atraída por el fuego. Desfilaban por mi mente las imágenes del almacén incendiado, y atenazada de pronto por el miedo, vacilé. Pero seguía sin ver la menor señal de Gabriel y *Sombra* en medio de aquella turbulenta humareda, y no podía dejarlos perecer allí. Ya en su día me armé de valor, y debía volver a conseguirlo. Me tragué el miedo y avancé.

Escruté el salón, pero, amedrentada, retrocedí ante el intenso calor. Nadie sobreviviría en ese infierno. Presurosa, corrí al comedor, en el otro extremo del rellano, pero tampoco allí había nadie, excepto el fuego devorador.

—¡Gabriel! –llamé a gritos, temiendo por él.

Se intensificaron las rítmicas arremetidas de los arietes en la parte delantera de la casa. Sentía las vibraciones en las plantas de los pies descalzos y en el vientre dolorido. Empezó a caer una polvareda desde lo alto y de repente se desprendió una sección del techo. Lancé un chillido cuando la masa de yeso se estrelló contra el suelo. Un polvo asfixiante saturó el aire recalentado.

—¿Kate? ¿Eres tú?

—¿Gabriel? –Miré escalera arriba hacia el segundo piso y, cuando el polvo comenzó a posarse, atisbé a Gabriel, que subía.

—¡Gracias a Dios! ¡Baja, Gabriel! Clifton está a salvo –vociferé por encima del rugido de las llamas.

—¡Por los clavos de Cristo, Kate! ¡Vete de aquí ahora mismo!

—Pero...

—¡Ahora mismo! ¡Obedece! –ordenó a gritos por encima del hombro. En lo alto de la escalera flotaba una nube de humo, y a la vez que se perdía de vista en ella, lo oí llamar a *Sombra* con un silbido.

Corrí escalera arriba detrás de él. El dormitorio de la parte delantera estaba incendiado y el techo del pasillo en llamas. De pronto Gabriel, con *Sombra* en brazos, surgió de la humareda.

—¡Lo has encontrado! –dije, casi llorando de alivio.

—¿No te he dicho que te fueras? –repuso Gabriel con tono colérico.

–¿Está bien?

–¡Vete de aquí!

–No sin ti.

Empezó a toser y, agarrándolo de la manga, tiré de él hacia la escalera. Cuando estábamos a medio bajar, oímos un estruendoso topetazo contra la fachada de la casa, seguido del atronador desmoronamiento de la obra de mampostería.

–¿Qué ha pasado? –preguntó Gabriel.

–Se ha venido abajo la fachada entera. –El aire frío de la noche nos azotó y las llamas se avivaron, elevándose más aún–. Faltan cuatro peldaños –indiqué, alzando la voz por encima del fragor.

Llegamos al pie de la escalera, pero era imposible escapar entre las llamas por la brecha abierta en la fachada de la casa.

Con la boca seca por el miedo, agarré con más fuerza la manga de Gabriel. Recordé el momento en que avanzaba a rastras entre el humo y el fuego en el almacén de los Finche oyendo el chisporroteo y los chasquidos de las especias al prenderse los barriles. Aquella vez tuve suerte, pero pretender escapar en esta segunda ocasión ¿no era acaso pedir demasiado?

Fuera, los hombres vociferaban y vitoreaban sin dejar de arremeter contra el edificio, y sobre nosotros caían ascuas de madera desde el piso de arriba.

Exhalé un sollozo de alivio cuando llegamos al pie del último tramo de escalera y enfilamos el pasillo lleno de humo hacia la puerta de atrás. En ese momento, la escalera gimió y empezó a ladearse. Chillé y tiré de Gabriel para apartarlo del peligro en el momento en que la escalera se desmoronaba. Nos envolvió un torbellino de humo acre.

Poco después, tosiendo y respirando con verdadero esfuerzo, dejamos atrás la humareda del pasillo y salimos al aire de la noche. Ben nos alejó de allí cuando otro estruendo ensordecedor resonó por todo el edificio.

–¡Va a derrumbarse! –advirtió Dick.

–¡Hackett! –dijo Gabriel con voz ahogada.

–¡A la mierda Hackett!

–No podéis dejarlo ahí –repuse–. Si lo hacéis, seréis tan asesinos como él.

Dick me miró fijamente, su rostro maltrecho contraído por la emoción. Acto seguido, se dio media vuelta y, renqueando, cruzó la puerta y se adentró en la humareda.

Ben echó a correr detrás de él.

Apareció Jacob, y me lanzó una mirada de odio. Su expresión se suavizó cuando vio a Gabriel.

Sombra, tambaleante, se puso en pie, se sacudió el polvo de yeso y, cojeando, se situó a mi lado.

Nos retiramos y aguardamos a una distancia prudencial. Jacob y yo nos quedamos observando las furiosas llamas saltar del tejado y las ventanas y elevarse a gran altura en el cielo nocturno mientras los hombres, en el desenfreno de la ira, se jaleaban mutuamente a la par que arremetían contra la hilera de casas.

Gabriel tenía el rostro manchado de hollín y le corría un hilo de sangre por la mejilla.

–¿Aún no han salido Ben y Dick? –preguntó.

Pero yo, en un estado de horrenda fascinación, mantenía la mirada fija en Rochester Court cuando todo el edificio empezó a estremecerse. Poco a poco, muy poco a poco, un extremo empezó a desmoronarse, el resto siguió como una baraja de naipes golpeada por una mano en un descuido. Ante una gran andanada de calor y humo, ahogué una exclamación y volví la cara a la vez que me llevaba las manos a los oídos para acallar el ensordecedor estruendo. La tierra tembló y una gran vibración recorrió mi cuerpo, penetrando hasta los tuétanos.

Los hombres, prorrumpiendo en vítores y silbidos, se abrazaron y danzaron a la luz de las llamas como salvajes del Nuevo Mundo.

–¡Ahí están! –anuncié a voz en grito cuando Ben y Dick salieron entre la nube de humo y polvo.

Corrí hacia Ben.

–¿Y Hackett? –pregunté.

–Dick ha descorrido el cerrojo de la puerta del sótano, pero en ese momento el edificio ha empezado a temblar y hemos salido a toda prisa.

–Hackett debe de estar aún dentro –dijo Dick–, y no puedo decir que lo lamente.

Se oyó un silbato, y una docena de hombres entraron rápidamente en la plaza con un coche de bomberos y empezaron a bombear agua sobre las llamas. Vi que Clifton les daba órdenes.

–Hackett está dentro –dije.

–No puedo hacer nada al respecto hasta que apaguemos el incendio –respondió Clifton–. Además, no estoy dispuesto a arriesgar las vidas de mis hombres por un rufián que en todo caso acabaría en la horca. –Dirigió una mirada elocuente a Ben–. Y tendremos que detener a los responsables de este atroz acto de destrucción si están aún aquí cuando el depósito del coche de bomberos se vacíe de agua.

Ben se escabulló, y lo vi hacer correr la voz. En menos de cinco minutos, todos los hombres se habían esfumado en la noche.

Volví junto a Gabriel y le expliqué todo lo ocurrido desde el principio. Con expresión severa, escuchó, apretando los puños cuando le conté cómo me había tratado Hackett.

–¿Por qué no me has dicho qué te proponías? –preguntó al final.

–No podía. Me lo habrías impedido.

–¡Claro que sí!

–Si no hubiéramos detenido a Hackett, habría seguido arruinando la vida a muchas personas –aduje, y me negué a seguir discutiendo.

–Jacob ha venido a decirme que no tramabas nada bueno –explicó Gabriel–, así que te he seguido. Y luego Ben me ha contado tus planes, pero cuando he llegado, ya era demasiado tarde para detenerte.

Empecé a temblar. Ahora que estábamos a salvo, tuve ocasión de sentir las quemaduras en los pies y el dolor en el vientre. Me flojeaban las rodillas por el agotamiento y la conmoción.

—Tenemos que irnos a casa —dijo Gabriel—. Esta noche no podemos hacer nada más aquí.

Cansados, nos alejamos, y *Sombra,* cojeando, nos siguió.

Jane estaba fuera de sí de preocupación cuando regresamos y su inquietud dio paso al horror cuando le describimos lo ocurrido. Se levantó de la cama, nos lavó la cara y nos aplicó bálsamo en las heridas.

Se me anegaron los ojos en lágrimas. No podía soportar su bondad consciente como era de mi traición. Pretextando cansancio, hui escalera arriba.

En mi alcoba, me quité la camisola y contuve el aliento al ver los hematomas que se propagaban por mi abdomen y mis caderas. Fue entonces cuando vi hilos de sangre correr por el interior de mis muslos.

Hecha un ovillo en la cama, con las manos alrededor del vientre en un gesto protector, lloré.

Capítulo 37

Desperté con un gemido, dolorida toda yo. Fijé la mirada en el techo y me asaltaron de nuevo los sucesos de la noche anterior. Presa del pánico, aparté la sábana, pero vi que no había perdido más sangre.

Lentamente, me lavé para quitarme el olor acre del humo y me vestí. El alivio que sentí por no haber abortado quedó empañado por un renovado temor ante el futuro. Todavía no había recibido ninguna carta de la tía Mercy, y ahora temía que no llegara nunca. Me costaba respirar cuando me detenía a pensar qué sería de mí y de mi hijo.

Gabriel estaba ya sentado a la mesa del desayuno cuando aparecí.

–Esta mañana iré con Jacob a averiguar si han rescatado a Hackett –anunció.

–Te acompañaré –dije, pese a que la sola idea de caminar, por poco que fuese, me resultaba casi insoportable.

Gabriel abrió la boca y me apresté a la previsible discusión, pero al final dejó escapar un suspiro.

–Me temo que sería una pérdida de energía impedírtelo –dijo.

–En efecto.

–¿Vamos, pues?

Lo único que quedaba de Rochester Court era una montaña de ladrillos y vigas humeantes. La persistente llovizna

371

que caía del cielo plomizo se convertía en vapor al entrar en contacto con las ruinas resplandecientes, pero vi que los hombres de Clifton ya habían empezado a retirar los cascotes.

Gabriel y yo, sentados en un murete, esperamos a que se llevaran una carga tras otra de escombros.

–¿Aún no hay señales de Hackett? –preguntó Gabriel, y se levantó el cuello de la capa para protegerse de la lluvia.

–Ni la más mínima.

–¿Te llevo de vuelta a casa?

–Tengo que saberlo.

En silencio, observé el perfil de Gabriel y recordé cómo me había estrechado la noche anterior. Sospeché que habría bastado una palabra mínimamente incitadora por mi parte para que ahora volviera a rodearme con los brazos. Pero yo no deseaba ser solo su querida, y mi amor por él representaba una amenaza para la felicidad de Jane y de Toby. Me invadió una sensación de soledad y absoluta desdicha y me volví para seguir observando las excavaciones.

Pasó media hora hasta que oímos un grito.

Nos acercamos apresuradamente a los hombres apiñados en torno a la entrada ya despejada del sótano. Al cabo de diez minutos, sacaron de entre los escombros a Hackett, gimiendo lastimeramente.

–Tiene la pierna aplastada –anunció uno de los hombres.

–Llevadlo a la cárcel –ordenó Clifton–. Y llamaremos al cirujano.

Hackett gritaba de dolor y la sangre manaba a borbotones de su pierna cuando lo depositaron en una puerta rescatada de entre los cascotes. Entonces me vio.

–¡Me engañaste, putilla! –dijo enseñando los dientes.

Gabriel se abalanzó hacia él con el rostro contraído de ira, y lo agarré de la manga.

–No, Gabriel –dije.

–Iré a por ti, Katherine Finche –vociferó Hackett–, aunque sea lo último que haga. No tendrás dónde esconderte.

Se requirieron seis hombres para acarrearlo. Cuando sus imprecaciones se desvanecieron a lo lejos, volví a flojear de agotamiento y me temblaron las manos.

–Vamos a casa –propuso Gabriel.

Al día siguiente, Jane volvió a enfermar. Me senté junto a su cama. Yacía con el rostro pálido como el suero. Cerré los postigos para que el resplandor del sol de primavera no le molestara en los ojos, le di caldo de pollo y le masajeé las sienes con aceite de lavanda.

–Eres muy buena conmigo –susurró, y me agarró la mano.

El mínimo consuelo que yo podía ofrecerle nunca repararía la atroz traición a nuestra amistad. Cada noche me quedaba en vela, reconcomida de culpabilidad, y cada mañana, mientras me vestía, advertía inevitablemente que se me ensanchaba la cintura y se me hinchaban los pechos. Y seguía sin llegar la carta de la tía Mercy. Sentada en la habitación de la enferma día tras día, acariciándole la mano y reconfortándola con palabras de consuelo, mis aciagos pensamientos daban vueltas y más vueltas en mi cabeza como un pollo en un espetón.

Se agotaba el tiempo y en breve mi estado sería evidente para cuantos me miraran, excepto, irónicamente, para Gabriel. Tenía que marcharme de la Casa del Perfume antes de que llegara ese momento. Si la tía Mercy me rechazaba, iría al convento y rogaría a la hermana Assumpta que me acogiera hasta el nacimiento de mi hijo. A lo mejor ella encontraba a una familia bondadosa dispuesta a adoptar al niño. La dolorosa perspectiva de entregar a mi hijo me partía el corazón, pero si yo no podía mantenerlo, ¿qué otra opción me quedaba?

Pasó una semana, y Jane deseaba aire fresco. Una templada mañana de abril, Gabriel la bajó y la sentó en el jardín, bien abrigada para protegerla de las corrientes de aire. Yo también llevaba un chal grueso, no porque tuviera frío, sino para ocultar la dilatación de mi cintura.

Sombra, que aún cojeaba, dormitaba bajo el sol a los pies de Gabriel mientras Toby trotaba por el jardín a lomos de su caballito de madera.

—He enviado a Jacob a preguntar por Hackett —informó Gabriel—. Tiene fiebres.

—Espero que se recupere —dijo Jane.

—En ese caso eres mucho más compasiva que yo —comentó Gabriel.

—Ni mucho menos —contestó Jane—. Espero que se recupere para que sufra cuando lo ahorquen.

Toby galopó hacia nosotros en su caballito y se sentó junto a su madre.

—Me parece que has crecido al menos dos dedos esta última semana —comentó Jane a la vez que le acariciaba el cabello—. Qué joven tan apuesto serás de mayor.

Advertí las lágrimas prendidas en sus pestañas cuando besó a su hijo en la mejilla.

—Mamá, ¿podemos ir a ver a los leones de la torre? Dice Jacob que sus rugidos resuenan más que los truenos.

—Hay tantas cosas que me gustaría que viéramos —dijo Jane. Apoyó la barbilla en la cabeza del niño—. Quizá tu padre y la tía Kate quieran llevarte.

—¿Querrás, tía Kate? —Toby me dirigió una sonrisa irresistible.

—Claro que sí.

Apareció Ann por el sendero del jardín con una bandeja.

—Chocolate caliente —anunció—, para prevenir enfriamientos. Y ha llegado una carta para vos, señora Finche.

Y allí estaba, entre la chocolatera y las tazas, escrito mi nombre en el anverso con la letra apretada de la tía Mercy. Tuve que contenerme para no abalanzarme sobre ella. La alcancé con calma aparente, como si no contuviera la llave de mi futuro y el de mi hijo. Rompí el sello con dedos trémulos.

Katherine:

Tu carta se retrasó en Correos y te escribo nada más recibirla. Nunca he faltado a mi deber cuando se me ha exigido, por molesto que sea, y debes, pues, coger el coche de postas y venir a Kingston a la mayor brevedad posible. Tu antigua habitación estará lista para ti y tu hijo.

Como ahora careces de fortuna, te ganarás la manutención como criada mía. Confío en que seas plenamente consciente de mi caridad y me demuestres tu gratitud con un comportamiento dócil.

Tu tía,

Mercy Lambert

Apreté los dientes. Era muy propio de la tía Mercy dejar bien claro que asumía la ingrata misión de acogerme únicamente en nombre del sentido del deber y la caridad. No obstante, me había lanzado la cuerda de salvación que necesitaba. Además, después de todo lo que había sufrido, ¿acaso eso podía ser mucho peor?

–¿Qué pasa, Kate? –preguntó Gabriel.

–Es una carta de la tía Mercy. –Tragué saliva para aplazar el momento de decir lo que debía decir–. Está enferma y me ha pedido que vuelva a su casa a cuidar de ella.

Jane miró de soslayo a Gabriel, que se había quedado inmóvil a medio llevarse la taza de chocolate a los labios.

–Pero no te irás, imagino –dijo ella.

–Es mi obligación.

–¡Pero no puedes! –Jane palideció–. ¡No puedes irte con esa mujer! Te hizo la vida imposible durante años.

–Está vieja y no tiene a nadie más.

–¡Pero nosotros te necesitamos! Gabriel... –Jane apeló a su marido.

–¿De verdad debes irte, Kate? –preguntó Gabriel. Habló con voz fría y desapasionada, hiriéndome en lo más vivo.

–Mi madre habría esperado que cumpliera con mi deber.

–Siendo así, no te retendremos.

–¡No! –Jane, temblando de aflicción, se puso en pie con visible esfuerzo–. Debes quedarte, Kate. –Tendió los brazos hacia Toby–. ¡Toby, dile a la tía Kate que no nos abandone!

Toby me miró con los ojos muy abiertos y expresión temerosa.

–Pero has dicho que papá y tú me llevaríais a ver los leones de la Torre, tía Kate.

–Es que entonces no sabía que la tía Mercy estaba enferma.

–¡Lo has prometido! –Le resbalaban lágrimas por las mejillas.

–Lo siento –dije con gran pesar–, pero tengo que irme.

–¿Cómo eres capaz de una cosa así, Kate? –Intensas manchas de color ardían en la cara pálida de Jane–. ¡Después de todo lo que hemos hecho por ti!

–Jane, nunca olvidaré vuestra bondad...

–¿Acaso no significa nada para ti que te rescatáramos cuando estabas en la indigencia y te acogiéramos en nuestra casa? Te hemos tratado como a una más de la familia –dijo entre sollozos–. ¿Tan poco nos aprecias que ahora nos abandonas?

–¡Jane! –Gabriel atajó su diatriba–. ¡Ya basta!

–¡Pero necesitamos a Kate! La necesita sobre todo Toby, ¿verdad cielo?

Toby, llorando a lágrima viva, se aferró a mí y berreó:

–¡No te vayas!

–¡Jane! –dijo Gabriel–. Estás alterada. Si Kate debe irse con su tía, ya encontraremos a otra compañera para Toby.

–¡No nos servirá nadie más! –exclamó Jane colérica–. Todo gira en torno a Kate. ¡No puedes dejar que se marche!

No podía soportarlo. Aun sin eso, ya bastante difícil me era marcharme.

–Lo siento muchísimo, Jane. Pero no me queda otra opción...

Me miró fijamente durante un largo momento y luego se desplomó en el banco, temblando de la cabeza a los pies. Le palpitaba la garganta y estaba blanca como el papel.

–¿No hay otra opción?

Fui incapaz de sostenerle aquella intensa mirada suya.

–No.

–Entiendo –dijo en voz baja. De pronto su cólera se desvaneció–. ¿Qué he hecho? –añadió con un suspiro.

–¿Cómo no voy a agradeceros lo que habéis hecho por mí? –Parpadeé para contener las lágrimas–. Pero la tía Mercy es la única familia que tengo.

–Pero ¿volverás con nosotros? –preguntó Jane.

Callé, reacia a hacer una promesa que no podía cumplir.

–¿Cuándo te irás? –preguntó Gabriel.

Toby se subió a mi regazo y se pegó a mí como una lapa mientras yo le besaba el pelo y le enjugaba las lágrimas.

–Pasado mañana –contesté–. Retrasaré mi marcha para llevar a Toby a ver los leones de la torre, como he prometido.

Esos dos días transcurrieron demasiado deprisa. Metí mis escasas pertenencias en una bolsa de lona y me despedí de los criados.

Jane, con la mirada turbia a causa del dolor y el concentrado de adormidera, estaba reclinada en la cama.

–No te vayas –musitó.

–Tengo que irme.

Me dio la espalda y yo salí sigilosamente de la habitación.

Gabriel, Toby y *Sombra* me esperaban en el vestíbulo.

–No vas a llevarte a *Sombra,* ¿verdad, tía Kate? –preguntó Toby.

–No, cielo. Se quedará para cuidar de ti y ayudar a tu padre a moverse por la ciudad.

Caminamos en silencio hasta Lincoln's Inn, donde el coche de postas ya esperaba en la parada. Gabriel me había ofrecido su coche, pero yo lo había rechazado. Ni él ni Jane conocían la dirección de la tía Mercy, y yo no quería arriesgarme a que se presentaran y me encontraran en avanzado estado de gestación o con un recién nacido en brazos.

Gabriel entregó mi equipaje al cochero y aguardamos a que los otros pasajeros subieran a bordo.

–Es hora de irme –dije, y se me partió el corazón cuando me agaché a abrazar a Toby, que cubrió mi rostro de besos húmedos–. Sé bueno con tu mamá. –No pude volver a mirar su acongojado rostro por temor a llorar–. Adiós, Gabriel.

Un músculo palpitaba en la mandíbula de Gabriel, pero por lo demás no mostraba indicios de tristeza por mi marcha, y de nuevo se me partió el corazón.

–Adiós, Kate. –Se llevó mi mano brevemente a los labios y tuve que hacer acopio de fuerza de voluntad para no arrojarme contra su pecho y rogarle que me besara y me dijera que me amaba. Pero él permaneció en silencio, impávido.

Retiré la mano y me subí al coche.

Casi cegada por las lágrimas, miré por la ventanilla cuando el coche empezó a moverse y, con un esfuerzo, vislumbré por última vez a Gabriel con Toby sollozando en sus brazos.

El lancinante dolor de su pérdida traspasó mi corazón, y por un momento mi pena fue tan honda que se me cortó la respiración. Me acurruqué en el asiento, rodeándome la cintura con los brazos, paralizada en mi desesperación.

Capítulo 38

Julio de 1669

La tía Mercy tenía los postigos del salón cerrados para resguardarse del calor opresivo. Penetraba solo un resquicio de luz en la estancia sombría para iluminar la Biblia apoyada en mi regazo. La tía Mercy se había quedado traspuesta mientras yo le leía, e incluso dormida tenía los labios apretados en un gesto permanente de desaprobación. Mantenía las manos huesudas entrelazadas como garras en la falda.

Se oía el acompasado tictac del reloj, y suspiré. ¿Cuántas horas de mi infancia había pasado escuchando el tictac de ese reloj? Pero por difícil que me hubiese resultado regresar a la casa de la tía Mercy, esta vez me esperaba algo maravilloso. Apoyándome una mano en el abdomen, sonreí. Faltaban solo dos meses para que tuviera a mi hijo en brazos, el hijo de Gabriel. Si había perdido al hombre que amaba, al menos tendría al hijo fruto de ese amor.

La tía Mercy soltó un suave ronquido.

Estaba más pequeña y frágil de lo que la recordaba. Conservaba su lengua viperina, y la detestaba por lo que me había hecho, pero recordé unas palabras de Gabriel: que ella había malgastado su vida en la amargura.

Arqueé la espalda, que venía doliéndome todo el día, y me la masajeé con los puños. Con un bostezo, me recosté y cerré los ojos. Quizá consiguiera descansar unos momentos antes de que la tía Mercy me asignara otra tarea.

Escuché el soporífero tictac del reloj y el lejano rumor del tráfico, esperando sentir el movimiento del bebé dentro de mí, pero aparentemente también él dormía.

—¡Katherine!

Abrí los ojos de repente y, desorientada, parpadeé. Debía de haberme adormilado por un momento, porque la tía Mercy estaba totalmente despierta y tenía fijos en mí sus fríos ojos azules con expresión de desaprobación.

—¿Sí, tía Mercy?

—¡Te has dormido! —me acusó—. En esta casa no hay sitio para la holgazanería. La colada ya debe de estar seca. Baja a la cocina y ayuda a la señora Kinross con la plancha.

—Sí, tía Mercy.

—Y no te olvides de que hay que abrillantar el peltre del aparador.

—No, tía Mercy. —Con un esfuerzo, me puse en pie, procurando no dar importancia al dolor sordo que iba y venía en mi vientre. Debía haber sabido que no me convenía comerme la manzana verde que había robado esa mañana del árbol de un vecino cuyas ramas colgaban en el jardín de la tía Mercy.

En la cocina, Maggie Kinross sudaba junto al fuego. Finos mechones de cabello ensortijado escapaban de su cofia por efecto del vapor que se elevaba de la olla de sopa escocesa.

—La tía Mercy me envía a planchar —dije.

—¿Ah, sí? —Maggie apoyó las manos en las caderas—. Hoy hace demasiado calor para planchar, y más en vuestro estado. Se os ve cansada y estáis muy delgada. ¿El niño no os deja dormir?

Negué con la cabeza, dudando si hablarle del hilo de sangre que había descubierto entre mis piernas otra vez esa mañana, pero como había quedado en nada, me abstuve.

—Ya plancharé yo al final del día cuando refresque —dijo Maggie—. Sentaos a la sombra junto a la puerta de la cocina.

—Eres buena conmigo, Maggie.

–Sí. –Una sonrisa suavizó su rostro enjuto–. En fin, alguien ha de trataros bien, y no va a ser la Señora de Arriba.

Esa noche hacía demasiado calor para comer mucha sopa en la cena, y después de ayudar a la tía Mercy a acostarse, me retiré a mi pequeña habitación en el desván y me desvestí, aliviada de desprenderme del corpiño con ballenas. El aire húmedo me oprimía como una manta húmeda y caliente, por lo que todo movimiento me representaba un esfuerzo de voluntad. Como aún era pronto para dormir, contemplé los últimos rayos del sol, que se ponía en medio de una bruma dorada más allá de la torre de Todos los Santos en la plaza del mercado.

Más tarde, tendida en la penumbra con las manos entrelazadas sobre el montículo de mi vientre, evoqué, como hacía con frecuencia, el último momento en que vi a Gabriel y Toby cuando el coche salía de Londres. Me preguntaba si algún día superaría el espantoso sentimiento de vacío y pérdida que todavía me atormentaba. Y Jane, mi querida amiga a quien tan cruelmente había traicionado... ¿Cómo podía perdonarme a mí misma por lo que le había hecho?

Me volví de costado y, al sentir molestias en la pelvis, encogí las rodillas. Desaparecieron al cabo de un momento y volví a relajarme. Con un suspiro, cerré los ojos y me dormí.

La oscuridad era total cuando me despertó el dolor. Una violenta convulsión me atenazó el vientre. Gimiendo, me incorporé. Cuando el dolor amainó, encendí la vela y eché atrás la ropa de cama. Horrorizada, vi la sábana manchada de sangre. Otro ramalazo de dolor se inició en lo más hondo de mí y ahogué una exclamación de terror al tomar conciencia de lo que eso significaba. Estaba a punto de llegar el bebé, pero aún era pronto. Demasiado pronto. Sentí otro espasmo y, aferrada al poste de la cama, vi que me chorreaba sangre por los muslos.

Cuando pasó la contracción, salí como pude al pasillo y aporreé la puerta de Maggie.

–¿Qué pasa? –preguntó, frotándose los ojos para despejarse–. ¿Está la señora...? –Pero en ese momento vio el camisón ensangrentado y palideció–. Iré a por la comadrona.

Volví a la cama y me aovillé, asaltada por una oleada tras otra de dolor. Presa del pánico, comprendí que el niño llegaba y nada iba a impedirlo. Sudorosa y tensa, tenía la sensación de que el tiempo se ralentizaba, y apreté los dientes para vencer el terror que se adueñaba de mí. ¿Podía sobrevivir un bebé de siete meses?

Tenía la boca seca como el esparto y ansiaba un sorbo de agua fresca. En medio de una nebulosa de dolor, vi a la tía Mercy de pie en la puerta y tendí la mano en un gesto de súplica. Cuando pasó la siguiente contracción, abrí los ojos, pero ella había desaparecido.

Ahora los espasmos se producían cada minuto, y gemía a la vez que me resistía al abrumador impulso de pujar. Pero ya era tarde. Grité cuando, dentro de mí, la presión era ya demasiado intensa para oponerme y empujé con toda mi fuerza. Expulsé un chorro de líquido y el bebé resbaló hasta el colchón.

Era una niña. Lentamente, la cogí y le limpié la sangre del rostro diminuto pero perfecto. Tenía los ojos cerrados y la piel extrañamente gris. No respiraba. Le quité los fluidos de la boca y la mecí contra mi pecho, llenándola de besos. ¿Despertaría acaso si la quería lo suficiente?

Oí unas rápidas pisadas subir por la escalera y de pronto la puerta se abrió.

–¡Dios bendito! –Maggie se hallaba en la puerta, con la mano en la boca.

La comadrona la apartó de un empujón y se detuvo al ver a la niña en mis brazos.

–¿No es perfecta? –pregunté–. ¡Fijaos en sus deditos! –Sonreí a las dos mujeres a través de una pátina de lágrimas. Sentía una opresión en el pecho, como si tuviera encima un gran peso.

–Dejadme cogerla, querida –dijo la comadrona a la vez que tendía sus manos rechonchas.

–¡No! –Estreché a la niña aún más contra mi pecho dolorido–. ¿No es preciosa? –dije con voz arrulladora, y besé la suave pelusa rubia de su cabeza–. Te llamaré Rose, como la más hermosa de todas las flores del jardín.

–Debéis dármela ya –ordenó la comadrona con firmeza.

–¡No la toquéis! –repuse con voz sibilante. No estaba dispuesta a permitir que se llevara a mi hija querida, la hija de Gabriel.

–Quedáosla un momento, pues –dijo la comadrona. Con delicadeza, me convenció de que me tendiera y volvió a levantarme el camisón–. Empujad una vez más, querida.

Apoyando la barbilla en la cabeza de Rose, cerré los ojos y obedecí sus instrucciones.

La comadrona cogió la placenta en la sábana y se agachó para examinarla.

–¿Ha sufrido la madre alguna lesión? –preguntó a Maggie Kinross–. El bebé es muy pequeño para siete meses y la placenta está dañada.

–Hackett –dije, y unas lágrimas escaparon entre mis pestañas–. Las patadas de Hackett. Yo creía que su ponzoñosa influencia había desaparecido de mi vida, pero me equivocaba. Ha matado a mi hija.

La opresión aumentó en mi pecho e inhalé aire a bocanadas. De pronto dejé escapar un grito, un grito descarnado de pura desolación por haber perdido en la vida todo lo que más preciado era para mí: mi familia, mi casa, mi marido, mi mejor amiga, el hombre a quien amaba y su hijo. Y ahora, por encima de todo, mi hija.

Al cabo de cuatro días, Rose fue enterrada en el cementerio de Todos los Santos. Solo estábamos junto a la tumba la tía Mercy, Maggie Kinross y yo cuando el sacristán depositó el pequeño ataúd en la fosa. Mi dolorosa necesidad de Gabriel agudizó la angustia que sentía por enterrar a la hija cuya existencia él nunca conocería. Aturdida aún por la conmoción, temblaba sin lágrimas en los ojos y, apoyada en Maggie, escuchaba al pastor entonar el oficio fúnebre.

Las siguientes dos semanas pasaron en una bruma de dolor. La tía Mercy me mantuvo ocupada con tareas domésticas por las mañanas: sacar el brillo, planchar y fregar los suelos bajo su estrecha supervisión. Por las tardes, nos sentábamos en el sofocante salón y yo le leía fragmentos de la Biblia o le zurcía la ropa mientras ella me observaba constantemente para asegurarse de que no me abandonaba a ensoñaciones.

—Siéntate erguida, Katherine —ordenó una tarde—. ¿No te decía yo siempre que te saldría joroba si te encorvabas sobre la labor?

Una imagen de Jacob asomó a mi mente, y lamenté no haber llegado a conocerlo mejor. Había vislumbrado en su manera de ser una faceta sorprendentemente tierna por las atenciones que brindaba a Toby.

—¿Estás escuchándome, Katherine? ¿No te decía yo siempre...?

—Sí, así es, tía Mercy. —Me mordí la lengua hasta que me sangró, abrumada por la desesperación.

Con expresión ceñuda, chasqueó la lengua.

—Ya va siendo hora de que te sacudas esa cara de desdicha. No soporto mirarte. —Me dio un doloroso golpe en los nudillos con el abanico.

De pronto sentí que algo cambiaba dentro de mí y la miré, la miré de verdad. No era más que una vieja marchita, macerada en el ácido de su carácter avinagrado, deformado su rostro por años de desilusión e infelicidad. ¿Dónde estaba el ogro aterrador de mi infancia? ¿Y cómo era posible que me hubiera sometido a ella durante tantos años?

—Nunca has soportado mirarme —dije con un hormigueo en los dedos y el pulso cada más acelerado. Me asombró mi valentía, pero en cuanto la saboreé, fue como una droga y quise más—. ¿Es por lo mucho que me parezco a mi madre? ¿Por eso has sido siempre tan cruel conmigo?

—¿Cruel? ¡Todo lo que has tenido te lo he dado yo!

Me envalentoné aún más.

–¡Tonterías! Mi herencia, de la que eras albacea, te permitió vivir con gran holgura.

La tía Mercy entornó los ojos.

–¿Qué sabes tú de mi situación económica?

–Sé lo que tu administrador, el señor Catchpole, me dijo cuando organizó la transmisión de mi dote a mi marido.

–Ese hombre no tenía derecho...

–Antes fue abogado de mi padre, no lo olvides. Y cuando le pregunté si te quedarían fondos suficientes para vivir, me dijo que mi padre, aparte de la cantidad destinada a mis cuidados hasta que fuera mayor, te había dejado a ti una suma generosa, que seguía intacta después de todos esos años. –La señalé con el dedo–. Te quedaste con dinero que me correspondía a mí.

La tía Mercy apretó los labios, pero desvió la mirada, y supe que había dado en el blanco con mis palabras.

–Me has amedrentado durante años, confiando en que, por el miedo que me inspirabas, nunca me atrevería a pedirte que me lo devolvieras. Pues bien, ahora ya no te temo.

–Solo puedo decir una cosa –respondió la tía Mercy–: menos mal que tu hija no ha sobrevivido, porque no me imagino cómo habría sido esa niña con una madre como tú.

Eso bastó para desenterrar la ira y las heridas enconadas de la desdicha que habían anidado en lo más hondo de mí durante años. Una marea roja de furia borbotó en mi interior y enturbió mi visión.

–Veo muy claramente, como sin duda lo ve todo el mundo, por qué mi padre te rechazó en favor de tu hermana menor y más bondadosa –dije–. Pero quizá tengas razón. Una parte de mí sí ve con alivio que la pequeña Rose no tenga que sufrir la crueldad que me infligiste a mí continuamente.

–¿Cómo te atreves a decir una cosa así?

Mantuve la mirada fija en sus ojos azules, indignados.

–Sabes que es la verdad. –Tiré adrede al suelo su media parcialmente zurcida–. A partir de ahora puedes remendarte tú misma la ropa. Y creo que ha llegado el momento de que consulte al magistrado cómo puedo recuperar mi herencia robada, ¿no te parece? –Me puse en pie–. Me retiro a mi alcoba porque no soporto más tu presencia. Quizá quieras reflexionar sobre la vergüenza que pasarás si tienes que comparecer ante el tribunal para responder a los cargos que presentaré contra ti, ¿eh?

La tía Mercy se encogió en su butaca cuando me levanté.

Roja de ira, temblando de la cabeza a los pies, abandoné el salón.

A la mañana siguiente me miré en el espejo desazogado de la tía Mercy y vi lo delgada que estaba y lo apagada que tenía la mirada por la pena. Rose era tan diminuta y había nacido tan prematuramente que, si me ceñía bien la ropa, no presentaba ya señales externas de que ella hubiese siquiera existido.

Había pasado casi toda la noche en vela, vacía de ira después de mi altercado con la tía Mercy, sintiéndome sola y abrumada de dolor por todo lo que había perdido. La única luz resplandeciente en las profundidades de mi desgracia me había inducido a enfrentarme a la tía Mercy y ahora, después de haberme liberado súbitamente de mi miedo a ella, sentía una peculiar ingravidez.

Al cabo de un rato me presenté en el comedor a la hora del desayuno.

–Hoy saldré y no volveré hasta tarde, tía Mercy –anuncié.

–¿Adónde vas...?

–Eso no es asunto tuyo.

Me lanzó una mirada temerosa y agachó la cabeza sobre el plato.

Desayunamos en silencio y después me encaminé a la plaza del mercado, donde tomé el coche de postas.

Mientras el coche se sacudía por las irregulares carreteras, me remordió la conciencia por la desconsideración con que había tratado a una anciana. Desde luego no tenía intención de hablar con un magistrado, pero las crueles palabras de mi tía habían colmado mi aguante.

Mirando por la ventanilla, veía pasar el mundo y pensaba en Rose. Apreté los dedos entrelazados en mi esfuerzo para no gritar delante de los demás pasajeros, deseando que la niña hubiese respirado y vivido tiempo suficiente para abrir los ojos y ver a su madre. Pero quizá entonces habría sido demasiado doloroso dejarla ir.

—Duerme en paz, querida —susurré.

La salida de ese día era una locura, y yo lo sabía, pero echaba de menos a Toby. Privada de mi propio niño a quien amar, necesitaba tener a Toby entre mis brazos y bañarme en su elemental amor. Así pues, dejándome llevar por un capricho, había decidido presentarme en la Casa del Perfume y tomarme una taza de té con Jane, y también con Gabriel, si estaba en casa.

El coche llegó a Lincoln's Inn, y yo me apeé y recorrí las concurridas calles hasta Long Acre. Pero cuando me detuve frente a la Casa del Perfume, me faltó el valor. ¿Qué derecho tenía yo a volver a la vida de los Harte y alterarlos de nuevo? Quizá Toby tenía una nueva acompañante, y lo perturbaría si yo lo visitaba una tarde y luego me marchaba otra vez. Y Gabriel. ¿Podía estar segura de que mi anhelo por él no se trasluciría y quedaría a la vista de Jane?

Pero no reuní fuerzas para marcharme. Entré sigilosamente por la verja lateral y me senté en el banco bajo la pérgola. El dulce aroma de la madreselva y las rosas flotaba en la brisa. Deslizando los dedos por la madera del banco calentada por el sol, recordé todas las veces que, allí sentada, había charlado con Toby mientras él jugaba en el jardín. Pero esos tiempos habían quedado atrás.

—¡Tía Kate!

Vi a Toby correr hacia mí, y el corazón me dio un vuelco.

—¡Has vuelto! —exclamó a la vez que se encaramaba a mis rodillas.

La consternación dio paso al regocijo. Toby no me había olvidado, pues. Lo rodeé con los brazos y hundí la cara en su pelo, inhalando su aroma a niño pequeño.

–¿Kate?

Se me encogió el corazón y, al alzar la mirada, vi a Gabriel, y a *Sombra* a su lado.

–Kate, ¿de verdad eres tú?

Nuevas arrugas asomaban a su rostro agraciado y quise correr hacia él y alisárselas.

–Pasaba por aquí –dije, educadamente, como si apenas nos conociéramos.

Gabriel se agachó para desabrochar el arnés de *Sombra*.

–Toby, ¿puedes pedirle a la señora Jenks que te dé el almuerzo?

–¡Pero yo quiero hablar con la tía Kate!

–Enseguida iré a buscarte para que me pongas al corriente de todas tus noticias –dije. Lo observé alejarse mientras corría seguido de *Sombra*.

–¿Tu tía se ha recuperado? –preguntó Gabriel–. ¿Vuelves con nosotros?

–¿Cómo voy a volver después de lo que hicimos? –dije con labios trémulos–. Nunca me lo perdonaré.

Él agachó la cabeza.

–La culpa es mía, Kate. Pero eso es agua pasada, y por más que padezcamos la culpa, no eliminaremos el pecado. ¿No volverás con nosotros?

–No puedo –dije. Él nunca me había dicho que me amaba, y yo no estaba en condiciones de agudizar mi vulnerabilidad permitiéndole saber que verlo de nuevo había abierto la herida que tenía en mi corazón. Me levanté para marcharme.

–Jane está muy enferma –informó Gabriel–. El médico viene a diario, pero no puede hacer nada más que practicarle sangrías y administrarle jarabe de adormidera para aliviarle el dolor. Está muriéndose, Kate.

Lo miré horrorizada.

–Debería haber adivinado que cuando me negó el acceso a su alcoba hace dos años no era por simple indiferencia. –Tenía una expresión de profunda tristeza, y me dolió comprender que quería a Jane más de lo que yo pensaba.

–Tiene un cancro en el pecho –añadió–, como su madre y su hermana antes que ella.

Mi conmoción fue tal que me flaquearon las rodillas y me desplomé en el banco.

–Según el médico, demuestra una gran fuerza de voluntad. Le asombra que haya vivido tanto tiempo. Kate, te llama constantemente. Por favor, ¡ve a verla, te lo ruego!

Solo un corazón de piedra habría podido resistirse a tan vehemente súplica, y permití a Gabriel guiarme hasta la alcoba de la enferma.

Jane yacía como una efigie con los brazos, de una delgadez esquelética, cruzados ante el pecho. La miré fijamente, horrorizada por lo mucho que se había deteriorado. Tenía las mejillas hundidas y la piel de un amarillo céreo, y respiraba con dificultad.

–¿Jane? –musité.

Parpadeó y volvió hacia mí una mirada extraviada.

–¿Kate? ¡Gracias a Dios que has venido!

Se me anegaron los ojos en lágrimas.

–Gabriel, me quedaré un rato con Jane.

Él asintió y enseguida salió y cerró la puerta.

–¿Gabriel te ha dicho que me estoy muriendo?

–Ahora debes descansar. –Le aparté con delicadeza de la frente el pelo enmarañado.

Me agarró la mano.

–¡No hay tiempo para paños calientes! Necesito que entiendas una cosa. –Apartándose el cuello del camisón, dejó a la vista un apósito de lino y, con una mueca de dolor, se lo retiró. Tenía el pecho enrojecido, supurante y ulcerado, y la piel putrefacta.

Ahogué una exclamación y me llevé la mano a la boca.

—No es bonito, ¿verdad? —preguntó Jane, y volvió a colocarse el apósito—. El médico me ha dicho que el cancro está corroyendo los pulmones.

—Pero ¿por qué no me lo dijiste? —Apenas podía hablar. La espantosa imagen del pecho canceroso me dolió casi tanto como saber que no había confiado en mí.

—Desde que te fuiste he pedido a Dios a diario que regresaras. Pensaba que tardarías aún un mes o dos, pero que volverías. —El aire crepitaba en su pecho y respirar le representaba un gran esfuerzo. Tenía la mirada asustada de un animal herido—. No te puedes imaginar la fuerza de voluntad que me ha requerido seguir viva hasta tu regreso.

—¿Qué puedo hacer?

—¿No lo sabes? —En sus pálidos labios se dibujó una parca sonrisa—. Tú quieres a Toby, ¿verdad?

—Sabes que sí.

—Cuando yo me haya ido, ¿te costaría mucho guiarlo hasta que se haga mayor y recordarle de vez en cuando que su madre lo quería más que a cualquier tesoro de este mundo?

—Jane, yo...

—¡Déjame acabar! Tú ya sabes que la peor suerte que puede correr un niño es padecer la pérdida de su madre. —Tuvo un arranque de tos, y sus labios cobraron una coloración azul mientras pugnaba por respirar—. Pero si lo quieres y lo cuidas como si fuera tuyo, su pérdida será menor y yo me iré a la tumba reconfortada. —Me apretó la muñeca, fortalecidos sus dedos huesudos como consecuencia de la desesperación—. Pero eso no es todo. Tienes que casarte con Gabriel para afianzar tu posición como nueva madre de Toby.

—¡Jane!

—Sé que amas a Gabriel. ¡Chis! —Acercó un dedo a mis labios para acallar mis protestas—. He visto cómo lo mirabas.

—Pero ¿qué locura es esta? —repliqué, ruborizada.

—No insultes mi inteligencia, Kate. Me queda poco tiempo. Te elegí hace meses para ser la nueva madre de Toby. Fue el cometido más difícil y doloroso de mi vida: quedarme en segundo plano y permitirte ocupar mi lugar en sus afectos, y no siempre te he tratado bien. Pero sé que tomé la decisión correcta. Solo tú puedes hacerlo.

—Me es imposible no querer a Toby —dije—, pero no puedo casarme con Gabriel.

Jane me tocó la mejilla.

—¿Por qué no?

—¡Porque él no me quiere! —exclamé sin poder contenerme.

Jane arrugó el entrecejo.

—Pero yo creía... —Se mordió el labio—. Yo quería que os amarais y formarais una familia para Toby. Os he proporcionado todas las oportunidades posibles para crear un vínculo. Incluso me llevé a Toby y a Jacob con la idea de que dispusieseis del tiempo y el espacio necesarios para declararos vuestros sentimientos.

—¿Lo planeaste todo? —La miré horrorizada—. Maquinaste que tu marido y tu mejor amiga se quedaran solos para enamorarse? ¿Por eso fuiste tan cruel con él, para que acudiera a mí en busca de compasión?

—Pero mi plan dio mejor resultado de lo que preveía, ¿o no? —Me escrutó con sus ojos grises.

El destello de ira que sentí al saberme manipulada de ese modo quedó ahogado por la vergüenza. Yo era la única culpable de haber cedido a mis deseos carnales. Pero ¿qué sabía ella en realidad? Si Gabriel no le había contado nada, solo él y yo sabíamos exactamente qué había ocurrido aquella noche. Y ni siquiera Gabriel sabía lo de nuestra hija.

Sin poder mirar a Jane a los ojos, fijé la vista en mis manos mientras, inquieta, me tironeaba de la falda.

—Sí le quiero —dije en voz baja—, pero no es un amor correspondido. Nunca volvería a contraer matrimonio sin amor por ambas partes.

—¡Debes darle tiempo, Kate! Cuando te marchaste y vi que mi plan no daba el resultado previsto, me vine abajo. En eso has sido mejor amiga de lo que yo deseaba, porque tu culpabilidad por amar a Gabriel te llevó a abandonar la Casa del Perfume.

–Mi amor por tu marido es algo execrable –afirmé–. La culpabilidad me corroe como un ácido.

–No debes permitirlo. Y cuando yo me haya ido...

–¡No lo digas!

–¡Mírame, Kate!

Lentamente levanté la vista para mirarla a los ojos.

–Os doy mi bendición a Gabriel y a ti –dijo. Me rozó la mano con sus labios apergaminados.

–Jane, no puedo...

Volvió la cabeza.

–¿Te quedarás conmigo hasta que me duerma?

Sumida en un profundo estado de confusión, escuché el sonido estertóreo de su respiración mientras dormitaba. Al volver a ver a Gabriel, mi anhelo por él había aumentado, pero él no me había dado la menor señal de amor. Aquella noche mágica que compartimos, debió de actuar movido solo por la lujuria. Quizá Jane había perdonado mi traición y nos había dado su bendición, ¿pero podía yo alguna vez perdonarme a mí misma?

Capítulo 39

Era demasiado tarde para volver a Kingston esa noche, y después de acostar a Toby, Gabriel me llamó al salón.

Me senté en el borde de la butaca, impaciente por oír lo que tenía que decirme. Jane no me había mencionado si Gabriel estaba al corriente de su plan de inducirnos a enamorarnos, y no me atreví a preguntárselo. Al final, me habló de algo muy distinto.

–Para tu información –dijo Gabriel–, a Hackett se le gangrenó la pierna aplastada, y el cirujano tuvo que amputársela. Pero ya era demasiado tarde, y murió antes de poder ahorcarlo.

Caí entonces en la cuenta de que Hackett no perturbaba ya mis sueños.

–Debería sentirlo por él –dije, pensando en la paliza que me había dado, la causa de la muerte de mi hija–, pero no lo siento.

–Su sufrimiento y su muerte han sido un castigo justo, creo. –Gabriel se paseó por la estancia y se volvió hacia mí con expresión vacilante–. Kate, ahora que has visto lo enferma que está Jane, ¿te quedarás con nosotros? Al menos hasta que...

Permanecí en silencio por un momento, pero ya había tomado una decisión.

–Solo hasta entonces –contesté.

Escribí a la tía Mercy para informarla de que por el momento no volvería, y volví a desempeñar mi función de acompañante de Toby y enfermera de Jane. Eludí a Gabriel, pero me complació ver que *Sombra* y él habían formado un fuerte vínculo y cada día salían a la calle rumbo al centro.

—¿Cuándo se pondrá mejor mamá, tía Kate? —preguntó Toby.

Vacilé, pues no quería mentirle.

—No lo sé, cielo.

—¿Está enferma porque me he portado mal?

Lo subí a mi regazo y lo abracé para que no viera las lágrimas en mis ojos.

—¡Tú no te portas mal!

A última hora de la tarde, mientras Toby preparaba rosquillas con la señora Jenks, me senté junto a la cama de Jane. Estaba aún más consumida. Tenía la piel pálida y muy tirante, y los labios, agrietados y despellejados. Le eché unas gotas de agua previamente hervida en la boca con una cuchara. Cuidadosamente, humedecí el apósito y se lo retiré del pecho, procurando pasar por alto sus sollozos. Movía la cabeza de un lado a otro sobre la almohada, gimiendo suavemente, y se me partía el corazón por lo poco que podía hacer para aliviar su dolor.

Cuando acabé, le apliqué una venda limpia.

—¿Quieres más jarabe de adormidera? —ofrecí, y me pregunté cuánto tiempo resistiría Jane semejante tortura.

—Después —respondió con un resuello líquido en los pulmones—. Kate, ya falta poco —dijo—. ¿Puedes traer a Toby? Deprisa.

Asentí, tan angustiada que era incapaz de hablar.

—Antes tráeme un camisón limpio y ayúdame a incorporarme un poco más. Y echaré en el pañuelo un poco del agua de Hungría de Toby. —Tenía una sonrisa espectral—. No quiero que se asuste por el olor de esta habitación de enferma.

La puse lo más cómoda posible y corrí escalera abajo, temiendo de pronto que falleciera antes de que yo pudiera llevarle a Toby.

Toby parloteaba alegremente con Ann en la cocina. Se le iluminó el rostro cuando me vio.

–He hecho rosquillas –anunció, y me ofreció orgulloso una bandeja de rosquillas de azúcar.

Me obligué a sonreír.

–¡Deben de estar deliciosas! Me comeré una después; ahora tu mamá quiere verte.

La señora Jenks debió de advertir algo en mi tono, porque de pronto dejó de remover la olla en el fuego y levantó la vista.

–Iré a buscar al señor –murmuró.

Asentí, cogí a Toby de la mano y lo llevé rápidamente al piso de arriba.

Jane tendió los brazos hacia él.

–¡Aquí estás, cielo! Ven y cuéntame qué has hecho hoy. Kate, ¿puedes pedirle a Gabriel que venga?

Volví la vista atrás antes de salir de la habitación. Con la barbilla apoyada en la cabeza de Toby y los brazos alrededor de su cuello, Jane me miró con expresión trágica. Me llevé una mano a la boca para contener un sollozo y salí de inmediato.

Gabriel iba pasillo arriba, pasillo abajo.

–Kate, ¿eres tú?

–Toby está con Jane –dije–. Ella cree que falta poco.

–Ya es hora de que se libre de su dolor. Ha sido muy valiente... –Se palpó en busca de un pañuelo y se sonó la nariz.

–¿Entrarás a verla? Yo me quedaré cerca, por si hace falta que me lleve a Toby.

–Él te necesitará durante los próximos días. No le fallarás, ¿verdad, Kate?

–Haré lo que sea necesario durante unos días –contesté–, pero más allá de eso no puedo prometer nada.

Esperé en la primera planta, delante de la habitación de la enferma mientras el reloj marcaba los minutos.

Al final se abrió la puerta y salió Gabriel con Toby cogido de la mano.

–Kate, voy a acostar a Toby.

Eché un vistazo hacia la alcoba y vi que Jane tenía la cara entre las manos y que agitaba los hombros.

–Luego iré a remeterte las sábanas, Toby –dije, y le di un beso en la mejilla–, pero ahora voy a hacerle compañía a tu madre un rato.

Gabriel se llevó a Toby.

–¿Kate? –Jane habló con un hilo de voz–. ¿Mi pócima somnífera?

Medí una dosis con cuidado y se la di. La bebió con avidez y le limpié el mentón.

–Ya falta poco –dijo con voz ahogada.

Los últimos rayos del sol poniente entraban oblicuos por las ventanas y ajusté las cortinas para que el resplandor no le molestara. Cuando la luz se atenuó, cerré los postigos, preguntándome con un escalofrío de aprensión si Jane vería el siguiente amanecer. Encendí las velas y percibí que despedían el aroma preferido de Jane: flor de azahar.

Con los nervios a flor de piel, escuché su respiración anhelante. Mascullaba algo entre dientes y de vez en cuando dejaba escapar un grito de dolor, y yo pronunciaba palabras tranquilizadoras hasta que se apaciguaba.

–¡Qué oscuro está!

–Estoy aquí, Jane –dije, y le acaricié la frente.

–¿Y Toby?

–Duerme profundamente.

–Mañana dale un beso de mi parte. –Jane volvió a toser, oyéndose en sus pulmones un burbujeo líquido–. ¿Kate? Dile a Toby... –Se convulsionó a la vez que un violento arranque de tos áspera sacudía su frágil cuerpo–. Dile que siempre lo querré. –Me cogió la mano con fuerza.

–Se lo diré. –La gélida burbuja de la aprensión que tenía dentro de mí desde hacía unos días empezó a expandirse.

–¡No te olvides, Kate!

–No me olvidaré.

Abrió los ojos de par en par y sonrió.

–¡Ah! –susurró–. ¡Veo la luz!

Le apreté la mano, llena de aprensión.

De pronto respiró con un estertor y exhaló un largo suspiro.

–¿Jane? –Le apreté la mano convulsivamente, presa del pánico–. ¡No, no te vayas! ¡No puedes dejarnos!

Pero relajó la mano con que me sujetaba y de repente un extraño silencio reinó en la alcoba. Cerré los ojos con fuerza, asustada de pronto.

Cuando por fin volví a abrirlos, vi que Jane aún tenía media sonrisa en el rostro y las arrugas habían desaparecido de su frente.

Me invadió la frialdad de la aceptación. Con delicadeza, le cerré los párpados. El cuerpo que yacía en el lecho no era ya mi queridísima amiga, sino solo el cascarón que antes había sido Jane. Preguntándome si su espíritu me observaba, eché una ojeada alrededor. Me levanté de un salto, corrí a la ventana y, tras manipular torpemente la falleba, abrí los postigos de par en par.

–Ve en paz, amiga mía –dije–. Que tu alma vuele libre.

En la mesa, junto a la ventana, la llama de la vela parpadeó, movida por una súbita corriente de aire, y se apagó.

Durante los días siguientes quedamos inmersos en un profundo pesar. Gabriel y yo hacíamos lo que podíamos para aplacar el llanto desesperado de Toby, pero yo sabía que, dijéramos lo que dijéramos, nada aliviaría del todo su dolor.

El día del funeral de Jane lucía el sol, pero apenas recuerdo nada aparte de una multitud de rostros compasivos reunidos junto a la tumba y la terrible llorera de Toby, allí aferrado a la mano de su padre. Gabriel parecía empequeñecido por la angustia de Toby, su pelo menos reluciente y su porte menos erguido. Para mi vergüenza, me dolió ver su aflicción por Jane.

Después del oficio, acudió a la Casa del Perfume gente a la que yo no conocía para compartir el ágape fúnebre y hablar en voz baja de la dulzura y la bondad de Jane y de su valentía ante la enfermedad. No había lugar para mí en la vida que Jane había compartido con Gabriel.

Esa noche desperté de mis propios sueños agitados al oír gritar a Toby. Corrí a su habitación y encontré a Gabriel ya allí, acunando contra su pecho a su hijo lloroso, hablándole con voz arrulladora y prometiéndole que el dragón que vivía debajo de la cama se había marchado.

—No podrá hacerte daño mientras yo esté aquí —musitó.

Observé desde la puerta a Gabriel pasearse por la alcoba, descalzo y en camisón, con la cabeza de Toby apoyada en el hombro. Era una escena curiosamente íntima y deseé acercarme a ellos y rodearlos con los brazos. Al ver la ternura con que Gabriel atendía a su hijo afligido, volvió a invadirme abrumadoramente el amor por él.

Al cabo de un rato, Toby se calmó y finalmente se durmió. Gabriel lo dejó en la cama con delicadeza, lo besó en la frente y se tendió a su lado, sujetándole aún la mano.

De pronto me sentí como una intrusa en su mundo privado y me di media vuelta para alejarme de puntillas antes de que él se diera cuenta de que yo estaba allí.

—Buenas noches, Kate —susurró Gabriel.

Debería haber sabido que él había advertido ya mi presencia.

—Buenas noches —repetí. *Buenas noches, amor mío.*

A la mañana siguiente Toby se había olvidado de los dragones y subía y bajaba ruidosamente con Jacob y *Sombra* repeliendo a los invasores franceses del castillo. Llamé a la puerta del Salón del Perfume.

—A veces pienso que el propio Jacob es poco más que un niño —comentó Gabriel con una sonrisa sesgada al abrir.

—Es un alivio oír a Toby olvidar sus pesares —dije—. Y de eso quería hablarte. —Necesitaba decir lo que debía decir antes de flaquear—. Ha llegado la hora de marcharme.

—¡No! —Se agarró al borde de la mesa como si temiera caerse.

–Prometí que me quedaría hasta el entierro de Jane.

–¡Pero Jane me dijo que había hablado contigo, que te había pedido que te quedaras en la Casa del Perfume para cuidar de Toby!

–No puedo.

–¡Sí puedes! Entiendo que te preocupe tu reputación si te quedas en la casa conmigo, pero si nos casamos atajaremos cualquier chismorreo.

–¡Chismorreo! –exclamé con acritud–. Nos merecemos la mayor de las condenas.

–¡Kate, no estás escuchándome! Jane pretendía que nos casáramos, porque esa sería la mejor solución posible para Toby. Él ya te quiere.

–Y yo lo quiero a él. Pero no me casaré contigo.

Gabriel, conmocionado, palideció.

–Pero ¿por qué no?

–Porque lo que hicimos estaba mal. –Lancé una mirada a la alfombra extendida frente a la chimenea, recordando el calor del fuego en nuestra piel desnuda y el perfume almizclado que aquella noche nos empujó al clímax de la pasión–. No puedo vivir con la culpabilidad de ese recuerdo ante mí. –Y menos con un hombre que se casa conmigo en interés de su hijo y no por amor a mí, me dije.

–¡Pero Toby te necesita!

–No, no me necesita, Gabriel. Te tiene a ti.

–Creía que... –Tendió la mano hacia mí.

–¡No me toques! –dije, a sabiendas de que mi determinación se vendría abajo con su contacto–. Los dos necesitáis tiempo para llorar la pérdida de Jane, como también lo necesito yo.

Se sentó y apoyó la cabeza en las manos.

–Imaginaba que, después de todo el dolor y el sufrimiento de la enfermedad de Jane, lo único bueno que resultaría de eso sería nuestro matrimonio.

–¿Y yo no tengo voz ni voto en este plan que urdisteis Jane y tú? –Monté en cólera e involuntariamente apreté los puños con tal fuerza que me clavé las uñas en las palmas de las manos.

—Cuando Jane nos dio su bendición antes de morir, supe que era lo correcto.

—No para mí –repliqué–. Ya me casé una vez sin amor, y eso solo lleva a la infelicidad.

Siguió un largo silencio.

—Disculpa –dijo Gabriel por fin, en un tono de absoluta cortesía–. En ese caso, permíteme pedir el coche de inmediato y Jem te llevará a la casa de tu tía. –Abrió la puerta y salió al vestíbulo.

Toby, sentado en el primer peldaño de la escalera con Jacob, miró a su padre con una sonrisa.

—Jacob, dile a Jem que acerque el coche a la puerta de inmediato, por favor. La señora Finche se marcha a Kingston esta mañana.

Jacob enarcó las cejas y fijó en mí sus ojos oscuros mientras yo intentaba contener el temblor que se adueñaba de mí.

—Sí, señor –dijo, y se alejó a toda prisa.

Me senté junto a Toby y lo rodeé con el brazo.

—¿No vas a quedarte conmigo? –A sus ojos verdes, ahora muy abiertos, asomó una expresión de inquietud.

—No puedo, cielo. Pero tu padre y Jacob cuidarán de ti de la mejor manera posible. Y yo te escribiré.

—Pero ¿quién me leerá tus cartas si tú no estás?

Se traslució tal pesar en su rostro que apenas pude contener el llanto. Me tragué las lágrimas.

—Te las leerá Jacob. Y si le pides que te ayude con las letras, dentro de poco podrás escribirme tú también.

Toby asintió y deslizó su mano en la mía en un gesto de confianza.

El coche no tardó en llegar y detenerse ante la puerta.

Gabriel se acercó.

—Te agradezco los abnegados cuidados que has prestado a mi esposa y mi hijo –dijo, cortésmente. Me tendió la mano, y habría sido una grosería no aceptarla–. Confío en que tengas un viaje sin percances. –Un músculo se tensó en su mandíbula, pero no advertí en su voz la menor pesadumbre.

Miré nuestras manos entrelazadas a través de las lágrimas. Yo no podía decir nada para arreglar las cosas entre nosotros.

Di un beso a Toby, y al cabo de un momento estaba ya en el coche.

Jem hizo restallar el látigo y nos pusimos en marcha.

Toby me despidió agitando los brazos con vehemencia mientras Gabriel permanecía impasible a su lado.

Asomé la cabeza por la ventana para despedirme de Toby con un gesto y vi que *Sombra* corría detrás del coche. Se me saltaron las lágrimas cuando se rezagó y su forma fue menguando en la lejanía.

Capítulo 40

Agosto de 1670

Unas nubes grises se deslizaban por el cielo y un viento cálido y borrascoso me tiraba de la falda mientras cruzaba el cementerio de Todos los Santos. Llevaba un ramo de rosas y me detuve junto a la pequeña lápida que señalaba la tumba de mi hija.

–Hola, mi dulce Rose –susurré.

Hacía más de un año que ella se había ido, apagada su existencia aun antes de iniciarse, y yo todavía lloraba por la vida que nunca compartiríamos. Acudía con frecuencia al cementerio para hablar con ella, para representármela feliz y sonrosada.

Retiré las flores marchitas de su tumba y las sustituí por el ramo de rosas entretejidas con romero, el símbolo del recuerdo. Con los ojos cerrados, elevé una plegaria por su alma. A veces, dejándome llevar por la fantasía, me deleitaba en creer que Jane la vigilaba en el Reino de los Cielos.

También había flores marchitas en la tumba contigua, y dejé allí un ramo de rosas amarillas. Poco después de regresar de la Casa del Perfume, la tía Mercy tuvo que guardar cama a causa de un enfriamiento veraniego que acabó en una tos pertinaz. Se mostró patéticamente agradecida cuando la cuidé, y en sus últimos días se vino abajo y suplicó mi perdón. Habló de los celos que le inspiraba mi madre, su hermana menor y más bonita, y su desesperación me ayudó a comprender por qué había permitido que la amargura le arruinase la vida. Tras su muerte, descubrí, para mi sorpresa, que la echaba un poco de menos, y más aún me asombró descubrir que me había dejado su casa y su fortuna.

Me senté en el banco bajo el olmo, mi sitio de costumbre. El cementerio estaba vacío. Suspiré. Nada ni nadie me obligaba a volver a casa apresuradamente.

Había pasado un año y un día desde la muerte de Jane. Ya no le echaba en cara los planes de inducirnos a Gabriel y a mí a enamorarnos. Quizá yo en su lugar habría hecho lo mismo para asegurar la felicidad de mi hijo, pero todavía añoraba a Gabriel y a Toby con un dolor que, sospechaba, nunca desaparecería. A veces, ya entrada la noche, me preguntaba si la muerte de Rose no había sido castigo suficiente por mi traición a Jane, y lamentaba haberme negado a casarme con Gabriel, pese a que él no me amara.

Se oyó el susurro de la brisa entre las hojas del olmo, que se mezcló con los murmullos de los difuntos. Los caballos y los coches pasaban ruidosamente por la plaza del mercado, pero el cementerio seguía siendo un remanso de quietud entre el ajetreo y el bullicio.

Cerré los ojos para recordar, como solía, mi primer encuentro con Gabriel. Él salía de la penumbra a la luz del sol, luciendo un sombrero a la valona y una casaca de color verde mar, tan fresco en apariencia como un torrente de montaña. Llevaba un bastón largo con empuñadura de plata en una mano y un frasco de perfume en la otra. Creo que empecé a enamorarme de él la primera vez que lo vi.

En algún lugar ladró un perro. Suspiré y abrí los ojos. Un perro negro cruzó a todo correr el cementerio derecho hacia mí.

–¡*Sombra*!

Saltó en torno a mis pies con gañidos de emoción.

–¿Y tú de dónde sales? –pregunté con incredulidad y júbilo. En ese momento alcé la vista y me quedé helada.

Una figura alta, con sombrero a la valona y casaca de color verde mar, avanzaba vacilante por el sendero hacia nosotros. Llevaba un bastón de empuñadura de plata en una mano y un frasco de perfume en la otra. Gabriel.

Me levanté en el acto. Me zumbaban los oídos y me brincaba el corazón. ¿Acaso lo había emplazado con la imaginación?

Sombra volvió corriendo hacia Gabriel, que buscó a tientas el asa del arnés y siguió adelante con paso más seguro. Se detuvo ante mí, y examiné su rostro tan familiar y querido. Tenía nuevas arrugas en las comisuras de los ojos, pero su expresión era distante.

–Kate.

–Gabriel. ¿Quieres venir a sentarte conmigo? –Con suavidad, coloqué mi mano bajo su codo y lo guié hasta el banco. Esperé que no oyera los potentes latidos de mi corazón.

–Tu ama de llaves me ha dicho que estabas aquí –explicó él. Apoyó el bastón en el banco y dejó el frasco de cristal en el asiento a su lado.

–¿Por qué has venido?

Señaló su casaca verde.

–Como ves, hoy es el primer día sin luto.

–¿Cómo está Toby?

–Se ha... adaptado. Ahora tenemos una relación muy estrecha. Pero todavía echa de menos a su madre. Y a ti–. Suspiró–. Como yo.

–¿Por qué has venido? –Parte de mí lamentaba que hubiera venido; al verlo de nuevo, volvían a abrirse viejas heridas.

–Para presentarte una disculpa –contestó Gabriel–. Tenías razón al decir que necesitábamos tiempo para llorar la pérdida. Lo ocurrido la noche que creé tu perfume nos contaminó. Y he tardado un tiempo en entender lo insensible que fui al pedirte que te casaras conmigo tan poco después de la muerte de Jane.

Flotó entre nosotros un silencio opresivo.

–Volviendo la vista atrás –prosiguió–, he comprendido que después de la tristeza de perder a Jane y padecer la angustia de Toby, no tenía el pensamiento en orden.

–Ha sido un año difícil –dije, recordando el hondo dolor de tantas noches de soledad.

–Yo solo sabía que si te perdía también a ti, podía perder el juicio.

Lo miré fijamente.

Levantó una comisura de los labios en una breve sonrisa.

–Creo que, por un tiempo, quizá fue así. Pero ha llegado el momento de mirar al futuro. ¿No podemos perdonarnos por lo ocurrido, como hizo Jane? No es mi intención afligirte, pero, Kate, mi querida Kate, sé que lo lamentaré si no vuelvo a preguntártelo.

–Preguntarme...

Buscó mi mano y se la llevó a los labios.

–Kate, sería para mí un gran honor que fueras mi esposa.

Contuve un sollozo y aparté la mano.

–No puedo –dije.

Inclinó la cabeza.

–Albergaba la esperanza... –Se le quebró la voz y tragó saliva–. Me equivoqué. Albergaba la esperanza de que fuese amor lo que sentías por mí. –Dejó escapar una risa desprovista de alegría–. ¡Qué estúpido he sido! No era amor, sino solo lástima.

Respiré hondo, horrorizada ante la idea de que él pudiera concebir algo así de mí.

–Si no puedes amarme, no te molestaré más pretendiéndote. –Se puso en pie con una expresión de profunda desdicha en el rostro.

–¡No he dicho que yo no pudiera amarte! –repuse, incapaz de contenerme–. Es más bien que tú no me amas a mí.

–¡Que no te amo! –exclamó indignado–. Claro que te amo. ¿Qué clase de hombre te crees que soy? La noche que pasamos juntos no habría tenido lugar si yo no hubiese estado tan enamorado de ti que ni siquiera era capaz de ponerme bien el sombrero.

Un minúsculo destello de esperanza iluminó mi corazón.

–Pero tú nunca me dijiste...

–¿Cómo iba a declararte mi amor cuando estaba aún casado con Jane?

¿De verdad me quería? Pero era el momento de hablar a las claras, y eso a él no le gustaría.

–No pienso ser una simple sustituta de Jane en el papel de madre de Toby por pura conveniencia –dije.

—¡Claro que no! —Me cogió la mano y se la llevó a los labios—. Pero después de la muerte de Jane te fuiste a casa de tu tía Mercy tan deprisa que no me diste la oportunidad de decirte que te amaba. —Me besó la palma de la mano y me plegó los dedos como para capturar el beso—. Kate, mi queridísima Kate, te amaré hasta el final de los tiempos.

—Ay, Gabriel...

Acto seguido, me estrechó fuertemente contra su pecho, me colmó de besos y musitó palabras de amor entre mi pelo mientras yo lo abrazaba.

—Has traído la luz a mi oscuridad —susurró—. ¿Puedes amarme tú a mí?

—¡Sí! Sí te amo.

—Entonces, dime, por favor, Kate, ¿qué razón hay para que no te cases conmigo?

Cerré los ojos deleitándome en la seguridad de su abrazo. ¿Cómo podía estropear ese momento con lo que no me quedaba más remedio que decir?

—¿Kate?

—No debería haber secretos en un matrimonio —dije.

—Prometo solemnemente no tener ningún secreto para ti —declaró Gabriel, y me besó el cabello.

—Pero yo sí te he escondido un gran secreto —repliqué, y lo aparté de mí. Me retorcí los dedos, incapaz de encontrar la manera de decírselo.

—¿Qué gran secreto...? —Tomó aire entrecortadamente—. Jane me dijo algo el día que murió, pero yo pensé que eran los delirios de una moribunda y no le di importancia.

—¿Qué dijo?

—Dijo... —Gabriel detuvo mis dedos inquietos con su mano—. Dijo que pensaba que te habías quedado encinta y por eso te habías visto obligada a abandonarnos e irte con tu tía Mercy.

—¿Lo sabía? —susurré.

—Válgame Dios, ¿conque es verdad? —Palideció—. Jane se culpaba por incitarnos a quedarnos solos. —Meneó la cabeza en un gesto de incredulidad—. Pero si el resultado de esa noche fue un hijo natural, ¿no debería haber nacido el pasado mes de septiembre? No estabas embarazada en agosto cuando Jane murió.

–Gabriel... –Me aferré a su mano–, nuestra hija nació muerta en julio del año pasado.

Abrumado por la emoción, se quedó sin habla. Por fin aspiró una trémula bocanada de aire.

–Háblame de ella. Por favor, Kate, tengo que saberlo.

–La llamé Rose –expliqué–. No llegó a respirar, pero la sostuve entre mis brazos y la quise. Era rubia, como tú, y como Toby. Vengo aquí a diario para sentarme junto a su tumba.

–¿Está aquí?

–A un solo paso.

Lo guie hasta la tumba y coloqué su mano en la lápida.

Deslizó los dedos por la piedra blanca y lisa y se postró de rodillas en la hierba. Apoyando las manos abiertas en el montículo de tierra que cubría el ataúd, siguió su forma hasta encontrar el ramo de rosas. Se las acercó a la nariz e inhaló el perfume antes de volver a colocarlas con sumo cuidado.

–¿Cómo puedes soportarlo? –musitó a la vez que se enjugaba las lágrimas con el pulgar.

–A veces no puedo –admití.

–¡Qué miedo debiste de pasar! ¿Por qué no viniste a pedirme ayuda? Fue un peso muy cruel para cargar con él tú sola. –Se irguió y me tomó entre sus brazos–. ¿No crees que perder a Rose es castigo suficiente por nuestros pecados, Kate?

Me apoyé en su pecho y sentí la fuerza de sus brazos en torno a mí. Quizá Gabriel tenía razón. ¿Había estado yo demasiado inmersa en mi sentimiento de culpabilidad? La pesada carga que había acarreado durante tanto tiempo disminuyó solo un poco. ¿Y Toby? ¿Acaso no merecía él la seguridad de los brazos de una madre?

–Kate, ningún niño podrá sustituir nunca a la pequeña Rose, pero podríamos tener otros hijos que alegraran nuestros corazones. La Casa del Perfume necesita que una familia llene de risas las estancias vacías. Mi queridísima Kate, te amo con todo mi corazón y te ruego una vez más que te cases conmigo.

Esta vez no vacilé.

–Me casaré. –En cuanto pronuncié estas palabras, fue como si se abriera la puerta de una jaula y me liberara del dolor y el sufrimiento del pasado.

–Gracias a Dios. –Gabriel dejó escapar el aire en un largo suspiro.

Su beso fue tierno, y yo deslicé mis brazos alrededor de su cuello, sin desear nada más que pasar así el resto de mi vida.

Al oír el grito de un niño, miré por encima del hombro y vi a Toby correr hacia nosotros con Jacob a su lado.

–¡Kate! ¡Kate! –Toby se abalanzó sobre nosotros. Lo levanté y lo sostuve entre su padre y yo a la vez que él me besuqueaba la cara. Me cogió el rostro entre las manos y me miró atentamente–. Espero y espero desde hace tiempo. ¿Vendrás a casa con nosotros por fin?

Lancé una mirada a Jacob, allí de pie con los brazos cruzados y una expresión adusta en la cara.

–Claro que vendrá –dijo–. Si ella no viene, no pienso quedarme un año más en la Casa del Perfume aguantando la desdicha de mi señor.

–Siendo así, Gabriel –contesté–, no puedo asumir la responsabilidad de que te abandone tu sirviente más leal y abnegado.

La ceñuda expresión de Jacob se suavizó, solo un poco, y la risa asomó a sus ojos negros.

–Señorito Toby, volvamos al coche hasta que vuestro padre y la señora Finche hayan concluido su... conversación.

Gabriel me besó otra vez.

–Me olvidaba –dijo al cabo de un momento. Me rodeó la cintura con el brazo y volvimos al banco–. Esto es para ti. –Cogió del banco el frasco de perfume que había traído.

Lo acepté y lo sostuve en la palma de la mano. Era un objeto hermoso, con el tapón en forma de capullo de rosa, pero me dio miedo abrirlo.

–No te preocupes –dijo Gabriel con una sonrisa–. Es muy distinto del otro. He tenido un año entero para crearlo. –Tras coger de nuevo el frasco, lo destapó. Lo decantó contra sus dedos

y extendió el perfume por el interior de mi muñeca acariciadoramente.

Levanté la mano y olfateé el perfume. Al instante me sentí
transportada a un jardín soleado después de un chaparrón. La
frescura húmeda de la delicada fragancia a rosa era tan estimulante e inocente como la niña que llevaba su nombre.

–¡Es maravilloso, Gabriel!

–Me alegro de que te guste, pero... –Me dirigió una sonrisa
de complicidad–. En cuanto nos casemos crearé para ti otro
perfume. –Lentamente, me acarició la piel del interior de la
muñeca con el pulgar, y me estremecí de deseo–. Un perfume
–me susurró al oído– a base de jazmín y tuberosa, muguete y
almizcle.

Cerré los ojos y me dejé envolver por su voz ronca y vibrante.

–Será un perfume tan potente y tan seductor –murmuró–,
que solo te lo pondrás en la intimidad de nuestra alcoba, esas
noches en que me musitarás palabras melifluas al oído, tentándome con el susurro de tus enaguas de seda. Cerraremos la
puerta al mundo y dejaremos que el perfume despierte nuestros sentidos e inflame nuestras pasiones.

Hundió las manos en mi pelo y volvió a besarme, hasta que
las rodillas se me fundieron.

–¿Te gustaría? –preguntó poco después, y noté su aliento
cálido en mi mejilla.

–Sí, Gabriel –susurré–. Me gustaría mucho.

Nota de la autora

Cuando acabé de escribir *La hija del boticario,* no podía sacudirme la imagen del Gran Incendio de Londres que arrasó la ciudad y lo destruyó todo a su paso. Las vidas de miles de personas cambiaron para siempre, y cada una de ellas tendría una historia distinta que contar. Katherine Finche, la esposa del mercader de especias, es solo una de ellas.

El Gran Incendio de Londres empezó en la madrugada del 2 de septiembre de 1666, después de un verano tórrido y abrasador de sequía. La ciudad estaba tan seca como un yesquero, y antes del amanecer los almacenes situados a la orilla del río por debajo de Thames Street ardían y eran un infierno imparable. El fuego saltó de edificio en edificio, impulsado por un intenso viento del este. La población, encabezada por el duque de York y Carlos II, demolieron a la desesperada muchas casas para crear un cortafuegos, pero todo fue en vano.

Cuando el fuego llevaba cuatro días devorando la ciudad, el viento amainó y las llamas avanzaron ya más despacio hasta que finalmente fue posible controlar el incendio. Solo quedó allí un páramo humeante bajo un resplandeciente cielo rojo. Casi todo entre las murallas de la ciudad acabó destruido, incluidas, según se calcula, mil trescientas viviendas. Más de cien mil habitantes perdieron sus casas y huyeron a Islington o Moor Fields, donde acamparon con sus escasas pertenencias. Algo debía hacerse, y debía hacerse cuanto antes.

Increíblemente, Christopher Wren, Robert Hooke y John Evelyn crearon planos para la reconstrucción de la ciudad en cuestión de días. Su visión de la nueva urbe era un trazado geométrico con calles anchas y rectas, plazas abiertas y grandes paseos concebidos para reducir la congestión del tráfico que causaba problemas ya por entonces. Pero ese proyecto no se haría realidad. Debido a las dificultades de registrar la propiedad de tantas parcelas y la falta de fondos de la Corona para comprarlas, la reconstrucción se llevó a cabo casi sobre el mismo trazado caótico del Londres medieval.

Todo relato requiere un buen villano, y mientras investigaba la etapa posterior al Gran Incendio, descubrí la existencia de un tal doctor Barbon, que prendió fuego a mi imaginación. Mientras Christopher Wren diseñaba catedrales y sedes de gremios, el doctor Barbon vio en la reconstrucción de la ciudad una oportunidad de amasar fortuna. Hijo de un predicador llamado Praise-God [Alabado sea Dios] Barebones, el doctor Barbon había sido bautizado con el nombre de If-Jesus-Had-Not-Died-For-Thee-Thou-Hads't-Been-Damn'd [Si Jesús no hubiera muerto por ti, habrías sido condenado]. ¿Quién podía echarle en cara que pidiera a sus amigos que lo llamaran Nicholas? Cursó estudios universitarios en Holanda, pero nunca ejerció la medicina, prefiriendo dirigir sus aptitudes hacia la especulación inmobiliaria.

Después del incendio, Barbon empezó a levantar su imperio con asombrosa rapidez, y tenía al alcance de su mano extraordinarias oportunidades. Empezó a arrendar terrenos a propietarios cuyos inmuebles habían ardido y no querían, o no podían permitirse, reconstruir. Se habían promulgado nuevas leyes para la reconstrucción, que establecieron reglas claras. Las casas debían edificarse con ladrillo o piedra, sin miradores o voladizos en las fachadas. Se había aprendido una lección y no se tolerarían ya las casuchas de madera precarias e inflamables.

Barbon no disponía de recursos para construir por su cuenta todas las casas nuevas, así que buscó inversores, y constantemente pedía dinero prestado a uno de ellos para empezar un proyecto, retrasaba los pagos a otro lo máximo posible y solo saldaba sus grandes deudas cuando el porcentaje del capital

411

y los costes ascendían más o menos a la mitad de la cantidad del préstamo. Parlamentario, Barbon utilizó su posición para protegerse de los tribunales cuando incumplía pagos y estafaba a sus socios. A menudo sus proyectos carecían de financiación suficiente y escatimaba en la calidad de los materiales de construcción. Algunas de sus casas se derrumbaron a causa de la débil cimentación. No se tomaba la molestia de solicitar los permisos necesarios y sencillamente se plantaba en un solar, expulsaba violentamente a cualquiera que pusiera alguna objeción, demolía lo que quedaba de cualquier construcción previa y se ponía manos a la obra para encajonar el mayor número de casas posible en la parcela.

A pesar de la falta de escrúpulos de sus métodos, Barbon y los especuladores inmobiliarios que se asociaron a él construyeron un gran número de edificios, muchos de los cuales siguen en pie aún hoy. Edificó en Red Lion Square, Devonshire Square, Marine Square, Gerard Street, Conduit Street, Bedford Row en Holborn, Cannon Street, Fetter Lane y Middle Temple Courts, entre otros lugares. Las magníficas puertas de Essex Street Water, erigidas en 1676 antes de construirse el terraplén y la calle del lado norte del Támesis, evitaron las inundaciones causadas por la marea que a menudo llegaba hasta los edificios del Strand y Fleet Street.

A Barbon le traía sin cuidado lo que la gente pensara de él: el dinero lo era todo. Se vestía a la última moda y vivía tan espléndidamente como un aristócrata rural en Crane Court, a un paso de Fleet Street, lo ideal para impresionar a sus inversores. Aunque con un físico distinto, el personaje de mi villano, Standfast-for-Jesus Hackett, se basa descaradamente en Barbon, a quien todo el mundo odiaba con placer.

Agradecimientos

Vaya mi agradecimiento una vez más a mi editora, Lucy Icke, que me animó pacientemente mientras me esforzaba por reducir en un tercio el manuscrito y pulir la parte restante; a Simon y mi familia, que rara vez se quejan cuando me abstraigo en algún lugar del siglo XVII; y a todos los miembros de Word-Watchers, mi fabuloso círculo de escritura, que me han dado aliento y ofrecido pasteles.

Mientras investigaba para *El aroma de las especias,* realicé amplias lecturas, pero encontré especialmente útiles las siguientes referencias:

The Phoenix, de Leo Hollis.
The Concise Pepys, compilado por Tom Griffin.
Pepy's London, de Stephen Porter.
London – Rebuilding the City after the Great Fire, de T. M. M. Baker.
The Diary of a Nose, de Jean-Claude Ellena.
The Closet of Sir Kenelm Digby Knight Opened, de Kenelm Digby.
A Queen's Delight, publicado en 1671 por E. Tyker y R. Holt.

La ARTESANA del VIDRIO

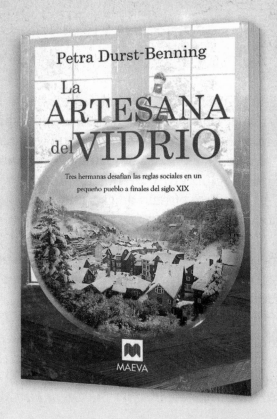

Tres hermanas desafían las reglas sociales de finales del siglo XIX en un pequeño pueblo, y demostrarán que soplar vidrio no es un oficio solo para hombres

«Una saga familiar extraordinaria.» —*Coburger Tageblatt*

«Una de las primeras damas de la novela histórica en Alemania.» —*Bild am Sonntag*

La hija del Boticario

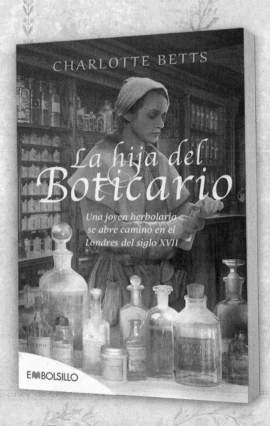

**Una joven boticaria desafiará las convenciones
de su época para salvar a sus seres queridos**

«Un festival para los sentidos. Con el sensual lenguaje
de Patrick Süskind en *El Perfume* y el estilo de Philippa
Gregory, este libro es una lectura embriagadora,
ambientada en uno de los períodos más emocionantes
de la historia de Londres.» —*Holiday Magazine*

«Una novela muy bien construida, con una ambientación
muy cuidada y una historia muy bien
sostenida.» —*Leer es viajar*